Vier Brüder, die Liebe
und der Bruch des Zölibats

Vier Brüder, die Liebe
und der Bruch des Zölibats

MARKUS NÜSSELER

VIER BRÜDER, DIE LIEBE UND DER BRUCH DES ZÖLIBATS

ROMAN

Satz, Herstellung und Verlag:
BoD – Books on Demand, Norderstedt

ISBN: 978-3-7597-3539-3

Markus Nüsseler wurde 1954 in Bern/Schweiz geboren. Sein Erstlingswerk **Carola – es begann nach dem Oktoberfest** erschien im März 2022 und wurde im Verlag BoD – Books on Demand, Norderstedt, veröffentlicht. Der Roman **Wendepunkte der Liebe** führt die Geschichte um die Hauptpersonen des Erstlingswerks, Martin und Carola, zu Ende und erschien am 30.09.2022.

Im Mai 2022 erschien sein zweiter Liebesroman **Lea – zwei Freundinnen und ein Ehemann.** Mit diesem Roman beginnt die **Trilogie** um den Hotelier Tim, seine Frau Lea und deren Tochter Anna.

Der Roman **Anna und Mia oder die ungleichen Töchter** führt die **Trilogie** fort. Er erschien im März 2023 und begleitet Menschen auf der Suche nach dem, was ihr Herz zum Singen bringt, ihrem Leben einen tiefen Sinn verleiht und es lebens- und liebenswert macht.

Der fünfte Roman **Tims Abschied und Mias Wiederkehr** beendet die Geschichte um den Hotelier Tim, seine Familie und seine Freunde. Zentrales Thema des letzten Werks der **Trilogie** ist die Suche eines erfüllten Lebens während der Zeit der Berufstätigkeit und im Ruhestand.

Der sechste Roman **Vier Brüder, die Liebe und der Bruch des Zölibats** schenkt dem Leser Einblicke in die Lebensgeschichte von vier Brüdern. Vier verschiedene Erwartungen an das Leben und entsprechend konträre Antworten auf die Frage: »Wofür möchte ich leben, was ist für mich wichtig?«, ergeben ein facettenreiches Bild einer Familie.

Markus Nüsseler studierte an der Ludwig-Maximilians-Universität München und an der Hochschule für Philosophie SJ München. Der Autor ist verheiratet und hat einen Sohn. Er lebt seit 1976 in Deutschland.

1

Samstagmorgen, und Daniel Maier saß bei seiner Frau Nicole beim erweiterten Frühstück. Einer ungeschriebenen Tradition folgend, fiel die erste Mahlzeit des Tages bei Familie Maier heute größer aus als unter der Woche. Sie ersetzte das Mittagessen und hätte eher den Namen *Brunch* verdient. Eben hatte Daniel die letzten Reste des Rühreis auf die Gabel geschoben, als ihn seine Frau erwartungsvoll ansah. »Wie hast du dir denn die Gestaltung der Weihnachtsfeiertage vorgestellt?« – »Nun ja, ich schlage vor, Heiligabend wieder Wiener Würstel mit Kartoffelsalat zu essen. Aber sag, wann kommen denn die Kinder? Hast du Nachricht von ihnen?« – »Nein, ich wollte erst mit dir darüber reden. Ich hatte daran gedacht, dass wir Jonas mit Amelie für Heiligabend einladen. Es wäre schön, wenn die beiden mit dem vierjährigen Niklas schon am späten Nachmittag zu uns kommen könnten. Ich würde die Würstchen und den Kartoffelsalat schon für halb sechs Uhr abends herrichten, sodass wir um sieben Uhr bescheren können. Damit Niklas nicht zu müde ist und den Baum und die Geschenke mitbekommt.« – »Und was ist mit Luis?« – »Er hat mir gegenüber durchblicken lassen, dass er lieber am ersten Feiertag kommen möchte. Er wird uns aber noch Bescheid geben.«

»Und was ist mit unserem Jüngsten, mit Odo?« Der Vater biss sich auf die Lippen, hob die Augenbrauen und fixierte seine Frau. Sein Blick verriet Skepsis mit einem Anflug von Misstrauen. Nicole wusste, dass ihr Mann den unsteten

Lebenswandel seines Sohnes Odo und dessen opportunistischen Einstellungen missbilligte. »Sei bloß nicht wieder so scharf in dem, was du sagst, nicht dass Odo eines Tages ganz mit uns bricht! Gerade Weihnachten ist doch ein Fest der Familie und des Friedens. Halte dich bloß zurück mit deinen kritischen Äußerungen und deinen bösen Blicken!«

Der Vater lachte kurz auf. Es war ein kurzes, aber bitteres Lachen. Er wusste, er würde seinen jüngsten Sohn nicht ändern können. Er wusste auch, dass seine Widerrede an seinem Sohn Odo abprallen und seine kritischen Fragen ins Leere laufen würden. Nicht, weil Odo die besseren Argumente ins Treffen führen würde. Nein. Die nonchalante, fast liebenswürdige Antwort seines Sohnes entwaffnete ihn jedesmal: »Siehst du Papa, und ich denke eben anders darüber. Verstehst du nicht, dass man dazu auch eine andere Meinung haben kann?« Mit leiser Stimme vorgetragen, unterstützt durch ein entwaffnendes Lächeln, setzte Odo immer wieder seinen Vater schachmatt.

Daniel schwieg. »Mein Sohn, aber nicht mein Kind …«, sinnierte er und versank in ein dumpfes Brüten. Nein, diesmal wollte er keinen aussichtslosen Kampf führen.

Seine Frau unterbrach seine Gedanken. »Odo werde ich eine WhatsApp schreiben. Ach ja, und mit Aaron habe ich gestern telefoniert. Er erwartet uns am letzten Samstag vor dem Jahreswechsel und möchte uns zum Mittagessen einladen. Er ist ja an Weihnachten voll im Geschirr. Er ist immer heilfroh, wenn der 27. Dezember anbricht!«

Auf des Vaters Gesicht zeigte sich ein seliges Lächeln.

Aaron konnte er konzentriert zuhören, obwohl er seine Gedanken oft nicht teilte. Aber in Aarons ruhiger, getragener Stimme schwang eine Festigkeit und eine Gelassenheit mit, die beruhigend auf ihn wirkte. Ein unerschütterliches Vertrauen und eine große Sicherheit trugen seine Worte.

War er nicht der Meinung seines Sohnes, ließ er dessen Aussagen ohne Widerrede stehen. Als hätten sie eine höhere Geltung als die des jüngsten Bruders.

Er freute sich darauf, seinen ältesten Sohn zu treffen. Obwohl er beruflich in einer anderen Welt lebte, war er gelegentlich stolz auf seinen Ältesten.

Aaron lächelte Kritik und Gegenargumente nicht weg, sondern blieb seiner Überzeugung treu. Behielt diese zunächst für sich, zeigte sich jedoch geistig beweglich, stellte Gegenfragen, die den Gesprächspartner dazu brachten, die eigene Meinung zu hinterfragen. Bei Auseinandersetzungen zeigte er ein resilientes, nachgiebiges Verhalten. Wurde diplomatisch, gelegentlich auch akademisch. Er hasste harte Worte und schroffe Ablehnung. Er war katholischer Priester und seit einigen Jahren geistlicher Leiter eines großen Pfarrverbandes in einem Dekanat im Münchener Süden.

Als Aaron sich zum Studium der katholischen Theologie und zum Eintritt in das Münchener Priesterseminar bekannt hatte, war die ganze Familie aus allen Wolken gefallen. Nur die Mutter hielt losen Kontakt zur örtlichen Pfarrei. Sonntäglicher Kirchgang war ein Fremdwort und Gebet und geistliche Besinnung passten weder zum Lebenskonzept dieser Familie noch zu ihrer Interessenlage. Bei seinen Mitschülerinnen und Mitschülern am Gymnasium hatte seine Absicht, Pfarrer zu werden, eine Mischung aus ungläubigem Staunen und Kopfschütteln hervorgerufen. Sein bester Freund versuchte gar, ihn zum Studium eines handfesten, praxisnahen Gegenstandes zu bewegen, etwa Wirtschaftswissenschaften. »Damit kannst du was machen. Und wenn du im Beruf erfolgreich bist, kannst du ordentlich verdienen, es zu etwas bringen.« Doch Aaron stand zu seiner Entscheidung. Er wollte Theologie studieren. Dass vor dem Studium der biblischen Texte und der Interpretation der Kernaussagen des christlichen Glaubens noch das Studium des Bibelgriechischen und das Büffeln des Hebräischen, jene Sprache, die heute noch in Israel gesprochen wird und die gemeinhin *Iwrit* genannt wird, stand, verunsicherte ihn nicht.

Durch ein persönliches Erlebnis war Aaron dazu gekommen, im Evangelium, im Neuen Testament, zu lesen. Immer wieder nahm er das Neue Testament zur Hand. Er begann mit dem Evangelium nach Markus, dem ältesten und auch kürzesten der vier Evangelien. Die Radikalität der Worte Jesu in der Bergpredigt im Matthäusevangelium frappierte ihn, ließ ihn nicht mehr los. Er stieß auf Jesu radikale Forderung von Gewaltverzicht und bedingungsloser Friedfertigkeit, ja Feindesliebe gepaart mit einem unerschütterlichen Gottvertrauen. Eine einmalige Kombination, die Aaron faszinierte. »Sorgt euch also nicht um morgen; denn der morgige Tag wird für sich selbst sorgen. Jeder Tag hat genug eigene Plage.« (Mt 6,34)

Bei der weiteren Lektüre in den Evangelien fühlte er sich durch die Botschaft Jesu, wie er sie im Evangelium nach Lukas und vor allem im Evangelium nach Johannes fand, ganz persönlich angesprochen. So, als würde Jesus selbst ihm gegenübersitzen und ihm sagen: »Aaron, folge mir nach! Komm zu mir, werde auch du mein Jünger!«

2

Aaron saß hinter seinem Schreibtisch. Dem Direktorium, dem liturgischen Kalender der Erzdiözese München und Freising, hatte er entnommen, dass für die Lesung im adventlichen Sonntagsgottesdienst ein Text aus dem Alten Testament, aus dem 61. Kapitel des Buches Jesaja, vorgeschrieben war.

»Der Geist Gottes ist auf mir, weil der Herr mich gesalbt hat. Er hat mich gesandt, den Armen eine frohe Botschaft zu bringen, und alle heile, deren Herz zerbrochen ist, zu verkündigen den Gefangenen die Entlassung und den Gefesselten die Befreiung.« (Jes 61,1)

Die frohe Botschaft, von der der alttestamentliche Text sprach, bezog die Kirche auf Jesus. Er hatte das Anbrechen des Reiches Gottes verkündet und Gottes unwiderrufliche Liebe zu allen Menschen gepredigt, das Gebot der Gottes- und Nächstenliebe zur Richtschnur des Handelns gemacht und sich über das jüdische Religionsgesetz hinweggesetzt, wo dies den Menschen durch seine Vorschriften im Weg stand oder ihm unsinnig erschien.

Für Jesus war rechtes Tun ohne Liebe undenkbar.

»Wer aus Liebe handelt, erfüllt den Willen Gottes.« Nicht der Zaddik, der fromme, gesetzestreue Jude, war Gottes Programm, sondern der Mensch, der sich für Gott öffnet, an ihn glaubt und Gottes Liebe an seine Mitmenschen weiter schenkt.

Die Liebe, die Jesus verkündete und in seinen Gleichnissen

bildreich darstellte, sollte die Herzen der Menschen öffnen, sie großzügig und nachsichtig machen gegenüber dem Fehlverhalten der Mitmenschen. An erster Stelle sollten sie aber über ihr eigenes Leben nachdenken und erkennen, bei welchen Gelegenheiten sie in ihren Gedanken und Taten gegen die Liebe verstoßen hatten. Und bereit werden, sich in Zukunft am Gebot der Gottes- und Nächstenliebe zu orientieren.

Aaron kratzte sich hinter dem Ohr. »Keine einfache Perikope. Wo beginnen? Und vor allem: Was möchte ich den Menschen mit auf den Weg geben?«

In der Homiletik, der Predigtlehre, hatte er im Theologiestudium als Werkzeug zur Vorbereitung einer Predigt die Maxime mitbekommen: »Vom Kernsatz zum Zielsatz.« Das bedeutete im Hinblick auf die Predigtvorbereitung eine zentrale Aussage des Textes auszuwählen und dann so auszulegen, dass der Zuhörer einen Gedanken mit in sein Leben, in die nächste Woche mitnehmen konnte.

Aaron las den Text ein weiteres Mal durch. Bei den »Gefesselten« blieb er hängen. Er beschloss, über die Fesseln zu predigen, unter denen wir selbst leiden.

Welches sind unsere Fesseln? Unser Festhalten an vorgefertigten Meinungen und Vorurteilen, schlechte Gewohnheiten wie unkontrollierter Konsum von Süßwaren und Knabbergebäck während des Fernsehabends. Körperliche Abhängigkeiten, die uns innerlich und äußerlich einschränken, die uns unfrei machen und unser Wachstum behindern wie Alkohol- und Nikotinsucht. Mentale Fesseln, die wir uns selbst auferlegen: überspannter Ehrgeiz,

Perfektionismus, Pflichtvergessenheit, der Wunsch, es immer allen Mitmenschen recht zu machen, Harmoniesucht. Termindruck, den wir aufbauen. Mangelnde Zeit für die Familie, für uns selbst, Unfähigkeit, sich zurückzunehmen oder mal abzuschalten.

»Alle diese Fesseln machen uns armselig und klein. Gott selbst hat mehr mit unserem Leben vor …« Ein zufriedenes Lächeln erschien auf Aarons Gesicht. »Gott will befreite Menschen, die sich aus selbst auferlegten Fesseln befreien. Jeder darf sich fragen: Welche Fesseln kann ich abstreifen? Wie kann ich ein freierer Mensch werden?«

3

O do hatte die WhatsApp seiner Mutter gelesen und unverzüglich beantwortet. »Klar, komme 24.« Obwohl Odo Politikwissenschaften studiert hatte und mittlerweile im Bereich Journalismus bei einer überregionalen Tageszeitung arbeitete, war er im privaten Austausch schreibfaul. Er geizte mit Worten und behielt Privates für sich. Es schien, als wollte er jedes private Wort für seine berufliche Tätigkeit als Redakteur aufsparen.

Während seines Studiums hatte er ein Volontariat bei einer Zeitschrift für Finanzwesen gemacht. Nachdem er seinen Master in Politischen Wissenschaften beim zweiten Anlauf geschafft hatte, konnte er eine Teilzeitstelle bei seinem aktuellen Arbeitgeber antreten und fand über eine Bekanntschaft, die er in einer Frankfurter Bar unweit des Römers gemacht hatte, in einer WG eine Bleibe. Die Frau, die ihm ein Zimmer in einer Vierzimmerwohnung in einem Frankfurter Außenbezirk in der Nähe des Flughafens vermittelt hatte, hieß Elisabeth und war eine promovierte Kunsthistorikerin, die sich mit Führungen und Gelegenheitsjobs über Wasser hielt. Ein Zubrot verschaffte Elisabeth ihre Verwendung als kunsthistorische Begleiterin bei Akademos Reisen, einer Agentur, die für eine anspruchsvolle und betuchte Klientel Studienreisen in europäische Metropolen anbot. Mit dem Besuch der jeweiligen Kunstmuseen.

Die geistig rege und vielseitig interessierte Frau war

schon Ende dreißig und damit fast zehn Jahre älter als Odo. Elisabeth hatte ein breites Gesicht, trug eine Brille mit dicken Gläsern, hinter der zwei braune Augen neugierig auf den Betrachter gerichtet waren. Ihr schulterlanges Haar trug sie in der WG und in ihrer Freizeit offen.

Die dritte Bewohnerin, die Mieterin dieser Wohnung, hieß Simone und war Flugbegleiterin. Sie war größer als Odo, war blond und hatte die Wohnung von ihrer Mutter übernommen, als diese in ein Altenheim gezogen war. Sie kam und ging zu ständig wechselnden Zeiten. Sie bewahrte auch im privaten Leben eine professionell wirkende Zurückhaltung und setzte sich nur selten zu Elisabeth und Odo in die Küche. Nach einem kurzen Smalltalk zog sich Simone stets in das Wohnzimmer ihrer Mutter zurück. Sie hatte daneben noch das Schlafzimmer für sich.

Als Elisabeth Odo mit Simone bekanntgemacht hatte, war ihm Simone auf Anhieb sympathisch gewesen. Er wäre gerne mit Simone mal ausgegangen, aber das schien jedes Mal an den Dienstplänen, das heißt dem Flugplan der Fluggesellschaft mit dem Kranich im Logo, zu scheitern. Und an freien Tagen frequentierte sie besonders gerne einen Tennisplatz in der Nähe oder besuchte ihre Mutter, zu der sie ein inniges Verhältnis zu haben schien.

Einen Freund oder Lebenspartner hatten weder Elisabeth noch Simone.

In seiner kumpelhaften, gelegentlich saloppen Art hatte Odo beide Frauen auf das Thema Mann angesprochen. »Willst du denn ewig ledig bleiben, Elisabeth?«, hatte er gefragt. Elisabeth hatte geschluckt und mit einem erzwungenen

Lächeln geantwortet: »Den richtigen habe ich leider noch nicht kennengelernt!«

Selbstbewusst kam von Simone: »Noch kein Bedarf!«

»Na ja, dann muss ich mit Elisabeth vorliebnehmen«, stellte Odo für sich fest. Tatsächlich hatte er schon zwei oder drei Mal mit Elisabeth abends eine Flasche Rotwein geleert. Und sie hatten sich sehr angeregt unterhalten. Das hatte auch Odo so wahrgenommen. Aber als er nach dem gemeinsam verbrachten Abend in sein Zimmer zurückgekehrt war, fielen ihm wieder die dicken Brillengläser Elisabeths ein. »Wenn sich Elisabeth für Linsen entscheiden könnte …«, sinnierte Odo. »Das würde sie um Längen hübscher machen.«

Nach der erfolgreichen Bewerbung auf eine Teilzeitstelle wurde Odo dem Ressort »Markt und Finanzen« zugewiesen, wohl wegen seiner Erfahrungen, die er von seinem Volontariat mitbrachte. Doch er war in der Finanzwelt nie heimisch geworden. Erst hatte er sich in die kryptisch anmutenden Kürzel wie KGV, KBV, ROI, PEG und RSL und viele andere einarbeiten und daran gewöhnen müssen, dann hatte er bemerkt, dass das Börsenbarometer so wechselhaft war wie das Wetter. Eine Stellungnahme des Chefs der FED, und schon bewegten sich die Kurse gen Süden. Odo war nie heimisch in dieser Materie geworden, obwohl er sich eingearbeitet hatte und die Begrifflichkeiten ihm mittlerweile vertraut waren.

Er war überglücklich, dass er zum 1. Januar in das Ressort Gesellschaft wechseln konnte. Jetzt endlich schien er auch

das Wissen aus seinem Politikstudium anwenden zu können. »Vielleicht freut das auch meinen Vater?«, überlegte er.

4

Steuerberater Luis nahm das Handy und checkte die WhatsApps. Er öffnete die neue WhatsApp seiner Partnerin Lisa. Diese bestätigte die Verabredung zum gemeinsamen Essen im *Da Marco* in der Leopoldstraße in Schwabing. »Kann pünktlich weggehen. Bin um 18 Uhr im Lokal. LG Lisa.« Lisa war Erzieherin in einem städtischen Kindergarten. Die beiden hatten sich vor zwei Jahren kennengelernt. Es war Lisas erste Stelle, und sie war erst Mitte zwanzig, zwei Jahre jünger als Luis. Lisa teilte sich mit einer anderen Erzieherin eine Dreizimmerwohnung, während Luis ein winzig kleines Eineinhalbzimmerappartment bewohnte. Das reichte Luis für den Augenblick, denn er war abends und auch an den Wochenenden viel unterwegs. Zwei Mal wöchentlich, am Montagabend und am Donnerstagabend ging er zu seiner Volleyballgruppe ins Training. Am Mittwochabend besuchte er außerdem einen Italienischkurs in einer Sprachenschule. Dort ging er immer gerne hin, denn er schätzte die gesellige Runde nach dem Kurs, die passenderweise in einer kleinen italienischen Pizzeria gleich um die Ecke der Sprachenschule stattfand. Dort ging es mitunter recht heiter zu, und der Kellner vernahm mehrmals im Verlauf des Abends den Wunsch: »Ci porti un' altra caraffa di vino rosso, per favore!«

Luis war dankbar dafür, dass er Lisa kennengelernt hatte. Lisa war eine eher zurückhaltende, verschlossen wirkende junge Frau, die sich in geselliger Runde gelegentlich erst dann einbrachte, wenn die Unterhaltung stockte und das Gespräch zum Erliegen kam. »So lange die anderen reden, sage ich nichts«, lautete ihre Devise. Wer Lisa noch nicht kannte, mochte ihr Schweigen als Schüchternheit auslegen. Doch dieses Urteil war eine grobe Fehleinschätzung. Die lebensfrohe und unternehmungslustige Frau kam schnell in Fahrt, wenn es etwa darum ging, eine gemeinsame Unternehmung zu planen oder ein Weihnachtsbüffet zu gestalten und dafür eine passende Auswahl leckerer Häppchen zu treffen. Lisa wurde temperamentvoll und sprühte voller Phantasie. Auch in ihrer Beziehung zu Luis gab sie selbstbewusst den Takt vor. »Komm, gehen wir. Es ist schon spät.« Oder sie hielt fest: »Wir gehen einmal im Monat zum Vietnamesen zum Essen.« Gemeint war dabei ein nettes kleines Lokal mit familiärer Atmosphäre in unmittelbarer Nachbarschaft zum Elisabethplatz. Mit solchen Vorgaben seiner Frau konnte Luis bestens leben. Er selbst brauchte nicht zu fragen und schätzte eine solche Ansage als Ausdruck Lisas Selbstbestimmtheit.

Der Entscheidung, sich im *Da Marco* zu treffen, waren keine langen Überlegungen vorausgegangen, denn dieser Italiener war ihr Stammlokal. Nachdem sie dem Kellner ihre Wünsche an die Küche mitgegeben hatten, eröffnete Lisa das Gespräch. »Was möchtest du deinen Eltern zu Weihnachten schenken?« – »Nachdem sie keine konkreten Wünsche geäußert haben und auch keine großen Weintrinker sind, bleibt wohl nur ein Geschenkgutschein. Vielleicht von einem Reiseunternehmen.« Luis nannte den Namen eines bekannten Busunternehmens, das auch Wellnesswochenenden im Programm führte. Lisa machte eine abwägende

Kopfbewegung. »Die Idee mit dem Gutschein, den sie für eine Reise einsetzen können, ist an sich nicht schlecht. Aber ein Gutschein über eine bestimmte Summe an Euro zum Einlösen ist etwas Unbestimmtes. Nicht viel anders, als wenn du die gleiche Summe in ein Geschenkkuvert steckst und dann unter den Christbaum legst. Besser fände ich es, wenn der Gutschein ein konkretes Erlebnis verspricht. Was hältst du davon, an der Kasse der Oper einen Geschenkgutschein zu kaufen? Unser Gutschein verspricht dann ein unvergessliches Klangerlebnis!« Sichtlich stolz über ihren Einfall, lächelte Lisa vor sich hin.

Anerkennend nickte Luis und lächelte. »Volltreffer! Danke Lisa! Nicht nur wegen des einmaligen Klangerlebnisses, das wir meinen Eltern verschenken. Auch deswegen, weil sie sich einen Abend in der Oper nicht so ohne weiteres leisten würden. Du weißt ja, meine Eltern sind eher sparsam.«

5

Nach dem seelsorglichen Gespräch begleitete Aaron Frau Müller noch zur Außentüre des Pfarrhauses. »Wo haben Sie Ihren Wagen geparkt?«, erkundigte er sich. »Ich bin mit dem Rad gekommen.« – »Dann kommen Sie mir wohlbehalten nach Hause! Und schlafen Sie gut!« Beim Weggehen drehte sich Frau Müller noch einmal um: »Danke noch für das Gespräch. Es hat mir gutgetan.«

Aaron ließ seinen Blick noch über den Kirchenvorplatz schweifen, bevor er sich umdrehte und nachdenklich die Außentüre des Pfarrhauses hinter sich zuzog. Er nahm den Schlüsselbund aus seiner Hosentasche, suchte den passenden Schlüssel, steckte ihn in das Schloss und drehte zwei Mal um. Das gleiche Prozedere wiederholte er mit dem Schloss am Sicherheitsbalken.

Es war kurz vor halb neun Uhr abends. Der letzte Programmpunkt dieses Dienstags war zu Ende. Aaron blieb mit seinen Gedanken, den Fragen und Nöten, die an ihn herangetragen worden waren, allein. Nach der Betriebsamkeit des Tages, einem Krankenbesuch, den Vorbereitungen für den nächsten Abend in der Reihe »Bibel teilen«, des überraschenden Besuches einer jungen Frau, die ihn mit der Frage überrascht hatte: »Herr Pfarrer, sagen Sie mal, kann ich denn kirchlich heiraten? Mein Mann ist nämlich geschieden und aus der Kirche ausgetreten!«, worauf er die junge Frau in das Sprechzimmer mitgenommen hatte und für sie beide je eine Tasse Kaffee geholt hatte. Nach einigen gezielten Fragen konnte er die junge Frau beruhigen. »Ja, so wie der Fall liegt, stehen Ihre Chancen gut. Ich muss die Papiere jedoch zum »Nihil obstsat« an das Erzbischöfliche Ordinariat senden. Ich werde mich noch absichern und genau nach der Art der Dokumente erkundigen, die Sie und Ihr Mann zum gemeinsamen Termin mitbringen müssen. Denken Sie vor allem daran, dass wir zwei neue Taufscheine brauchen.« Daraufhin war er in das Büro gegangen und hatte unter der Nebenstelle 1449 den zuständigen Sachbearbeiter angerufen und sich nach den erforderlichen Dokumenten für diese kirchliche Trauung erkundigt. Die Trauung der jungen Frau mit ihrem deutlich älteren Partner, dessen erste Ehe gescheitert war.

Als Aaron sich auf den Weg in sein Zimmer machte, empfing ihn die nächtliche Stille des Dienstgebäudes. Er wohnte und arbeitete in dem stattlichen Pfarrhaus, das mit seinen neun Zimmern Platz für zwei Familien geboten hätte.

Im Erdgeschoss befanden sich neben der Toilette zwei Büroräume, eines für die Sekretärin und ein weiteres für eine Assistentin, der auch die Buchhaltung anvertraut war. Daneben ein großes Besprechungszimmer für Arbeitsgruppen und das Sprechzimmer, in welchem die Geistlichen den Nöten ihrer Pfarrkinder und weiterer Hilfesuchender zuhörten. Für den Fall, dass ein Gläubiger sein Leben vor Gott stellen wollte und um die sakramentale Lossprechung bat, lag in einem Schrankfach eine Stola bereit, die der Priester sich in diesem Fall um den Hals legte.

Auf der ersten Etage befand sich die Küche, das geräumige Esszimmer und die Schlafzimmer. Eines für Aaron und, da er allein hier wohnte, zwei Gästezimmer.

Durch die Trennung der beiden Etagen in einen Büro- und in einen privaten Wohnbereich blieb dem Pfarrer nur ein kleiner Privatbereich. Aarons Schlafzimmer war beileibe nicht nur zum Schlafen bestimmt. Vielmehr schuf es mit seiner kleinen Sitzecke aus schwarzem Leder und dem angrenzenden Schreibtisch mit den beiden Sukkulenten, die sich Aaron selbst gekauft hatte, und dem Ausblick auf den Pfarrgarten auch etwas Intimität, um zu persönlicher Stille und Entspannung zu finden. So stand auf dem modernen Glastisch vor der Sitzecke mit den schwarzen Sesseln auch eine Kerze auf einem Glasuntersatz.

Aaron holte sich ein Glas Mineralwasser in der Küche, zündete die Kerze an und ließ sich in einen der beiden Ledersessel fallen. In Gedanken blieb er beim letzten Gespräch dieses Tages hängen. Frau Müller hatte nach der Scheidung von ihrem Mann ihre Mutter bei sich aufgenommen und diese aufopferungsvoll gepflegt. Sie war im Februar dieses Jahres verstorben. Das Leben von Frau Müller hatte bis zum Tod ihrer Mutter nur noch einen Inhalt: die Pflege ihrer Mutter, wobei sie vom Pflegedienst Unterstützung bei der Morgen- und Abendtoilette bekam. Als sie ihrer Mutter das letzte Geleit gab, hatte sie vor der Trauerhalle oft die Worte gehört: »Es war doch sicher auch eine Erlösung für deine Mutter.« Einige unter den Trauergästen hatten ihren Trost gar in die Worte gekleidet: »Das ist doch auch für Sie eine Erlösung!« Der Tod der Mutter als Erlösung!

Wie eine Keule hatten diese Worte auf Frau Müller gewirkt. Als im August ihr Sohn Aljoscha, ihr einziges Kind, durch einen Motorradunfall ums Leben gekommen war, brach sie völlig zusammen. Und heute Abend wollte sie eine

Antwort auf die Frage bekommen, die sie seit dem Ende dieses Sommers quälte: »Womit habe ich das verdient? Erst die Scheidung meines Mannes wegen einer jüngeren Frau, dann der Tod meiner Mutter! Und jetzt noch der Tod meines Sohnes? Sagen Sie mir, Herr Pfarrer, wieso schlägt mich Gott mit so viel Unheil? Erst die Scheidung, dann zwei Todesfälle in einem halben Jahr! Dass meine Mutter sterben wird, das war eine Frage der Zeit. Das kann ich noch verstehen. Aber dass mein Mann sich eine andere, jüngere Frau anlacht und mir wegen ihr den Laufpass gibt, weil diese fröhlicher und lustiger und vielleicht auch besser im Bett ist als ich, und dass dann nach der Scheidung mir auch noch mein Sohn weggenommen wird, was habe ich bloß getan, dass Gott das zulässt! Sagen Sie mir, Herr Pfarrer, wieso diese Kette von Unglück in meinem Leben! Wieso tut Gott mir das an?«

Aaron hatte mit verständnisvollen Worten die Schicksalsschläge von Frau Müller und ihre Verzweiflung in eigenen Worten zusammengefasst. Die Frage von Frau Müller hatte er aufgegriffen: »Und angesichts dieser Schicksalsschläge fragen Sie sich, ob Gott Sie verlassen hat, ja, ob er Sie damit strafen will?« Und Aaron hatte an Hiob gedacht, den Frommen aus dem Alten Testament, dessen Glaube an Gott auf den Prüfstand gelangt war.

Aaron hatte Frau Müller fragend von unten angesehen, fast so, als wollte er sie fragen: »Ist das Ihr letztes Wort?«

Daraufhin hatte er genickt. Er schmunzelte kurz in sich hinein, dann begann er nachdenklich: »Ob Gott Ihrem Mann die hübsche junge Frau über den Weg geschickt hat, das weiß ich nicht.« Aaron machte eine Pause. »Das glaube ich auch gar nicht. Ich denke eher, da haben zwei Herzen zueinander gefunden. Aber dadurch, dass Ihr Mann deswegen die Scheidung von ihnen wollte, hat er gegen die eheliche Treue verstoßen. Gegen das Jawort, das er Ihnen in der kirchlichen Trauung gegeben hat.« Nach einer kurzen Pause fuhr Aaron fort:

»Sie haben ja wiederholt mit Ihrem Mann gesprochen. Ich fühle mit Ihnen, wenn sie wütend auf ihn und frustriert darüber sind, dass ihre Ehe geschieden wurde. Aber *dieses* Ergebnis können wir nicht Gott in die Schuhe schieben. Gott hat uns beides, die Freiheit und die Verantwortung geschenkt.«

Aaron hatte die Tränen in Frau Müllers Augen gesehen. Wortlos hatte er ihr ein Päckchen mit Papiertaschentüchern zugeschoben. Beide hatten einen Moment geschwiegen. »Was Ihre Mutter betrifft: Jeder Tag unseres Lebens ist ein Geschenk. Jeder Mensch ist ein Geschöpf Gottes und hat wunderbare Gaben und Talente in sein Leben mitbekommen. Durch die Taufe sind wir Kinder Gottes geworden. Und Gott hat uns zu einem Leben in Fülle berufen. Die Natur hat uns unterschiedliche Begabungen und Fähigkeiten zugeteilt. Und vielleicht hilft es Ihnen an dieser Stelle auch, an all das Gute zu denken, das sie Ihrer Mutter verdanken.«

Frau Müller hatte genickt. »Ja, als sie noch gehen konnte und ein eigenständiges Leben geführt hat, da haben wir uns öfters auch mal in der Stadt getroffen und uns bestens unterhalten. Wie in alten Zeiten. Es war der körperliche Zerfall, ihre Schwäche, mit der sie selbst nur schwer klarkam. Darum war sie gelegentlich unleidlich.«

Frau Müller hatte wieder Haltung gewonnen. »Und dass

mein Sohn zu schnell mit dem Motorroller unterwegs war, das stand im Polizeibericht. Er hat den Unfall selbst verschuldet.«

Aaron hatte versucht, die Leidensgeschichte von Frau Müller in einen größeren Zusammenhang zu stellen. Ihm war sehr daran gelegen, dass der Rückblick seiner Gesprächspartnerin nicht einseitig an negativen Erfahrungen haften blieb.

Er wusste: Momente von tief empfundenem Glück, freudige Erlebnisse und die Erfahrung, etwas geschafft zu haben, auf sich selbst stolz sein zu können, erfüllte fast alle Menschen mit Dankbarkeit oder wenigstens mit Zufriedenheit.

Auch im Gespräch mit Frau Müller war es ihm gelungen, durch einen positiveren Blick auf ihr Leben die Schicksalsschläge erträglicher zu machen.

Aaron griff nach seinem Brevier. »Darf ich Ihnen ein passendes Wort aus dem Buch der Psalmen, aus Psalm 23, vorlesen?« Fragend sah Aaron in Frau Müllers Gesicht. »Ja, gerne. Wenn es nichts Trauriges ist.« Tatsächlich war es Aaron gelungen, Frau Müller wieder aufzurichten. Und er hatte es geschafft, Frau Müller zu einem ehrlichen, unverstellten Blick auf die traurigen Erfahrungen des zu Ende gehenden Jahres zu führen.

Nicht Gott war es, der das Leid in das Leben der Menschen brachte. Die Naturgewalten, menschlicher Leichtsinn, Eigensinn, Egoismus oder Bosheit und Lieblosigkeit brachten Leid.

Aus Psalm 23

»Der Herr ist mein Hirte. Mir wird nichts mangeln. Er weidet mich auf einer grünen Aue und führet mich zum frischen Wasser. Er erquickt meine Seele und führet mich auf rechter Straße um seines Namens willen. Und ob ich schon wanderte im finsteren Tal, ich fürchte kein Unglück; denn du bist bei mir, dein Stecken und Stab trösten mich. Du bereitest vor mir einen Tisch im Angesicht meiner Feinde. Du salbst mein Haupt mit Öl und schenkst mir voll ein.

Güte und Barmherzigkeit werden mir folgen mein Leben lang und ich werde bleiben im Hause des Herrn immerdar.«

6

Die Redaktionssitzung, die morgendliche Besprechung des Chefredakteurs mit den Kollegen der einzelnen Fachgebiete, war vorbei. Odo fiel die Aufgabe zu, für die Wochenendausgabe in der Rubrik »Gesellschaft und Soziales« die Dokumentation für das Schwerpunktthema »So leben wir im Alter« zum ersten Infoblock »Arm im Alter« zu erstellen. Heute war Montag, und er hatte Zeit, Fakten zusammenzutragen, durch zwei oder drei exemplarische Berichte zu ergänzen und durch Fotos plakativ zu veranschaulichen. Gefragt war von der Redaktionsleitung auch stets eine Schlagzeile mit einem kleinen Blickfang für die Titelseite der Zeitung. Mit einem kleinen plakativen Foto, das auf das Thema aufmerksam machte. Ob Odos Bericht den Sprung in die Headlines der Titelseite schaffen würde, entschied die Redaktionsleitung.

Odo machte sich an die Arbeit und stellte die statistischen Daten zusammen.

Im Jahr 2022 lag die Armutsgefährdungsquote von Personen im Alter ab 65 Jahren in Deutschland bei 17,5 Prozent, d.h. 17,5 Prozent der Senioren und Seniorinnen waren von relativer Einkommensarmut betroffen. (Stand 15.05.2023).

Odo entnahm den Statistiken weiter folgendes: Die meisten Rentnerinnen und Rentner, die eine gesetzliche Rente beziehen, bekommen weniger als monatlich 1.500 € Rente. 80 Prozent der Frauen ab 65 müssen mit weniger als 1000 Euro im Monat über die Runden kommen. Über Jahrzehnte erbrachte Leistungen im Beruf zählen da wenig. Auch Männer sind betroffen.

Beamte und Beamtinnen schneiden hingegen deutlich besser ab. Ein Autor fasste diese Ungleichheit in die Worte: »Beamte im Ruhestand stehen auf der Sonnenseite der Gesellschaft.« Da sind es über 90 Prozent der Pensionsbezieher, die mehr als 1500 € Pension erhalten. Eine Zweiklassen-Gesellschaft in der Altersversorgung. Ungerecht, wenn man den Blick zum Beispiel auf Österreich wirft, wo es deutlich höhere Altersrenten gab. Außerdem hatte Österreich die Sonderstellung der Beamten bei der Altersversorgung abgeschafft.

82 Prozent der gesetzlichen Renten liegen unter 1500 € monatlich. Bei den Pensionen der Bundesbeamten sieht die Sache ganz anders aus. Hier erhalten 95 Prozent mehr als 1.500 € Altersgeld. Odo entnahm den Beiträgen zu seinem Thema, dass das Risiko von Altersarmut steigt. Eine Million Menschen sind aktuell auf eine staatliche Grundsicherung im Alter angewiesen, doppelt so viele wie vor zehn Jahren.

Odo schaute über die Homepage der Deutschen Rentenversicherung nach. Dort fand er folgende Auskunft: »Als einfache Faustregel gilt: Wenn Ihr gesamtes Einkommen unter 973 Euro liegt, sollten Sie prüfen lassen, ob Sie Anspruch auf Grundsicherung haben.« (Stand August 2023).

Nachdenklich kratzte sich Odo hinterm Ohr. »Da liegt doch ein enormer sozialer Sprengstoff verborgen. Es wird eine der Hauptaufgaben der künftigen Bundesregierung sein, auf dem Gebiet der Sicherung der Altersversorgung gegen diesen Missstand für Abhilfe zu sorgen. Und die künftigen Rentenbezüge aller Arbeitnehmer zukunftsfest zu machen. Das ganze Rentensystem gehörte auf den Prüfstand. Und mit ihm die Sonderstellung der Beamten und der Selbständigen. Außerdem müsste eine obligatorische betriebliche Pensionskasse für alle Beschäftigten verpflichtend vorgeschrieben werden, wie das in der Schweiz der Fall ist. Eigentlich ist es eine Schande, dass in einem wirtschaftlich so erfolgreichen Land wie Deutschland die Altersversorgung deutlich unter vergleichbaren Ländern wie Österreich oder den Niederlanden liegt.«

Odo stand auf und holte sich eine Tasse Kaffee. Als er wieder zurück an seinem Arbeitsplatz war, grübelte er darüber, wie er seinen Beitrag illustrieren könnte. Im Archiv fand er ein Foto, das die gefurchten Hände einer alten Frau zeigte, die ihren fast leeren Geldbeutel zeigte. Auch das Foto eines Flaschensammlers von hinten, der eben eine Bierdose aus dem öffentlichen Papierkorb entnahm, war anschaulicher als zwei Seiten Text. Ferner fand er einige Interviews mit Rentnern, die Grundsicherung bekamen. Erschreckend, wenn im Alter kein Geld mehr dafür da war, um Kindern und Enkeln ein kleines Geschenk zu Weihnachten zu machen. Oder wenn der Gang zum Stammtisch ein Luxus wird, den sich tüchtige und fleißige Arbeitnehmer, die 40 Jahre und länger gearbeitet hatten, nach dem Eintritt in den Ruhestand nicht mehr leisten konnten.

Odo begann, den redaktionellen Text zu verfassen. Und wie schon so oft, kam er beim Schreiben richtig in Fahrt. Ein Flow hatte ihn erfasst.

Als er nach drei Stunden auf dem Notebook den Stand der Uhr wahrnahm, war schon fast zwei Uhr nachmittags. Er entschied für heute diese Aufgabe zu beenden. Morgen wollte er noch einmal darüber schauen. Einer guten

Angewohnheit folgend, beendete er das Schreiben, klappte das Notebook zu, holte sich eine Tasse Kaffee und fuhr mit dem Aufzug auf die Dachterrasse des Redaktionsgebäudes. Oben angekommen, stellte er die Tasse ab und zündete sich eine Zigarette an.

Nachdenklich sah er hinunter in die Straßenschlucht und verfolgte die Autos, die wie kleine Punkte ihren Weg fanden. Unvorstellbar, dass unter den Passanten, die sich wie kleine Ameisen am Straßenrand entlangschoben, Arme und Reiche, Glückliche und Unglückliche waren. Überschuldete und Millionäre.

Oft war in ihm bei der Fahrt in der S- oder U- Bahn die Frage aufgekommen: »Was mag mein Gegenüber beruflich machen? Geht es ihm finanziell gut oder quälen ihn Sorgen?« Diese Frage konnte er auch bei intensivem Hinschauen nicht beantworten.

Anonymität verwischte die persönlichen Lebensumstände. Die Menschen verloren in der Anonymität einen großen Teil ihrer Persönlichkeit. »Wie kann ich einen Menschen verstehen, wenn ich nicht weiß, aus welchem Milieu er stammt, was er für einen beruflichen Hintergrund hat, was er gegenwärtig beruflich macht, in welchen Lebensumständen er lebt?«, dachte Bodo und nahm einen tiefen Zug aus der Zigarette.

Wieder sah er nachdenklich in die Tiefe. »Jeder von uns ist doch unendlich viel mehr als eine Ameise im Weltgetriebe«, hielt Odo fest.

7

Jonas, Amelie und ihr gemeinsamer Sohn Niklas bewohnten eine Dreieinhalbzimmerwohnung in Freiham. Jonas war Lehrer an einem städtischen Gymnasium in Augsburg und Amelie arbeitete in Teilzeit in einer Bankfiliale in der Münchner Innenstadt.

Es war kurz vor sechzehn Uhr. Jonas war eben mit dem Auto vom Einkaufen zurückgekommen. Er fuhr täglich mit dem Auto an sein Gymnasium in Augsburg. Auf diese Weise erreichte er nach einer Fahrt von vierzig Minuten seinen Arbeitsplatz in Augsburg und brauchte damit nur wenig länger als seine Frau Amelie, deren Bankfiliale am Rosenheimer Platz war. Amelie hätte viel dafür gegeben, wieder in der Zentrale ihrer Bank in der Sparkassenstraße/Ecke Tal zu arbeiten. Dort hatte sie ihre Ausbildung absolviert. Und noch immer hatte sie private Kontakte zu Mitarbeiterinnen, die sie aus der Zeit ihrer Banklehre kannte. Leider war nach dem Ende ihrer Lehrzeit keine Stelle in der Zentrale frei gewesen. Aus diesem Grund hatte sie mit einem Arbeitsplatz in der Niederlassung am Rosenheimer Platz vorliebnehmen müssen.

Jonas legte die frischen Einkäufe in den Kühlschrank und verstaute die restlichen Besorgungen. Er schenkte sich ein Glas Mineralwasser ein und setzte sich zur Korrektur einer Matheschulaufgabe an den Esszimmertisch. Zwei Stunden Korrekturarbeit lagen vor ihm. Das müsste reichen, um die 26 Arbeiten zu korrigieren und Punkte zusammenzuzählen. Das Notenrechnen wollte er auf morgen lassen. Er war froh, dass er Mathe- und Physiklehrer geworden war. Eine Schulaufgabe in einer Fremdsprache zu korrigieren, würde doppelt oder dreimal so lange dauern. Er hatte das selbst mitverfolgen können, denn er war lange Jahre mit einer Kollegin zusammen gewesen, die Englisch unterrichtet hatte. Er hatte von ihr auch erfahren, dass Sprachen lebten, sich im Laufe der Zeit entwickelten, und dass ein Englischlehrer sich bei der Korrektur gelegentlich die Frage stellte, ob die Version, die der Schüler verwendete, noch möglich war. Ob ein halber oder ein ganzer Fehler vorlag. So etwas war ihm als Mathe- und Physiklehrer fremd. Entweder wendete der Schüler die richtige Formel an, oder die Anwendung war falsch. In den Naturwissenschaften gab es kein »Das geht vielleicht noch.« Die exakten Wissenschaften, so wie die Schüler sie im Unterricht kennenlernten, boten zweifelsfreie Gewissheiten. Es gab nur richtig oder falsch. Allenfalls in der Astrophysik wurden Modelle verwendet, um Phänomene zu erklären, Zusammenhänge herzustellen und Entwicklungen verstehbar zu machen. Jonas hatte Freude daran, Mathematik und Physik zu unterrichten. Und manchmal gelang es ihm sogar, Schüler für die Unterrichtsgegenstände zu begeistern.

Und aus den Erfahrungen, die er mit einer Kollegin gemacht hatte, war er auch froh, dass seine Frau als Sparkassenangestellte feste, geregelte Arbeitszeiten hatte. Wenn sie nach Hause kam, war ihre Arbeitszeit zu Ende. Der Beruf lag hinter ihr und sie hatte Zeit für den familiären Teil ihres Lebens. Und den Kopf frei für ihr privates Leben.

Er hoffte, gegen sechs Uhr abends mit der Korrektur fertig zu sein. Amelie und Niklas erwartete er innerhalb der nächsten halben Stunde zurück. Auf dem Nachhauseweg von der Bank fuhr Amelie zum Kindergarten und holte dort ihren Sohn Niklas ab. Gelegentlich übernahm auch ihr Mann diese Aufgabe, und sie machte Station beim Biomarkt.

Die richtige Auswahl von frischem Salat und Gemüse im Biomarkt war Amelies Domäne. Sie zog kleine Fachgeschäfte mit Kundenbezug den Supermärkten vor. Einkaufszentren entsprachen Jonas' Naturell, und da er mit dem Auto von der Arbeit kam, boten sich ihm zwischen Augsburg und Freiham mehrere Möglichkeiten. Jonas genoss diese Freiheit in der Wahl des Marktes und entschied jeweils spontan. Die Einkäufe teilten sich Amelie und Jonas auf. In der Regel schob Amelie ihrem Mann beim Frühstück einen kleinen Einkaufszettel mit den Besorgungen zu, die er übernehmen sollte.

Viel Zeit für den persönlichen Austausch nahmen sich beide am samstäglichen Brunch. Dieser bot endlich Zeit für längere Gespräche, an dem auch Niklas teilnahm, und bildete den Auftakt zu vielen gemeinsamen Unternehmungen, auch mit Freunden.

Jonas hatte sich eben über eine weitere Schulaufgabe gebeugt, da vernahm er die Klingel der Wohnungstüre. »Das sind Amelie und Niklas!«, durchfuhr es Jonas. Mit einem Lächeln auf dem Gesicht erhob er sich und begab sich zur Wohnungstüre. Kaum hatte er die Türe geöffnet, da empfingen seine Arme Niklas, seinen Sohn. »Papa!« – »Wie war es im Kindergarten?« – »Super. Wir haben einen Schneemann gebaut!«

Amelie zog nun ihrerseits Jonas an sich und küsste ihn. »Wie war dein Tag?« – »Erzähle ich dir beim Essen. Aber erst muss Niklas aus seinen Hosen raus.« Stimmt.

Die Hosenbeine waren nass, nicht nur die Mütze seines Sohnes. »Das übernehme ich. Komm Niklas, ich zieh dich um.« Vater und Sohn verschwanden im Badezimmer. Bald hörte man Niklas, wie er laut und munter mit seiner hellen Kinderstimme von seinem Kindergartentag berichtete.

8

Odo hatte seinen Beitrag zum Schwerpunktthema »Arm im Alter« am Dienstagnachmittag fertiggestellt und ihn an den Chef dieser Sparte weitergeleitet. Je öfters er den Beitrag kritisch im Hinblick auf seinen Aufbau und die innere Logik hin geprüft hatte, desto mehr wurde ihm die gesellschaftliche Bedeutung des Themas bewusst. Denn seine Fallbeispiele waren nicht nur erschütternd, sondern auch brisant. In einem reichen Land wie Deutschland erwartete Menschen, die ihr Leben lang gearbeitet hatten, wenn auch durch Kindererziehung oder Pflege von Angehörigen streckenweise nur in Teilzeit, eine Rente, die sie trotzdem am Rande des Existenzminimums zurückließ.

Er war froh, dass er sich jetzt für die Dokumentation »So leben wir im Alter« dem nächsten Beitrag »Neue Wohnformen im Alter« zuwenden konnte. In einem Vorort von Köln entstanden zwei Wohnblocks für Mehrgenerationenhäuser. Das Projekt war dem Gedanken verpflichtet, dass sich die Generationen gegenseitig unterstützen. Rüstige Seniorinnen und Senioren sollten in die genossenschaftlich organisierte Kinderbetreuung eingebunden werden. Als Gegenleistung würden Arbeitnehmer und Arbeitnehmerinnen ihr berufsbezogenes Wissen einbringen und Dienste im Bereich PC-Anwendung, Besorgungen, Fahrdienste oder Antragstellung bei Behörden übernehmen. Odo las sich in die Dokumentation der politischen Gemeinde und des Bauträgers ein. Im Verlauf der Woche würde er Gespräche mit den Verantwortlichen vor Ort führen, am besten im Zusammenhang mit einem Ortstermin.

Als er abends nach Hause in seine WG kam, setzte er sich in die Küche und machte Brotzeit. Er hatte sich eben eine halbe Vollkornsemmel mit Leberwurst bestrichen, da hörte er an der Haustüre sperren. Es war Simone. Odo war aufgestanden und neugierig in die Diele getreten. Simone kam von ihrem heutigen Dienst bei der Kranichfluglinie zurück. »Hallo Simone. Schon so früh wieder gelandet?«, fragte er scherzhaft. Simone verzog den Mund. Sie setzte ihre Tasche ab und seufzte. »Weißt du, seit wann ich heute auf den Beinen bin?« Odo zog die Augenbrauen hoch und signalisierte Interesse. »Ich bin kurz vor halb fünf hier weggegangen.« – »Oh!«, entfiel es Odo. »Da habe ich noch tief und fest geschlafen. Darf ich dir etwas anbieten? Willst du dich kurz zu mir setzen?« – »Ein Glas Wasser würde ich gerne trinken. Ich verstaue nur erst meine Sachen und ziehe mich um.« Simone verschwand und kam zehn Minuten später in Jeans und weißer Bluse zurück.

»Oh!«, machte Odo erneut bei Simones Anblick. So chic hatte er sie noch nie gesehen. Die Röhrchen Jeans und die weiße Bluse machten Simone schlank und betonten gleichzeitig ihre weiblichen Formen. »Hast du noch etwas vor?«, fragte Odo und schenkte Simone ein Glas Wasser ein. Ein Lächeln umspielte Simones Mund. »Ich treffe mich noch mit einer Freundin zum Essen. Wir haben uns schon länger nicht gesehen und es gibt allerhand zu berichten. Sie arbeitet bei einer großen Bank und hat mich zum Essen eingeladen. Nachher wollen wir noch zum Tanzen gehen.

Ich habe morgen und übermorgen frei.« Odo sah fragend in Simones schmales Gesicht. »Dann verdient sie sicher ganz gut?« – »Sei bloß still! Das Doppelte von dem, was ich bekomme, wenn nicht gar noch mehr. Und auch ihre Arbeitsbedingungen sind optimal. Zwei Mal in der Woche macht sie Homeoffice, und wenn sie mal ein Kind hat, kann sie in Teilzeit gehen. Die haben so tolle Teilzeitmodelle. Sie könnte zum Beispiel nur noch an drei Tagen die Woche arbeiten, davon zwei Tage von zu Hause aus.« Odo nickte anerkennend. »Das klingt ganz familienfreundlich. »Lass mich raten, arbeitet sie für die Bank mit den Zwillingstürmen?« – »Ja. Aber der Stress bleibt.« – »Sag mal Simone, möchtest du mit ihr tauschen?« – »Jein. Mein Job ist abwechslungsreich. Kein Tag ist wie der andere. Und seit wir auf den Europaflügen kein Essen mehr ausgeben, ist ein entscheidender Stressfaktor weggefallen. Das bedeutet aber noch lange nicht, dass es an Bord gemütlich zugeht. Und mit Teilzeit ist das beim Kabinenpersonal so eine Sache. Ganz abgesehen davon, dass sich die Arbeit dann kaum noch lohnt, wenn ich nur an drei Tagen die Woche an Bord bin.«

Odo zeigte auf die Rotweinflasche auf dem Tisch. »Möchtest du ein Glas Wein trinken?« – »Nein danke. Kein Alkohol vor dem Ausgehen.« – »Sag mal Simone, in welchen Klub geht ihr denn?« Simone nannte den Namen. »Wir gehen immer ins *Cindy*. Komm halt nach, wenn du Lust hast. Aber vor elf ist da nicht viel los. Schau einfach vorbei. Dann lernst du auch meine Freundin Fiona kennen.« – »Das klingt vielversprechend«, dachte Odo. »Ja, gerne. Gehst du öfters dorthin?« – »Ein bis zwei Mal im Monat. Meist ohne vorheriges Essen. Aber jetzt haben wir uns drei Monate lang nicht gesehen. Da habe ich mich sehr gefreut, dass Fiona mich eingeladen hat.«

Simone war aufgestanden. »Dann mache ich mich mal fertig. Tschüss!« – »Viel Spaß«, rief Odo Simone hinterher. Dabei empfand er ein klein wenig Neid. Seine Mitbewohnerin Simone machte sich auf in einen vergnüglichen Abend.

Odo goss den Rest der Bierflasche in das Glas und starrte versonnen in die Schaumkrone. »Soll ich mich umziehen und später Simone und Fiona ins *Cindy* folgen? Mein Termin in Köln im Mehrgenerationenprojekt ist erst nachmittags um 14 Uhr 30. Vor halb zehn brauche ich in Frankfurt Hauptbahnhof nicht loszufahren. Das wird ein entspannter Tag. Ich denke, ich kann noch was aus dem angebrochenen Abend machen.«

Als Odo gegen halb zehn Uhr abends das Haus verließ, war er ganz beschwingt. »Vielleicht lerne ich Simone mal von einer anderen Seite kennen. Nicht nur »Guten Morgen« beim Gehen oder »Hallo« beim Kommen. So viel Zeit wie heute Abend hatte ihm Simone noch nie geschenkt. Es gab oft Tage, an denen sich Odo und Simone gar nicht begegneten.

Nachdem Odo das *Cindy* erreicht hatte, durchmaß er suchend die halbdunklen Räume nach Simone. Trotz der schmissigen und lauten Musik war die Tanzfläche ziemlich leer. Odo suchte auch die Tische am Rande ab, doch er fand Simone nicht. Odo machte kehrt und ging zurück in Richtung Bar. Dort war er noch nicht gewesen. Und da sah er sie, die schlanke Frau in den eng anliegenden Jeans und der weißen Bluse: Simone. Sie saß ihrer Freundin schräg gegenüber.

Odo näherte sich den beiden, und Simone beugte sich zu ihrer Freundin vor und schrie ihr Odos Namen ins Ohr. Zum Glück legte der DJ gerade eine Pause ein und es gelang Simone, Odo mit Fiona bekannt zu machen. Odo nickte freundlich und zeigte sich erfreut. »Viel hat mir Simone von dir noch nicht verraten. Aber vielleicht erzählst du mir später etwas mehr von dir? Du bist bei der Presse?« – »Ja. Aber keine Angst: Du musst mir kein Interview geben!« Beide lachten. Schon trat der DJ wieder in Aktion und Odo zog Simone auf die Tanzfläche. Nach etlichen Tänzen begleitet er Fiona auf das Parkett. Fiona war etwas kleiner als Simone und trug ihre langen braunen Haare hochgesteckt. Sie erschien Odo temperamentvoller als ihre Freundin Simone. Und es war offensichtlich, dass sie sehr gerne tanzte. Immer wieder warf sie ihre Arme in die Höhe und gelegentlich drehte sich Fiona sogar um die eigene Achse. Ihr Blick war versonnen nach unten gerichtet. Fiona ließ sich von den schnellen Rhythmen der Musik mitreißen, und dennoch schien es, als wäre sie konzentriert bei sich. Lebhaft und ausdrucksstark – und doch ganz Fiona.

Odo machte es Spaß, mit Fiona zu tanzen. Ihre Lebendigkeit steckte ihn an und erfüllte ihn mit Leben und Leichtigkeit.

Nach einer halben Stunde hielt Fiona inne und machte eine Bewegung mit dem Kopf in Richtung Bar.

Odo bot Fiona einen Drink an, doch sie verwies lächelnd auf ihr noch halb volles Glas. »Vielleicht ein andermal?«, fand Odo und sah in Fionas Gesicht. Fiona lächelte charmant, aber unbestimmt.

Nachdem Odo noch ein Getränk bestellt hatte, lösten sich Simone und Fiona vom Tresen und gingen zurück auf das Parkett. Jetzt tanzten die beiden Frauen zusammen. Bei langsamen Rhythmen zog Simone Fiona an sich, und beide überließen sich den Klängen der Musik. Im Gewitter der bunten Lichtblitze fielen sie nicht auf.

Versonnen glitten Odos Blicke über die Tanzenden. Er träumte vor sich hin und erschrak beinahe, als Simone an ihn herantrat. Sie lächelte ihn an und ihr Kopf näherte sich Odos Ohren. »Wir trinken noch aus und brechen dann auf.«

9

Aaron hatte es geschafft. Er hatte sich nur mit Mühe von der Weihnachtsfeier des Seniorenkreises im Pfarrsaal lösen können. Er hatte am Ehrenplatz an der Stirnseite des Quertisches unmittelbar vor der Bühne des Pfarrsaals neben den Organisatoren des adventlichen Zusammenseins mit stimmungsvoller Musik, besinnlichen Texten und dem gastweisen Auftritt des Kirchenchores Platz nehmen müssen. Wieder saß er bei jenen, mit denen er im Alltag des pfarrlichen Betriebes regelmäßig zu tun hatte. Deren Familienverhältnisse, persönliche Vorlieben und Sorgen er bestens kannte, mit denen er dienstlich zusammenarbeitete. Einige davon zählten gar zu den Mitgliedern des Pfarrgemeinderates. Übereifrige fanden sich sogar in mehreren der Fachausschüsse, die das pfarrliche Leben durch ihr Engagement, die Präsenz im Online-Pfarrbrief und durch ihre Aktivitäten am Leben hielten. Zum Beispiel im Ausschuss »Pfarrfeste und Feiern«.

Aaron jedoch lagen zwei Ausschüsse besonders am Herzen. Es war die Arbeitsgruppe »Junge Christen« und der Bibelkreis. Es gab kaum etwas, was Aaron mehr Freude bereitete als das gemeinsame Lesen in der Bibel mit dem Versuch, aus den Aussagen der Perikopen eine ganz persönliche Botschaft zu entnehmen. An diesen Abenden ermunterte er nach der Lektüre des Abschnitts aus der Bibel und einer Phase der Stille die Teilnehmer, für sich einen Satz zu finden, der ihnen besonders gefiel, der sie ansprach.

Nachdem er eine Tasse Tee getrunken und ein Stück

Stollen gegessen hatte, verließ er mit einem Nicken in Richtung der Organisatorin seinen Ehrenplatz, den er wider Willen eingenommen hatte und ging in die Runde, von Tisch zu Tisch. Und das dauerte, denn immer wieder hörte er die Bitte: »Herr Pfarrer, kommen Sie kurz zu mir!« Dabei musste er seine Aufmerksamkeit, sein teilnehmendes Zuhören immer wieder wegen der zahlreichen Darbietungen unterbrechen. Dieser Teil seiner Arbeit war ihm sehr wichtig. Als Pfarrer wusste Aaron, dass Geduld und Zuhören das A und O der Seelsorge waren. Auch wenn das Zuhören allein die angesprochenen Probleme nicht lösen konnte. Doch das Gefühl, ein Ohr gefunden zu haben und mitfühlende Worte mit nach Hause zu nehmen, stärkte die Menschen, denen er sich zuwandte.

Das Direktorium sah für den Weihnachtsgottesdienst an Heiligabend die Perikope aus dem Evangelium nach Lukas, Kapitel 2, Verse 1 – 14 vor. Für die Predigt wählte Aaron schwerpunktmäßig die Aussage der Verse 8 – 11 aus.

»8 In dieser Gegend lagerten Hirten auf freiem Feld und hielten Nachtwache bei ihrer Herde.

9 Da trat ein Engel des Herrn zu ihnen und die Herrlichkeit des Herrn umstrahlte sie und sie fürchteten sich sehr.

10 Der Engel sagte zu ihnen: *Fürchtet euch nicht, denn siehe, ich verkünde euch eine große Freude, die dem ganzen Volk zuteilwerden soll:*

11 *Heute ist euch in der Stadt Davids der Retter geboren; er ist der Christus, der Herr.«*

Aaron hatte die Textstelle, auf der er seine Predigt aufbauen wollte, mehrmals durchgelesen. Die Hirten waren es, die als erste die Nachricht von der Geburt Jesu, unseres Retters, erhielten. Einfache Menschen am Rande der Gesellschaft, schlecht bezahlte dienstbare Geister, die sich um die Tiere ihres reichen Herrn kümmerten, denen die Aufsicht über einen Teil seines Vermögens anvertraut war. Während ihr Arbeitgeber in einer gut geheizten Villa bei einem Glas Wein saß und plauderte, waren sie der unwirtlichen Kälte des Winters ausgesetzt und kauerten sich in ihre Decken.

Hirten hatten zur Zeit Jesu keinen guten Ruf. Sie waren Mietlinge und standen im Ruf, unehrlich zu sein. Schlecht gekleidet, ungepflegt, mit wirren Bärten und langen Haaren. Am besten, man ließ sich nicht mit ihnen ein. Auf diese Un- und Angelernten draußen, auf freiem Feld, in Decken gehüllt, richtet der Regisseur Lukas in seiner Erzählung seine Scheinwerfer: *Hört her, Gott ist Mensch geworden, er ruft uns zu sich!*

Und die Hirten waren es, die sich auf den Weg zum Stall von Bethlehem machten. Ohne Fragen zu stellen, ohne zu diskutieren.

»15 Und es geschah, als die Engel von den Hirten in den Himmel zurückgekehrt waren, sagten die Hirten zueinander: *Lasst uns nach Betlehem gehen, um das Ereignis zu sehen, das uns der Herr kundgetan hat.*«

»Komisch«, dachte Aaron. »Wenn ausländische Staatsmänner zu Besuch kommen, werden sie mit militärischen Ehren und einer Parade empfangen und über den roten Teppich geführt. Alle sind in makellosen Anzügen oder in Uniformen mit Rangabzeichen gekleidet.

Als Jesus geboren wurde, waren die ersten Besucher

ein paar zerlumpte Gesellen von draußen. »Heute wären das die Obdachlosen, die Jesus den ersten Besuch machen würden. Sicher würde Lukas sie in seine Story einbauen.« Aaron blickte in die Kerze, die auf seinem Schreibtisch brannte. »So unscheinbar und völlig unerwartet ist Gott in unsere Welt gekommen. Und er hat sich zuerst den Menschen gezeigt, die ein offenes Herz für ihn hatten. Die ersten Empfänger der frohen Botschaft waren die Hirten, die Menschen am Rande der Gesellschaft. Sie haben Jesus gefunden und ihn angenommen.«

»17 Als sie es sahen, erzählten sie von dem Wort, das ihnen über dieses Kind gesagt worden war.

18 Und alle, die es hörten, staunten über das, was ihnen von den Hirten erzählt wurde.«

»Weihnachten ist das Fest der Liebe, und wir machen uns gegenseitig Geschenke, mit denen wir lieben Menschen Freude bereiten wollen. Denken wir dabei auch an jenes Geschenk, das Gott uns machen will, an Jesus?«

Aaron dachte bei sich: »Wie viele Menschen denken vor Weihnachten nur an die Geschenke, die sie kaufen, besorgen müssen und nicht an jenes große Geschenk, das Gott uns macht. Er wird in der Gestalt eines kleinen Kindes Mensch, kommt zu uns! An Weihnachten macht sich uns Gott selbst zum Geschenk!«

10

Als Odo aufwachte und benommen in das Dämmerlicht blinzelte, musste er sich erst Orientierung verschaffen. Er konnte sich an die gestrige Heimkehr, den Weg von der Frankfurter Innenstadt in seine Wohngemeinschaft nicht auf Anhieb erinnern. Erst allmählich gelang es ihm, aus einzelnen Erinnerungsstücken ähnlich wie bei einem Puzzle ein Gesamtbild des gestrigen Abends zu erstellen. Er war abends auf Simones Anregung hin noch einmal in die Stadt gefahren, in den Klub *Cindy*. Dort hatte er Simone wiedergetroffen, die ihm ihre Freundin Fiona vorgestellt hatte. An der Bar hatte er zwei Bier getrunken und dazwischen mit den beiden befreundeten Frauen getanzt. Es war nicht sehr spät gewesen, als sie das *Cindy* verlassen hatten, vielleicht zehn vor zwölf Uhr nachts. Sie waren mit der U-Bahn zurückgefahren, und während der Fahrt hatte sich Fiona von ihnen verabschiedet, bevor sie ausgestiegen war. Beim Umsteigen auf den Bus hatte Simone den Einfall, in der benachbarten Eckkneipe noch einen Absacker zu nehmen. Als sie diese eine Stunde später verließen, war Simone leicht beschwipst. Beim Verlassen des Lokals hatte sie ihre Arme ausgebreitet und mit ausgestreckten Armen ein Flugzeug nachgemacht, das nach einem Schwenker die Zielgerade zur Landebahn erreicht. Dabei hatte Simone gerufen: »Heute fliege ich nur noch in mein Bett!« Odo hatte ihr daraufhin den Arm geboten und er hatte Simone sicher zurück in die gemeinsame Wohnung geführt. Im Flur machte Odo Anstalten, sich in sein Zimmer zurückzuziehen, doch plötzlich verspürte er Simones Zunge in seinem Mund. Er hatte diesen zärtlichen Gruß mit seiner Zunge beantwortet, hatte Simone kurz umarmt …

Simone hatte die im Stehen ausgetauschten Zärtlichkeiten als Einladung, als Vorspiel interpretiert und war Odo in sein Zimmer gefolgt. Als Odo von der Toilette zurückkam, sah er Simone schlafend auf seinem Bett liegen. Der Alkohol hatte seinen Tribut verlangt. Die roten Schuhe hatte sie abgestreift, doch die Jeans hatte sie noch an, ebenso ihre Bluse.

Jetzt tauchte in Odos Gedächtnis das letzte Erinnerungsstück auf. Er hatte Simone zugedeckt und sich auf der gegenüberliegenden Seite neben die schlafende Simone gelegt.

Odo drehte sich um. Das Bett war reichlich zerknüllt, aber der Platz neben ihm war leer. Offensichtlich war Simone vor ihm wach geworden und hatte sich daraufhin in ihr eigenes Zimmer zurückgezogen.

Odo blickte auf sein Handy. Es war kurz nach sechs Uhr. Bald würde er aufstehen müssen, doch bis kurz vor sieben Uhr wollte er noch schlafen.

Odo fand jedoch keinen Schlaf. Er verfiel in ein dumpfes Brüten. Was hatte der Kuss, mit dem ihn Simone gestern Abend überfallen hatte, zu bedeuten? Hatte Simone durch die Wirkung des Alkohols ihre steife, professionelle Hülle fallen lassen? Hatte die Simone, die sich hinter dieser Hülle verbarg, Sympathien oder gar Gefühle für ihn, die sie bis gestern vor ihm verborgen hatte? Sollte er nun seinerseits auf Simone zugehen, ihr Komplimente machen, sie einladen und ausführen?

Als sie sich gestern in der Küche gegenübergesessen

waren, hatte er bemerkt, dass Simone auch über ihre Gefühle sprach. Zwar hatte sich das Gespräch um ihren Beruf mit seinen Schattenseiten gedreht, aber hinter ihren Worten war die leibhafte, echte Simone greifbar geworden. Eine junge Frau, die ihm bis dato verborgen gewesen war. Und Odo selbst hatte das Gespräch im Nachhinein als schön empfunden. Zum ersten Mal.

Die andere Frage verwirrte Odo etwas. Wieso war Simone ihm unaufgefordert in sein Zimmer gefolgt? Wünschte sie sich nur seine Gesellschaft, Gespräche, oder wollte sie mehr? Dass sie sich im Verlauf der Nacht dann in ihr eigenes Zimmer zurückgezogen hatte, legte den Schluss nahe, dass sie zu sich gekommen war und es sich mittlerweile anders überlegt hatte. Möglicherweise sah sie den Kuss und das Übernachten auf seinem Bett jetzt als Ausrutscher an.

Als Odo aufstand, stellte er überrascht fest, dass im Flur noch Simones Handtasche stand. Der Reißverschluss war offen. Also hatte Simone ihren Schlüssel der Handtasche entnommen und war danach in ihrem Zimmer verschwunden. Odo nahm an, dass sie dort jetzt in ihren freien Tag hineinschlief. Den hatte Simone sich verdient.

Odo ging unter die Dusche und bereitete sich auf seine Fahrt nach Köln vor.

11

Heiligabend, und Jonas, Amelie und der vierjährige Niklas waren eben von der Weihnachtsfeier und der Bescherung bei Jonas' Eltern zurückgekommen. Es ging schon auf elf Uhr zu, und Niklas war die Müdigkeit nach dem langen Abend mit den vielen Eindrücken anzusehen. »Komm Niklas, ich helfe dir beim Ausziehen. »Ich will aber noch Eisenbahn spielen!«, fand Niklas und zerrte an der Schachtel, die Amelie trug. »Niklas schau, die bauen wir morgen zusammen auf. Mama hilft dir dabei!«, versicherte Amelie. »Nein, jetzt!« Wutentbrannt stampfte Niklas mit dem rechten Bein auf den Boden. Da hob Niklas seinen Sohn in die Höhe, gab ihm einen Kuss auf die Wange und meinte tröstend: »Weißt du was, wir nehmen die Schachtel in dein Kinderzimmer. Dann zeigst du deinen Tieren, was für ein großartiges Geschenk du bekommen hast. Und wenn du dein Pyjama anhast, liest dir der Papa noch eine Gutenachtgeschichte vor!« – »Ui!«

Als Niklas nach dem Vorlesen der Gutenachtgeschichte eingeschlafen war, setzte sich Jonas zu Amelie ins Wohnzimmer. »Hat es dir bei meinen Eltern gefallen, Amelie?«, erkundigte er sich. »Ja, sehr. Deine Mutter hat sich ordentlich Arbeit gemacht. Vor dem Kartoffelsalat und den Würstchen noch eine klare Suppe, das wäre doch nicht nötig gewesen.« Niklas lachte. »An Festtagen gibt es bei uns immer mehrere Gänge. Das ist bei Mama Standard.« – »Ich bin pappsatt«, gestand Amelie. »Nach der Bescherung noch eine Scheibe Stollen und nachher noch Kekse, das war des

Guten zu viel.« Wie um das zu dokumentieren, legte Amelie die Hand auf ihren Bauch.

»Dein Bruder Odo war heute seltsam friedlich.« – »Ist doch auch Weihnachten, das gehört sich doch so. Aber jetzt, wo du das sagst: stimmt. Mein Vater und er haben ja gar nicht miteinander gestritten.« Amelie sah ihren Mann mit hochgezogenen Augenbrauen an. »Ist da vielleicht die Simone schuld, die er mehrmals erwähnt hat?« – »Viel wissen wir ja nicht von ihr. Dass sie die Mieterin der Wohnung ist, und dass sie Flugbegleiterin ist. Mein Bruder lässt sich da auch nicht in die Karten schauen, und schon gar nicht von meinen Eltern!« – »Naja«, fand Amelie, aber dass Simones Name mehrmals fiel, deutet doch darauf hin, dass sie eine bestimmte Rolle in seinem Leben spielt. Ich habe das Gefühl, sie ist für Odo mehr als nur seine Vermieterin.« Jonas lachte kurz auf. »Du meinst, Odo ist für Simone mehr als nur ihr Untermieter?« – »Wer weiß? Aber dass deine Mutter Odo immer die Frage stellt, ob er jetzt endlich eine Frau gefunden hat, finde ich schon sehr penetrant. Genau die gleiche Frage hat sie Odo schon auf Papas Geburtstagsfeier im Herbst gestellt.« Amelie lehnte sich zurück, nahm die Hand vor den Mund und gähnte. Doch Jonas blieb noch beim Thema. »Weißt du, vielleicht wünscht sich Mama noch einen weiteren Enkel. Sie hat bis jetzt erst einen, unseren Sohn Niklas.« Erwartungsvoll blickte Jonas seine Frau an.

»Du denkst doch beim Thema weitere Enkelkinder nicht an uns?« Amelie schüttelte den Kopf. »Das haben wir doch schon x-Mal besprochen. Mir reicht neben dem Beruf ein Kind. Da hast du mir doch zugestimmt!« Amelies Stimme war lauter geworden.

Jonas machte mit dem Kopf eine abwägende Bewegung. »Ist das wirklich dein letztes Wort?« – »Ja, und das muss dir genügen.«

Amelie war aufgestanden und machte sich wortlos auf den Weg in Richtung Schlafzimmer. Jonas atmete tief durch und ließ sich danach nach hinten in das Sofa fallen. »Na ja«, dachte er bei sich, »Ich habe ja noch einen Bruder. Luis ist mit Lisa zusammen. Und als Erzieherin im Kindergarten ist Lisa bestimmt eine kinderliebe Frau. Und die beiden sind jünger als ich und haben noch jede Menge Zeit, eine Familie zu gründen.«

12

Odo saß im Intercity von München nach Frankfurt. Es war der Morgen des 26. Dezember, und Odo war froh, dass die Weihnachtsfeiertage hinter ihm lagen. Obwohl er Simone zwei oder drei Mal erwähnt hatte, ging seine Mutter nicht davon aus, dass Simone zur Kandidatin einer möglichen Schwiegertochter aufrücken könnte. Umso mehr hatten sich Mutter Nicoles neugierige Fragen, ihr Löchern im Hinblick auf ein weiteres Enkelkind an Heiligabend auf Jonas und Amelie konzentriert. Und am zweiten Weihnachtsfeiertag dann auf Luis und Lisa. Nicht ohne vorweg mit der Frage aufzuwarten: »Wann heiratest du eigentlich Lisa?« Schmunzelnd hatte Odo Luis' blumige und unverbindliche Antwort angehört. Am liebsten hätte er gesagt: »Aber Mama, überlass das doch Luis und Lisa, lass dich überraschen!« Aber da war ihm Daniel, sein Vater zuvorgekommen und hatte das Gespräch mit einigen Fragen zur Steuererklärung in eine ganz andere Richtung gelenkt. Er war sogar aufgestanden und hatte seinen Steuerordner geholt, und damit begann am Kaffeetisch ein Fachgespräch, das keine Fragen über Zukunftspläne zuließ. Es ging um die Geltendmachung von Aufwendungen gegenüber dem Finanzamt, um Sonderausgaben wegen medizinischen Behandlungskosten, die die Krankenkasse nicht übernommen hatte. Um Platz zu schaffen, machten sich Nicole und Lisa daran, das Kaffeegeschirr in die Küche zu tragen, wo die beiden Frauen sich weiter unterhielten.

Nachdem sein Vater und Luis mit dem Thema Steuererklärung zu Ende waren, hatte er seinem Bruder einen gemeinsamen Spaziergang vorgeschlagen. Odo hatte sich sehr darüber gefreut, dass Luis sich für seine Arbeit interessierte und gezielte Fragen zu seiner Arbeit als Redakteur stellte. »Da bist du ja oft ganz nah an sozialen Problemen dran, lernst die Hintergründe des sich verstärkenden Lohngefälles oder von Altersarmut kennen. Liegt da nicht allerhand sozialer Sprengstoff verborgen?« Luis war beim Gehen stehen geblieben und blickte mit nach oben gezogenen Augenbrauen seinen Bruder fragend an. Odo hatte nachdenklich genickt. Dann urteilte er: »Weißt du, die wachsende Zahl der Menschen im Prekariat und die steigenden Ausgaben für Hatz IV und für weitere Leistungen wie das Bürgergeld ist das eine. Aber die Spaltung der Gesellschaft in Geringverdiener und Empfänger sozialer Leistungen auf der einen Seite und der Gut- und Bestverdiener auf der anderen Seite führt zu einer Radikalisierung im politischen Bereich. Es sind einfach zu viele, die aus ihren bescheidenen Verhältnissen aus eigener Kraft nicht herauskommen, und deren Kinder auch keine Aufstiegschancen durch höhere Schulabschlüsse und gute Ausbildung bekommen. Die Mittelschicht schrumpft, und die obersten 10 Prozent der Gesellschaft werden reicher und reicher. Die häufen Vermögenswerte an, deren Erträge das Jahresgehalt der Geringverdiener übersteigen. Du weißt, was Bernard Baruch gesagt hat? Es gibt tausende Möglichkeiten, Geld auszugeben, aber nur zwei Wege, zu Geld zu kommen: Entweder du arbeitest, oder du lässt dein Geld für dich arbeiten.« Eine Weile gingen die beiden Brüder schweigend nebeneinanderher her. Odo spann seinen Gedanken noch weiter. »Während der Geringverdiener gerade mal über die Runden kommt und am Monatsende kein Geld übrighat, hat der Vermögende am Ende des Monats möglicherweise Geld übrig, das er erneut anlegen kann, zum Beispiel in ETFs oder Aktien. Das führt dann wieder zu steigenden Ausschüttungen, die er verbrauchen oder auch wieder anlegen kann. Es gibt also nicht nur eine Abwärtsspirale, sondern auch eine Spirale nach oben, zu immer weiterwachsendem Vermögen.«

Wieder war Luis stehen geblieben. »Entsteht da nicht sozialer Neid auf Seiten derer, die wenig haben? Besteht darin der soziale Sprengstoff?« – »Das ist wissenschaftlich untersucht worden. Es ist nämlich allgemein nicht so, dass diejenigen, die weniger haben, den anderen ihren Mercedes oder ihr Einfamilienhaus nicht gönnen. Im Gegenteil, die meisten Menschen denken sogar, der hat sich sein teures Auto oder sein Haus erarbeitet. Er war tüchtig und erfolgreich, darum hat er mehr. Er übersieht dabei, dass die soziale Stellung wohlhabender Menschen oft von deren Elternhaus abhängt. Meist schon bevor diese durch Erbschaft noch reicher werden. Das Elternhaus bestimmt die Bildungschancen, und ein erfolgreich abgeschlossenes Studium bestimmt den sozialen Status. Das kannst du bei uns Brüdern deutlich ablesen. Aaron hat Theologie studiert und ist jetzt Pfarrer, Jonas ist Gymnasiallehrer und Beamter, ich habe Politologie studiert, und du hast das Duale Studium BWL – Steuerberatung hinter dir. Wenn bei einem Paar beide einen Masterstudiengang hinter sich haben, stehen sie ganz gut da.«

Nachdenklich hatte Luis zugehört. »Ja, das stimmt. Aber mit einem Kind in der Kita und wenn die Frau nur Teilzeit arbeitet, sieht die Sache wieder anders aus. Und bei den hohen Mieten in Städten wie München oder Frankfurt können auch Paare keine großen Sprünge machen. Und an Wohneigentum ist nicht zu denken.« – »Ja, siehst du, hier sind wieder die, die sechsstellig erben, im Vorteil. Zumindest haben die dann oft schon die Eigenbeteiligung, die Notarkosten und die Grunderwerbssteuer als Startausrüstung. Die fehlende restliche Kaufsumme stellt ihnen dann die Bank in Form einer Hypothek zur Verfügung.«

Verträumt sah Odo aus dem Fenster. Die Sonne kämpfte noch mit den Wolken, und die abgeernteten Felder waren in ein eintöniges Graubraun getaucht. Kahl und reglos ragten die Laubbäume in den Himmel.

Odo überlegte, was ihn in der WG in Frankfurt erwarten würde. Er war während der letzten Arbeitstage vor den Feiertagen ordentlich im Strass gewesen. Mitbewohnerin Elisabeth hatte sich schon am 19. Dezember mit Weihnachtswünschen von ihm verabschiedet. Auf seine Frage nach ihren Plänen hatte sie selig gelächelt und verkündet, sie würde zu ihren Eltern in deren Haus in Oberbayern fahren. Dort hätte es auch schon ordentlich geschneit. »Ich komme dann erst an Neujahr wieder zurück.« – »Gehst du in die Berge zum Skilaufen?« – »Nein, aber ich genieße ausgedehnte Spaziergänge durch die verschneite Landschaft.« Diese Aussichten konnte Frankfurt nicht bieten.

Aber Odo hatte schon eine Einladung zu einer Silvesterparty bei Freunden aus der Redaktion. Auf diese Party freute er sich. Und begann zu überlegen, ob er mit Fiona chatten wollte und sie zum Mitkommen auf diese Party einladen wollte. Es wäre ein echter Lichtblick, wenn Fiona sich ihm anschließen würde.

13

Kunsthistorikerin Elisabeth war überglücklich. Völlig überraschend hatte sie am 22. Dezember die Nachricht vom Kulturdezernenten der Stadt bekommen, dass ihre Bewerbung für die wissenschaftliche Begleitung einer historischen Dokumentation mit geplanter Sonderausstellung zu einem Stadtjubiläum angenommen worden war. Die Stadt bot ihr eine auf 5 Jahre befristete Stelle an. Elisabeth war ganz selig, als sie las, dass sie am 07. Januar im neuen Verwaltungsgebäude der Stadt zur Vertragsunterzeichnung erwartet würde. Endlich ein festes Arbeitsverhältnis mit regelmäßigen Bezügen als Angestellte im Öffentlichen Dienst. Zum ersten Mal in ihrem Leben, mit weit über dreißig Jahren, in einem Arbeitsverhältnis, bezahlt nach dem Tarifvertrag für den öffentlichen Dienst (TVöD), mit der Aussicht auf eine Zusatzversorgung durch eine Betriebsrente und dem Angebot auf ein preiswertes Großkundenticket, das sie auch in der Freizeit nutzen durfte. Die Aussicht auf eine feste Beschäftigung für die nächsten Jahre, das Gefühl einer noch nie erreichten persönlichen Sicherheit ließ die zeitliche Befristung in den Hintergrund treten.

Elisabeth plante auf der Grundlage des Fünfjahresvertrags im neuen Jahr gezielt eine große Zahl von Bewerbungen zu schreiben.

Als Odo mit der U-Bahn vom Frankfurter Hauptbahnhof in seine WG fuhr, war er gespannt auf Flugbegleiterin Simone.

Sie hatte angedeutet, dass sie zwischen den Jahren Resturlaub abfeiern wolle. Da im Winter ihr regelmäßiger Gang
auf den Tennisplatz wegfiel, erhöhte das die Chance, dass
sie auch mal zu Hause sein würde. Vielleicht würde er Simone antreffen? Er hatte fest vor, Simone auf ihre Freundin
Fiona anzusprechen und den beiden einen Treff im Klub
Cindy vorzuschlagen.

Umso überraschter war er, dass kurz nachdem er seinen
Mantel in der Garderobe aufgehängt hatte, eine strahlende
Elisabeth aus ihrem Zimmer kommend den Flur betrat. Das
strahlende Gesicht, mit dem Elisabeth sich zu ihm stellte,
veranlasste ihn zu der Frage: »Was ist mit dir, Elisabeth? Du
bist früher zurückgekommen aus Bayern! Und jetzt freust
du dich auf meine Gesellschaft?«

Da platzte es aus Elisabeth heraus. »Ich habe einen Fünfjahresvertrag!« – »Gratuliere! Willst du mir mehr davon
erzählen?« – »Wenn du willst, mache ich uns einen Kaffee.
In zehn Minuten? Du willst sicher noch auspacken?«

Ja, Elisabeth erschien Odo wie ausgewechselt. Odo brauchte
keine Fragen zu stellen, alle Einzelheiten, auch ihre privaten Pläne für die nähere Zukunft, sprudelten aus Elisabeth
heraus. Sie schlug sogar vor, an Silvester für ihn und Simone zu kochen. Das war eine neue, völlig verwandelte
Elisabeth. Elisabeth als Gastgeberin? Und das an Silvester!
Odo versuchte die Gelegenheit beim Schopf zu packen, als
er seinen Dank für die Einladung mit den Worten ergänzte:
»Vielleicht ziehen wir danach noch los, in die Stadt, um das
Feuerwerk zum Jahreswechsel zu sehen?«

14

Samstagvormittag, und Aaron saß in seinem Zimmer in der ersten Etage des Pfarrhauses. Er hatte sich vorgenommen, zu dem Themenkreis »Mein neues Leben mit Gott« im wöchentlichen Meeting »Bibel teilen« in der Gruppe gemeinsam bedeutende Wendepunkte im Leben eines Menschen aufzuspüren. Wendepunkte, die einen Einschnitt in das bisherige und oft unbewusste, unreflektierte Leben markierten. Zäsuren, die den Startschuss zu einem bewussten Neubeginn markierten.

Aaron wusste, dass der Evangelist Lukas im 15. Kapitel seines ersten Werkes drei Gleichnisse Jesu überlieferte, die alle drei einen gemeinsamen Nenner hatten. In allen drei Bildreden ging es um etwas, das verloren gegangen war. In Lukas 15,4-7 ging es um ein verlorenes Schaf, in Lukas 15,8-10 um ein verlorenes Geldstück und in Lukas 15,11-32 um einen Sohn, der sich von seinem Vater sein Erbteil auszahlen ließ, ins Ausland ging und dort in Saus und Braus lebte, bis das ganze ihm zustehende Vermögen durchgebracht war.

Das Verlorene war eine Metapher für den alten Zustand, den gewohnten Trott im Leben. Das Wiederauffinden war eine Metapher für die innere Umkehr eines Menschen, für die Abkehr vom alten Leben und der Hinwendung zu Gott.

Aaron öffnete das Neue Testament Deutsch, suchte das

Lukasevangelium, Kapitel 15, und begann bei Vers 11 zu lesen.

Das Gleichnis vom verlorenen Sohn (Lk 15,11-32)

»11 Weiter sagte Jesus: Ein Mann hatte zwei Söhne. 12 Der jüngere von ihnen sagte zu seinem Vater: Vater, gib mir das Erbteil, das mir zusteht! Da teilte der Vater das Vermögen unter sie auf. 13 Nach wenigen Tagen packte der jüngere Sohn alles zusammen und zog in ein fernes Land. Dort führte er ein zügelloses Leben und verschleuderte sein Vermögen. 14 Als er alles durchgebracht hatte, kam eine große Hungersnot über jenes Land und er begann Not zu leiden. 15 Da ging er zu einem Bürger des Landes und drängte sich ihm auf; der schickte ihn aufs Feld zum Schweinehüten. 16 Er hätte gern seinen Hunger mit den Futterschoten gestillt, die die Schweine fraßen; aber niemand gab ihm davon. 17 Da ging er in sich und sagte: Wie viele Tagelöhner meines Vaters haben Brot im Überfluss, ich aber komme hier vor Hunger um. 18 Ich will aufbrechen und zu meinem Vater gehen und zu ihm sagen: Vater, ich habe mich gegen den Himmel und gegen dich versündigt. 19 Ich bin nicht mehr wert, dein Sohn zu sein; mach mich zu einem deiner Tagelöhner! 20 Dann brach er auf und ging zu seinem Vater. Der Vater sah ihn schon von Weitem kommen und er hatte Mitleid mit ihm. Er lief dem Sohn entgegen, fiel ihm um den Hals und küsste ihn. 21 Da sagte der Sohn zu ihm: Vater, ich habe mich gegen den Himmel und gegen dich versündigt; ich bin nicht mehr wert, dein Sohn zu sein. 22 Der Vater aber sagte zu seinen Knechten: Holt schnell das beste Gewand und zieht es ihm an, steckt einen Ring an seine Hand und gebt ihm Sandalen an die Füße! 23 Bringt das Mastkalb her und schlachtet es; wir wollen essen und fröhlich sein. 24 Denn dieser, mein Sohn, war tot und lebt wieder; er war verloren und ist wiedergefunden worden. Und sie begannen, ein Fest zu feiern. 25 Sein älterer Sohn aber war auf dem Feld. Als er heimging und in die Nähe des Hauses kam, hörte er Musik und Tanz. 26 Da rief er einen der Knechte und fragte, was das bedeuten solle. 27 Der Knecht antwortete ihm: Dein Bruder ist gekommen und dein Vater hat das Mastkalb schlachten lassen, weil er ihn gesund wiederbekommen hat. 28 Da wurde er zornig und wollte nicht hineingehen. Sein Vater aber kam heraus und redete ihm gut zu. 29 Doch er erwiderte seinem Vater: Siehe, so viele Jahre schon diene ich dir und nie habe ich dein Gebot übertreten; mir aber hast du nie einen Ziegenbock geschenkt, damit ich mit meinen Freunden ein Fest feiern konnte. 30 Kaum aber ist der hier gekommen, dein Sohn, der dein Vermögen mit Dirnen durchgebracht hat, da hast du für ihn das Mastkalb geschlachtet. 31 Der Vater antwortete ihm: Mein Kind, du bist immer bei mir und alles, was mein ist, ist auch dein. 32 Aber man muss doch ein Fest feiern und sich freuen; denn dieser, dein Bruder, war tot und lebt wieder; er war verloren und ist wiedergefunden worden.«

Aaron lehnte sich zurück und gönnte sich einen Blick aus dem Fenster. Die Sonnenstrahlen hatten die Wolken durchbrochen und hüllten den Garten in ein zartes Licht. »Eine klassische Geschichte«, dachte Aaron. »Der ältere Sohn steigt in die Firma seines Vaters ein und trägt mit dem Einsatz seines Lebens und all seiner Kräfte zum Fortbestand und zum Erfolg des Unternehmens bei. Der jüngere Sohn lässt sich vorzeitig sein Erbe auszahlen, packt seine sieben Sachen, wandert aus und bringt im Ausland sein Geld durch. Feiert Partys, lässt es richtig krachen, schleppt Frauen von der Bar ab oder nimmt sie vom Straßenstrich mit zu sich nach Hause. Das schwarze Schaf der Familie. Der Playboy, der in den Tag hineinlebt und sein Geld mit vollen Händen ausgibt. Als er mit dem Geld durch ist, kehrt er reumütig zu seinem Vater zurück, denn er weiß keinen anderen Ausweg, als seinen Vater erneut anzupumpen. Sein Vater nimmt ihn wieder auf und will ihm zu einem neuen Anfang verhelfen. Ja, der Vater feiert sogar mit Gästen seine Heimkehr.

Auf welchen der Akteure soll ich mich diesmal konzentrieren?«, überlegte Aaron. Bei einer Predigt hätte er einen der beiden Söhne oder das Verhalten des Vaters zum Einstieg gewählt. Aber in »Bibel Teilen« ging es darum, über persönliche Glaubens- und Lebenserfahrungen ins Gespräch zu kommen.

Aaron lehnte sich zurück. »Über welche der drei Personen dieser Geschichte lohnt es sich, nachzudenken?« Nach einer kurzen Pause neigte er sich wieder über den biblischen Text. »Das muss ich nicht entscheiden. Wir werden das ganze Gleichnis erst vorlesen, dann liest jeder den Text still für sich und danach wird jeder in der Gruppe eingeladen, den anderen seine persönlichen Gedanken und Gefühle mitzuteilen. Diese Gedanken werden nicht kommentiert und so kann jeder aus diesem Gleichnis im Lukasevangelium etwas für sich persönlich mitnehmen.«

Aaron wusste, dass jedes Gleichnis in Bildern etwas von Gottes Handeln an uns erzählte.

Die Botschaft, die der Evangelist Lukas in den drei Gleichnissen von Kapitel 15 erzählte, lautete: Gott freut sich über jeden, der seine Fehler einsieht, umkehrt und zurück zum Glauben an ihn findet. Gott liebt alle Menschen, auch die Menschen, die Böses getan haben oder in ihrem Leben gescheitert sind. Jeder, der seine Fehler einsieht, kann mit dem Vorsatz, es in Zukunft besser zu machen, einen Neubeginn wagen.

15

Samstagmorgen, und Odo kam nach einer wilden und langen Nacht bei Afra zurück. Für heute Samstagabend war er mit Simone verabredet, beide wollten gegen 21 Uhr in Richtung *Cindy* losziehen. Er freute sich auf den kommenden Abend mit Simone und besonders darüber, dass er Fiona wiedersehen würde.

Unter der Woche hatte er auf dem Rückweg von der Redaktion in einem Discounter noch zwei Flaschen Sekt gekauft, von der er die eine vorsorglich gleich in den Kühlschrank gestellt hatte. Die andere wollte er mal abends zusammen mit Kunsthistorikerin Elisabeth trinken. Er hatte vor ein paar Tagen, als Elisabeth ihn ganz euphorisch mit der guten Nachricht von ihrem Fünfjahresvertrag überfallen hatte, diesen spontanen Einfall gehabt. Er hatte die gute Stimmung seiner Mitbewohnerin Elisabeth ausgenützt und sie zu einem gemeinsamen Abend eingeladen. »Weißt du was, Elisabeth, das solltest du doch feiern. Ich besorge uns eine Flasche Sekt und dann setzen wir uns abends mal zusammen. Bei dieser Gelegenheit berichtest du mir ausführlich über alle Aspekte deines neuen Jobs.« Dabei hatte Odo auf den Tisch in der Wohnküche gezeigt, an dem sie damals Kaffee getrunken hatten. »Vorsorglich werde ich aber vorher noch meine Bude aufräumen«, dachte Junggeselle Odo. »Wer weiß, wie der Abend sich entwickelt.«

Damals, als er die angetrunkene Simone sicher nach Hause gebracht hatte, die ihm dann unaufgefordert in sein unaufgeräumtes Zimmer gefolgt war, hatte er sich am Tag danach geschämt. Unterwäsche lag noch vor dem Bett, und die Jeans, die er bei einem Termin außerhalb der Redaktion getragen hatte, war auch nicht weggeräumt. Nein, die alte Hose hatte er nur über die Lehne eines Stuhls gelegt. Die Unordnung in seinem Zimmer war ihm damals peinlich gewesen. Doch als er wach geworden war, hatte er festgestellt, dass Simone ihren Schlafplatz neben ihm auf dem Bett aufgegeben hatte und in ihr Zimmer zurückgekehrt war. Das war möglicherweise noch nachts gewesen. Darum hoffte Odo, dass Simone die Unordnung in seinem Zimmer nicht gescannt hatte.

Doch falls er Elisabeth zu sich in sein Zimmer führen würde, sollte Ordnung die beiden empfangen.

Odos Interesse an Elisabeths künftigen Aufgaben im Rahmen ihres Arbeitsvertrags war nicht eine Geste der Höflichkeit oder gar geheuchelt. Nein. Als Journalist war er es gewöhnt, sich durch gezielte Fragen einen Blick hinter die Kulissen zu verschaffen. Stets war er bemüht, Missständen auf den Grund zu gehen und nach ihren Ursachen zu fragen. Und schamlos die Wahrheit offenzulegen. War Odo im Gespräch am Zug, dann folgten viele Nachfragen. Seine Neugierde ergab sich durch seinen Beruf als Journalist und Redakteur. Stets überlegte er bei sich: »Könnte ich daraus mal einen Bericht, eine Reportage machen?«

Ein Blick in seinen Geldbeutel verfinsterte seine Mine. Die letzten nächtlichen Ausgänge hatten Spuren hinterlassen. 40 € waren zu wenig, um in das Wochenendvergnügen einzutauchen. »Ich werde am Nachmittag noch zum Geldautomaten gehen«, folgerte er. Doch halt: »Habe ich nicht schon letzten Samstag 400 € bezogen?« Odo runzelte die Stirne. Wie gut, dass er bei Simone zu einem freundschaftlichen Preis ein Zimmer in ihrer großen Wohnung mieten konnte. Von einer halben Stelle als Journalist und Redakteur zu leben, erlaubte Odo keine großen Sprünge. Er verzog die Mundwinkel und seufzte. »Vielleicht muss ich wieder einmal mit meinem Bruder Aaron reden. Der ist als Pfarrer im Erzbistum München und Freising sicher viel bessergestellt als ich. Der hat doch von uns Brüdern sicher das beste Gehalt. Und er hat ein großes Herz.«

Doch Odo irrte. Besser, sehr viel besser als seinem Bruder im kirchlichen Dienst ging es Jonas. Als Studienrat und Gymnasiallehrer war Jonas Beamter. Mit Beihilfeanspruch und der Aussicht auf eine stattliche Beamtenpension. Das war Odo bei seinem Blick in das leere Portemonnaie nicht präsent gewesen.

16

melie war frustriert. Auf dem internen Mitarbeiterportal hatte sie eine Ausschreibung für eine Stelle in der Anlageberatung für private Kunden entdeckt. »Oh, in der Zentrale!«, hatte sie halblaut vor sich hingesagt. »Das ist genau das, was ich suche!« In der Zentrale hatte sie große Teile ihrer Ausbildung gemacht und aus dieser Zeit stammten einige Freundschaften, die sie bis heute pflegte.

Damals, während der Zeit ihrer Ausbildung, hatte sie sich mit den beiden Freundinnen regelmäßig zum gemeinsamen Gang in die Betriebskantine verabredet. Durch ihre Versetzung in die Filiale am Rosenheimer Platz war dieser regelmäßige Kontakt jedoch abgebrochen. Am Anfang hatte sie sich in unregelmäßigen Abständen mit Amanda oder Sophia zum Mittagessen in der Kantine in der Zentrale verabredet. Das war von der Gleitzeit her mittags zwischen 12.15 und 13.45 Uhr problemlos möglich. Es waren nur zwei S-Bahnstationen Fahrt vom Rosenheimer Platz bis zum Marienplatz. Doch zur Fahrt mit der S-Bahn kamen jeweils noch acht bis zehn Minuten Fußweg von ihrem Schreibtisch bis an das Gleis im Untergeschoss des S-Bahnhofs bzw. vom S-Bahnhof Marienplatz bis in die Kantine dazu. Kam eine Stellwerksstörung dazu, verlängerte sich der Anmarschweg und Amelie verspätete sich unfreiwillig. Und leider hatte Amelie festgestellt, dass die vierzig Minuten, während derer sie mit ihren Freundinnen beim Essen saß, nie ausreichten, um all ihre Erfahrungen und Gedanken ihren Freundinnen mitzuteilen.

Daraufhin hatte Amelie den Vorstoß gewagt, ein Treffen abends vorzuschlagen. Das hatte zwei oder drei Mal funktioniert, doch schon bald wurden die Abstände zwischen den einzelnen Treffen immer größer.

Ein Arbeitsplatz in der Zentrale, ein Herzenswunsch von Amelie, hätte diese Schwierigkeiten ein für alle Mal beseitigt. Wenigstens, was Sophia betraf. Denn Amanda war schon im sechsten Monat schwanger und stand kurz vor dem Mutterschutz und wollte danach die Elternzeit im gesetzlich vorgesehenen Rahmen voll ausschöpfen. Die Möglichkeit, mit Amanda zum Italiener zum Pizzaessen zu gehen, schied damit für längere Zeit aus.

Bei einem der letzten gemeinsamen Essen mit Amanda hatte Amelie mit ihrer Freundin Amanda ausgemacht, den Kontakt miteinander durch regelmäßige Chats und Voicemails auszubauen. »Wir schreiben uns!«, hatte Amanda festgehalten. Tatsächlich entspann sich bald ein reger Austausch über WhatsApp. Und kurz nach der Geburt ihres Sohnes Nico überschüttete Amanda ihre Freundin Amelie mit Fotos und Videos ihres Nico. Fast täglich erfuhr Amelie Neues über den Entwicklungsstand Nicos. Diese Videos sah sich Amelie im Büro oder während der Fahrt nach Hause an. Amelie hütete sich, in Gegenwart ihres Mannes Jonas die Videos und Fotos, die Amanda ihr sandte, anzusehen. Bestimmt würde ihr Mann neidisch auf Amanda und ihren süßen Sohn Nico werden und ausrufen: »Wie süß! Wäre das nicht auch etwas für uns?« Sie fürchtete sein Hinreden, seine Versuche, sie für ein Geschwisterchen für Niklas zu gewinnen. Doch vorerst brannte Amelie darauf, wieder in der Zentrale ihrer Bank in der Nähe des Marienplatzes arbeiten zu können. Aus diesem Grund meldete sie sich telefonisch in der Personalabteilung ihrer Bank.

Ihre Hoffnungen zerschlugen sich jedoch, als sie in einem kurzen Telefonat mit der Personalabteilung erfuhr, dass die intern ausgeschriebene Stelle nur für Bewerberinnen oder Bewerber in Vollzeit konzipiert war. Am Ende des Telefonats musste Amelie schlucken. Sie blieb enttäuscht zurück, als sie den Hörer wieder eingehängt hatte.

Aber Amelie war nicht nur frustriert. Sie war mit der Situation in ihrer Ehe unzufrieden. Sie war auch verärgert, weil sie die Arbeitsteilung in ihrer Ehe ungerecht fand. Zwar kaufte ihr Mann leidenschaftlich gerne ein und half ihr auch beim Aufhängen der Wäsche. Und er saugte am Freitag auch regelmäßig die Wohnung. Doch stets war sie es, die Niklas zum Kindergarten brachte und von dort am Rückweg von der Arbeit abholte. Wiederholt hatte sie Jonas vorgeschlagen, wenigstens am Montagabend Niklas vom Kindergarten zu holen. Doch Jonas hatte am Montag Nachmittagsunterricht und ging am Abend zum Sport. Er wollte die verbleibende Zeit am Montagnachmittag für die Vorbereitung seiner Unterrichtsstunden am Dienstag nutzen und nicht nochmals extra aufbrechen. Sein Veto zum Abholen von Niklas aus dem Kindergarten untermauerte ihr Mann durch ein Lamento über die fehlenden Parkplätze in der Nachbarschaft des Kindergartens. »Ein Kindergarten müsste eigentlich einen eigenen Parkplatz haben, so wie unser Gymnasium in Augsburg!«, fand er lautstark.

Nicht lautstark, eher schmeichelnd, flehend hatte Jonas in der letzten Zeit mehrmals seinen Herzenswunsch zur Sprache gebracht: ein Geschwisterchen für Niklas. »Wie lange wollen wir noch warten? Ich dachte, wir waren uns einig, zwei Kinder zu haben!«

An eine solche Vereinbarung zwischen Jonas und ihr konnte sich Amelie beim besten Willen nicht erinnern. Auch Jonas' Argument, dass Einzelkinder zu Egoisten und Eigenbrötlern heranwüchsen, verfing bei Amelie nicht. Sie fühlte sich in ihrer Situation genug belastet und konnte sich beim besten Willen kein zweites Kind vorstellen.

Die Ehe mit einem Kind war das Lebensmodell, das sie sich schon auf dem Gymnasium vorgestellt hatte. Amelie fuhr morgens gerne in die Arbeit und freute sich über die Wertschätzung ihres Chefs und ihrer Kollegen, die sie erfuhr. Ja, auch über die gute Bezahlung, die betriebliche Altersvorsorge und weitere Benefits ihres Arbeitgebers.

»Über die Arbeitsverteilung in unserer Ehe will ich bei einer passenden Gelegenheit mit Jonas noch einmal reden,« hielt Amelie für sich fest.

17

Odo kam aus der Redaktionssitzung zurück an seinen Arbeitsplatz. Die Dokumentation für das Schwerpunktthema »So leben wir im Alter« in der Wochenendausgabe unter der Rubrik »Gesellschaft und Soziales« sollte mit einer Rückschau in die deutsche Sozialgeschichte abgeschlossen werden. Dabei sollten auch Meilensteine wie die Einführung der Arbeitslosenversicherung und der gesetzlichen Krankenversicherung dokumentiert werden. Auch die neuesten Vorhaben der Bundesregierung zur Sozialgesetzgebung sollten positiv gewürdigt werden. Der Chefredakteur kannte Odos kritische Einstellung zur Sozialpolitik der aktuellen Regierung und war deshalb nach der gemeinsamen Runde an Odo mit den Worten herangetreten: »Bleibe positiv, denk daran, kein Wahlkampf in der Rubrik *Gesellschaft und Soziales*!«

Odo begann, die Eckdaten zur Geschichte der Sozialversicherung zu googeln und trug auch statistische Daten zusammen. So stellte er fest, dass laut einer Untersuchung der Bertelsmann Stiftung 1995 noch 70 Prozent der Bevölkerung zur mittleren Einkommensgruppe zählten, 2018 waren es dagegen nur noch 64 Prozent. Zwischen 2014 und 2017 rutschten 22 Prozent von ihnen im erwerbsfähigen Alter (18 bis 64 Jahre), also mehr als jeder Fünfte, in die untere Einkommensschicht ab und waren damit arm oder von Armut bedroht. Der Anteil der Betroffenen lag damit zuletzt um vier Prozentpunkte höher als Mitte der 1990er. Für die Betroffenen war das Abstiegsrisiko damit dreimal höher als im mittleren und sogar sechsmal höher als im oberen Teil der Mittelschicht (100 bis 150 bzw. 150 bis 200 Prozent des mittleren Einkommens).

Odo biss sich auf die Zähne, als er sich diese Daten näher ansah. Ja, die Mittelschicht war im Schrumpfen, und die Zahl der Bezieher sozialer Leistungen wie Bürgergeld war im Steigen. Und der Ansturm auf die Tafeln war stark gewachsen.

»Was hier verschwiegen wird, ist, um wie viel reicher die Bezieher höherer und großer Einkommen geworden sind. Vor allem, wie stark deren Vermögen trotz Inflation gewachsen ist. Darüber sollte ich auch einmal schreiben. Oder den Leuten vor Augen führen, dass die Firmenlenker, die CEOs das Dreißigfache oder mehr im Vergleich zu ihren Mitarbeitern verdienen. Oder dass das Vermögen der Superreichen wie Klatten und Quandt ohne deren Zutun von Jahr zu Jahr wächst, allein durch die ausgeschütteten Dividenden.«

Obwohl Odo diese gewaltigen Ungleichheiten im sozialen Gefälle bewusst waren, hielt er sich nicht länger bei dieser Frage auf. Er setzte seine Suche weiter fort und konzentrierte sich auf aussagekräftige Erhebungen und trug die Daten zusammen.

Die Arbeit ging nur langsam von der Hand, denn hinter Odo lag ein anstrengendes Wochenende. Am Samstag war er mit der umtriebigen Afra in einem neu eröffneten Klub am Stadtrand von Frankfurt gewesen. Genau in der entgegengesetzten Richtung von Afras Wohnung. Aber Afra wollte Odo unbedingt diesen neuen Klub zeigen. Als sie gegen zehn Uhr abends dort aufschlugen, wurde schnell klar, warum Afra nicht ins Zentrum ins Cindy gehen wollte: Einer der Barkeeper stammte aus einer früheren Clique, der Afra mal angehört hatte. Die beiden umarmten sich gleich, als sie sich sahen. »Und das ist Odo, er ist Journalist.« Afra hatte auch den Namen des Verlagshauses genannt und damit ein »Oh!« bei ihrem ehemaligen Freund hervorgerufen.

Auf dem Nachhauseweg von Afras Wohnung las er in der Bahn die App, die Fiona, Simones Freundin ihm geschrieben hatte. »Gehe heute Abend zu Silkes Party. Gehst du mit?«

Odo hatte Gefallen an der lebensfrohen und warmherzigen Fiona gefunden und gemerkt, dass sie auch eine interessante Gesprächspartnerin war, mit der man über fast alles reden konnte. So lebhaft Fiona im Klub über das Parkett fegte, so konzentriert konnte sie im Dialog an einem ruhigen Ort auf Odo eingehen. Ihre konzentrierte und interessierte Art war Odo bald aufgefallen und er hoffte sehr, den persönlichen Kontakt mit Fiona vertiefen zu können.

Odo hatte die Einladung, Fiona auf die Party bei Silke zu begleiten, sehr gerne angenommen.

Doch es war nicht bei der Party geblieben, die sie kurz vor 22 Uhr verlassen hatten. Fiona wollte noch auf einen Absacker gehen. Die lebenslustige Fiona war unersättlich, wenn es darum ging, neue Leute kennenzulernen. Und wenn Fiona mal wo einrastete, blieb sie auch gerne. Fiona hatte Sitzfleisch. Und Fiona war nicht totzukriegen. So hatte Odo die WG erst um halb zwei Uhr morgens erreicht.

Die Nacht auf Montag war kurz gewesen, und die

zahlreichen Getränke hatten Spuren an Odos Verfassung und in seinem Geldbeutel hinterlassen.

Welch ein Vorteil, dass die Redaktionskonferenz am Montag erst um 10 Uhr vormittags begann!

Als Odo in der Früh leicht verkatert den Weg zu den öffentlichen Verkehrsmitteln antrat, überlegte er, ob sich Fiona besser fühlte als er.

18

Aaron hatte den blassen, hochgewachsenen Mann noch zur Türe des Pfarrhauses begleitet. Udo war zu seinem Pfarrer gekommen, um mit ihm die Begräbnisfeier seines Vaters zu besprechen. Sein Vater Thomas war nach langer Krankheit verstorben. Er hatte den Kampf gegen den Krebs verloren.

Aaron war erstmals mit Familie Schulze anlässlich der Taufe der beiden Enkelkinder, beides zwei hellblonde Zwillinge, in Kontakt gekommen. Das war schon etliche Jahre her. Damals hatten alle Mitglieder der Familie Schulze sehr lebensfroh und vital auf ihn gewirkt. Aaron nahm an, dass die Diagnose einer unheilbaren Krebserkrankung erst zu einem späteren Zeitpunkt ihren Schatten über die Familie geworfen hatte.

»Wie hat denn Ihr Vater diese Diagnose aufgenommen? Wie hat Ihr Vater danach gelebt?« Mit dieser Frage hatte Aaron das Gespräch eröffnet.

»Mein Vater hat das Leben geliebt, er war vital und sportlich. Und Schwierigkeiten hat er stets als Herausforderungen angesehen. Er war stets bereit, die Situation sportlich zu sehen, nach einer Lösung zu suchen und sich mit all seinen Fähigkeiten einzubringen, um das Problem zu bewältigen. Aber er wurde, seitdem er wusste, dass er nicht mehr viele Monate zu leben hatte, viel ruhiger und nachdenklicher. Er war im Grunde bei aller Lebensfreude stets auch ein nachdenklicher Mensch. Er hat das Leben geliebt, ja, aber er war nie ein lebenslustiger Mensch gewesen, der zuerst die Zerstreuung und das Vergnügen suchte. Nachdem er die Diagnose Krebs erhalten hatte, hat er angefangen, viel bewusster zu leben. Er begann, jeden neuen Tag als ein Geschenk anzunehmen, aus dem er etwas machen wollte.«

»Hat Ihr Vater so etwas wie ein Leitmotiv gehabt, nach dem er gelebt hat?« – »Schöpferkraft und Liebe sind die mächtigsten Gestaltungskräfte für unser Leben. Mein Vater hat immer betont, dass es an uns liegt, ob wir ein glückliches, erfülltes Leben führen. Und nicht an äußeren Umständen, auf die wir keinen Einfluss haben.«

Udo machte eine Pause. Aaron hatte ihm aufmerksam zugehört und sah ihn mit nachdenklicher Mine an. »Können Sie mir das etwas anschaulicher machen?« – »Mein Vater hat uns Kindern immer versucht klarzumachen, dass eine positive Einstellung zu uns selbst, zu unseren Mitmenschen und zum Leben alles leichter macht. Er betonte auch: Der Schlüssel zu einem glücklichen und erfüllten Leben sind Selbstwertschätzung, Selbstachtung und Selbstliebe.«

Aaron hatte stumm genickt. »Würden Sie sagen, dass Ihr Vater das Leben in Dankbarkeit angenommen hat und durch seine Hingabe und seine Liebe auf ein erfülltes Leben zurückschauen konnte, als er starb?« – »Ja, absolut!«

»Dann könnte sein Motto lauten: *Nimm in Dankbarkeit an, was dir geschenkt wird, und entfalte, was in dir angelegt ist, teile es mit allen.*«

Udo nickte. Mit einem selbstzufriedenen Lächeln äußerte er sich: »Das haben Sie schön gesagt, Herr Pfarrer!« Die ernste Mine des jungen Mannes war verflogen. Seine Lippen waren breit, und er begann, die konkreten Wünsche für die liturgische Feier in der Aussegnungshalle, die seine Familie ihm mitgegeben hatte, vor Aaron auszubreiten. Doch zunächst übergab er dem Geistlichen den kurzen Lebenslauf, den er auf der Grundlage der Anregungen seiner Familie erstellt hatte. Aaron nahm das Blatt mit dem Lebenslauf entgegen und begann mit der Lektüre. Als er den Kopf hob und Udo wieder in die Augen blickte, sagte dieser: »Noch ein persönlicher Wunsch, Herr Pfarrer. Vermeiden Sie es, den Tod meines Vaters als Erlösung zu verklären. Unsere Familie ist von seinem frühen Tod zutiefst betroffen. Er hat das Leben geliebt, und gewiss hätte er sich über das Leben mit uns auch weiterhin gefreut. Sein Tod reißt eine tiefe Lücke in unsere Familie. Wir vermissen unseren Vater sehr, und sein früher Tod betrübt uns. Hier von Erlösung zu reden, spottet unserer Trauer Hohn.«

19

ie Dekanatskonferenz, der regelmäßige Jour fixe aller Seelsorgerinnen und Seelsorger des Dekanats, die in einem zeitlichen Abstand von 4 bis 9 Wochen stattfand, war eine Art Plattform zum Austausch über pastorale Themen und zur internen Fortbildung. Diesmal hatte sie im Pfarrsaal der benachbarten Pfarrei stattgefunden, jener Pfarrei, die dem Dekan Jahre zuvor als Pfarrer übertragen worden war.

Die Dekanatskonferenz war bereits nach zwei Stunden zu Ende. Früher als sonst üblich. Doch darüber konnte sich Aaron nicht wirklich freuen, denn der Dekan hatte ihn gebeten, in einer »vertraulichen, etwas delikaten Angelegenheit« noch zu einem dienstlichen Gespräch zu ihm in sein Pfarrbüro zu kommen. »Hoffentlich sind wir damit bald fertig«, dachte Aaron, denn abends versammelte sich wieder der Bibelkreis, den er selbst leitete. Eine Aufgabe, die ihm viel Freude bereitete.

Zu den Tätigkeiten, denen sich Aaron besonders gerne widmete, zählten die Arbeit im Bibelkreis, Krankenbesuche und die Feier der Kindertaufe. Aaron hatte auch Freude daran, nach dem Evangelium die Predigt zu halten, Gottes Wort praxisnah und verständlich für den Alltag der Gläubigen auszulegen. Doch der sonntäglichen Predigt in der Eucharistiefeier ging eine intensive persönliche Auseinandersetzung mit der biblischen Textstelle, der Perikope aus der Bibel, voraus. Er las die Bibelstellen, die in der Messfeier des kommenden Sonntags vorzutragen waren, stets schon am Montag mehrmals durch und wählte einen Satz aus, den er zum Ausgangspunkt für die Predigt nehmen wollte. Diesen Kernsatz prägte er sich ein und griff ihn in freien Augenblicken mehrmals auf und überlegte, welche Maxime er den Besuchern des Gottesdienstes für die kommende Woche mitgeben wollte. Das geschah gelegentlich sogar in der U-Bahn oder während des abendlichen Fernsehprogramms. Gelegentlich verlor er dadurch den Faden des Krimis, den er anschauen wollte. Spätestens am Donnerstag setzte sich Aaron an das Ausformulieren der konkreten Predigt, die er auf seinem Notebook schrieb. Aktuell war gemäß Direktorium für die Erzdiözese München und Freising das Lesejahr A dran. Bis auf die Hochfeste wechselten die Textstellen, je nachdem, ob das Lesejahr A, B oder C dran war.

War der Predigttext ausgearbeitet, fiel Aaron jedes Mal eine große Last von der Seele. Aaron hatte Freude am täglichen Umgang mit Menschen, die seinen Rat suchten oder am Gespräch mit jenen, denen er sein Ohr schenkte. Auch jeder liturgische Dienst, das heißt jede Form des offiziellen Gottesdienstes der Katholischen Kirche, erfüllte ihn mit Freude. Doch jede Arbeit am Schreibtisch ging er mit gemischten Gefühlen an. War sie getan, gab er die sitzende Position hinter dem Notebook erleichtert auf. Das Schönste, was auf diese Art von Arbeit folgen konnte, war ein Spaziergang oder eine kurze Rundfahrt mit dem Rad. Ja, es kam sogar vor, dass er in den benachbarten Discounter ging und das Angebot studierte, um den Kopf wieder freizubekommen.

Der Dekan kam auf Aaron zu und forderte ihn auf. »Komm!« Nach der Auflösung der Sitzung war sein Gesicht ernst geworden, sein Verhalten kurz angebunden, fast mürrisch.

Er bat Aaron in das Besprechungszimmer. Auf dem Weg zum Schrank drehte er sich um, blickte ihn an und überraschte Aaron mit der Frage: »Was leisten wir uns?« Aaron wusste keine Antwort, doch der Dekan bot Entscheidungshilfe: »Cognac oder lieber ein Glas Wein?«

Aaron war mit dem Fahrrad gekommen und lehnte Hochprozentiges deshalb ab. »Dann ein Gläschen Trollinger? Kann nicht schaden!«, bestimmte Herr Dekan. Er stellte erst zwei große Kelche hin und verließ danach das Sprechzimmer, um kurz danach mit einer Literflasche Rotwein zurückzukehren. Er goss ein, wünschte »Auf unser Wohl« und setzte sich mit gepressten Lippen hin. Und begann gedankenverloren mit den Worten: »Ich wurde letzte Woche in die Personalabteilung Priester bestellt.« Er biss auf die Lippen, senkte den Kopf und sagte nachdenklich: »Wir kriegen Verstärkung, einen Priester sogar, aber leider mit einer Vorbelastung.« Aaron zog die Augenbrauen hoch. Seine Augen waren weit offen, als er fragte: »Was bedeutet das? Hat dieser Priester ein Alkoholproblem?« Der Dekan räusperte sich. »Nein, schlimmer als das. Er hat sich an der Oberministrantin vergriffen. Und da die Sache ruchbar wurde, ist er dort nicht mehr tragbar!« Der Dekan wandte seinen Blick ab und sah zum Fenster hinaus. Aaron war auf seinem Sessel nach vorne gerutscht. Die beiläufige Erwähnung des sexuellen Übergriffs machte ihn wütend. »Und solange die Sache unter Verschluss blieb, war dieser Mann Gottes tragbar! Willst du das sagen?« Aaron war laut geworden. »Das ist doch der Gipfel!«

Der Dekan nahm dazu keine Stellung. »Jedenfalls haben

sie im Ordinariat jetzt die Nase voll und seitdem der Sex des Pfarrers mit seiner Oberministrantin in jedem Supermarkt, in jedem Wirtshaus zum Gesprächsthema geworden ist, sahen sie sich gezwungen, Priester K. von dort abzuziehen. Er soll in die Großstadt versetzt werden, mit dem Verbot, mit Jugendlichen Kontakt zu halten. Er soll darum nur unter der Woche zelebrieren, allerdings ohne Ministranten. Und am Wochenende soll er die Gottesdienste im Altenheim halten.« Aaron schüttelte den Kopf. Ihm schwante Schlimmes. »Und jetzt will ihn das Ordinariat zur Seelsorgemithilfe in meinem Pfarrverband anweisen?« Der Dekan nickte. »Du hast doch noch ein freies Gästezimmer bei dir im Pfarrhaus. Er soll bei dir im Pfarrhaus wohnen, und du sollst ein besonderes Auge auf ihn haben. Wir müssen uns überlegen, wie wir die Vorgaben der Personalabteilung Priester umsetzen.« Der Dekan trank seinen Weinkelch leer und griff nach der Flasche, um das Glas wieder aufzufüllen. Es war sein drittes Glas. Hastig trank er zwei große Schlucke.

»Weißt du noch mehr, das für mich wichtig sein könnte? Gibt es noch mehr Vorfälle?« – »An seiner ersten Kaplansstelle soll er sich auffällig für die hübsche Pfarrsekretärin interessiert haben. Er soll mit ihr sogar ausgegangen sein. Abends in eine Pizzeria. Aber sie war schon Anfang 30 und ist dann durch Heirat weggezogen. Irgendwo in Richtung Chiemsee.«

Aaron runzelte die Stirne und schwieg.

Auf dem Nachhauseweg fragte er sich: »Wie kann ein Theologe katholischer Priester werden, sich zu einem ehelosen Leben verpflichten und gleichzeitig den Frauen nachsteigen? Als Bischof würde ich so einen Priester suspendieren!« Noch immer war er schockiert davon, dass das

Ordinariat nur aus Angst vor einem Skandal, aus der Sorge um das eigene Image, sich zum Handeln veranlasst gesehen hatte. Das war der eigentliche Skandal.

20

Dienstagabend, und Amelie hatte sich mit Sophia in der Leopoldstraße im *Da Marco* verabredet. Vor einem halben Jahr wäre Amanda mit von der Partie gewesen. Doch mittlerweile war sie stolze Mutter eines kleinen Sohnes und damit verhindert, abends nach Schwabing auszugehen. Nach der Begrüßung flocht Sophia ein: »Amanda hat uns auf später vertröstet.« – »Hat sie auch durchblicken lassen, was sie sich darunter vorstellt? Stößt sie heute Abend noch zu, sobald das Baby schläft? Oder ist damit gemeint, dass sie uns zur Taufe einlädt, oder plant sie, mit uns auf das Oktoberfest zu gehen?«, höhnte Amelie.

Sophia nahm hinter den spitzen Bemerkungen ihrer Freundin Amelie einen bitteren Ton wahr. Aus der WhatsApp hatte noch euphorisch ihre Vorfreude auf den heutigen Abend gesprochen. Aber aus dieser zynischen Bemerkung sprach Amelies ganzer Frust. Sophia ging auf Amelies Frage nicht ein. Das mit dem »später« war in ihren Augen nur eine unbedeutende Floskel gewesen, aus einer Verlegenheit heraus gesagt. Doch Sophia griff das Thema Kleinkind auf. »Wie war das denn bei euch, bei dir und Jonas mit dem Ausgehen?« – »Wir hatten ja insofern Glück, dass Jonas' Eltern auch in München leben und wir Niklas recht bald daran gewöhnt haben, dass er bei ihnen zur Nacht bleibt. Und stell dir vor, das hat recht bald funktioniert. Niklas liebt seine Münchner Großeltern über alles. Er liebt es, wenn die Mumie ihm Geschichten vorliest und mit ihm spielt. Ich bin richtig froh, dass wir gelegentlich Niklas bei

Oma und Opa zur Nacht lassen können, wenn wir am Wochenende ausgehen. Aber unter der Woche wäre das zu stressig. Und Jonas und ich wollen unser Kind ja gemeinsam aufziehen. Und stell dir vor, meine Schwiegereltern nehmen ihn nächstes Jahr für zehn Tage mit an die Riviera Adriatica. Sie fahren nach Cesenatico. Und Jonas und ich fliegen für zehn Tage in die USA. Zuerst New York, dann noch einen Abstecher nach Florida. Das ist doch toll!«

Amelie hatte sich wieder gefangen. Bei der Erwähnung ihrer Reise in die Staaten begannen ihre Augen zu leuchten. Das fiel Sophia auf. »Da seid ihr zu beneiden, dass eure Schwiegereltern euch den Niklas gelegentlich abnehmen. Das ist nicht selbstverständlich. Ich sehe das bei meiner Schwester. Ihr Sohn ist jetzt schon in der Schule. Weder meine Eltern noch die ihres Mannes spielen mit.« Amelie nickte. »Ja, wir sind meinen Schwiegereltern dafür wirklich dankbar. Und dabei ist es für alle Beteiligten eine Win-Win-Situation. Niklas genießt die Zeit bei Oma und Opa. Und diese wiederum machen gemeinsame Programme mit ihrem Enkel, und nebenbei wird er so richtig verwöhnt!« – »Schon gut, dass ihr nur zehn Tage in den USA seid«, bemerkte Sophia. »Sonst wird euer Sohn verzogen, und dann kann er sich bei euch nicht mehr eingewöhnen!« Beide lachten.

»Sag mal, wie kommt Amanda mit der neuen Situation zurecht? Hat sie immer noch vor, erst wieder zu arbeiten, wenn ihr Kind in den Kindergarten gehen kann?«, erkundigte sich Amelie. »Das war ihr Plan vor der Geburt. Aber so wie sie sich zuletzt geäußert hat, scheint sie doch wieder früher zurück in die Arbeit zu wollen. Ein ganzer Tag allein beim Kind … sie scheint sich unter der Woche tagsüber mitunter zu langweilen. Und Freundinnen mit Kleinkind, mit denen sie sich verabreden kann, hat sie keine. Und mir ist auch aufgefallen, dass sie mir neulich, als ich sie besucht habe, mehrmals die Kitas bei ihr in der Nähe erwähnt hat. Doch nun zu dir. Wie läuft es bei dir zu Hause?«

Amelie biss sich auf die Lippen. Sie senkte den Kopf und blickte versonnen auf die Tischdecke. Nach einer kurzen Pause hob sie an: »Ich liebe Jonas sehr. Er ist zärtlich, manchmal sogar stürmisch. Man kann mit ihm über alles reden, und er hört mir stets konzentriert zu. Wir haben gemeinsame Interessen und tauschen uns stundenlang aus. Er hat auch Verständnis für meine berufliche Situation. Doch manchmal würde ich mir etwas mehr Unterstützung von ihm wünschen, vor allem, was das Abholen von Niklas im Kindergarten betrifft.«

Sophia hatte noch eine Frage auf den Lippen, doch der Kellner kam ihr mit der Pizza Napoli zuvor. »Buon appetito!«

Beide überließen sich dem Essen, und Amelie war froh, dass Sophia im Verlauf des Abends nicht mehr nach dem Zustand ihrer Ehe fragte. Und auch keine Frage zu ihrer Familienplanung stellte. Dieses Thema hatte ihr Mann in der letzten Zeit öfters angesprochen. Aber Amelie blieb bei ihrem Standpunkt. »Als berufstätige Frau habe ich eh schon zwei Berufe. Und damit genug um die Ohren.« Amelie wünschte sich kein zweites Kind. Sie brannte vielmehr darauf, wieder in die Zentrale ihrer Bank in der Nähe des Marienplatzes zurückkehren zu können. Dort waren auch die Möglichkeiten, beruflich weiterzukommen, größer.

21

Steuerberater Luis und seine Partnerin Lisa saßen am Sonntagmorgen beim gemeinsamen Frühstück. Eben hatte Luis sein Hörnchen mit Aprikosenmarmelade bestrichen. Bevor er es zum Mund führte und abbiss, sah er Lisa lächelnd an. »Was hältst du davon, wenn wir uns eine gemeinsame Wohnung suchen, Lisa? Weißt du, mich macht das am Sonntag immer so traurig, wenn ich abends wieder in meine kleine Wohnung zurückkehren muss.« – »Können wir uns denn eine Wohnung leisten?« Luis nickte selbstbewusst. »Mein Chef hat mich gefragt, ob ich noch weitere Mandanten übernehmen will, und da habe ich mich für das Angebot bedankt und ihm schon mal eine wohlwollende Andeutung gemacht, dass ich darüber nachdenken werde. Allerdings ist damit auch ein Mehr an Arbeit verbunden.« – »Was bedeutet das für uns konkret?«, wollte Lisa mit hochgezogenen Augenbrauen wissen. »Nun, ich werde wenigstens jeden zweiten Samstag in die Kanzlei müssen. Vormittags. Der Nachmittag bleibt dann für dich reserviert.«

Lisa zog einen Flunsch. »Aber einen Ausflug können wir an deinem Kanzleisamstag nicht machen!« – »Ins Fünfseenland oder bis zum Chiemsee nicht. Aber wir können uns am Nachmittag treffen, und wenn im Sommer das Wetter sehr schön ist, können wir in einen Biergarten auf Brotzeit gehen!« Ein Lächeln umspielte Lisas Mundwinkel.

»Musst du denn unbedingt am Samstag in die Steuerkanzlei? Andere arbeiten doch auch nur von Montag bis

Freitag?« Luis griff mit nachdenklicher Mine in das Brot-
körbchen und sicherte sich noch eine Mehrkornsemmel.
Er hielt sie hochkant mit der linken Hand fest und schnitt
sie senkrecht mit dem Messer durch. Als er die beiden
Hälften auf den Frühstücksteller gelegt hatte, sah er mit
einem ernsten Blick in Lisas Augen. »Weißt du, ich arbeite
als Steuerberater im Dienstleistungssektor, und da gel-
ten nicht die festen Arbeitszeiten wie in den Ministerien
oder der öffentlichen Verwaltung. Wir müssen auch auf
die Arbeitsbedingungen unserer Mandanten Rücksicht
nehmen. Gerade Paare kommen gerne am Samstagvormittag in die Steuerkanzlei, aber auch Ärzte beanspruchen
gerne Termine am Samstag. Wer weiß, vielleicht führen
wir eines Tages eine Nacht der Steuerberater ein.« Luis
lachte. »Eine lange Nacht der Museen haben wir ja schon,
und auch Nachtmärkte sind im Kommen.« – »Gegen eine
Nacht der Steuerberater hätte ich nichts, so einmal im
Monat, dann könnte ich mich ja mit meinen Freundinnen zu einem Mädels Abend verabreden!«, feixte Lisa.
»Dafür kommt aber nur der Freitag in Frage«, befand
Luis. Er wusste, dass bei diesen Gelegenheiten der Sekt
stets reichlich floss. »Sonst seid ihr am Tag danach im
Kindergarten nicht fit!«

»Wo möchtest du denn wohnen?«, fragte Luis. Er hatte
Lisas Frage nach den Kosten der gemeinsamen Wohnung
als Einverständnis, eine gemeinsame Wohnung zu suchen,
gewertet. »Da würde ich zuallererst auf die Wege zu unseren Arbeitsplätzen achten. Optimal wäre es, wenn der Weg
zur S-Bahn oder zur U-Bahn nicht allzu weit ist. Länger
als eine Stunde möchte ich von der Wohnungstüre bis zu
meinem Kindergarten nicht unterwegs sein. Und auf eine

nette Umgebung würde ich Wert legen. Schön wäre es, eine Wohnung mit viel Grün in der Nachbarschaft zu finden.«

Luis nickte. »Ich stimme dir zu. Aber falls du eine Neubauwohnung beziehen willst, wirst du diese oft am Stadtrand finden. Und wenn du auf dem Weg zur Arbeit zwei oder gar drei Mal umsteigen musst, brauchst du im Raum München schnell mal mehr als eine Stunde in die Arbeit.«

22

Den ersten Arbeitstag in der Karwoche beendete Odo früher als sonst. Er war frustriert und hatte seit Beginn des vergangenen Wochenendes mehrere Enttäuschungen einstecken müssen. Es begann damit, dass ihm Elisabeth am Donnerstagmorgen mitteilte, dass sie Freitag früh zu einem verlängerten Wochenende zu ihren Eltern nach Bayern fahren müsse. Ihr Vater hätte einen Schlaganfall erlitten und sei in ein Krankenhaus eingeliefert worden. Den gemeinsamen Besuch einer Sonderausstellung im Städel Museum und den anschließenden Kneipengang mit ihm müsse sie aus diesem Grund absagen. »Und da ich ab Karfreitag die Feiertage um Ostern sowieso bei meinen Eltern verbringe, können wir den Besuch in der Ausstellung auch nicht auf Karsamstag verschieben. Das finde ich schade, denn Ostersonntag ist der letzte Tag der Sonderausstellung.«

Auch Odo fand das schade, aber nicht, weil die Sonderausstellung zu Ende ging, sondern weil er gerne mal etwas mit Elisabeth unternommen hätte. Als promovierte Kunsthistorikerin lagen Elisabeth die bildenden Künste näher als die Klubs der Mainmetropole. Das hatte Odo Elisabeths Reaktionen entnommen, wenn er von seinen nächtlichen Ausgängen berichtet hatte. Auf die Erwähnung einiger Klubs und besonders angesagter Lokale hatte Elisabeth nur mit einem überraschten »Aha!«, reagiert. Aus diesem Grund hätte er Elisabeth auch nicht zu einem Ausgang ins *Cindy* zum Tanzen eingeladen. Dennoch war er bereit, mit

Elisabeth einmal einen Nachmittag lang in einer Ausstellung zu verbringen und im Anschluss daran mit ihr auf ein Bier zu gehen. Ja, er interessierte sich sogar für Elisabeths Sicht auf gesellschaftliche Vorgänge. Und vielleicht würde Elisabeth etwas aus sich herausgehen und Persönliches offenbaren. Die gemeinsame Wohnküche in der WG stimulierte nur wenig, Gefühle zu zeigen oder Intimes preiszugeben.

Die zweite Enttäuschung hatte er Freitagabend erlebt. Er war mit Afra im *Cindy* verabredet. Afra hatte ihn nicht versetzt, denn sie hatte schon vor Odo an der Theke des Klubs Platz bezogen. Sie war mehr als rechtzeitig am verabredeten Treffpunkt angekommen, hatte an der Theke der Bar einen Platz erobert und ihren Charme spielen lassen. Und bevor Odo die Bar erreichte, hatte sich die leichtherzige Afra einen Assistenten der Uni Frankfurt angelacht. Den hatte sie dann auch ganz stolz Odo wie eine neue Eroberung vorgestellt, und nach dieser selbstbewussten Art der Vorstellung hatte Odo das Gefühl bekommen, in fremdes Terrain einzudringen, als er sich an der anderen Seite von Afra niedergelassen hatte. Er hatte zwar auch einige Male mit Afra getanzt, doch offensichtlich gehörte dieser Abend und die bevorstehende Nacht dem großgewachsenen, temperamentvollen und redegewandten blonden Assistenten der Goethe-Universität Frankfurt. Odo war nicht überrascht, als er gegen halb zwölf Uhr aus Afras Mund die kecken Worte hörte: »Tschüss, Flori und ich ziehen noch weiter.« Also blieb Odo allein zurück. Die drei Bier, mit denen er sich über diese Enttäuschungen hinweghelfen wollte, verfehlten ihre Wirkung. Der Alkohol spendete keinen Trost, sondern lähmte ihn und machte ihn schläfrig. Noch vor Mitternacht gab Odo seinen Platz an der Bar auf und machte sich auf den Rückweg.

Als Odo sich dem Mietshaus mit seiner WG näherte, bemerke er durch einen Blick nach oben, dass in Simones Wohnzimmer noch Licht brannte. Ein Hoffnungsschimmer erfüllte Odo. »Vielleicht kann ich mit Simone noch ein Glas trinken und etwas mit ihr plauschen«, überlegte er unter der Haustüre, während er den Haustürschlüssel hervorkramte. Doch als er den Flur der Wohnung betrat, war das Licht in beiden Zimmern von Simone schon aus. Offensichtlich hatte sich Simone bereits hingelegt, während er im Treppenhaus zur Wohnung hochgestiegen war. »Schade«, dachte er, »wäre ich früher nach Hause gekommen, hätte ich mit Simone noch etwas trinken können.« Aber jetzt hatte sich Simone bereits schlafen gelegt.

Die dritte Enttäuschung, die er zu verkraften hatte, war das Gespräch in der Personalabteilung heute Vormittag gewesen. Nein, einen Vollzeitvertrag konnte oder wollte sein Verlag ihm nicht anbieten.

Eine weitere Hoffnung hatte sich in nichts aufgelöst.

Bevor er die Hose auszog, machte er durch einen Blick in seinen Geldbeutel noch Kassensturz. Nach dem Blick in das Fach mit den Banknoten entfiel ihm ein Seufzer. Die Bilanz nach dem Ausgang war vernichtend. Afra war ohne ihn losgezogen und hatte sich Flori, dem blonden Assistenten von der Goethe-Universität zugewandt. Und trotzdem war sein Barbestand in einem desolaten Zustand. Odo setzte sich auf die Bettkante und sinnierte vor sich hin. »Vielleicht fahre ich Karfreitag auch nach München zu meinen Eltern. Und wer weiß, vielleicht hilft mir Mama mit ein paar Scheinchen aus der Patsche.«

23

Das Erzbischöfliche Ordinariat München hatte Priester K. zur Seelsorgemithilfe ab Palmsonntag angewiesen. Aaron und der Dekan hatten durch eine Abschrift dieser oberhirtlichen Anweisung schon am Aschermittwoch Kenntnis davon bekommen. Auf der letzten Dekanatskonferenz hatte der Dekan die Anweisung ohne Mitteilung von Hintergründen den anwesenden Priestern, Diakonen und den weiteren pastoralen Mitarbeitern und Mitarbeiterinnen bekanntgegeben. Der Dekan wollte allerdings die Brisanz dieser Anweisung nicht publik machen und ging wohl davon aus, dass die dunkle Seite der Personalakte dieses Priesters in seinem Dekanat unbekannt war. Und unbekannt bleiben würde. So die Hoffnung des Dekans. Priester K. sollte als unbeschriebenes Blatt in das Seelsorgeteam aufgenommen werden. Er selbst vertrat die Meinung, dass Priester K. eine Chance für einen Neuanfang eingeräumt werden sollte.

Doch er hatte sich geirrt. Nach der Sitzung kam ein Mitglied des Seelsorgeteams zu ihm und fragte leise: »Ist das der mit der Ministrantin?« Der Dekan erschrak zutiefst. Seine Rechnung ging nicht auf. Priester K. würde nicht unbelastet seinen neuen Seelsorgsauftrag antreten können. Und möglicherweise gab es weitere Mitwisser.

Dem Dekan blieb nichts weiter, als durch ein Kopfnicken zuzustimmen. »Behalte das, was du weißt, aber für dich!«, murmelte er in Richtung des Fragestellers. Er wandte sich eiligst zum Gehen und ließ einen verdutzten Mitarbeiter zurück.

Schon während der vorösterlichen Fastenzeit hatte Aaron den Dekan angerufen und ihm unmissverständlich klargemacht, dass die Mitarbeit eines Priesters in der Seelsorge mit der vom Ordinariat verordneten Kontaktbeschränkung eine Illusion sei. Angesichts des Priestermangels und der Konzentration der Liturgie auf die Feier der Messe, die dem Priester vorbehalten ist, hätte Priester K. als reiner Altenheimseelsorger oder noch besser als Gefängnispfarrer angewiesen werden müssen. Eine Anweisung zur Seelsorgemithilfe in einer Pfarrei mit der Auflage, ihm keine Arbeit mit Jugendlichen anzuvertrauen, war unpraktikabel und für Aarons Pfarrei mit den vielen Familien und jungen Menschen so gut wie wertlos. »Du musst halt besonders ein Auge auf ihn haben«, hatte der Dekan ihm mitgegeben. »Wie stellst du dir das vor? Dann kann er keine Gemeindegottesdienste halten. Dann bleiben nur die Messen im Altenheim und die Krankenbesuche. Und Beichte hören, da kommen kaum junge Leute. Vielleicht mal ein Gespräch mit Brautleuten, um das Ehevorbereitungsprotokoll auszufüllen und die Feier der kirchlichen Trauung zu besprechen. Die Bräute werden doch nicht vor der kirchlichen Trauung, im Zustand der Verliebtheit, sich auf einen anderen Mann einlassen, noch dazu, wenn dieser Priester ist!«, hatte Aaron dem Dekan entgegengehalten. Dieser konnte Aarons Einwände nicht entkräften. Weder der Dekan noch die Personalabteilung Priester im Erzbischöflichen Ordinariat München hatten ihm eine klare Richtlinie an die Hand gegeben, wie er mit Priester K. verfahren sollte.

Priester K. hatte an seiner früheren Stelle gegen den Zölibat, die Fürsorgepflicht und den Auftrag, der ihm als Seelsorger mit der Anweisung anvertraut worden war, verstoßen. Auch wenn der Vorwurf der Vergewaltigung nicht erhoben wurde und der geschlechtliche Verkehr mit der Oberministrantin in beiderseitigem Einvernehmen erfolgt war, seine Tat war verwerflich. Das Ordinariat wusste um diese persönliche Problematik, die dieser Geistliche mitbrachte. Priester K. stammte aus einer anderen Teilkirche in Deutschland und hatte dort in seiner Personalakte Einträge, die sexuelle Übergriffe und wiederholte geschlechtliche Annäherungen an Mädchen und junge Frauen dokumentierten. Dieser Mann Gottes war auch für die Personalabteilung Priester kein unbeschriebenes Blatt, als er seine erste Anweisung in der Erzdiözese München und Freising erhalten hatte. Doch das Ordinariat wurde erst aktiv, als das Verhältnis des Priesters zu der jungen Frau auf der Straße und im Wirtshaus zum Gesprächsgegenstand wurde. Was in einem kleinen Ort, wo jeder jeden kannte, schnell Wellen schlug. Im Vordergrund der Maßnahmen der erzbischöflichen Stellen stand dabei nicht der Verstoß gegen das Zölibatsgesetz oder moralische Erwägungen, sondern die Schadensbegrenzung, die Angst vor einem öffentlichen Skandal. Es ging zunächst darum, Imageverlust abzuwenden. Das Verhältnis von Priester K. zu der jungen Frau konnte nicht ungeschehen gemacht werden. Doch die Sache sollte unter der Decke gehalten werden. Angesichts des eklatanten Priestermangels wollte die Personalabteilung Priester und auch der Ordinariatsrat auf diesen Priester nicht gänzlich verzichten.

»Und jetzt wird er mit Auflagen und dienstlichen Ermahnungen in meine Pfarrei versetzt. Ich soll ihm auf Schritt und Tritt auf die Finger schauen, ihn beobachten wie ein Spitzel!« Aaron verzog den Mund. »Eine große

Hilfe wird er für uns nicht sein. Aber wir bekommen eine zusätzliche Last aufgebürdet.«

Aaron seufzte. Er versank in ein dumpfes Brüten. Er selbst hatte den Zauber der Liebe, die Kraft der erotischen Anziehung, den Drang, um die Gefühle einer jungen Frau zu werben und die Wonne, die Umarmungen, Zärtlichkeiten und körperliche Nähe schenkten, als Gymnasiast selbst erfahren. Doch als er sich entschieden hatte, katholischer Priester zu werden, war ihm klar geworden, dass er um seiner Berufung willen auf geschlechtliche Kontakte zum weiblichen Geschlecht verzichten musste. Er hatte vor der Zulassung zur Priesterweihe lange mit sich gerungen. Er hatte eine klare Entscheidung getroffen und war bereit, sich sexueller Akte zu enthalten.

Aaron wusste, dass nicht alle seine Mitbrüder im geistlichen Amt so stark waren. Aber ihm wurde schlagartig klar, dass **eine** Ursache sexueller Verfehlungen die Sexualmoral seiner Kirche und das Zölibatsgesetz waren.

»Hätte Priester K. eine Frau seines Herzens heiraten können, wäre es nie zu diesem Skandal gekommen. Und dazu, durch Verdrängen und Tabuisieren der Sexualität Heimlichkeiten zu schaffen, deren Aufdeckung Skandale produzierte«, fand Aaron. Obwohl das Verhalten der Betroffenen in ihrer Anlage als Mann und Frau begründet lag. Und beide hatten das Natürlichste, das Schönste der Welt erfahren: Beide hatten in Liebe und äußerster Hingabe ihr Herz und ihren Körper einem anderen Menschen geschenkt. Sie waren im Akt der Liebe über sich selbst hinausgewachsen. Sie waren ein Fleisch geworden. So, wie es die Schöpfungsgeschichte im Alten Testament beschrieb.

24

Daniel und Nicole Maier, die Eltern der vier Söhne, saßen beim Frühstück. Während Nicole ihr Frühstück schon beendet hatte und zum Handy griff, stand ihr Mann vor dem Kaffeeautomaten und wartete auf seine zweite Tasse Kaffee. Während er sich mit der vollen Kaffeetasse in der Hand umdrehte und zum Tisch zurückkehrte, hörte er von Nicole: »Ei! Wir bekommen seltenen Besuch! Rate mal, wer uns am Karfreitag besuchen wird?« – »Deine Schwester mit Familie?« – »Nein, wir bekommen sogar Quartierbesuch! Odo kommt aus Frankfurt. Er bleibt bis Ostermontag!« – »Schön!«, spitzte Daniel.

Nicole wusste um das gespannte Verhältnis von Daniel und seinem Sohn Odo. Sie nahm an, dass die Bemerkung »Schön!« ironisch gemeint war. Darum war sie überrascht, dass ihr Mann vor sich hinlächelte und danach vorschlug, Aaron an Karsamstag zum Mittagessen einzuladen. »Sicher freut sich Odo, wenn er Aaron trifft. Die beiden haben sich doch immer bestens verstanden. Der Karsamstag ist ja ein liturgieloser Tag. Die Osternachtfeier beginnt erst um acht Uhr abends. Jonas und Luis könnten zum Abendessen kommen, wenn sie Lust haben. Dann wäre zum Kaffeetrinken die Familie komplett beieinander!« Daniel sah mit hochgezogenen Augenbrauen seine Frau Nicole an. »Diesen Vorschlag hätte ich von dir nicht erwartet! Meinst du das wirklich?« – »Ja. Ich hatte ja zunächst gedacht, alle zu meinem Geburtstag einzuladen. Aber da der im September ist, ist das noch ewig hin. Da kam mir die Idee mit einer

Einladung während der Kar- und Ostertage.« – »Super!«, bemerkte Nicole. Ihr Mann quittierte das Einverständnis seiner Frau mit einem strahlenden Gesicht. Er neigte sich zu seiner Frau vor und bemerkte: »Dann wirst du sicher einen Essensplan für die Feiertage erstellen wollen. Ich werde mit dir zusammen ins Isarcenter fahren. Und sobald wir alle Einkäufe erledigt haben, wird unser Kühlschrank weihnächtlich aussehen!«

Odo hatte am Dienstagabend nach seiner Rückkehr aus der Redaktion Elisabeth gefragt, welchen Zug sie in Richtung München am Karfreitag nehmen würde. »Kurz vor zehn. Warum willst du das wissen?« – »Weißt du, ich überlege, meine Eltern über Ostern zu besuchen. Was hältst du davon, wenn wir zu zweit nach München fahren?« Elisabeth nickte mit ernstem Gesicht. »Okay. Dann schicke ich Dir mein Ticket aufs Handy, damit du dir die Details meiner Reise nach München ansehen kannst. Auch meine Sitzplatzreservation kannst du dann einsehen. Dann weißt du auch, wo du mich findest. Wenn wir Glück haben, ist in der Nachbarschaft noch ein Platz frei. Wenn du willst, können wir auch in das Bord Bistro auf einen Kaffee gehen! Ich werde allerdings an meinem Laptop an einer Präsentation arbeiten müssen.« – »Schön, dann setze ich mich mal gleich hin und mache das mit der Buchung.«

Odo zog sich in sein Zimmer zurück. Erst notierte er sich die Daten der Bahnfahrt an Karfreitag aus Elisabeths WhatsApp und öffnete danach das Kundenportal der Deutschen Bahn. Schnell musste er feststellen, dass sein spontaner Einfall, am Freitag dieser Woche, und noch dazu in den Osterferien, ein Ticket nach München zu buchen, ein kostspieliges Vergnügen versprach. So kurzfristig gab es keine preiswerten Verbindungen mehr. Odo seufzte. »Wenn ich früher gebucht hätte, bräuchte ich nicht so viel zu bezahlen«, grummelte er vor sich hin. Seine halbe Stelle verwies ihn bei spontanen Unternehmungen immer wieder in seine Schranken und machte ihm seine begrenzten finanziellen Möglichkeiten schmerzlich bewusst. Dank des preiswerten Zimmers in der WG und seinen geringen Ansprüchen an das Essen kam er gerade so hin. Immerhin konnte er an den Wochenenden den einen oder anderen Klub aufsuchen. Die Biere, die er an der Theke bestellte, zählte er nicht mit. Am Frankfurter Nachtleben teilzuhaben, das funktionierte, wenn er sich auf die Wochenenden beschränkte. Er kam finanziell gerade so hin und war froh, dass der keine Freundin hatte, die er regelmäßig zum Essen, in den Klub oder ins Kino ausführen musste.

Am Ende eines Monats blieb kein Geld zur Bildung von Rücklagen übrig. Spätestens ab dem 25. des Monats wartete Odo sehnsüchtig auf den Eingang des nächsten Gehalts auf seinem Girokonto. Das neue Geld auf dem Konto öffnete den Horizont für die abendlichen Kneipengänge und seine Verabredungen im *Cindy*.

Anders als seine Brüder Jonas Maier, der Gymnasiallehrer war, oder Luis, der als Steuerberater zur Hälfte beim Lohnsteuerhilfeverein angestellt war und zur anderen Hälfte bei einer Steuerkanzlei assoziiert war, verwendete Odo keine Gedanken auf seine finanzielle Vorsorge und den Vermögensaufbau. Er lebte im Heute und sein Blick in die Zukunft war auf die Abgabetermine seiner Dokumentationen und Projektarbeiten gerichtet. Diese galt es unbedingt einzuhalten, denn Journalismus war im Unterschied zur Produktentwicklung in der Industrie oder einer Anstellung im Öffentlichen Dienst, etwa in der städtischen Verwaltung, ein knallhartes Termingeschäft. War der Donnerstag erst mal geschafft, öffnete sich der Horizont des bevorstehenden Wochenendes. Die unbekümmerte Afra oder die nachdenkliche Fiona war die Alternative, die sich vor seinem geistigen Auge auftat. Odos Zukunft, das waren die Abgabetermine der Redaktion und das kommende Wochenende.

Auch Priester Aaron machte sich über seine Altersvorsorge keine Gedanken. Er war in das Erzbistum München und Freising inkardiniert. Laut dem Codex Iuris Canonici, dem universalkirchlichen Gesetzbuch war sein Bischof verpflichtet, ihm eine emuneratio congrua bzw. eine honesta sustentatio zu gewähren. Gemeint war damit eine angemessene Vergütung zur Sicherung des Lebensunterhalts eines Geistlichen. Im Alter wäre er durch Leistungen aus der Emeritenanstalt versorgt.

25

Priester K. hatte termingerecht seinen Dienst im Pfarrverband, an dessen Spitze Aaron stand, angetreten. Er betreute das große Altenheim und feierte dort täglich die Messe. Er machte Krankenbesuche, stärkte Alte und Sterbende durch die Spendung der Krankensalbung und hatte auch außerhalb des Altenheims die Seelsorge an Angehörigen der Pfarrei übernommen, die sich einem länger währenden Krankenhausaufenthalt unterziehen mussten.

Der Dienstantritt war ohne einen besonderen Akt der Amtseinführung über die Bühne gegangen und damit geräuschlos vollzogen worden. Sein Dienstantritt war auch im Pfarrbrief nicht eigens mitgeteilt worden. Allerdings fand man ihn jetzt unter der Rubrik »Seelsorger« über die Homepage des Pfarrverbands mit dem Hinweis »Seelsorger im Altenheim«. In den gottesdienstlichen Feiern in der Pfarrkirche trat er nicht in Erscheinung. Das Feld seines priesterlichen Wirkens war begrenzt und in der Anweisung des Generalvikars klar umschrieben.

Die Feier der Kindertaufe war eine von Aarons Lieblingstätigkeiten. Er nahm sich schon im Vorfeld, beim Taufgespräch, immer reichlich Zeit für die Eltern, sprach mit ihnen nicht nur über die Bedeutung der bevorstehenden Feier, sondern erkundigte sich auch über die Lebens- und Arbeitsbedingungen der Eltern des Täuflings. Er verwies auch auf den Elternkreis in seinem Pfarrverband, der eine breite Palette von Aktivitäten anbot, bis hin zu

»Wanderungen mit Buggy«, Kinderkleider-Tauschbörse und Grillabenden.

Aaron hatte sich im Altenheim kundig gemacht und hatte dort durchaus positive, lobende Worte über Priester K. vernommen. »Ein sympathischer Mann. Sehr mitfühlend.« Nun ja, Mitgefühl bei Senioren ist ja unproblematisch. Mitgefühl, verbunden mit einem sehr persönlichen Interesse an jungen Personen des anderen Geschlechts wäre allerdings problematisch. Besonders im Fall von Priester K. und dessen Vorgeschichte, die auch breiten Niederschlag in seinem Personalakt gefunden hatte. Und konnte brandgefährlich werden.

Und genau das war, völlig unbemerkt, außerhalb der Kulissen der Pfarrei geschehen.

Bei einem Routinebesuch bei einer alten Dame im Altenheim lernte Priester K. deren Enkelin kennen, eine Schülerin des neusprachlichen Gymnasiums. Ein fröhliches, hübsches Ding mit langen Haaren und blauen Augen, die Priester K. anlässlich dieses Krankenbesuches neugierig fixierten. »Dann bist du wohl bei deiner Oma zu Besuch?«, hatte Priester K. mit einem galanten Lächeln gefragt. Sabine hatte genickt und danach, ohne dieser Begegnung eine weitere Bedeutung beizumessen, die Blumen, die sie mitgebracht hatte, in eine Vase gestellt. Priester K. verabschiedete sich bald und ging in die Pflegeabteilung.

Zehn Tage danach, es war Samstagnachmittag, saß Priester K. in der Cafeteria des Altenheims und trank einen doppelten Espresso, als er Sabine an der Theke stehen sah, um für ihre Oma ein Stück Gebäck zu holen. Als sie die Theke verließ und sich dem Ausgang zuwandte, trafen sich die Blicke von Sabine und Priester K. Diesmal lächelten beide zur Begrüßung und Priester K. winkte Sabine herbei. Nach einem kurzen Wortwechsel, der sich zu Fragen nach Sabines schulischer Laufbahn und ihren Berufsplänen erweiterte, fragte Priester K., ob er Sabine eine Cola anbieten dürfe.

Sabine sagte zu, meinte aber, sie wolle erst ihrer Oma das Stück Gebäck bringen. »Dann warte ich so lange auf dich, und wenn du wieder zurück bist, hole ich für dich die Cola an der Theke. Dann plauschen wir ein wenig.«

Damit begann eine private Beziehung von Priester K. zu einer sechzehnjährigen Schülerin des Gymnasiums. Es war nicht der letzte Drink, den Priester K. der sechzehnjährigen Gymnasiastin spendete. Und es blieb nicht beim Plauschen bei einer Cola bzw. bei einem Glas Sekt. Priester K. gewann das Herz der sechzehnjährigen Sabine und diese schenkte ihm alsbald ihren Körper.

Dies geschah außerhalb der Grenzen der Pfarrei, die Aaron leitete. Und doch wurde ihm zugetragen, dass Priester K. und Sabine freitagabends eng umschlungen in einem Klub gesehen worden waren. Und auch in der U-Bahn hätte man beide zusammen gesehen. Als Aaron davon erfuhr, war er bestürzt. »Unverschämter Kerl, der keine Grenzen kennt«, zischte er vor sich hin. Er beschloss, Priester K. zur Rede zu stellen. Doch da fiel ihm ein, dass jener sich in den Urlaub verabschiedet hatte. »Ich möchte ihn am liebsten auf den Mond schießen«, fand er.

Aaron wollte die Angelegenheit mit dem zuständigen Personaler persönlich besprechen und rief im Erzbischöflichen Ordinariat an. Im Ressort 3, Abteilung Priester. Er hatte Glück: der zuständige Abteilungsleiter war eben aus einer Sitzung zurückgekehrt, war von seinem Stuhl aufgestanden und auf dem Sprung, in eine Besprechung zu gehen. Als er den Namen seines Pfarrverbands nannte, vernahm Aaron am anderen Ende der Leitung ein Seufzen. Daraufhin kam die Frage: »Priester K.?« – »Ja, leider. Ich werde Sie über alles mündlich in Kenntnis setzen.« – »Wie wäre es mit Freitagmittag, 13 Uhr 30?« Aaron sagte zu.

Als Aaron den Termin in seinem Handy eingetragen hatte, dachte er: »Dann kann ich vorher im Bistro des Erzbischöflichen Ordinariats in der Kapellenstraße 4 zu Mittag essen. Das passt.«

Das war ein echter Lichtblick. Nach mehreren Pächterwechseln war die Kantine im zentralen Verwaltungsgebäude der Erzdiözese München und Freising zu ihrer bisherigen Höchstform aufgelaufen. Im Sommer konnten die Mitarbeiter sogar im Innenhof des Karrees zu Mittag essen, mit Blick auf die begrünte Innenfläche mit den vielen Bäumen. Eine grüne Oase der Stille inmitten der Stadt, keine 200 Meter vom Stachus entfernt.

Und dennoch keine Insel der Seligen. Die Missbrauchsfälle erschütterten die Glaubwürdigkeit der Kirche. Die Institution, die die frohe Botschaft Jesu, das Evangelium in die Gesellschaft tragen sollte und die dem Doppelgebot der Gottes- und Nächstenliebe verpflichtet war, versagte kläglich. An die Stelle der bedingungslosen Liebe, dem bedingungslosen Ja, das in der unverbrüchlichen, grenzenlosen Liebe Gottes gründete, waren in Einzelfällen persönliche Interessen getreten, die die Unantastbarkeit der Würde Dritter – hier meist Abhängige oder Frauen – mit Füßen traten.

In der Zwischenzeit waren auch die Opfer in den Blick geraten und das Erzbischöfliche Ordinariat München benannte Ansprechpartner für Missbrauchsopfer und bot aktive Hilfe bei der Aufarbeitung der Missbrauchsfälle an, einschließlich Unterstützung therapeutischer, finanzieller und seelsorglicher Art. Eine eigene *Stabsstelle Beratung und Seelsorge für Betroffene von Missbrauch und Gewalt in der Erzdiözese München und Freising* war im Sommer 2022 errichtet worden. Das Problem war erkannt und der Erzbischof hatte in mehreren Interviews glaubhaft versichert, dass die Katholische Kirche sich an die Seite der Opfer stellen wolle. Dies belegte die stattliche Zahl von Mitarbeitern, die sich mit der Aufarbeitung der Missbrauchsfälle beschäftigte. Auch eine eigene *Stabsstelle zur Prävention von sexuellem Missbrauch* war Teil der erzbischöflichen Verwaltung geworden.

Priester K. hatte sich keines Missbrauchs schuldig gemacht. Weder hatte er sich Schutzbefohlenen sexuell genähert noch hatte er Frauen gar vergewaltigt. Doch sein Faible für das weibliche Geschlecht war an allen seinen Arbeitsstellen schnell aufgefallen. Er brach den Zölibat und zog mit seinem Charme junge Frauen in seinen Bann, indem er sie zum Kaffeetrinken, auf eine Pizza und später zum gemeinsamen Besuch von Klubs und Bars einlud. Nicht selten endeten seine Dates im gemeinsamen Liebesspiel.

26

Wieder hatten sich Lisa und Luis im *Da Marco* zum Essen verabredet. Es war Dienstag, und heute hatte Luis seinen freien Abend. Morgen Mittwoch würde er nach dem Italienischkurs erneut die Möglichkeit haben, italienisch zu essen. Falls er sich heute für die Pizza Quattro Stagione entschied, könnte er sich morgen für Spaghetti Vongole entscheiden. Oder für Risotto Ortolano. Da er die italienische Küche über alles liebte, machte es ihm nichts aus, schon heute mit Lisa zum Italiener zu gehen.

Luis war nach dem Betreten des Lokals überrascht, dass er Lisa schon hinten an der Wand sitzen sah. Er war früher vom Lohnsteuerhilfeverein weggekommen, und offensichtlich war Lisa mit ihren Besorgungen nach der Arbeit besser als erwartet vorangekommen. Sie winkte ihm mit einem charmanten Lächeln zu und erhob sich. Beide küssten sich. »Schön, dass du schon da bist. So haben wir mehr Zeit für uns.« Lisa blickte verliebt zu Luis auf. Sie freute sich immer besonders auf Luis und wurde auch unter der Woche oft von Sehnsucht nach ihm befallen. Sie litt unter dem Umstand der getrennten Haushalte. Dass sie sich mit einer anderen Erzieherin eine Dreizimmerwohnung teilte und damit in ihrem Zuhause eine Gesprächspartrnerin zur Unterhaltung vorfand, verhalf nicht über ihre Sehnsucht hinweg und es blieb bei dem Gefühl einer inneren Unzufriedenheit. Lisa litt darunter, von ihrem Mann getrennt leben zu müssen.

»Ich habe mich schon mal nach Drei- und Vierzimmer-wohnungen umgesehen«, begann Luis. Seine Mine wurde ernst. Er senkte seinen Kopf. »Eine dornenreiche Angelegen-heit, Wohnungssuche in München. »Die hohen Preise sind für uns dabei nicht einmal das eigentliche Problem. Es ist das Angebot! Es wird kaum mehr gebaut, und der Zuzug nach München ist ungebrochen.« Der Kellner fragte nach ihren Wünschen. »Und auch in Germering oder in der Stadt Olching gibt es wenig Neubauten. Das Angebot ist klein, die Nachfrage riesengroß. Und wer eine Wohnung hat, be-hält diese meist. Und vergibt sie unter der Hand weiter. Frei-werdende Wohnungen gibt es meist nur nach dem Todesfall eines Mieters.« – »Und meine Mitbewohnerin wird auch nicht wegziehen wollen. Wir sind ja beide bei der Stadt München beschäftigt und profitieren von einer Reihe von Vergünstigungen«, ergänzte Lisa. »Luis hob seine Augen-brauen. »Und da ist bei Monika kein Mann in Sicht, bei dem sie einziehen könnte? Der sie heiraten möchte?« Lisa schüttelte den Kopf. »Monika ist zwar älter als ich, aber von einem Mann war nie die Rede.«

Der Redefluss erstarb, und jeder vertiefte sich in das Essen. Es war Lisa, die die Gabel auf den Teller legte und mit einem Lächeln Luis anstrahlte. Jetzt legte sie ihre Hand auf Luis Arm. »Weißt du, das Wichtigste ist, dass wir uns gefunden haben. Jetzt haben wir uns! Auch wenn wir unter der Woche nicht in einem gemeinsamen Bett schlafen kön-nen … Aber ich freue mich immer, wenn du mich Freitag Abend nach Hause begleitest. Und dass ich dich bei mir ver-wöhnen kann!« Mit einem schelmischen Augenaufschlag blitzte Lisa Luis an.

Luis hatte Lisa richtig verstanden. Lisa hatte bei »Ver-
wöhnen« nicht an kulinarische Genüsse gedacht.

Ja, Lisa war eine hingebungsvolle und temperamentvolle
Liebhaberin. Das hatte Luis hinter der zurückhaltenden
jungen Frau nach dem ersten Kennenlernen nicht vermutet.

27

Nur knapp hatte Odo den Zug nach München erreicht. Odo hatte den Wecker, der ihn um halb acht Uhr morgens aus dem Schlaf gerissen hatte, ausgemacht und wollte noch ein paar Minuten vor sich hindösen. Müde von der kurzen Nacht in seinem Bett und noch unter dem Eindruck der Promillereste, die von der Kneipentour am Gründonnerstagabend stammten, war er wieder eingeschlafen. Als er wieder zu sich kam, zeigte sein Wecker bereits 8 Uhr 24. Und um 9 Uhr 51 fuhr der Zug in Richtung München. Odo stürzte kurz ins Bad, fuhr mit dem nassen Waschlappen über sein Gesicht, zog den Kamm durch die Haare und zog sich in Windeseile an. Zum Glück war der Taxistand auf der gegenüberliegenden Straßenseite besetzt, und Odo ließ sich erleichtert auf die Rückbank des cremefarbigen Japaners fallen. Als er am Bahnhof mit der Tasche in der Hand auf die Bahnhofshalle zusteuerte, blieben ihm noch sieben Minuten bis zur Abfahrt des Intercitys nach München.

Nachdem er seinen reservierten Platz bezogen hatte, nestelte er sein Handy hervor und scrollte die E-Mails durch. Unter den WhatsApps fand er eine Textnachricht von Luis. »Hallo Odo, wir sehen uns ja morgen Samstag bei unseren Eltern. Wollen wir Sonntagabend mit Lisa nach Schwabing gehen? Hast du Lust?« Odo antwortete umgehend. »Gute Idee. Okay!«

Der Vorschlag, abends nach Schwabing auszugehen, rief eine Fülle von Erinnerungen an abendliche Touren durch

Schwabing wach. Sie stammten fast alle aus der Zeit, als er in München studiert hatte. Das eine oder andere Gesicht von jungen Frauen erschien vor seinem geistigen Auge. Ja, das war eine bewegte und bewegende Zeit gewesen. Um sein Budget aufzubessern, hatte er damals zwei Mal pro Woche abends als Kellner gearbeitet. »Ja, damals konnte ich mir noch den einen oder anderen Luxus leisten. Ich wohnte noch zu Hause, und zusammen mit dem Trinkgeld hatte ich stets ordentlich Geld zur Verfügung. So viel sogar, dass er im Fasching gelegentlich sogar mit seiner Partnerin von der *Moonshine Bar* mit dem Taxi in ihr Apartment gefahren war. Einmal hatte er mit Elvira sogar noch einen Umweg über eine Tankstelle mit 24-Stundenöffnung gemacht, um noch eine Flasche Sekt zu kaufen. Die hatten er und Elvira in einer sehr ausgelösten Stimmung dann in die Wohnung mit hochgenommen. Oben angekommen, machte sich Elvira an seinem Gürtel zu schaffen. Odo stellte die Flasche in der Küche auf die Anrichte, wo sie ungeöffnet bis in die frühen Morgenstunden stehen blieb. Danach zog ihn Elvira in ihr Schlafzimmer, wo sich beide dem Spiel der Liebe hingaben. Zum Glück hatte Elvira die Flasche auf dem Rückweg von der Toilette entdeckt und um sechs Uhr morgens in den Kühlschrank gestellt. Am späten Faschingsdienstagmorgen ersetzte der Sekt den morgendlichen Kaffee und markierte den Beginn des nächsten Höhepunkts der zu Ende gehenden »Fünften Jahreszeit« in München.

So unbeschwert wie damals als Student während des Faschings in München waren die Nächte jetzt als Journalist im Teilzeitauftrag bei einer großen Tageszeitung in Frankfurt nicht mehr. Obwohl in der Mainmetropole der Karneval viel präsenter war als der Fasching in München.

Manchmal kam Odo ins Grübeln. Er ermüdete schneller an den Abenden im Klub, und oft war ihm gar nicht danach, neue Bekanntschaften zu schließen und flüchtige Beziehungen am Tresen zu knüpfen. Auch nach einem erfolgreichen Flirt blieb ihm auf dem Nachhauseweg in den Morgenstunden danach ein Gesicht in Erinnerung: die langen schwarzen Haare und die blauen Augen Afras. Ihr ernster Blick, mit dem sie ihn ansah, hatte sich in seinem Inneren eingebrannt. Das war Odo nicht bewusst, doch wann immer er Afra traf, ob zufällig oder nach einer lockeren Verabredung, stieg in Odo ein warmes Gefühl auf.

Odo suchte nach dem Bahnticket mit der Reservierung, das ihm Elisabeth gemailt hatte. Er beschloss, sie an ihrem Platz zu besuchen. Er stand auf und machte sich auf den Weg in den benachbarten Wagen. Dort hatte Elisabeth unter 37 A einen reservierten Sitzplatz bezogen.

Er fand Elisabeth hinter ihrem Notebook sitzend in die Arbeit vertieft. Ihr breites Gesicht mit der markanten Brille war ihm schon beim Betreten des Nachbarwagens aufgefallen. Ihre schulterlangen Haare legten sich links an ihren Hals und fielen bis auf die die Brust. Sie saß leicht nach vorne gebeugt und schien die Einträge auf dem Display kritisch zu prüfen, so dass sie ihn gar nicht bemerkte. Odo verlangsamte seine Schritte. »Hallo Elisabeth!« – »Guten Morgen!«, sagte Elisabeth mit einem Lächeln und blickte über den Brillenrand hinweg zu ihm auf. »Du hast es doch noch geschafft!« Odo wusste nicht recht, ob diese Bemerkung Elisabeths ein anerkennendes Lob oder eine zynische Bemerkung war. Sicher war sie sehr früh aufgestanden und hatte bemerkt, dass sein Zimmer noch im Dunkeln lag, als sie die WG in Richtung Hauptbahnhof Frankfurt verlassen hatte. »Ich war viel zu früh am Bahnsteig, und dann bin ich auf und abgegangen und habe nach dir Ausschau gehalten. Da ich dich nirgends gesehen habe, habe ich bei mir überlegt, ob du vielleicht verschlafen hast.« Odo ärgerte sich, als er das hörte. Er fühlte sich ertappt. Er überhörte die Bemerkung, gab jedoch zu: »Ja, es war knapp. Aber ich habe es doch noch geschafft!«, gab er selbstbewusst von sich. Er zeigte auf den Außenplatz gegenüber. »Ist hier noch frei?« – »Du musst nach oben schauen.« Odo suchte die digitale Anzeige. »Da ist eine Reservierung ab Augsburg vorgemerkt. Dann leiste ich dir Gesellschaft, bis wir in Augsburg sind. »Wir können später auch gerne zum Essen in das Bord Bistro gehen«, fand Elisabeth. Odo war überrascht, dass Elisabeth so großzügig war. Aus Gesprächen in der Küche und vom Inhalt des Kühlschranks her wusste er, dass Elisabeth sonst konsequent beim Discounter einkaufte. Bis jetzt hatte er Elisabeth als sehr sparsame Mitbewohnerin der WG wahrgenommen. »Ich hätte darauf gewettet, dass du dir einen Joghurt oder eine Vollkornsemmel und einen Kräuterquark mitnimmst!«, frotzelte Odo. Elisabeth nickte. »Ja, beides esse ich liebend gerne. Aber heute leiste ich mir mal was.« Elisabeth beugte sich wieder über ihr Notebook. »Ich hoffe, dass ich das Exposé noch während der Fahrt fertigstellen kann«, bemerkte sie entschuldigend.

»Dann trage ich mal ein paar Daten für den nächsten Report zusammen«, dachte Odo. Und zu Elisabeth gewandt: »Halte mir den Platz frei, ich hole schnell mein Notebook. Ich bin gleich wieder bei dir.«

Im Bord Bistro staunte Odo darüber, dass Elisabeth sich einen Viertel Rotwein und eine Käseplatte bestellte. Odo bestellte sich nur ein Bier. Er war überrascht, dass

Elisabeth mit einem Mal aus sich herausging und von ihren Eltern erzählte. Auch von ihrer Zeit am Gymnasium erzählte Elisabeth, die ihre Brille zum Essen abgelegt hatte. Mit Erstaunen erfuhr Odo, dass Elisabeth sogar Mitglied der Theatergruppe ihres Gymnasiums gewesen war. Als Elisabeth mit ihrem Bericht geendet hatte, sah sie mit ihrem braunen Augen Odo herausfordernd an. »Nun erzähle du mal von dir, Odo.«

Odo berichtete über die Beiträge, die er oft in kurzer Zeit erstellen musste. Den Zeitdruck, unter dem er oft litt. Und die notwendigen Recherchen, die der Redaktion des Beitrags vorausgingen. »Gelegentlich muss ich auch Gespräche mit den Betroffenen vor Ort führen und ergänze meine Dokumentationen durch entsprechendes Bildmaterial. Die Fotos in der Reportage sollen ein Doppeltes leisten: einerseits sollen sie ein Blickfang sein und das Interesse des Lesers auf den von mir verfassten Beitrag lenken. Andererseits sollen sie den Text illustrieren, das geschriebene Wort anschaulich machen, einen bestimmten Aspekt besonders plastisch darstellen. Hast Du vielleicht meinen Beitrag zur Altersarmut in Deutschland gelesen?« – »War das der mit den zerfurchten Händen mit den Altersflecken, die einen fast leeren Geldbeutel hielten?« Odo nickte. Anerkennend bemerkte Elisabeth: »Ja, das war ein echter Hingucker. Da bekommt mancher Geringverdiener sicher einen Schrecken, wenn er an die eigene Altersrente denkt.«

Odo ergänzte: »In der Redaktion haben wir überlegt, dass wir den Lesern nicht nur Angst vor dem Eintritt in die Rente machen wollen. Darum ist neben dem bereits erschienen Bericht über die Ursachen der Altersarmut noch eine Dokumentation über betriebliche Altersvorsorge und

die Möglichkeiten der privaten Altersvorsorge geplant.« –
»Hast denn du schon etwas für deine private Altersvorsorge
getan?«, fragte Elisabeth mit hochgezogenen Augenbrauen.
»Nein, noch nicht, ich komme grad mal eben so hin mit
meinem Teilzeitgehalt. Mein Bruder Luis spricht mich aber
immer wieder darauf an. Luis ist Steuerberater. Er ist der
Einzige in meiner Familie, der sich mit Finanzen und Geldanlage einigermaßen auskennt.«

28

Am Ostersonntag war Odo gegen Abend zu seinem Bruder Luis gefahren. Er wollte ihn in seinem kleinen Apartment auf einen Drink besuchen, bevor sie sich später in Richtung Schwabing auf den Weg machen wollten. Lisa war bei ihren Eltern zu Besuch und die beiden Brüder wollten sie abends nach neun Uhr an der Münchener Freiheit treffen. Von dort wollten sie in die *Moonshine Bar* zum Tanzen gehen.

»Was kann ich dir anbieten?«, fragte Luis, als er vor seiner Hausbar stand. »Kommt darauf an, was du im Angebot hast!«, bemerkte Odo gut gelaunt. Er war aufgestanden und trat an die offene Hausbar heran. »Den Weinbrand habe ich im Sommer in Griechenland gekauft«, bemerkte Luis und hob die Flasche mit den sieben Sternen heraus. Doch Odos Augen blieben an einer rechteckigen Flasche mit Stars and Stripes hängen. »Du hast amerikanischen Whisky? Davon würde ich gerne einen trinken!« – »Gerne, ich schließe mich dir an.« Luis entfernte die Verschlusskappe und goss in zwei Gläser ein. »Setzen wir uns!«

»Was ist eigentlich mit Aaron los«, fragte Odo. »Er war am Samstag so ernst und wirkte irgendwie bedrückt. Die heitere Gelassenheit, die er sonst ausstrahlt, war wie weggeblasen. Hast du eine Erklärung dafür?« Luis biss sich auf die Lippen. Aaron hatte zu Luis einen guten Draht, obwohl Luis ein eher nüchterner, sachlicher Mensch war. In seiner zurückhaltenden, eher trockenen Art war er nicht so unterhaltsam wie Jonas oder seine Partnerin Lisa. Und lange nicht so belesen wie seine Brüder Aaron und Jonas. Aber gerade deshalb hatte der Priester Aaron sich dem verschlossen wirkenden Luis anvertraut. Luis senkte seinen Kopf, schob seine Lippen aufeinander. Dann erstattete er Odo Bericht.

29

Am Karsamstag Nachmittag hatte Aaron nach dem gemeinsamen Kaffeetrinken im Kreis der Familie seinem Bruder Luis einen gemeinsamen Spaziergang vorgeschlagen. Er hatte die Gelegenheit ergriffen, sich seinen Ärger mit Priester K. und seine Wut über das Erzbischöfliche Ordinariat vom Leib zu reden. »Wie können die so einen Casanova auf meine Schäfchen loslassen!«

Aaron war definitiv enttäuscht, frustriert. Von seinem Dekan hatte er wohlmeinende Worte mit auf den Weg bekommen, die den Umgang mit Priester K. betrafen. Die Anweisung zur Seelsorgemithilfe hatte sensible Bereiche der seelsorglichen Tätigkeit gezielt ausgespart. Auch der sonntäglichen Eucharistiefeier durfte Priester K. nicht vorstehen, denn am Altar standen auch Mädchen. Und die Natur hatte es gut gemeint, denn bei der Messe am Sonntag waren auch einige besonders hübsche Mädchen als Messdienerinnen mit von der Partie. Aber Priester K. blieb in seinem Innersten dem weiblichen Geschlecht zugetan. Jede hübsche Frau erregte seine Aufmerksamkeit und weckte seine sexuellen Fantasien. Er hatte einen geübten Blick auf die Töchter Evas, und sein Augenpaar verfolgte lange Haare und versank oft in blauen Augen unter langen Wimpern. Zölibat hin oder her, da war eine Macht, stärker als er selbst, die auch durch Ermahnungen seines Dienstherrn nicht im Zaum gehalten werden konnte. Priester K. erwachte in Gegenwart hübscher Frauen zum Leben. Er machte ihnen Komplimente, schäkerte gelegentlich und ließ seinen Charme spielen. Er begann zu flirten, zwinkerte verführerisch mit den Augen und spendierte Drinks. Gelegentlich hieß er den Kellner vor einer Frau ein Glas Sekt hinstellen und segelte danach verführerisch lächelnd auf das Ziel seiner Wünsche zu. Gewiss wurde er oft freundlich und bestimmt abgewiesen, doch gelegentliche Erfolge, bei denen er sein Ziel erreichte, bestärkten ihn in seinem Jagdtrieb. Seine Arbeit als Seelsorger im Altenheim erfüllte er mit Hingabe, doch das füllte ihn nicht aus. Besonderen Charme musste der bei den Besuchen bei den Seniorinnen und Senioren nicht spielen lassen. Das Leben im Altenheim machte einsam und von daher war jeder Besucher willkommen, der an die Türe klopfte, sich bei den alten Leutchen hinsetzte und ihnen Gehör schenkte. Sein geduldiges Zuhören und seine teilnehmenden Rückfragen im Gespräch, die Ausdruck seines persönlichen Interesses am Lebenslauf seiner Gesprächspartnerinnen und Gesprächspartner verrieten, machten Priester K. schnell zu einem allgemein willkommenen Besucher. Er bekam höchstes Lob von der Heimleitung für sein seelsorgliches Wirken. Doch abends erwachte Priester K. zu neuem Leben. In einer gänzlich anderen Welt …

Besonders übel war Aaron bei seinem Termin, den er im Ressort Personal, Abteilung Priester, im Erzbischöflichen Ordinariat München wahrgenommen hatte, die Bemerkung des zuständigen Abteilungsleiters aufgestoßen: »So unerfreulich und ärgerlich die ganze Sache ist, wir sollten sie nicht noch künstlich aufblasen. Wir müssen Priester K. aus der Schusslinie ziehen und jedes unnötige Aufsehen vermeiden.« Wie sollte das gehen? Priester K. stand nicht in der Schusslinie, er wurde nicht angefeindet oder begab gar eine Straftat, die eine Anzeige nach sich zog und den Staatsanwalt auf den Plan rief. Nein, in seinem Jagdtrieb pirschte er sich flattierend und schmeichelnd an potenzielle Ziele seiner Leidenschaft heran, die frei entschieden, ob sie den Verheißungen seines Charmes nachgeben wollten. Und sich auf ihn einlassen wollten. Diese Frauen gab es reichlich in den Bars der Münchner Innenstadt, am Discobogen und in Schwabing durchaus. Ein Priester als Casanova. Unterwegs im Münchner Nachtleben. Dieses Fehlverhalten blieb ungeahndet, das Ärgernis wurde verdrängt, der Versuch unternommen, es aus dem Bewusstsein der Verantwortlichen zu tilgen. Aaron überlegte bei sich: »Hat der Regens des Priesterseminars, haben die Verantwortlichen für den Weihekurs denn gar keine Menschenkenntnis? Hat denn in den Skrutinien der Verantwortliche mit dem Weihebewerber K. nicht ernsthaft über die Implikationen der Entscheidung für ein eheloses Leben gesprochen? Bei dieser stark sexuell geprägten Veranlagung wäre K. als Barkeeper oder Kellner besser aufgehoben als bei uns!«

Immerhin hatte Priester K. zuletzt selbst die Reißleine gezogen und sich für längere Zeit krankschreiben lassen. Schließlich wurde auch das Ressort Personal aktiv und beurlaubte Priester K. für ein halbes Jahr.

Aaron hatte wortkarg und knapp von den Vorfällen berichtet, die ihn selbst peinlich berührt hatten. Zum Abschluss seiner Schilderung urteilte er: »Ein Pflichtzölibat, der die Engagierten und Gutwilligen von unserem Beruf fernhält und die wenigen, die ihn auf sich nehmen knechtet und plagt, verfehlt sein Ziel. Ich kann damit leben, da ich viel Freude an meinem Beruf habe. Aber ich muss jeden Morgen schon bei meinem ersten Gebet des Tages, Ja zu meiner Lebensform sagen. So wie die trockenen Alkoholiker beim Aufstehen zu sich selbst sagen: »Nur für heute will ich nicht trinken. Für 24 Stunden will ich das erste Glas stehen lassen.«

Luis hatte Aaron aufmerksam zugehört. »Und das schaffst du?« – »Ja. Aber eben auf einer doppelten Grundlage: Auf der Basis meiner Liebe zu meinem Beruf, der Freude, für andere da zu sein, Sakramente zu spenden und Zeuge der Frohen Botschaft von Jesus Christus zu sein, und auf der Grundlage meiner bewussten Entscheidung, dies ohne Frau zu tun. Ich sage Ja zu meiner ehelosen Lebensform. Tatsächlich muss ich gelegentlich Situationen meiden, in denen ich Gefühle, starke Sympathien für eine bestimmte Frau in mir verspüre. Es hilft dann nichts, ich muss mich dann von ihr zurückziehen. Mich selbst aus der Schusslinie nehmen. Ich nehme die Sympathie, das Wohlwollen einer Frau zu mir durchaus wahr, und ich freue mich darüber, dass ich mich mit ihr gut verstehe. Das ist schön, und ich bin dankbar, dass es das gibt. Ich genieße es durchaus, dass mir Menschen geschenkt werden, die mir zuhören, die mich verstehen, die sich in mich hineinversetzen und meine Gedanken mit mir teilen. Aber ich verbinde damit keine Hintergedanken.« – »Das hört sich an, als müsstest du dir und vielleicht auch der Frau, die dich gerne mag, dann sagen: Bis hierher und nicht weiter!« Aaron nickte. »Genau so ist es. Und nur so kann ich den Zölibat ehrlich und glaubhaft leben.«

»Bist du denn nie in eine ernste Versuchung geraten, eine Frau in deine Arme zu nehmen, sie zu küssen?« – »Ja, das kenne ich durchaus. Aber ich habe mich stets rechtzeitig wieder von ihr zurückgezogen.« – »Respekt!«, meinte Luis.

»Ja, bis jetzt habe ich es geschafft, auch wenn es mir nicht immer leicht gefallen ist. Und weißt du, Luis, hinter der zölibatären Lebensform steht nicht nur der Verzicht auf erfüllte Sexualität in den Armen einer Partnerin, sondern der Verzicht auf ein partnerschaftliches Leben. Wenn ich abends in mein leeres Pfarrhaus zurückkehre, ist keiner da, der mich fragt: Bist du müde? Oder: Wie war die Sitzung des Pfarrgemeinderates? Wenn ich von außen die Türe des Pfarrhauses aufsperre und in den Flur trete, empfängt mich die Kälte einer gähnenden Leere und eine Stille, die mich immer wieder befremdet. Der leere Gang mit den Büro- und Besprechungsräumen wirkt im Dunkeln gespenstisch. Sobald ich mein Zimmer erreicht habe, mache ich den Fernseher an oder höre Musik. Nur um das Alleinsein erträglicher zu machen. Und ich bin mit all den Eindrücken und Gefühlen, die ich von einem bewegten Arbeitstag mit mir in mein Zimmer mitnehme, allein. Kannst du dir das vorstellen, Luis?«

Luis hatte konzentriert zugehört. »Ja, das kann ich mir gut vorstellen. Ich habe nie darüber nachgedacht, dass du oft allein und einsam bist, auch wenn du dir als Seelsorger einen Beruf ausgesucht hast, der intensiven und oft sehr persönlichen Kontakt zu den Menschen nach sich zieht. Ich lebe zwar auch allein in meinem Apartment, und Lisa teilt sich eine Wohnung mit einer anderen Erzieherin. Aber wenn ich vom Sport oder am Mittwoch vom Italienischsprachkurs zurückkomme, rufe ich als erstes Lisa an. Wenn ich sehr spät dran bin, schreibe ich ihr eine WhatsApp. Ist Lisa noch auf, antwortet sie umgehend oder sie ruft mich an.«

Aaron nickte stumm. »Du hast jemanden, an den du dich

anlehnen kannst. Und genau das vermisse ich oft schmerzlich!« Aarons Kopf fiel nach unten. Die letzten, sehr langsam gesprochenen Worte verrieten einen Anflug von Bitterkeit und Resignation. Aaron liebte seinen Beruf und er sah keinen Grund, seine Berufswahl in Frage zu stellen. Aber das Gift der Einsamkeit nagte an seinem guten Willen und an seinem Engagement.

In der Komplet, der letzten Hore im Stundenbuch, stellte er seinen Tag vor Gott hin. Das hatte etwas Beruhigendes und richtete ihn oft auf. »Herr unser Gott, wir stehen vor deinem Angesicht und beten. Unser Mund bekennt deine Herrlichkeit; senke das Wissen um dich, den großen und liebenden Gott, tief in unser Herz ein, dass unser Sinnen und Denken immer von dir gefangen ist. Durch Jesus Christus unseren Herrn. Amen.«

30

Heute war Dienstag, und Jonas hatte erst zur dritten Stunde Unterricht an seinem Gymnasium in Augsburg. Das eröffnete ihm die Möglichkeit, zusammen mit seiner Frau Amelie zu frühstücken. Er hatte eben den Becher mit seinem Aprikosenjoghurt leer gegessen und legte gerade den Kaffeelöffel zurück auf die Untertasse, als Amelie ihm eröffnete: »Ich bin heute noch einmal am Nachmittag in der Zentrale in der Personalabteilung.« – »Wann ist denn dein Termin?« – »Joe erwartet mich um 13 Uhr 30. Vorher hole ich Sophia an ihrem Arbeitsplatz ab und wir gehen zusammen in die Kantine.« – »Oh, dann schlägst du gleich zwei Fliegen mit einer Klappe. Du triffst deine Freundin zum Essen und arbeitest an deiner Karriere.« Verliebt lächelte Jonas seine Frau an. »Dann wünsche ich dir viel Spaß mit Sophia und danach Erfolg bei eurem Personaler.« – »Danke, Jonas. Ich möchte mich auch mal erkundigen nach Qualifizierungsmöglichkeiten im Hinblick auf einen Job in einem anderen Bereich.« – »Klingt spannend. Hast du für dich persönlich eine Vorstellung, in welche Richtung die Reise gehen könnte?« – »Anlageberatung vermögender Kunden würde mich interessieren.« Jonas nickte und meinte anerkennend: »Oh! Dann drücke ich dir ganz fest die Daumen.«

Noch immer sah sich Amelie nach einer Stelle in der Zentrale um. Viele Bereiche, wie die Kontenverwaltung, die Anlageberatung und der Bereich Unternehmensfinanzierung waren in der Zentrale untergebracht. Gut möglich, dass der

Personalbeauftragte auch im Hinblick auf eventuelle personelle Umstrukturierungen mehr wusste als die internen Ausschreibungen anboten. Einen Arbeitsplatz in unmittelbarer Nachbarschaft des Marienplatzes, ein kürzerer Weg in die Arbeit und die Möglichkeit, mittags mit Sophia in die Kantine zum Essen zu gehen, das wäre die Erfüllung eines lang gehegten Traums für Amelie. Außerdem war Amelie auf der Suche nach einem neuen Tätigkeitsfeld. Auf das Gespräch mit dem Personaler hatte sich Amelie am Wochenende gut vorbereitet und alle Fragen, die sie im Gespräch klären wollte, in einer eigenen Datei auf ihrem Tablet zusammengetragen. Diese Fragen wollte sie im Verlauf des Vormittags an ihrem Arbeitsplatz in der Bank noch einmal aufmerksam durchsehen.

»Wann bist du heute Nachmittag von der Schule zurück?«, wollte Amelie wissen. »Ich setze mich mittags zum Korrigieren noch in die Bibliothek und warte, bis Vanessa mit dem Nachmittagsunterricht fertig ist.« Leicht verwirrt sah Amelie in Jonas' Gesicht. »Ach so, das weißt du noch gar nicht. Vanessa und ich haben eine Fahrgemeinschaft gebildet. Dienstag und Donnerstag fährt Vanessa bei mir mit, und am Montag und am Mittwoch bin ich Vanessas Fahrgast. Dann sparen wir uns jeder zwei Fahrten wöchentlich. Nur am Freitag harmonieren wir so ganz und gar nicht. Da fährt jeder für sich selbst.« Amelie schwieg. Unter Kostengründen sprach alles für die Fahrgemeinschaft von Jonas mit Vanessa. Was aber, wenn die Fahrgemeinschaft der beiden nicht nur stundenplanmäßig harmonierte, sondern auch zu einer Harmonie der Herzen führte?

»Wo wohnt denn Vanessa?«, erkundigte sich Amelie. Jonas nannte den Straßennamen und die Hausnummer.

»Kannst du denn dort einparken?«- »Nein, ich nehme in der früh für drei Stationen den Bus. Dann ist es noch eine Station mit der U-Bahn. Ich werde an der Ausfahrt der Tiefgarage bei Vanessas Wohnblock zusteigen. Ich muss allerdings montags und mittwochs eine halbe Stunde früher von hier weggehen. Amelie zog einen Flunsch.

In Amelies Kopf arbeitete es. »Zwei Mal wöchentlich noch früher aufstehen!«, war ihr erster Gedanke Doch dann witterte sie eine Chance. »Niklas' Kindergarten liegt doch auf dem Weg zur U-Bahn. Könntest du Niklas am Montag und am Mittwoch dann morgens in den Kindergarten bringen?« Erwartungsvoll, mit großen Augen sah Amelie ihren Mann an. Jetzt lächelte Jonas. Dann drehte er sich zu seinem Sohn und fragte ihn: »Champion, was hältst du davon, wenn dich dein Papa am Montag und am Mittwoch morgens in den Kindergarten bringt?« – »Ui Papa, super!«

Amelie freute sich, dass ihr Mann ihr diese beiden Wege von der Wohnung in den Kindergarten in Zukunft abnehmen wollte. Gleichzeitig war sie neugierig geworden. »Sag mal, bin ich Vanessa vielleicht schon einmal bei dir an der Schule begegnet? Vielleicht auf dem letzten Sommerfest?« – »Nein, Amelie, das kann nicht sein. Vanessa ist erst seit letztem Herbst bei uns an der Schule. Sie hat im Sommer letzten Jahres die Referendarzeit abgeschlossen.« – »Ist sie hübsch?«, löcherte Amelie. »Wie man es nimmt. Lange blonde Haare, meist in Form eines Pferdeschwanzes gebändigt. Große blaue Augen. Beim nächsten Sommerfest mache ich euch miteinander bekannt!« – »Auf jeden Fall muss Vanessa noch sehr jung sein. Ende zwanzig vielleicht«, arbeitete es in Amelies Kopf. Sie suchte Gewissheit. »Ist Vanessa verheiratet?« – »Nein, von einem Mann an ihrer

Seite hat Vanessa nichts gesagt.« – »Wie gut kennst du denn Vanessa?« – »Wir haben bis jetzt nur in der Pause ein paar Worte gewechselt. Und die Idee mit der Fahrgemeinschaft kam mir nach dem Gespräch auf dem Parkplatz, bevor ich in mein Auto eingestiegen bin. Ich habe Vanessa gefragt, wohin sie fährt, und als sie mir ihr Ziel nannte, habe ich sie gefragt, ob wir nicht auch zu zweit fahren könnten. Du siehst ja, wie wenig wir voneinander wussten. Vanessa ist schon über ein halbes Jahr meine Kollegin, und ich weiß erst seit letzter Woche, dass wir in unmittelbarer Nachbarschaft wohnen.«

Als Jonas das Frühstücksgeschirr in die Küche getragen hatte, hatte er einen Einfall. »Vielleicht lade ich Vanessa mal vor einer Lehrerkonferenz zum Italiener auf eine Pizza ein«, überlegte Jonas. »Es wäre doch schön, wenn wir uns etwas näher kennenlernen.« Doch diesen Gedanken behielt Jonas für sich.

31

Die Tage in München bei seinen Eltern, die Gespräche mit seinen Brüdern und der Abend im Klub in Schwabing mit Lisa und Luis hatten Odo gutgetan. Diese Tage waren wie ein kleiner Urlaub für ihn gewesen. Er hatte auch ein längeres Gespräch mit Nicole, seiner Mutter, gehabt. Sie hatte ihm mit Interesse zugehört, als er vor ihr die Facetten seines Berufs als Journalist und Redakteur ausgebreitet hatte. Mit Leidenschaft recherchierte Odo in sozialen Brennpunkten, spürte Steuerschlupflöcher auf, berichtete über gesellschaftliche Schieflagen, deckte soziale Ungerechtigkeiten auf und beschäftigte sich mit Randgruppen der Gesellschaft. Er hatte ein Herz für alle jene, die im Schatten der Wohlstandsgesellschaft lebten. Mehr als einmal hatte er auch versucht, Betroffene vor das Mikrofon bzw. vor sein Handy zu bekommen, doch er scheiterte mehr als einmal bei dem Versuch, Anschauungsmaterial für die Rubrik »Gesellschaft und Soziales« in Form von Fotos zu sichern.

Er hatte auch einen wohlwollenden Bericht über eine kirchliche Tafel geplant. »Katholische Pfarrei im Kampf gegen Armut« war der Arbeitstitel, den er sich dafür ausgedacht hatte. Dabei hatte er bei einer Recherche vor Ort versucht, die Empfänger von Lebensmittelpaketen zu fotografieren und war daraufhin sehr rabiat von den freiwilligen Helfern, die die Lebensmittelausgabe organisierten, vertrieben worden. Betroffene, die er beim Verlassen des Pfarrsaals mit ihrem Lebensmittelpaket interviewen wollten, wandten sich verunsichert ab und suchten schnell den Weg zur Straße.

Odos Plan war gewesen, über die finanzielle Situation der Empfänger von Bürgergeld zu berichten und aufzuzeigen, inwieweit die Lebensmittelpakete, die aus freiwilligen Spenden wohlhabender Pfarrangehöriger finanziert wurden, ihren Speisenplan bereicherten. Doch in diesem Fall war seine berufsbedingte Neugierde, die Freude, Fragen zu stellen und Antworten zu sichern, ein Schlag ins Wasser gewesen.

Über diesen Misserfolg hatte er auch mit seinem Bruder Aaron gesprochen. Der hatte kurz aufgelacht, als Odo ihm davon erzählt hatte, dass er so rabiat vertrieben worden war und wie wenig mitteilsam die Beschenkten gewesen waren. »Das Problem kenne ich. Ist dir nicht klar, wie schwer es für die Betroffenen ist, über ihre missliche Lage zu sprechen? Fast alle empfinden es als Makel, auf Sozialleistungen angewiesen zu sein, die trotzdem kein auskömmliches Leben ermöglichen? Sie empfinden eine tiefe Scham, außerdem noch mit dem amtlichen Bezugsschein in der Hand, der sie als Sozialhilfeempfänger ausweist und der ihnen die Caritas ausgestellt hat, sich in die Schlange bei der Tafel einzureihen! Und wie oft sind die Betroffenen Opfer von Rationalisierungsmaßnahmen der Betriebe, von denen sie entlassen wurden, Opfer von gewalttätigen Ehemännern oder Partnern, die dem Alkohol verfallen sind, Verlassene, Geschiedene und Alleinerziehende? Menschen, die in einem Gefühl der Ohnmacht hilflos zurückgeblieben sind, die aus vielerlei Gründen keinen angemessenen Platz in der Arbeitswelt einer Leistungsgesellschaft mehr finden konnten? Frauen, die wegen langer Erziehungszeiten ihr Leben und ihre Arbeitskraft in den Dienst an ihrer Familie gestellt hatten und deshalb kürzere Beitragszeiten in der Rentenversicherung aufwiesen? Die Scham über ihre Lage ist wie ein lähmendes Gift. Darüber wollen diese Menschen nicht mit dir reden.« Nach einer Pause sagte Aaron: »Weißt du, sogar als Pfarrer traue ich mich da am Dienstagvormittag nie hin. Aus diesem Grund ist auch das Pfarrbüro zu dieser Zeit geschlossen. Helfen in aller Stille, ohne Öffentlichkeit, das ist unsere Devise. Ich kann schon verstehen, warum du, Odo, vertrieben wurdest.«

Dieses Gespräch mit Aaron und die Schwierigkeiten, Empfänger von Lebensmittelspenden zu befragen und durch ein persönliches Zeugnis ihres Lebens Betroffenheit bei den Lesern zu wecken, gingen ihm durch den Kopf, als er im Intercity nach Frankfurt saß. Er war ratlos. Vor allem das, was Aaron über die Scham der Menschen im Prekariat gesagt hatte, beschäftigte Odo. Einen Lottomillionär zu befragen war leichter als mit sozial schwachen Menschen über ihre eigene finanzielle Notlage zu sprechen. Der Millionär sprühte vor Freude über sein Glück und ließ seine Familie, Freunde und Bekannte daran teilhaben. Echte Freunde teilten sein Gefühl der Freude mit ihm, bei Außenstehenden entstand mitunter ein Gefühl von Neid. Wer unter der Armutsgrenze leben musste, schämte sich über diesen Zustand seines Lebens. Über Geld zu reden war unter diesen Umständen peinlich, da die finanzielle Situation als Gradmesser für das persönliche Scheitern empfunden wurde. Armut war ein Makel und schloss oft von der Teilhabe am Leben aus. Sogar der Gang ins Schwimmbad oder ins Kino erschienen wie ein unerschwinglicher Luxus. Ebenso der Gang in einen Biergarten oder die Einkehr in einer

Gaststätte blieb oftmals ein Traum, wenn nicht Freunde oder Familienangehörige eine Einladung aussprachen. Aber Empfänger von Grundsicherung hatten nur ganz selten einen großen Freundeskreis. Armut machte einsam.

Odo gab seine Gedanken zum Thema Altersarmut auf und atmete tief durch. Er ließ seine Augen über die vorbeiziehenden Wiesen gleiten. Vereinzelt verriet die Natur Spuren des erwachenden Lebens. Das Braun der Felder wich dem Grün der sprießenden Saat.

Neugierig wandte er sich der Plastikbox mit den belegten Broten zu, die seine Mutter Nicole ihm am Bahnsteig zugesteckt hatte. Schon sah er die Schnitten mit Teewurst und Gurkensticks, die er so gerne mochte. Nicole hatte es sich auch nicht nehmen lassen, ihren Sohn zum Gleis zu begleiten. Zu Hause hatte sie ihm noch einen Hunderter zugesteckt, der seine Augen zum Leuchten gebracht hatte. Als er die grüne Banknote in seinen Geldbeutel gesteckt hatte, durchzuckte es ihn wie einen Blitz: »Am Freitag will ich Fiona treffen und mit ihr um die Häuser ziehen.«

32

Samstagabend, und Afra saß allein am Tresen der Bar im *Cindy*. Ihr Freund Flori war heute auf einem Junggesellenabschied und er hatte durchblicken lassen, dass sie sich erst am Sonntag treffen könnten. Das machte Afra nichts aus, denn sie ging abends öfters allein aus. Für die erlebnishungrige und energiegeladene Afra waren die Musik und das Tanzen eine willkommene Abwechslung zu ihrem wenig spannenden Job bei der Stadtverwaltung. Ein gelungener Ausgleich zu der gleichförmigen Tätigkeit als Sachbearbeiterin am PC der Frankfurter Stadtverwaltung. Aber als städtische Angestellte mit guten Chancen beruflich aufzusteigen hatte sie mehrere Vorteile, die sie schätzte und die sie nicht missen wollte. So zum Beispiel das Job-Ticket Premium ohne Eigenbeteiligung gültig für alle Tarifgebiete des Rhein-Main-Verkehrsverbundes mit Mitfahrregelung, die Aussicht auf Beurlaubungsmöglichkeiten und ein Comeback-Programm nach der Elternzeit oder Beurlaubung, flexibles Arbeiten in Form von mobilem Arbeiten, Telearbeit und Gleitzeit in vielen Bereichen und einem starken internen Arbeitsmarkt, der ihr die Möglichkeit versprach, sich weiterzuentwickeln und problemlos auf eine neue Stelle zu wechseln. Die sozialen Sicherheiten und die Möglichkeiten, sich beruflich zu verändern und aufzusteigen, ließen sie bei ihrem bisherigen Arbeitgeber bleiben. Afra war ein lebensfroher Mensch, sagte innerlich Ja zum Leben mit all seinen Verlockungen. Allerdings traf sie Entscheidungen oft leichtfüßig, impulsiv. Wenn sie Ziele nicht erreichte oder falls sie eine Situation nicht in ihrem Sinne umgestalten konnte, ließ sie ihren Plan fallen und suchte unbeschwert nach neuen Chancen, neuen Bekanntschaften, Zerstreuungen und gelegentlichen sexuellen Abenteuern. An ihrem Arbeitsplatz fiel sie durch ihre freundliche und unbeschwerte Art auf und war bei ihren Kolleginnen und Kollegen beliebt. Allerdings war sie stets auf der Suche nach neuen Herausforderungen, was dazu führte, dass sie sich nicht mit ihrer Arbeit identifizierte und es gelegentlich mit der Sorgfaltspflicht nicht so genau nahm. Besonders schätzte sie die Kantine, die ihr die Möglichkeit gab, sich mit Freundinnen und Freunden zum Essen zu verabreden. Sogar in der Kantine fiel auf, dass Afra ein sehr geselliger und kontaktfreudiger Mensch war.

Was Afra in ihrer Arbeit als Sachbearbeiterin vermisste, suchte sie abends in der Bar oder im Klub. Musik, Tanz und Zerstreuung, Abwechslung, und gelegentlich auch das Abenteuer einer leidenschaftlichen Nacht. Im Klub erwachte Afra zu neuem Leben, fand Lust und entwickelte Leidenschaft.

Es war noch früh und kaum Leben auf der Tanzfläche. Versonnen nippte Afra an ihrem Glas und sah dabei in die Lichtorgel. Als sie ausgetrunken hatte, drehte sie sich auf ihrem Barhocker um und sah dem Barkeeper bei der Arbeit zu. Sie beobachtete die flinken und zielsicheren Handgriffe, mit der er saubere Gläser wegräumte, Bestellungen eintippte und die verschiedenen Getränke herrichtete. Rastlos folgte ein Handgriff auf den anderen. Der Mann hinter dem Tresen gehörte ganz seiner Arbeit. Es schien, als würde er ganz in seine Tätigkeit eintauchen. Erst durch ein Handzeichen gelang es Afra, auf sich aufmerksam zu machen. Sie bestellte sich gerade einen neuen Drink, als sie neben sich eine ihr bekannte Stimme vernahm. »Das gleiche auch für mich!« Es war Odo. Afra öffnete ihre Arme und Odo trat nahe an Afra heran und zog sie an sich. Als sich ihre Arme wieder voneinander lösten, näherten sich ihre Gesichter und sie küssten sich.

Odo lächelte Afra an und sah fragend in ihr Gesicht. »Heute so ganz allein?« Afra nickte. »Flori ist auf einem Junggesellenabschied«, brüllte Afra in Odos Ohr, da gerade der DJ die Regie übernommen hatte. Nach Fiona brauchte Odo nicht zu fragen, da sie ihm gestern bei ihrem Date schon ihre Pläne für Samstagabend verraten hatte. Er wusste, dass Fiona heute nicht in den Klub kommen würde, da sie zu ihren Eltern gefahren war. Dass er sich in der vergangenen Nacht schon mit Fiona vergnügt hatte, behielt Odo aus gutem Grund für sich. Auch gestern war Fiona nicht totzukriegen gewesen, allerdings waren es nicht das Tanzen und die Drinks, die Odos Kräfte vereinnahmt hatten. Es war eine stürmische Liebesnacht in den Armen Fionas, deren lautes Stöhnen nach einem weiteren Höhepunkt schrie. Und kaum war er in der Früh zu sich gekommen, hatte sich Fiona über ihn gebeugt und sein Glied mit ihrer Zunge bearbeitet. Fiona nahm alles, was er zu geben vermochte.

Obwohl Odo von der vergangenen Nacht mit Fiona noch etwas müde war, freute er sich riesig darüber, dass er heute Afra allein, ohne Flori und auch ohne Fiona, hier im *Cindy* antraf. Die Bahn war frei. Doch zunächst verzauberte ihn Afra mit einem charmanten Lächeln, bevor sich ihre Zungen erneut freudig begrüßten und ein Feuerwerk der Gefühle weckten.

Nach einigen wenigen Tänzen, die sie eng umschlungen

in der Wärme ihrer Körper zueinander führten, hauchte Afra ihn mit den Worten an: »Gehen wir zu mir!«

Als Odo am Tag danach in Afras Bett aufwachte, stellte er fest, dass er allein in ihrem Schlafzimmer war. Odo räkelte sich, um zu entspannen, drehte den Kopf zur Seite und blinzelte verschlafen in Richtung Fenster. Es war draußen schon hell und durch das gekippte Fenster drang Vogelgezwitscher an sein Ohr. Er setzte sich auf die Bettkante und ließ den gestrigen Abend und die Nacht bei Afra in der Erinnerung Revue passieren. Durch den raschen Aufbruch vom Klub in Richtung Afras Wohnung hatte er nur einen Drink gestern Abend zu sich genommen. Der Alkohol hatte diesmal keine Spuren hinterlassen und er fühlte sich angenehm erholt. Da hörte er, wie Afra die Wohnungstüre aufsperrte. Schon schob Afra die Schlafzimmertüre auf und hob die Bäckertüte hoch. »Guten Morgen Odo, in zehn Minuten gibt es Frühstück!«

Beim Frühstück tauschten sich beide über ihre Berufe aus. Odo berichtete über den Druck, unter dem er in seinem Beruf stand. »Ich muss ständig produzieren, und das unter knappen Terminvorgaben«, seufzte er. »Und außerdem habe ich nur eine halbe Stelle!« Seine Stimme klang resigniert. »Wie sehr beneide ich dich, Afra, um deinen ruhigen Bürojob!«

Afra hatte ihr Gesicht auf ihre Hände gestützt, sah Odo von unten ernst an und hörte konzentriert zu. Erst wollte sie mit einer abwertenden Bemerkung über ihre tägliche Verwaltungsarbeit bei der Stadt Frankfurt Odo den Wind aus den Segeln nehmen. Sie fand, Odos Neid auf ihre oft eintönige Arbeit am PC sei unbegründet, sagte aber nichts. Es entstand eine Pause, in der beide ihren eigenen Gedanken nachgingen. Damit blieb Odos Klage über seinen Beruf unbeantwortet im Raum stehen.

Bis Afra sich wieder aufrichtete, Odo mit ihren Augen fixierte und nachdenklich fragte: »Sag mal Odo, du hast doch den Master in politischen Wissenschaften, gibt es da nicht noch andere Aufgaben, für die du dich bewerben könntest?«

Odo kam nicht umhin, Afra einzugestehen, dass er sich mit seinem Beruf schlecht und recht eingerichtete hatte. »Es gibt ja immer wieder großartige Reportagen, die ich schreibe. Auf die ich stolz bin. Aber ich bin so unter Strom und abends oft so müde, dass ich mich nicht mehr auf Portalen nach offenen Stellen umsehen kann.« Mit einem charmanten Lächeln sah ihn Afra an. »Und am Wochenende?« Odo nickte. »Ja, das wäre eine Möglichkeit. Aber Politikwissenschaftler sind auf dem Stellenmarkt selten gefragt. Ich weiß das von meinen Freunden aus dem Studium. Ein guter Freund von mir hat über 150 Bewerbungen geschrieben, bis er einen neuen Arbeitsvertrag bekam. Dass er den Zuschlag bekam, hing überhaupt nicht mit seinem Studienabschluss zusammen. Sondern mit seiner letzten langjährigen Tätigkeit bei einem Tochterunternehmen des Ostdeutschen Sparkassenverbandes, mit seinen Erfahrungen bei einem Geldinstitut. Jetzt gestaltet er als Mitarbeiter einer großen Agentur mitunter Werbekampagnen von Großbanken und Produktpräsentationen von Fondsgesellschaften. Ja, er hat einen unbefristeten Vertrag und macht seine Arbeit gerne. Ich denke, das ist die Hauptsache. Auch wenn er sein Fachwissen dort nicht einsetzen kann. Er hat sich vieles von dem, was er jetzt für seine tägliche Arbeit braucht, erst mühsam anlesen müssen.« – »Gehört das nicht zu unserem

Leben, dass wir uns immer wieder weiterentwickeln müssen? Dass wir nicht dort stehen bleiben können, wo wir angelangt sind, wenn wir auch persönlichen Erfolg haben möchten?« Afra sah Odo mit großen Augen an. »Du hast ja recht, Afra!« – »Weißt du, vielleicht betrittst du in deinem Leben einmal Neuland. Du bekommst die Chance, eine Aufgabe zu lösen, die unentdeckte Begabungen in dir aktiviert. Und du wächst an den neuen Herausforderungen.«

33

Beeil dich Niklas, heute ist Papatag. Wir müssen früher weg. Schick dich!« Niklas, der Sohn von Amelie und Jonas Maier, griff nach der bunten Tasse mit den Kühen auf der Weide und trank seinen Kakao aus. Jonas war aufgestanden, nahm seine Tasse und trug sie in die Küche. Er stellte die Tasse in die Spülmaschine und griff nach der Brotbox auf der Arbeitsfläche, die Amelie für ihren Sohn vorbereitet hatte. »Fein«, murmelte er, nahm die Box und steckte sie in Niklas' Rucksack.

Nachdem Niklas' in Schuhen und Jacke mit dem Rucksäckchen auf dem Rücken abmarschbereit war, verabschiedeten sich beide von Amelie. Jonas küsste seine Frau im Flur. »Ich wünsche dir einen schönen und erfolgreichen Arbeitstag!«, wünschte Jonas seiner Frau. »Ich winke euch beiden noch!«, versicherte Amelie und ging in das Schlafzimmer.

Unten, auf dem Gehweg vor dem Haus, fragte Jonas seinen Sohn: »Gehst du noch gerne in den Kindergarten?« – »Oh ja.« – »Mit wem spielst du am liebsten?« Niklas sah zu seinem Vater hoch. »Mit Benjamin. Aber eigentlich ist auch Kelvin ganz nett.«

»Eigentlich ist es wundervoll, dass Kinder sich jeden Tag aufs Neue freuen können. Das ist bei uns Erwachsenen nur selten so. Meistens freuen wir uns nur auf Samstag und Sonntag, da dies arbeitsfreie Tage sind.«

Jonas war gerne Lehrer für Mathematik und Physik an einem Augsburger Gymnasium. Er war streng und gerecht, doch durch seine humorvolle Art und seine Geduld kam er bei den Schülern gut an. Er brachte es fertig, bei einem gelegentlichen Blödsinn, den seine Schüler vollbrachten, mitzulachen. In Mathematik und Physik war der Zeitaufwand für die Korrektur der Arbeiten, die er von seinen Schülern nach Hause nahm, in einem vernünftigen Rahmen im Verhältnis zu der Zeit, die er vor der Klasse stand. Aber ihn ärgerten mittlerweile die vielen Besprechungen und Konferenzen im Lehrerzimmer. Viel lieber stand er vor der Klasse.

Beim Gehen kam er ins Grübeln. »Wenn das nur endlich mit der Versetzung Amelies in die Zentrale klappen würde! Sicher würde das dazu beitragen, Amelies Zufriedenheit mit der Arbeit zu steigern. Und ihre Laune wäre abends nach der Heimkehr aus dem Büro auch besser!«

Der Kindergarten war erreicht, und Niklas rannte auf den Eingang zu. Jonas musste schmunzeln. »Ob Niklas später auch einmal so auf das Schulhaus zu rennt?«, überlegte Jonas. Jonas begleitete seinen Sohn noch in den Vorraum hinter der Türe und nickte den Erzieherinnen zu.

Wieder draußen auf dem Gehweg, beschleunigte Jonas seinen Schritt. Er freute sich auf die Fahrt mit Vanessa nach Augsburg. Und auf den Plausch mit ihr während der nächsten vierzig Minuten, die ihnen beiden ganz allein gehörten.

Da war auch schon Vanessa, die mit ihrem Kleinwagen die Tiefgaragenausfahrt verließ. Die junge Kollegin mit den blonden Haaren und dem Pferdeschwanz hielt an. Jonas öffnete die Beifahrertür. »Hallo Vanessa!« Ganz beschwingt begrüßte ihn Vanessa. »Morgen Jonas! Gehen wir es wieder an.«

Während der Fahrt auf der Autobahn erinnerte ihn Vanessa mit der Aussage: »Morgen wird wieder ein langer

Tag«, an die bevorstehende Lehrerkonferenz. Jonas dachte nach. »Wann bist du denn morgen mit dem Unterrichten fertig?« – »Nach der sechsten. Warum fragst du?« – »Weißt du, Vanessa, wenn du nach der fünften Stunde fertig gewesen wärst, hätte ich dich gefragt, ob du mit mir auf eine Pizza gehen möchtest. Aber morgen geht das nicht, die Konferenz ist schon um zwei Uhr.« Vanessa drehte für einen kurzen Augenblick den Kopf und schenkte Jonas ein Lächeln. Diese Idee schien ihr zu gefallen. Jonas deutete ihr Lächeln als Zustimmung. »Und wenn wir das nächste Woche machen? Du bist selbstverständlich mein Gast!« – »Oh, danke! Da sage ich nicht nein!«

Vergnügt lächelte Jonas vor sich hin. Er mochte die lebensfrohe, humorvolle Vanessa und genoss die Zeit, die er mit ihr im Auto verbringen konnte. Die Mitfahrgelegenheit hatte nicht nur finanzielle Vorteile. Es war schön, sich mit einer Kollegin auszutauschen, Ärger mit einer Schulklasse oder einem Mitglied der Schulleitung im Gespräch abbauen zu können. Oder einfach nur zuzuhören, womit sich Vanessa beschäftigte, wie es ihr privat ging, welche kleinen Sorgen sie mit sich herumtrug, was sie beschäftigte. Und selbst jemanden gefunden zu haben, der zuhörte und Interesse an einem zeigte. Ohne dass ihnen das bewusst war, hatten beide in dem Kleinwagen, in dem sie gemeinsam in die Arbeit fuhren, eine Atmosphäre der Vertraulichkeit gefunden, die beiden guttat. Zusehends öffneten sie sich und gewährten dem anderen Anteil an den eigenen Gedanken und Gefühlen, ja, sie ließen ihn am eigenen Leben teilhaben. Es entstand eine Vertrautheit, die beide miteinander verwob und die die Grundlage einer keimenden Beziehung wurde, deren sich weder Jonas noch Vanessa bewusst war.

34

Aaron hatte die Einladung zur Dekanatskonferenz in seinem Postfach entdeckt. Gespannt öffnete er die Datei, um sich die Sitzungsgegenstände anzusehen. Erstaunt stellte er fest, dass »Priester K.« keine Aufnahme unter die Tagesordnungspunkte gefunden hatte. »Ist das Thema jetzt wirklich vom Tisch? Zieht ihn das Erzbischöfliche Ordinariat jetzt aus dem Verkehr? Wird er suspendiert oder gar in den vorzeitigen Ruhestand geschickt?« Aaron schüttelte den Kopf. Doch als er die Liste mit den Tagesordnungspunkten von oben nach unten noch einmal durchlas, runzelte er die Stirne. Unter »TOP 2« stand da: »Erweiterung der Pfarrverbände«. Das verhieß nichts Gutes. »Erweiterung« bedeutete Vergrößerung der bestehenden Pfarrverbände. Statt drei Pfarreien, die einen Pfarrverband bildeten, fünf Pfarreien, die einem Pfarrer anvertraut waren. Nach dem Kirchenrecht behielten die jeweiligen Pfarreien ihre rechtliche Eigenständigkeit, doch die Seelsorge und die Verwaltung wurden zu einer neuen Einheit zusammengeführt und nun gemeinsam durch ein Seelsorgeteam unter Leitung des Pfarrers betreut. In einigen Fällen hatte das dazu geführt, dass wegen des Priestermangels in einzelnen Pfarreien die Messe am Sonntagvormittag nur jeden zweiten Sonntag stattfand. All das war eine Folge des Pflichtzölibats für Priester. Würde das geltende Kirchenrecht in dieser Frage geändert, würden sich viele Diakone und weitere qualifizierte Mitarbeiter zum Priester weihen lassen. Und könnten nach der Weihe die Messe feiern und weitere Sakramente spenden, deren Spendung dem Priester vorbehalten war.

Behielten die Pfarreien, die den Pfarrverband bildeten, ihre Eigenständigkeit (wie zum Beispiel den eigenen Pfarrgemeinderat), zog dies für den Pfarrer Mehrarbeit nach sich, denn er musste in Zukunft an weiteren Sitzungen teilnehmen.

Aaron seufzte. »Als Priester wollte ich Seelsorger werden. Und jetzt koordiniere ich die Tätigkeit der Seelsorger. Jetzt bin ich so eine Art *Seelsorgemanager*. Wer weiß, vielleicht entsteht demnächst ein neuer Studiengang *Seelsorgemanagement*? Wenn man Eventmanagement studieren kann, warum dann nicht auch *Seelsorgemanagement*? Das würde doch der Kath. Universität Eichstätt gut anstehen?«, sinnierte Aaron und grinste süffisant.

Aaron schloss die Datei mit den Tagesordnungspunkten und klappte das Notebook zu. Er wollte sich gedanklich seiner Predigt vom kommenden Sonntag zuwenden. Aaron wollte in ihr von jener Textstelle im Markusevangelium ausgehen, die vom ersten öffentlichen Auftreten Jesu berichtet. Die Stelle schließt sich an die Berufung der ersten Jünger Simon und Andreas, Jakobus und Johannes an. »Die Zuhörer waren von seiner Lehre tief beeindruckt. Denn an seiner Lehre erkannten sie, dass Gott ihm die Vollmacht dazu gegeben hatte – ganz anders als bei den Schriftgelehrten (Mk 1,22).«

»Gibt es ein Wort oder eine Botschaft, die *mich* tief beeindruckt hat?«, überlegte Aaron. »So sehr, dass sich das Gehörte in mir eingeprägt hat, dass es mich nicht mehr losgelassen hat?«

35

Diesmal schickte Amanda kein Video ihres Sohnes Nico. Amanda fragte ihre Freundin Amelie per WhatsApp ganz direkt: »Bin nächsten Dienstag in der Zentrale. Kommst du zum Mittagessen in die Kantine?« Ein warmes Gefühl erfasste Amelie, als sie an die Zeit ihrer Ausbildung in der Zentrale dachte. An die gemeinsamen Mittagessen, an die vielen Gespräche. Ja, gelegentlich waren sie nach der Arbeit sogar noch auf Anregung Sophias auf einen Drink in eine benachbarte Bar gegangen. Mehr als einmal hatte die sparsame und zielstrebige Amelie sich von Sophia dazu drängen lassen. Obwohl sie lieber nach Hause gegangen wäre, um dort die Arbeitsmaterialien noch einmal durchzusehen, den Lernstoff zu wiederholen. Und das eine oder andere Mal hatte Sophia sogar noch einen Ortswechsel angestoßen, und Amelie hatte sich zögernd dazu breitschlagen lassen. »So jung sind wir nicht mehr beisammen, sei doch kein Spielverderber!« Jetzt, im Rückblick auf die gemeinsam mit Amanda und Sophia verbrachten Lehrjahre war Amelie froh, dass sie Sophias Aufforderungen nachgegeben hatte und zusammen mit Sophia und Amanda ins Münchner Nachtleben eingetaucht war.

Doch, Amelie wollte sich mit Amanda zum gemeinsamen Mittagessen verabreden. »Unbedingt!«, dachte sie, während ein Lächeln ihr Gesicht verzauberte. »Gerne! Bin um 12 Uhr im Vorraum. Okay?« Die Zustimmung ließ nicht lange auf sich warten.

Es war zehn Minuten vor der verabredeten Uhrzeit, als

eine gut gelaunte Amanda Amelie im Vorraum der Kantine in die Arme schloss. »Gut siehst du aus!«, lobte Amelie. »Kommt auch Sophia?« – »Sophia hat mich letzten Samstag besucht. Heute sind wir zwei unter uns!« – »Hast du dir eine Auszeit von Nico für einen Stadtbummel genommen?« Amanda lachte. »Erzähl ich dir nachher!«

Am Tisch hatte Amanda Amelie mit vielen Fragen gelöchert. Über die Arbeitsbedingungen in der Niederlassung am Rosenheimer Platz, über den Kindergarten, den Niklas besuchte, über ihre Urlaubspläne für den Sommer. Amelie war perplex über das Interesse ihrer Freundin am Beruf ihres Mannes. »Du sagst mir, dass dein Mann gerne unterrichtet und dass er mit den Schülern gut klarkommt. Fühlt er sich auch im Kollegium wohl? Hat Jonas denn auch nette Kolleginnen und Kollegen? Habt ihr euch schon mal privat mit jemandem vom Gymnasium in Augsburg getroffen?«

Nein, das traf nicht zu. Die meisten Lehrer wohnten in Augsburg und Umgebung, viele hatten sich dort ein Haus gekauft. München war für die Augsburger Lehrer zum Wohnen unattraktiv mit seinen hohen Mieten. Die Augsburger liebten ihre schwäbische Metropole, Sitz des Regierungsbezirks Schwaben. Augsburg bot alles, was das Herz eines waschechten Schwaben begehrte. München wurde für den durchschnittlichen Augsburger nur zur Zeit des Oktoberfests attraktiv. Genauer gesagt: die Theresienwiese, der Austragungsort des größten Volksfestes der Welt.

»Wie ist es mit dem Weg in die Arbeit? Das ist doch ein teures Hobby, jeden Tag über hundertzwanzig Kilometer mit dem Auto zu fahren?« Als Amelie die Fahrgemeinschaft ihres Mannes mit Vanessa erwähnte, grinste Amanda süffisant und meinte vielmeinend: »Aha! Dann hat er doch

Anschluss gefunden! Das ist doch sicher schön für deinen Mann!« Amelie präzisierte eilfertig: »Das ist doch eine reine Frage der Vernunft, dass sie zusammen in die Arbeit fahren! Ich arbeite ja nur Teilzeit, und da hat weder mein Mann noch ich etwas dagegen, fünfzig oder mehr Euro jeden Monat durch die Fahrgemeinschaft zu sparen. Und Jonas nimmt an diesen Tagen meinen Sohn mit zum Kindergarten, denn seine Kollegin wohnt nur ein paar Schritte vom Kindergarten entfernt. So schlagen wir zwei Fliegen mit einer Klappe.«

Nach einer Pause griff Amanda den Faden des Gesprächs wieder auf. »Du hast gefragt, warum ich hierher, in die Zentrale, gekommen bin. Stell dir vor, ich war in der Personalabteilung. Ich kehre wieder zurück in den Job, sobald Nico in die Kita geht.« Amelie wurde von einer freudigen Erregung ergriffen, als ihr bewusst wurde, dass sie ihre Freundin bald öfters treffen würde. Sie brannte darauf, mehr zu erfahren.

»Wann fängst du wieder bei uns an?« – »Ich werde nächstes Jahr am 1. Februar wieder einsteigen, vier Tage pro Woche, genauso, wie du es machst. In der Personalabteilung haben sie das so vorgemerkt, bloß wollten sie sich wegen der konkreten Stelle noch nicht festlegen. Schade! Aber für mich ist die Hauptsache, dass ich wieder einen Job und eigenes Geld habe. Und weißt du, den lieben langen Tag nur Haushalt, einkaufen und Kind – das ist mir definitiv zu wenig. Und langweilig ist es obendrein …« Amanda senkte den Blick und schluckte. »Ist das mit dem fehlenden eigenen Geld für dich ein Problem gewesen?«, löcherte Amelie. »Ich dachte, dein Mann verdient sich als gesuchter IT-Spezialist eine goldene Nase?« – »Es stimmt,

Martin verdient sehr gut. Und wir haben ja noch das Elterngeld. Aber damit ist nächstes Jahr Schluss. Martin gibt mir reichlich Wirtschaftsgeld und ich darf auch einen Teil des Elterngeldes als Taschengeld behalten. Aber weißt du, ich möchte mein eigenes Geld bekommen. Lieber ist es mir, wenn ich auf der Gehaltliste der Bank stehe und das Geld jeden Monat auf meinem Konto landet. Das gibt mir ein Stück Selbständigkeit und Selbstbestimmung zurück. So wie es bei dir ist.«

»Wo möchtest du denn arbeiten? Hast du Wünsche in dieser Richtung angeben können?« – »Auf jeden Fall weg von der Kreditabteilung. Keine Baudarlehen und Hypotheken mehr! Ich würde am liebsten Anlageberaterin werden, am besten für vermögende Kunden!« Amanda lachte verschmitzt. »Ich weiß schon, die landen oft bei Privatbanken oder suchen sich einen Anlageberater. Aber ich habe gehört, dass auch unter den besserverdienenden Kunden, die ihr Gehaltskonto bei uns haben, ein wachsender Bedarf nach Unterstützung beim Aufbau einer privaten Altersvorsorge oder bei der Geldanlage entstanden ist.« Amanda machte eine Pause. »Auf jeden Fall soll ich mich Ende Oktober wieder in der Personalabteilung melden.« – »Und dann können wir einmal wöchentlich hier zusammen essen!« Amelie strahlte Amanda an. Sie freute sich darauf, den Kontakt zu ihrer besten Freundin bald wieder intensivieren zu können.

Auf dem Nachhauseweg war Amelie wieder ernst. Die Vorfreude auf die Rückkehr ihrer besten Freundin in die Arbeit war verflogen. An ihre Stelle trat wieder die Unzufriedenheit über ihren Job in der Zweigstelle am Rosenheimer Platz. »Ich rufe morgen nochmals in der

Personalabteilung an. Es muss doch möglich sein, dass dort
mal eine Stelle für mich frei wird?«, sann sie vor sich hin.

144

36

Schon war wieder Mittwochabend, und wie ein Silberstreif am Himmel zeichnete sich für Odo das herannahende Wochenende ab. Während der letzten drei Arbeitstage war er viel unterwegs gewesen, um sich ein Bild von dem neuen Wohnraumbeschaffungsprogramm der Stadt Frankfurt in Sachsenhausen Süd zu machen, die »Südspange«. Dabei war er über weite Strecken auch zu Fuß unterwegs gewesen, um sich einen möglichst umfassenden Eindruck von dem Stadtentwicklungsprojekt und den örtlichen Gegebenheiten zu machen. Obwohl es sonst nicht seine Art war, Recherchen auf das Wochenende zu legen, hatte er beschlossen, mit dem Rad am Samstag noch einmal die ganze Umgebung abzufahren, sofern das sonnige und warme Wetter anhielt. Er hatte auch im Planungsbüro einige Gespräche geführt, Pläne studiert und sich in einigen Interviews über die geplante gesellschaftliche Infrastruktur (öffentliche Gebäude wie Schulen, Kitas, medizinische Zentren und Verkehrsverbindungen) informiert. »Sie werden da alles finden, was sie brauchen!«, versicherte ihm ein Städteplaner mit Kennermine, nicht ohne Stolz. Als Odo nach Gaststätten fragte, erfuhr er, dass in zwei Eckgebäuden Räume für Gastronomie ausgewiesen waren. »Sehen Sie, hier, direkt an der Bushaltestelle, haben wir 5000 Quadratmeter, da passt ein McDonalds locker rein, und hier sind es rund 800. Das reicht allemal für eine Pizzeria.« – »Ich dachte eher an ein gutes deutsches Lokal, wo sich am Nachmittag mal eine Skatrunde trifft oder wo ich auf dem

Nachhauseweg von der Arbeit noch ein Bier trinken kann. Haben Sie auch daran gedacht?« – »Nun ja, sehen Sie, unser Plan weist ein Drittel Eigentumswohnungen aus, ein Drittel Sozialwohnungen für Familien und ein Drittel frei finanzierte Wohnungen. Unsere Wohnungen richten sich eher an Paare und junge Familien. Unter diesen Bewohnern wird es nur wenige Kartenspieler geben. Die Käufer von Eigentumswohnungen müssen rechnen, die jungen Paare kommen spät von der Arbeit und die meisten Bewohner werden froh sein, wenn sie einen Discounter in der Nachbarschaft haben.« Der Architekt nannte die Namen zweier großer Ketten. »Die werden ja heutzutage unten ins Erdgeschoss eingebaut. Im günstigsten Fall bekommen Sie eine Wohnung mit einem Discounter in Ihrem Wohnblock! Wenn sich der Eingang zum Discounter neben Ihrem Hauseingang befindet, dann brauchen Sie unter Umständen nicht einmal einen Schirm oder einen Mantel, wenn Sie Lebensmittel besorgen wollen.«

Odo ließ sich noch die geplanten Grünflächen und die Spielplätze zwischen den Häusern zeigen. Der Entwurf war gut strukturiert und folgte einer strengen Logik. Verkehrsanbindung, Versorgung, wohnen und schlafen. Dazu spärliche Ansätze von Kinderspielplätzen, umgeben von jungen Bäumen, die in fünfzehn Jahren Schatten spenden würden. Sauber und adrett, die Straßen alleemäßig breit. Fahrradspuren links und rechts. Übergänge vor Arztpraxen und Apotheken. »Etwas steril. Ohne Leben. Nicht einmal eine Eckkneipe wird es dort geben!«, dachte Odo. Als er sich verabschieden wollte, hörte er noch den Satz: »Wir haben noch unverkaufte Wohneinheiten, wäre das nicht etwas für Sie?«

Nein, das war nichts für Odo. Eine Eigentumswohnung war für ihn als Teilzeitjournalisten unerreichbar. Auf seinem Tagesgeldkonto parkten vier Bruttogehälter als eiserne Reserve, und obendrein hatte er einen kleineren Betrag für Anschaffungen angespart. Und er war weit von dem entfernt, was sein älterer Bruder Luis bereits auf der Seite hatte. Aber Luis war Steuerberater und arbeitete neben seiner Tätigkeit für den Lohnsteuerhilfeverein zur Hälfte freiberuflich und war einer Steuerberatungskanzlei assoziiert.

Auf dem Nachhauseweg griff er zu seinem Handy und fragte Fiona, ob sie mit ihm am Samstagabend ins *Cindy* gehen würde. Fionas Antwort ließ nicht lange auf sich warten. »Gehe am Samstagabend mit meinen Eltern in die Oper. Wenn du willst, können wir uns am Samstagnachmittag um 14 Uhr 30 treffen.«

Dass Fiona klassische Musik und Opern liebte, war neu für Odo. Normalerweise hätte er statt Samstagabend den Freitagabend vorgeschlagen, aber da hatte er bereits eine Verabredung mit Afra. Odo überlegte kurz, dann schrieb er: »Gerne. Wo wollen wir uns treffen?« – »Am Römerberg. Vor der Nikolaikirche. Bis dann!«

Gut gelaunt steckte Odo das Handy in die Jackentasche. Sein Wochenendprogramm hatte Konturen angenommen. Am Freitagabend mit Afra ins *Cindy*, am Samstagnachmittag mit Fiona in eine Bar beim Römer. »Das passt!«, murmelte er versonnen vor sich hin. Ein seliges Lächeln auf seinem Gesicht verriet, dass er sich auf die Gesellschaft der beiden Freundinnen freute. »Wenn ich mit Fiona am Samstagnachmittag in eine Bar oder ein Kaffeehaus gehe, haben wir reichlich Zeit, uns auszutauschen. Zeit für uns.« Die Besichtigung des Bauvorhabens »Südspange« in

Sachsenhausen Süd mit dem Rad wollte er auf Sonntag verschieben.

37

Schon zwanzig Minuten nach zwei schlenderte Odo vor der Nikolaikirche am Römer gemächlich auf und ab. Er wollte Fiona auf keinen Fall warten lassen, und darum war er frühzeitig von der WG aufgebrochen. Vor seinem geistigen Auge scrollte er die Lokalitäten der Frankfurter Altstadt für die Einkehr mit Fiona durch. »Ich werde Fiona um einen Vorschlag bitten«, dachte er. Das geschah nicht nur aus Höflichkeit oder im Sinne eines Vorschlagsrechts, sondern aus einer gewissen Bequemlichkeit, denn Odo hasste es, Entscheidungen zu treffen. Er war entscheidungsfaul.

In seinem Beruf war Odo durchaus engagiert und zupackend. Unmittelbar nach den Redaktionskonferenzen setzte er sich hinter sein Notebook und begann mit den Recherchen, steuerte das Archiv an oder machte Informationsquellen ausfindig. Gelegentlich musste er auch einen Termin mit einem Ansprechpartner vor Ort vereinbaren. Die Zeit begann nach der Redaktionskonferenz am Montag zu laufen, denn bis Donnerstag musste der Beitrag für das Gesellschaftsmagazin stehen. Für ihn war es undenkbar, nach der Redaktionskonferenz noch zum gemütlichen Austausch in die Kaffeeküche zu einem Plausch mit Kollegen zu gehen. Auch privat war er zielorientiert und gab dem Wochenende rechtzeitig vorher eine feste Struktur. Wenigstens was seine Dates betraf. Zielstrebig plante er seine Wochenenden. Eine neue Arbeitsstelle zu suchen, hatte er kürzlich aufgeben. Die vielen unbeantwortet gebliebenen Bewerbungen und die Absagen hatten Odo desillusioniert. Er war zwar in seinem Job frustriert, doch er hatte sich mit dieser wenig befriedigenden Situation arrangiert.

Er hätte Fiona beinahe nicht erkannt, als sie auf ihn zusteuerte, denn sie trug heute weder enge Jeans noch die obligate Lederjacke. Fiona trug eine halblange Jacke, unter der ein elegantes Kleid zum Vorschein kam. Ihre zierlichen Füße steckten in Stiefeletten. Beide umarmten sich. »Chic bist du heute«, bemerkte Odo anerkennend. »Wo möchtest du hingehen?« Fiona lächelte und nannte ein Lokal in der Frankfurter Altstadt.

Als sie bestellt hatten, begann Fiona. »Ich weiß ja gar nichts über deine Familie. Sag mal, hast du auch Geschwister?« Odo begann mit Aaron, dem Pfarrer, berichtete über Jonas und seine Familie und kam auf Luis zu sprechen. »Er ist Steuerberater geworden und finanziell wohl der erfolgreichste von uns Brüdern. Und trotzdem tut er sich hart, eine geeignete Wohnung für sich und Lisa zu finden. München ist zum Wohnen ein sündteures Pflaster. Er liebäugelt mit dem Gedanken, eine Eigentumswohnung zu kaufen. Aber noch hat er zu wenig eigene Mittel. Und meine Eltern kann er nicht anpumpen. Wir sind zu viert, und da wird aus dem Vermögen meiner Eltern nicht viel zu holen sein. Abgesehen davon steckt das meiste im Haus meiner Eltern. Mein Vater sagte immer, unser Haus ist unsere Altersvorsorge, das kann uns niemand wegnehmen, und sogar eine Hyperinflation kann den Wert des eigenen Hauses nicht vernichten. Und lange war er stolz auf sein Einfamilienhaus. Aber als er letztes Jahr die Heizung austauschen musste und im gleichen Jahr noch das Dach an einigen Stellen undicht wurde, merkte er, dass die eigene

Immobilie durch anfallende Ersatzinvestitionen und Reparaturen ein enormer Kostenfaktor ist. Auch dann, wenn die Hypothek abbezahlt ist und das Haus schuldenfrei ist.«

»Dann seid ihr ja eine recht bunt gemischte Truppe, sogar mit Pfarrer und Steuerberater!«, feixte Fiona. Besuchst du deine Eltern oft?«

Odo musste zugeben, dass er nur zu den Feiertagen zu seinen Eltern fuhr. »Zu meiner Mutter habe ich ein sehr gutes und herzliches Verhältnis. Sie kennt auch meine Sorgen und steckt mir immer wieder einen Hunderter zu. Aber mein Vater ist mit meinem Beruf nicht einverstanden. Er war schon gegen das Studium der Politischen Wissenschaften, und da ich bisher nur einen Teilzeitjob habe, rümpft er darüber die Nase. Auf Aaron dagegen ist er mächtig stolz, und auch für Luis findet er immer wieder lobende Worte.« – »Durch sein Verhalten fühlst du dich verletzt, Odo, nicht wahr? Das tut dir seelisch weh?« Fiona hatte ihre Wimpern nach oben gezogen. Odo nickte. »Es ist frustrierend, ich kann doch nichts dafür, dass der Arbeitsmarkt für Politologen zurzeit nichts hergibt.« Odo senke den Blick und schluckte. »Vielleicht solltest du dich außerhalb des Bereichs von Politik und Journalismus mal umsehen. Einfach mal probieren. Du kannst doch nichts verlieren, wenn du dich auf die Suche nach dem Glück begibst? Sicher findest du auch eine andere Aufgabe als die, Beiträge für eine Zeitung zu verfassen. Gib dem Glück eine Chance!« Mit großen Augen sah ihn Fiona an. Ihr Blick hatte etwas Herausforderndes, aber auch etwas Ermutigendes an sich.

»Jeder Mensch ist ein einmalig und ein wunderbares Geschöpf Gottes, ausgestattet mit besonderen Gaben und

Talenten. Sei dankbar für dein Leben und all das, was du mit Leichtigkeit schaffst. Habe Vertrauen in dich, denke groß von dir. Entdecke deine Talente und finde heraus, was dein Herz zum Singen bringt!«, forderte Fiona.

Odo hatte Fiona nachdenklich zugehört. Das waren ungewöhnliche Worte. So hatte noch nie jemand zu ihm gesprochen. »Und was bedeutet das für die Stellensuche?«, fragte er neugierig. Er war bereit, über Fionas Gedanken weiter nachzudenken. Sicher konnte ihm Fiona noch ein paar weitere Impulse mit auf seinen Lebensweg geben.

Fiona rückte näher an Odo heran. Sie beugte sich zu Odo vor und sah ihn mit großen Augen an. Ihr Blick und ihr Lächeln strahlten Interesse an Odo und eine persönliche Wärme aus. »Überlege dir mal, welche Tätigkeiten dich mit tiefer Freude erfüllen. Was machst du richtig gerne? Die nächste Frage lautet: was ist dir in deinem Leben wichtig? Wofür möchtest du leben? Was möchtest du aus deinem Leben machen?« Fiona nahm das Glas zur Hand. Sie trank einen Schluck, stellte das Glas zurück auf die Tischplatte und fuhr fort: »Wenn du nur einen besser bezahlten Job suchst, musst du diese Fragen nicht beantworten. Wenn du aber Erfüllung und eine tiefe Befriedigung in der Arbeit suchst, ist es wichtig, dass du dir vorher klar darüber wirst, was dir wichtig ist und in welche Richtung du dich weiterentwickeln möchtest. Wenn du deine Fähigkeiten und Stärken kennst, kannst du dir die nächste Frage stellen: Wofür möchte ich mich engagieren? Wo möchte ich durch meine tägliche Arbeit mitwirken? Auf diese beiden Fragen solltest du eine Antwort finden, bevor du Bewerbungen losschickst.«

Es entstand eine Pause. Fiona verabschiedete sich kurz,

um sich frisch zu machen. Odo sann über Fionas Gedanken zum Beruf nach. Über seine besonderen Talente, Fähigkeiten und Neigungen hatte Odo beim Lesen der Stellenangebote nicht nachgedacht. Und schon gar nicht über die Richtung, in der er sich weiter entwickeln wollte. An erster Stelle stand immer der materielle Anreiz einer Vollzeitstelle. Die Aussicht auf mehr Geld. Obwohl Fiona beim größten Geldinstitut Deutschlands arbeitete, reichte ihr Horizont, wenn sie von ihrem Beruf sprach, weit über das Finanzielle hinaus. Fiona sah in der Arbeit die Möglichkeit, eigene Talente und Begabungen einzubringen, sich zu engagieren, Sinn in einer größeren Aufgabe, in der man über sich selbst hinauswuchs, zu erfahren.

»Fiona ist eine bemerkenswerte Frau«, dachte Odo. Entspannt lehnte er sich zurück und versank in ein tiefes Sinnen. Das Gespräch mit Fiona hatte ihm gutgetan. Fiona hörte nicht nur konzentriert zu, sondern nahm hinter seinen Worten auch Odos Gefühle wahr. Sie hatte seine Enttäuschungen verstanden und sie im Gespräch aufgegriffen. Sie hatte bemerkt, wie tief Daniel, Odos Vater, ihn durch Worte und Gesten verletzt hatte. In diesem Augenblick hatte Odo Fionas Nähe verspürt. Fiona war ihm in diesem Gespräch ganz nahegekommen.

38

Zwei Wochen später funktionierte es mit der Einladung zum Pizzaessen, und Jonas und Vanessa saßen in der der Pizzeria »*Da Ettore*« und studierten die Speisekarten. »Odo, du warst doch sicher schon öfters hier zum Essen, kannst du mir etwas empfehlen?«, fragte Vanessa und blickte über die Speisekarte hinweg in Jonas' Gesicht. »Na ja, das letzte Mal war ich nach der Schlusskonferenz letztes Jahr im Juli hier.« – »Wer war da noch mit aus dem Kollegium?« – »Das Abschlussessen vor den Sommerferien hat an unserer Schule eine lange Tradition. Ich finde es schön, noch zusammen essen zu gehen, bevor wir uns trennen und in alle Himmelsrichtungen in Urlaub fahren oder fliegen. Fast alle sind mitgekommen, aus unserer Fachschaft noch der Udo, Philip, die Gabi und die Uschi.« – »Die Uschi hat sich wegversetzen lassen?« Jonas schüttelte den Kopf. »Nein. Uschi war Referendarin im Zweigschuljahr. Sie ist an ihre Stammschule zurückgekehrt.« Vanessa machte große Augen. »Warst du mit ihr auch einmal zu zweit zum Pizzaessen, so wie mit mir?«, löcherte Vanessa. Odo dachte: »Mir scheint, Vanessa sondiert das Terrain. Ob ich mit Einladungen zum Essen date, persönliche Beziehungen knüpfe. Oder wird sie vielleicht schnell eifersüchtig?«

Der Kellner trat heran, unterbrach das Gespräch und fragte nach den Essenswünschen. Eigentlich hatte Jonas Vanessa fragen wollen, ob sie mit ihm eine Platte Antipasti misti della vitrina teilen möchte, doch Vanessa hatte zielstrebig eine Pizza Napoli mit Sardellen und Kapern bestellt. Etwas verwirrt hatte Jonas dem Kellner seinen Wunsch mit in die Küche mitgegeben: Pizza Capricciosa.

Jonas breitete die Serviette über seine Hosenbeine. Dann kam er auf Vanessas Frage zurück. »Nein, ich war nie mit Uschi zum Pizzaessen beim Italiener. Weißt du, die Referendare und Referendarinnen kommen und gehen, und unsere Kontakte bleiben deshalb in der Regel auf das Dienstliche beschränkt. Bei dir ist das etwas anderes. Ich hoffe, du bleibst noch länger bei uns! Ganz abgesehen davon haben wir eine Fahrgemeinschaft!« Jonas lächelte Vanessa an und hoffte, sie damit zufriedenstellen zu können. Doch Vanessa spitzte: »Doch hoffentlich keine reine Zweckgemeinschaft!?« Jonas lachte. »Immerhin macht es Spaß, mit dir zu plauschen.«

Odo wusste, dass Vanessa zurzeit nicht gebunden war. Er ging davon aus, dass sich Vanessa deshalb über seine Gesellschaft freuen würde. Er selbst genoss Vanessas Gegenwart, ihre fröhliche und unbeschwerte Art. »Vielleicht rede ich mal mit Amelie. Wir könnten doch Vanessa mal zu uns nach Hause einladen?«, überlegte er. »Oder wir fragen sie, ob sie mit uns in den Biergarten geht?«

Nach dem Essen wurde das Gespräch persönlicher. Jonas eröffnete es mit den Worten: »Von mir und von Amelie habe ich dir schon öfters erzählt. Auch davon, dass Amelie an ihrer jetzigen Stelle unglücklich ist. Sie wird mit den Kolleginnen in der Niederlassung am Rosenheimer Platz nicht warm und möchte wieder zurück in die Zentrale. Am liebsten in die Abteilung *Anlageberatung für vermögende Kunden*. Doch was ist mit dir, Vanessa? Hast du noch Geschwister?« – »Meine Schwester Julia ist vier Jahre älter und sie ist Anwältin.« – »Oh!«, entfuhr es Jonas. »Was ist ihr Spezialgebiet?« »Sie arbeitet in einer größeren Kanzlei. Ihr Spezialgebiet ist das Familienrecht. Falls du dich von Amelie scheiden lassen willst, bist du bei ihr richtig. Sie kann dich im Scheidungsverfahren vertreten.« – »Gott bewahre!«, fand Jonas. »Bist du in deiner Ehe glücklich?« Es entstand eine kurze Pause »Ja, doch«, behauptete Jonas. Er lehnte sich zurück und schluckte. Das war Vanessa nicht entgangen. »Steckt da ein *ja – aber* dahinter?«, überlegte Vanessa, sagte aber nichts. Sie fand, sie hätte mit ihren Fragen Jonas schon genug Persönliches entlockt.

Jonas war über seine eigene Antwort erschrocken. Ja, Jonas liebte Amelie. Aber ihm war blitzartig der Streit vom letzten Abend eingefallen. Amelie war missgestimmt und gönnte Amanda die Zusage der Personalabteilung, nach der Elternzeit wieder in die Zentrale zurückkehren zu können, nicht. Die Rückkehr an die frühere Arbeitsstelle war nämlich keinesfalls die gängige Praxis ihrer Bank. Offenbar hatte Amanda beim Personaler einen Stein im Brett. Auf Amelies schlechte Laune hin hatte Jonas Amelie vorgeworfen, sich zu sehr auf ihren Beruf zu fixieren. »Du hast doch alles, was du brauchst. Einen sicheren Job, Zusatzleistungen des Arbeitgebers und eine exzellente Zusatzversorgung, eine Viertagewoche, und einen verhältnismäßig kurzen Weg in die Arbeit, hab dich doch nicht so!«, hatte er Amelie an den Kopf geworfen.

Hinter Jonas' Antwort auf Vanessas Frage steckte ein *Aber*. »Ja, ich bin glücklich verheiratet, aber ich wünsche mir noch ein Geschwisterchen für Niklas. Zu dritt sind wir ein Ehepaar mit Kind. Das ist aber noch keine Familie! Und ich möchte noch ein Kind!«, dachte Jonas trotzig.

Die feinfühlige Vanessa hatte dieses *Aber* in Jonas' Antwort wahrgenommen, ohne den wahren Grund zu kennen. Taktvoll wie Vanessa war, bohrte sie nicht nach und brachte das Gespräch auf die Urlaubspläne für die großen Schulferien. »Was habt ihr denn für Pläne für die Sommerferien?« – »Amelie und ich fliegen für zwei Wochen nach Ägypten. Zuerst fliegen wir nach Luxor. Das ist unser erstes Etappenziel. Die erste Woche verbringen wir auf einem Kreuzfahrtschiff und machen dabei eine Rundfahrt durch Oberägypten. Tempelanlage von Karnak, Edfu, das Tal der Könige und das Tal der Königinnen.« – »Und Abu Simbel?« Jonas nickte. »Ja, das kann man vor Ort dazubuchen.« – »Aber grad kindgerecht sind die Besichtigungen von Tempelanlagen und Königsgräbern nicht!«, fand Vanessa. »Nun ja, Niklas wird bald fünf. Und am Schiff gibt es ja einen Swimmingpool. Und zum Ausgleich hängen wir noch eine Woche Hurghada dran. Das ist dann Baden pur!«, betonte Jonas.

»Das klingt sehr interessant und vielversprechend. Mich persönlich würden Kairo mit dem Ägyptischen Museum, die Pyramiden von Gizeh und Sakkara brennend interessieren. Fast mehr noch als die Grabstätten in Oberägypten.« – »Für ein so großes Museum wie das in Kairo ist Niklas noch etwas zu klein. Aber vielleicht schauen wir uns das in zehn oder zwölf Jahren mal an.«

39

An den Nachmittag mit Fiona hatte Odo oft zurückdenken müssen. An das Interesse, das Fiona gezeigt hatte, als er von seiner Familie erzählt hatte, an ihre Reaktion auf die Schilderung seines Verhältnisses zu seinem Vater. Besonders das, was ihm Fiona zu seiner beruflichen Situation und zu seiner Stellensuche mit auf den Weg gegeben hatte. Odo hatte sich von Fiona zutiefst verstanden, angenommen gefühlt. Mit einem Gefühl der Dankbarkeit hatte er Fiona noch bis vor die Frankfurter Oper begleitet. Und nach der Verabschiedung von Fiona, auf dem Heimweg, war der schöne Nachmittag, die Zeit, die er mit Fiona verbracht hatte, noch einmal vor seinem geistigen Auge vorbeigezogen. Ja, es war wunderschön, Fiona zu erzählen, vor Fiona seine Erfahrungen und Gefühle offenzulegen. Ihren wohlwollenden, interessierten Blick auf sich ruhen zu lassen. Ihre Gedanken zu dem, was er ihr anvertraute, anzuhören. Ganz spontan hatte er Fiona vor der Verabschiedung gestanden: »Das fand ich jetzt sehr schön. Können wir uns wieder einmal austauschen?« – »Unbedingt!«, hatte Fiona bestätigt.

Fiona hatte Odo aufgefordert, sich über seine Stärken klar zu werden und hatte ihm sogar eine Internetadresse angegeben, auf der er den Test »Persönlichkeitsstärken« machen könnte. Damit hatte Fiona ihn sehr neugierig gemacht, und darum beschleunigte er seine Schritte in Richtung der nächsten U-Bahnstation. Vor dem Umsteigen in den Bus betrat er gut gelaunt einen Supermarkt. Er kaufte eine Literflasche Rotwein und einige Dosen Bier. Den Rotwein hatte er mit der Hoffnung gekauft, sich mit Elisabeth bei Gelegenheit auf einen Ratsch in die Küche zu setzen. Etwas Knabbergebäck hatte er schon unter der Woche besorgt. Baguette und französischer Weichkäse für eine Brotzeit war auch reichlich vorhanden.

Zu Hause angekommen, verstaute er die Bierdosen im Kühlschrank. Danach setzte er sich an sein Notebook, tippte »Charakterstaerken.org« ein. Er fand die deutschsprachige Homepage unter dem Titel »Persönlichkeitsstärken.« Er loggte sich ein und gelangte zu dem Fragebogen, auf den Fiona ihn aufmerksam gemacht hatte. Er staunte über die vielen Aussagen, bei denen er entscheiden musste, ob sie ganz und gar nicht, teilweise oder sehr auf ihn zutrafen. Nach vierzig Minuten war er mit dem Ausfüllen zu Ende und klickte auf »Auswertung.«

Nicht ohne Stolz las er die TOP 3: 1. Neugier, 2. Kreativität, 3. Urteilsvermögen.

»Dann passt mein Beruf als Journalist und Redakteur ganz gut zu mir!«, folgerte Odo zufrieden. Mit einem Mal bemerkte Odo, wie ein angenehmes, warmes Gefühl ihn erfüllte. Auf dieses schöne Ergebnis hin entschloss er sich, eine Dose Bier aus dem Kühlschrank zu holen.

Er trank einen Schluck Bier, dann beugte er sich wieder vor und studierte die Auswertung. Im Anschluss an die Rangfolge der Charakterstärken las er die Frage: »Wie oft können Sie diese Stärken bei Ihrer Arbeitstätigkeit einsetzen?« – »Meine Neugier, mein Interesse an den unterschiedlichsten Gegenständen und Vorgängen, gerade auch in unserer Gesellschaft, ist die Triebfeder, Hintergründe und Zusammenhänge zu erkunden und zu verstehen. Und sie auch anderen zugänglich zu machen, den Lesern die Augen zu öffnen und damit deren persönlichen Horizont zu erweitern. Das mit der Kreativität ist so eine Sache. Ich muss bei der Wahrheit bleiben, der Bericht muss objektiv sein.« Odo wusste, dass eine 100 - prozentige Objektivität ein Ding der Unmöglichkeit war. Bei allen Reportagen und Berichten gab es mehr zu sagen, doch die Redaktion beschränkte sich auf eine festgelegte Zahl an Worten. Bei jedem Bericht musste er kürzen, Inhalte weglassen. Die Entscheidung, etwas wegzulassen, enthielt eine subjektive Komponente. Er musste »wichtig« von »weniger wichtig« trennen.

Die Charakterstärke »Urteilsvermögen« traf den Nagel auf den Kopf. Schon am Gymnasium war er gelegentlich nach der Bemerkung des Lehrers, »Was hast du, Odo, noch Kritisches dazu zu sagen?«, zu Wort gekommen. Mit den TOP 3 stimmte Odo innerlich überein.

Odo verfolgte die Rangfolge erneut und nahm sich die Zeit, die Erklärungen hinter den Stichworten zu studieren.

Auf den letzten Plätzen las Odo: 21. Hoffnung, 22. Humor, 23. Selbstregulation. Odo schluckte. Ja, er blickte nicht hoffnungsvoll in die Zukunft, die vielen Absagen auf seine Bewerbungen hatten ihn desillusioniert. Sie hatten ihm die Zuversicht, seine Lage zu verbessern, fast gänzlich zerstört.

Das mit der fehlenden Selbstregulation stimmte Odo nachdenklich. »Bin ich denn wirklich nicht in der Lage, meine Gefühle und mein Verhalten unter Kontrolle zu halten?« Er kam ins Grübeln. Er nahm einen kräftigen Schluck Bier, doch dann kam ihm die rettende Idee. »Ich werde Fiona fragen, wie sie mich erlebt!« Und er fasste den Entschluss, sich bald wieder mit Fiona zu verabreden. Nicht zum Tanzen im Klub, sondern zum gegenseitigen Austausch. »Zum Tanzen habe ich ja die energiegeladene Afra.«

Die Auswertung des Fragebogens weckte recht unterschiedliche Gefühle in Odo. Ein freudiges Gefühl hatte ihn erfasst, als er seine TOP 3 – Stärken las: Neugier, Kreativität, Urteilsvermögen. »Ja, das bin ich wirklich. Und es ist schön, dass ich diese Stärken habe!« Ein tiefes Gefühl der Dankbarkeit machte sich in Odo breit. Und mit einem Mal sah er seinen Beruf, die tägliche Arbeit, in einem neuen Licht. Ja, als Journalist und Redakteur hatte er den richtigen Beruf gewählt, sich für die richtige Tätigkeit entschieden. Er freute sich darauf, diese Gaben am Montag wieder einsetzen zu können. Am Ende der Auswertung stieß Odo auf die Frage: »Überlegen Sie, wie Sie ihre Stärken besser einsetzen können, damit Sie in Ihrer Arbeit eine Berufung erkennen können!« Odo lehnte sich zurück und sann vor sich hin. »Ich werde mir gezielt Themen vornehmen, die mir besonders am Herzen liegen, auf die ich mit meinen Beiträgen aufmerksam machen kann, beim Leser ein Problembewusstsein dafür schaffen kann.« Und Odo fiel bereits ein Thema ein. »Ich will darauf aufmerksam machen, dass unser Wirtschaftssystem die Kluft zwischen Arm und Reich, zwischen den Benachteiligten und den Profiteuren ihres Reichtums vergrößert. Und die Schwachstellen der Sozial- und Steuerpolitik herausstellen, die die Ungleichheit verstärkt oder gar zementiert.«

Odo war aufgestanden. Er wollte an Elisabeths Türe klopfen und sie zu einer gemeinsamen Brotzeit mit Baguette, französischem Käse und Rotwein einladen.

»Ich möchte Elisabeth berichten, wie es mir mit diesem Fragebogen über die Charakterstärken ergangen ist. Über meine Schwächen wie fehlende Hoffnung und mangelnde Selbstkontrolle werde ich ein andermal nachdenken. Aber mit einer positiveren Einstellung zu meiner Arbeit werde ich auch wieder hoffnungsvoller auf mein Leben blicken können. Und ich mache mir bewusst, wie wichtig meine Beiträge sind.«

40

Für heute Dienstagabend hatten sich Steuerberater Luis und Erzieherin Lisa im *Da Marco* verabredet. Auch diesmal war Lisa eine Viertelstunde vor der verabredeten Zeit in dem kleinen Italiener eingerastet. Diesmal hatte sie einen Platz am Fenster, und nachdem Lisa ihr Getränk bestellt hatte, sah sie versonnen auf die vorbeiströmenden Passanten auf dem Gehweg. Es dämmerte und auf der gegenüberliegenden Straßenseite kamen bereits die bunten Schriftzüge der Leuchtreklamen zu voller Geltung. Ernst ließ Lisa den hinter ihr liegenden Tag Revue passieren, den sie mit den Vier- bis Sechsjährigen verbracht hatte.

Dann fiel ihr ein, dass Luis am Wochenende das Thema »Sommerurlaub« zur Sprache gebracht hatte. Er hatte sie ermuntert, eigene Vorschläge einzubringen. Sie hatte dazu auch ihre Mitbewohnerin Monika befragt, die über ihren letzten Urlaub auf Teneriffa ins Schwärmen geriet. »Eine tolle Insel, auch landschaftlich vielseitig und abwechslungsreich. Gerade auch, wenn ihr nicht nur am Pool liegen wollt und ein paar tolle Ausflüge in euer Programm aufnehmt: einfach fantastisch. Stell dir vor, auf Teneriffa gibt es sogar einen Zoo. Und der höchste Berg Spaniens, der Teide, ist auch auf Teneriffa. Er ist über 3700 Meter hoch! Auf Teneriffa kannst du sogar in den Bergen wandern. Es gibt auch mehrere sehr sehenswerte Städte auf Teneriffa: La Laguna und La Orotava zum Beispiel.«

Eine andere Kollegin vom Kindergarten hatte von Kreta geschwärmt und hatte Lisa Rethymno ans Herz gelegt, die drittgrößte Stadt der Insel mit einem venezianischen Hafen. Doch Lisa war unschlüssig zurückgeblieben. »Am besten, wir klären mal unsere Erwartungen an den gemeinsamen Urlaub. Danach können wir weiter überlegen und uns ein Ziel suchen, das zu unseren Wünschen passt«, dachte Lisa. Sie griff nach ihrem Handy und las die Uhrzeit ab: 18:12. »Wo bleibt Luis bloß? Er ist doch sonst immer pünktlich!« Sie wandte sich mit einem suchenden Blick um und durchmaß das Lokal in Richtung Eingang. Da erblickte sie ihren Mann Luis, der mit großen Schritten, sichtlich gehetzt, auf sie zusteuerte. Ein Lächeln verzaubert Lisas Gesicht. Sie stand auf und bewegte sich mit ein paar kleinen Schritten in Richtung Luis. »Da bist du ja endlich«, hauchte Lisa und bot ihren Mund Luis zum Küssen dar. »Entschuldige, das konnte ich nicht absehen. Ein anspruchsvoller Mandant!«, sagte er und setzte sich. »Wenn ich das gewusst hätte, hätte ich den Termin auf Samstag gelegt.« – »Samstag? Da wollten wir doch einen Ausflug auf die Fraueninsel machen!« Entsetzt sah Lisa in das Gesicht ihres Mannes. Zwischen ihren Augenbrauen zeichneten sich Falten ab.

Luis senkte den Kopf, dann breitete er die Serviette über seine Hosenbeine. Seine Augenbrauen zog er in die Höhe, dann begann er: »Wie du ja weißt, habe ich beim Lohi nur noch eine Teilzeitstelle. Daneben bin ich einer Steuerkanzlei assoziiert, bei der ich deutlich besser verdiene, da ich für jedes Mandat deutlich mehr abrechnen kann. Meine Mandanten sind Freiberufler, aber auch ehemalige Mitglieder des Lohnsteuerhilfevereins, die wir wegen der Obergrenze des Verdiensts aus Lohn und Kapitalerträgen nicht mehr übernehmen dürfen. Oft sind das Mandanten, die geerbt haben. Und die berate ich in der Steuerkanzlei. Am Samstag kommt ein ehemaliges Mitglied des Lohnsteuerhilfevereins, der im letzten Jahr das Mehrfamilienhaus seiner Eltern geerbt hat. Den möchte ich gerne weiterhin betreuen, denn der bereitet sich immer sehr gut auf den Termin vor. Darum muss ich Samstagvormittag in die Kanzlei. Der kommt um 10 Uhr, und dann habe ich noch einen Mandanten um halb 12. Gegen halb zwei müsste ich mit der Sichtung der Unterlagen durch sein. Eingeben und Einscannen kann ich ja auch abends.« – »Wie, du nimmst dir jetzt auch Arbeit mit nach Hause?« Lisas Stimme war laut geworden, und sie sah ihren Mann mit Entsetzen an. »Wir leben ja eh getrennt. Und wenn ich mich Sonntagabend oder unter der Woche abends noch auf eine Stunde hinter die Steuerakten setze – das berührt dich doch überhaupt nicht? Und was diesen Samstag betrifft, wir könnten uns doch gegen drei Uhr im Biergarten am Chinesischen Turm treffen. Frag ruhig auch Monika, ob sie zustoßen möchte.« Lisa schluckte. »Und wie oft willst du in Zukunft samstags in die Steuerkanzlei?« – »Am Anfang möchte ich das zwei Mal im Monat machen. Den Nachmittag hätten wir dann allemal für uns beide. Und vergiss nicht: wenn wir uns eine Eigentumswohnung kaufen wollen, dann wir brauchen diesen Mehrverdienst. Das wird eh noch eine ganze Weile dauern, bis wir unseren Eigenanteil zusammengespart haben.«

Lisa biss sich auf die Lippen. Sie fühlte sich überrumpelt. Bei der Urlaubsplanung wollte Luis mit ihr zusammen nach einem Traumziel suchen, und hier, in beruflichen Dingen, hatte er sie nicht einmal in seine Pläne eingeweiht. Sie berichtete Luis ausführlich über neue Spiele im Kindergarten und über den aktuellen Krankenstand, und berufliche Veränderungen teilte ihr Luis als fait accompli mit. Lisa ließ die Gabel sinken. »Wieso hast du mir nie von deinen Plänen erzählt? Und das mit der Eigentumswohnung, ist das bereits beschlossene Sache?!« – »Aber wir haben doch so oft schon festgestellt, dass es leichter ist, eine Eigentumswohnung zu kaufen, anstatt am Mietmarkt eine Vierzimmerwohnung zu finden.« – »Ja, diese Beobachtung haben wir beide gemacht, aber das heißt noch lange nicht, dass wir die Entscheidung darüber gefällt haben, eine Eigentumswohnung zu kaufen. **Du** hast dich für eine Eigentumswohnung entschieden. Sehr partnerschaftlich ist das aber nicht!« Wieder war Lisa laut geworden, und am Nachbartisch drehte ein älterer Herr seinen Kopf zu Luis und Lisa. Lisa war verärgert, sie fühlte sich über den Tisch gezogen.

Luis versuchte Lisa zu besänftigen. »Noch sind ja keine Nägel mit Köpfen gemacht. Wir haben weder einen Vorvertrag, noch haben wir einen Notartermin vereinbart. Die Wohnung werden wir gemeinsam aussuchen. Aber erst muss ich noch ordentlich Geld ansparen.« – »Und deine Überstunden gehen zu Lasten unserer gemeinsamen Freizeit! Da bin ich schon enttäuscht. Wir leben ja nicht einmal zusammen! Du fehlst mir, Luis, sehr. Wie viel schöner wäre es, wenn du nachher zu mir nach Hause kämst!« Luis legte seine Hand auf die von Lisa. »Das kann ich doch, darf ich dich heute nach Hause bringen? Und ich könnte bei dir zur Nacht bleiben.« – »Würdest du das echt tun?« – »Ja, versprochen! Wir können nach dem Essen gleich aufbrechen. Und anstelle eines Nachtisches kuscheln wir!« Ein verführerischer Blick traf Luis. Lisa lenkte ein. Dennoch hörte Luis noch die Ermahnung: »In Zukunft besprechen wir aber Dinge, die uns beide betreffen. Gell?«

41

Odo saß über einer Dokumentation, die er unter dem provokanten Titel »Bundesregierung lässt Millionen von Arbeitnehmern in die Altersarmut laufen« veröffentlichen wollte. Er hatte viel Zeit in die Recherche gesteckt und sich auch Zugang zu Berechnungen des Bundesarbeitsministeriums verschafft (Stand Januar 2024). Im Redaktionsnetzwerk Deutschland stieß er auf alarmierende Zahlen.

Danach werden von den derzeit 22 Millionen sozialversicherungspflichtigen Vollzeitbeschäftigten in Deutschland nach jetzigem Stand etwa 9,3 Millionen im Alter eine Rente von unter 1500 Euro pro Monat beziehen.

Im Jahr 2022 erhielten Arbeitnehmer und Arbeitnehmerinnen, die in Rente gingen, **im Durchschnitt** eine Rente von 1084 Euro im Monat. Etwas über 80 Prozent der Neurentner kamen zusätzlich in den Genuss einer Betriebsrente. Doch die Rentenbezüge standen in einem direkten Verhältnis zur Höhe des sozialversicherungspflichtigen Gehalts und zur Dauer der Einzahlungen in das Rentenkonto. Wer viele lückenlose Beitragsjahre und ein hohes Gehalt bezogen hatte, stand im Rentenalter deutlich besser da als Rentner mit Lücken in der Beitragszahlung und bei niedrigem Gehalt.

Bezogen auf die Bruttobezüge während des Arbeitslebens ergibt sich folgendes Bild:

Auf 1500 Euro Rente kommt, wer 45 Jahre lang 3602 Euro pro Monat brutto verdient hat. Das sind bei einer 40-Stunden-Woche 20,78 Euro Stundenlohn.

Auf 1300 Euro Rente kommt, wer 45 Jahre lang mindestens 3122 brutto verdient hat. Das sind 18,01 Euro Stundenlohn.

1200 Euro Rente bezieht, wer 45 Jahre lang wenigstens 2882 Euro brutto verdient hat, das entspricht einem Stundenlohn von 16,62 Euro.

Besonders viele der betroffenen Rentner leben in den alten Bundesländern. Hier müssen über 60 Prozent aller Beschäftigten in Zukunft mit Renten unter 1500 Euro auskommen. Rund 40 Prozent erhalten sogar weniger als 1200 Euro monatlich. Für eine Rente von 1200 Euro reicht der Mindestlohn bei weitem nicht aus. Nach Angaben des Statistischen Bundesamtes (Destatis) lagen 14,8 Prozent aller Beschäftigungsverhältnisse in Deutschland vor der Erhöhung des Mindestlohns im Jahr 2022 unterhalb des Stundenlohns von 12 Euro. Selbst die geplante Erhöhung des Mindestlohns auf 12,41 Euro reicht nicht aus, um den Betroffenen zu einer Altersrente von mindestens 1200 Euro zu verhelfen.

Odo kannte die finanziellen Verhältnisse seiner Eltern recht genau. Seine Mutter hatte ihm nach Ostern wieder einmal einen Hunderter zugesteckt. Und bei dieser Gelegenheit hatte er sie, gerührt von ihrer Großzügigkeit, gefragt: »Kannst du denn diesen Hunderter entbehren?« Daraufhin hatte seine Mutter etwas ausgeholt und von ihren Bezügen aus der Rentenversicherung Bund und ihrer Zusatzversorgung, die ihr Arbeitgeber, ein Unternehmen des Öffentlichen Dienstes, für die ehemaligen Mitarbeiter geschaffen hatte. Das waren mehrere hundert Euro aus der Zusatzversorgung gewesen! Jeden Monat! Auch sein Vater war in den Genuss einer Zusatzversorgung gekommen, und zusammen mit dem eigenen Haus, dessen Hypothek Daniel Maier abbezahlt hatte, stand das Ehepaar Daniel und Nicole Maier recht gut da. Auch wenn die Erfahrungen mit dem Austausch der Heizungsanlage und der Reparatur am Hausdach Daniel Maier dazu gebracht hatten, monatlich jetzt mehrere Hundert Euro für Sanierungsarbeiten und Reparaturkosten auf ein eigens dafür eröffnetes Tagesgeldkonto durch einen Dauerauftrag zu überweisen und so eine Rücklage für Kosten, die das eigene Haus verursachte, zu bilden.

Durch ihre zusätzlichen Betriebsrenten gehörten Daniel und Nicole Maier zu den privilegierten Arbeitnehmern und Arbeitnehmerinnen in Deutschland. Denn solch eine Zusatzversorgung, die der Arbeitgeber für seine Mitarbeiter mitträgt und damit über die Jahre aufbaut, hat nur ein Teil der Arbeitnehmer. Bei Geringverdienern war das nicht der Fall. »Eigentlich ist das eine Zweiklassengesellschaft. Und das ist eine schreiende Ungerechtigkeit. Warum richtet der Staat nicht per Gesetz für jeden Arbeitnehmer eine zweite Säule der Altersversorgung ein, die die Arbeitgeber zusammen mit den Arbeitnehmern durch ihre Beiträge speisen? So wie das in der Schweiz per Gesetz vorgeschrieben ist?«

Immer wieder sog Odo diese erschreckenden Zahlen in sich auf. Nachdenklich ließ er den Kopf auf die Brust sinken. Bei seinem aktuellen Teilzeitvertrag als Redakteur hatte er sich selbst unter den genannten Rentnergruppen entdeckt. »Ich muss alles daransetzen, dass ich auf Vollzeit gehen kann, unbedingt!«, folgerte er. »Und außerdem werde ich, sobald ich ein Vollzeitgehalt beziehe, mich mal mit Luis über die Möglichkeiten des Aufbaus einer privaten Altersvorsorge unterhalten.«

Bei dem Gedanken an eine neue Arbeitsstelle fiel ihm wieder das schöne Gespräch mit Fiona am letzten Samstagnachmittag ein. Ein warmes Gefühl erfasste ihn. »Ich will Fiona am Wochenende unbedingt wiedersehen!«, beschloss er. »Ich werde abends mit ihr chatten.«

Noch einen weiteren Schritt wollte Odo tun und dafür die abendliche Freizeit einsetzen. Er wollte über verschiedene Netzwerke Stellenausschreibungen studieren und die Anforderungen mit seinen Charakterstärken vergleichen. »Ja, ich will bei meiner Stellensuche endlich weitermachen und zum Schuss kommen!« Gut motiviert tippte Odo einen kritischen Kommentar an die Adresse der Politik zu diesen erschreckenden Zahlen in sein Notebook.

42

Es war Mittwoch, und gut gelaunt betrat Jonas nach der sechsten Stunde das Lehrerzimmer. Er ging zu seinem kleinen Schließfach und legte einen Teil seiner Arbeitsmittel in das Fach. Als er sich umdrehte, sah er auch schon Vanessa das Lehrerzimmer betreten. Sie griff nach ihrer Tasche und machte mit dem Kopf eine Bewegung in Richtung Türe, nachdem sich ihre Augenpaare getroffen hatten.

»Bist du in Eile, Vanessa?«, fragte Jonas, als er sie im Lehrergang eingeholt hatte. »Eile – nein. Aber für heute reicht es mir. Ich will nur raus hier. Nach Hause.« – »Was ist geschehen?« – »Ach, in der 9b sind so viele Schwache und Lernunwillige. So viele auf einem Haufen habe ich noch nicht erlebt. Die letzte Englischstunde fand ich wieder richtig schlimm. Ein Drittel der Klasse war mit anderen Dingen beschäftigt und ist dem Unterricht gar nicht gefolgt. Das hat mich gefrustet. Und dann hat mir gestern eine Mutter am Ende einer Mail, als Antwort auf meinen Vorschlag, der Tochter Nachhilfeunterricht zu ermöglichen, geschrieben, ich solle die Schüler mehr motivieren. Dann würden auch die Noten ihrer Tochter besser werden.« Vanessa machte eine Pause. »Mich ärgert immer, wenn Eltern den mangelnden Fleiß ihrer Kinder, ihre Faulheit nicht wahrhaben wollen und stattdessen der schulischen Situation oder dem Lehrer die Schuld für die schlechten Noten ihrer Kinder geben! Kennst du dieses Problem auch?« – »Bei Mathe und

Physik geht es um mehr als um das Erlernen von Vokabeln und Grammatikregeln. Ja, auch bei mir gibt es Formeln, die der Schüler beherrschen muss. Aber viel stärker geht es um die Einsicht, das Verstehen. Und da biete ich meinen Schülern an, dass sie nach der sechsten Stunde zu mir kommen können, wenn sie eine Anwendung nicht verstehen.« – »Mensch Jonas, das finde ich großartig. Ich merke, du bist wirklich gerne Lehrer.« Jonas hatte genickt. »Mir ist wirklich daran gelegen, dass die Schüler den Stoff verstehen.«

Sie hatten Vanessas Kleinwagen erreicht und stiegen ein. Vanessa parkte rückwärts aus und begann schweigend, den Wagen in Richtung der Autobahn Stuttgart zu lenken. Dieses Schweigen fiel Jonas auf. Vanessas Gesichtszüge waren ernst, sie schien in Gedanken noch in der Schule zu sein. »Was beschäftigt dich im Moment?«, durchschnitt Jonas das Schweigen. »Ach weißt du, Jonas, ich bin gerne Lehrerin und habe auch Freude am Unterrichten, wenigstens wenn die Schüler Interesse zeigen. Und die bräuchten die Wiederholung des Stoffs wirklich, denn am Freitag schreiben sie die Englischschulaufgabe. Da sehe ich bei einigen schwarz!« – »Du meinst rot!«, fand Jonas mit einem Lächeln und dachte an die Korrekturzeichen der Lehrkraft auf dem Schulaufgabenbogen. »Na ja, das ist ein Mittelstufenphänomen. Das kenne ich auch! Da stehst du nicht allein da mit deinem Problem!« Jonnas versuchte Vanessa aufzuheitern. »Unterrichtest du auch in der Unterstufe?« – »Ja, ich habe auch eine Fünfte und eine Sechste. In der Fünften sind sie mit Eifer noch dabei.« Ein Lächeln huschte über Vanessas Gesicht.

»Hast du schon etwas gegessen?«, erkundigte sich Jonas. »Nein, wann denn? In der großen Pause musste ich die

Arbeitsblätter kopieren!« – »Weißt du was, bei dir gegenüber ist doch eine Eisdiele. Etwas Süßes hebt die Stimmung. Gehst du mit mir auf ein Eis? Ich lade dich ein!« – »Ja, gerne, aber ich kann nicht lange bleiben, denn ich muss noch an der Schulaufgabe weiter basteln. Übrigens will ich mich mal revanchieren. Bis jetzt hast du immer bezahlt!« – »Das mache ich doch gerne.« Und für sich dachte Jonas: »Hauptsache, Amelie bekommt nichts mit. Aber bis halb vier müssten wir ja fertig sein. Danach hole ich Niklas vom Kindergarten ab.«

Vierzig Minuten später steuerte Vanessa die Einfahrt ihrer Tiefgarage an. »Weißt du was, Jonas, geh doch schon mal rüber in die Gelateria und suche dir ein schönes Plätzchen für uns zwei aus. Ich stelle den Wagen ein und bin in drei Minuten bei dir.«

Jonas stieg gut gelaunt aus und überquerte die Straße. Er fand einen freien Platz an der Außenseite des Vorgartens, direkt am Gehweg. Er hatte darauf geachtet, dass es ein Schattenplatz war, direkt unter dem großen gelben Sonnenschirm der Gelateria Italiana. Da war auch schon Vanessa. Ihre Laune hatte sich gebessert, und sie kam noch einmal kurz auf die Klasse 9b und die E-Mail der Mutter vom Tag zuvor zu sprechen, nachdem der Kellner die Bestellung aufgenommen hatte. »Ich fand es schön, dass ich mit dir im Auto über meinen Ärger reden konnte. Jetzt merke ich so richtig, wie schön es ist, dass wir zusammen fahren können. Früher hätte ich meinen Ärger mit mir nach Hause in die Wohnung genommen. Aber jetzt, da ich mich mit dir darüber austauschen konnte, ist alles nur noch halb so wild.« Ein süßes Lächeln verzauberte Vanessas Gesicht. Wie zur Bekräftigung legte Jonas seine rechte Hand auf Vanessas

Arm. »Siehst du, zu zweit ist es doch leichter. Und schöner!« Verschwörerisch zwinkerte Jonas Vanessa zu.

Zwei Erzieherinnen, die eine vorne, die andere am Ende der Gruppe, begleiteten eine muntere Schar von Vier- bis Sechsjährigen und zogen an der Gelateria vorbei. »Hallo Papa!«, rief eine helle Stimme. Es war Jonas' Sohn! Niklas war stehen geblieben und sah abwechselnd von Jonas zu Vanessa und wieder zurück zu Jonas.

Jonas versteinerte. Er war erstarrt, wie vom Blitz getroffen. Noch ruhte seine Hand auf Vanessas Arm. Als er wieder voll bei sich war, zog er hastig seine Hand von Vanessas Arm. Niklas seinerseits war kurz unbeweglich auf der Höhe seines Vaters verharrt. Er sah mit großen, fragenden Augen Jonas an. »Kommt Kinder, weiter zum Zebrastreifen!«, ermahnte die Erzieherin, die das Schlusslicht der Gruppe markierte. Auch Niklas setzte sich mit den anderen Kindern der Gruppe wieder in Bewegung.

Jonas errötete. Dann brach es aus ihm heraus: »Das hat noch gefehlt!«

Vanessa war schweigend zurück in ihren Gartenstuhl gesunken. Verlegen blickte sie zu Boden. Nach einer Weile fragte sie mit leiser Stimme: »Was wirst du jetzt machen?« – »Ich werde Niklas sagen, dass du eine gute Kollegin von mir bist. Er weiß ja, dass wir eine Fahrgemeinschaft haben. Aber dass da nichts weiter ist. Er braucht sich keine Sorgen zu machen. Wir haben nichts Unrechtes getan.« – »Noch nicht«, dachte Vanessa. Denn sie hatte bemerkt, dass sie sich menschlich nähergekommen waren. Und dass sie sich in der Früh immer auf die gemeinsame Fahrt freute, auf das morgendliche Wiedersehen mit Jonas. Bis auf Freitag, da fuhr jeder von ihnen allein. Ja, es war wirklich nichts

Unrechtes geschehen. Aber es gab Gefühle, die Vanessa und Jonas wie durch ein unsichtbares Band zusammenhielten.

Beide leerten schweigend ihren Eisbecher. Jonas winkte dem Kellner, bezahlte, nickte Vanessa zu und sie erhoben sich. Nach den Worten »Bis morgen« trennten sich ihre Wege.

Im Kindergarten saß Niklas bereits im Vorraum, und Jonas beeilte sich, seinem Sohn die Schuhe zu schnüren. »Hast du jetzt auch eine Freundin?«, überraschte ihn sein Sohn, als er sich vor ihm hinkauerte und sich mit den Schnürsenkeln zu schaffen machte. Stimmt, sein Sohn wollte zu seinem Geburtstag am nächsten Samstag nicht nur Benjamin und Kelvin, sondern auch eine Patrizia einladen. Offenbar hatte sein Sohn im Kindergarten eine Freundin gefunden. Und die hieß Patrizia.

»Hör zu, Niklas«, begann Jonas, als Vater und Sohn sich auf den Weg vom Kindergarten nach Hause machten. »Die Vanessa ist nicht meine Freundin. Sie ist eine Kollegin, mit der ich auf ein Eis gegangen bin.« Er beugte sich zu seinem Sohn hinunter. »Dass du mich mit Vanessa in der Eisdiele gesehen hast, ist unser großes Geheimnis. Die Mama muss das nicht erfahren. Kannst du das für dich behalten?« Niklas hob drei Finger. »Großes Indianerehrenwort!«

Jonas und sein Sohn Niklas erreichten die Wohnung erst gegen fünf Uhr. Das war so gekommen: es war ein heißer Tag gewesen, und Jonas hatte Durst. Er überlegte, sich bei Super noch etwas zu trinken zu kaufen und sich dann vorne im Park mit Niklas auf die Bank zu setzen. »Ich kaufe mir noch eine Cola, Niklas. Möchtest du auch etwas trinken?« – »Nein, Papa, darf ich ein Cornetto haben?« – »Ein Eis?

Klar, komm, das holen wir uns.«

Während Niklas sein Eis aß, erinnerte Jonas Niklas noch einmal daran, über seinen Aufenthalt mit Vanessa in der Gelateria Amelie nichts zu sagen. »Das mit dem großen Eis braucht die Mama nicht zu wissen. Sie hat sonst Angst, dass ich dann nichts mehr zu Abend esse«, log er. In Wirklichkeit freute sich Jonas auf den Nizza-Salat, den Amelie ihm für heute Abend zugesagt hatte. Er bekräftigte das Schweigegebot mit den Worten: »Weißt du, jeder Mensch hat seine Geheimnisse. Auch deine Mama. Sie sagt mir auch nicht, wenn sie mit einem Kollegen zum Essen geht. Und ich möchte das auch nicht wissen.«

Schon wieder hatte Jonas gelogen. Amelie war ein offener, kommunikativer Mensch, und wenn sie von der Bankfiliale nach Hause kam, setzte sie sich gerne für fünf Minuten zu ihrem Mann. Oder beide ließen sich auf dem Sofa im Wohnzimmer nieder und tauschten sich über die kleinen Erlebnisse am Rande des vergangenen Arbeitstages aus. So wusste Jonas auch, dass seine Frau gelegentlich mit einem Robert den Imbissstand aufsuchte. Und dass sie gelegentlich auf einer Parkbank zu zweit Mittag machten.

Aber Jonas entnahm Amelies Fragen über die Fahrgemeinschaft mit Vanessa, dass seine Frau die Beziehung der beiden mit Argwohn beobachtete. Jonas vermutete, dass bei seiner Frau sehr schnell Eifersucht ins Spiel kommen konnte. Das Pizzaessen mit Vanessa und auch ihr gemeinsamer Abstecher in die Gelateria behielt er deswegen für sich.

43

Geschafft!« Odo hatte am Mittwochnachmittag vom Redaktionsleiter für den Bereich »Gesellschaft und Soziales« das Okay für seinen Beitrag über die Armut, die Millionen von Geringverdienern im Rentenalter drohte, mit der Bemerkung »Solide Dokumentation!« bekommen. Das hatte Odo aufrichtig gefreut, und er empfing diese lobende Wertschätzung mit einem Gefühl tiefer innerer Befriedigung. Zum ersten Mal seit langem stieg ein Gefühl der Dankbarkeit über seinen Arbeitsplatz in ihm auf. Er hatte eine Dokumentation verfasst, Zahlen zusammengetragen und ausgewertet, eine drohende gesellschaftliche Entwicklung skizziert. Er hatte etwas geschaffen, zu Ende gebracht. Und das erfüllte ihn mit einem Anflug von Stolz. Allerdings hatte der ursprüngliche Beitrag mit dem provokanten Titel »Bundesregierung lässt Millionen von Arbeitnehmern in die Altersarmut laufen« vor dem Chefredakteur keinen Bestand gehabt. Dieser hatte ihn angerufen und vorgeschlagen, den Titel zu ändern. »Arm in Rente gehen?«, schlug er vor. »Diese Schlagzeile hat aber keinen Biss!«, hatte Odo sichtlich enttäuscht eingewandt. »Im Hebst wird der neue Bundestag gewählt, da steht es uns nicht an, der Koalition ans Bein zu pinkeln. Aber du könntest etwas schreiben über die Ausbeutung der Minijobber, ihre schlechte Bezahlung und ihre mangelnde soziale und berufliche Absicherung. Oder darüber, wie Unternehmen Geld scheffeln durch die Auslagerung gering bezahlter Tätigkeiten zu Subunternehmen oder durch befristete

Teilzeitarbeitsplätze.« Odo hatte zugesagt, den Vorschlag in der kommenden Woche in die Redaktionskonferenz mitzunehmen. Erneut hörte er ein Lob. »Ausgezeichnete Idee. Ich sehe schon, du wirst zum Spezialisten in Sachen Prekariat.«

Jetzt, nachdem sein Beitrag fertiggestellt war, Beifall bekommen hatte und nach diesem Ansporn von höchster Stelle, schon vor der Veröffentlichung, fiel die ganze Anspannung der ersten drei Arbeitstage der Woche von Odo ab. Er fühlte sich innerlich im Reinen, aber körperlich ausgelaugt, erschöpft. »Heute bleibe ich abends zu Hause und gehe rechtzeitig zu Bett. Ich trinke zwei Bier, und nebenbei bringe ich meine Verabredungen für Freitag und Samstag aufs Gleis.«

Als Odo die WG betrat, stieß er auf Simone, die auf dem Weg in die Küche war. »Hallo Simone, gut gelandet?«, feixte er gut gelaunt. »Ja, zurzeit habe ich frühe Flüge. Ist mir ganz recht. Sogar am Freitag bin ich so gegen halb sieben wieder hier.«

»Ach ja, wegen Freitagabend, gehst du wieder einmal ins *Cindy*?«, fragte Odo beiläufig. »Ja, da wollte ich am Freitagabend gegen zehn Uhr mal vorbeischauen. Kommst du auch?« – »Ich habe noch keine festen Pläne«, antwortete Odo. »Bist du für Freitagabend mit Fiona verabredet?«, wollte Odo wissen. »Bis jetzt noch nicht. Ich weiß auch gar nicht, was Fiona vorhat.« Diese Antwort überraschte Odo. Immerhin war Fiona doch Simones Freundin.

In Odos Kopf arbeitete es. Wenn er sich beeilte, konnte er sich mit Fiona zu einem Treffen in einem anderen Klub verabreden, bevor Simone sich mit ihrer Freundin Fiona verabredete. Dann hätte er Fiona für sich. Er überlegte, mit Fiona in den Klub zu gehen, den ihm Afra gezeigt hatte. Der war am Stadtrand, und unterwegs, während der langen Anfahrt, könnte er mit Fiona plauschen. Darum gab er Simone ausweichenden Bescheid und zog sich in seine Bude zurück, um mit Fiona zu chatten.

Ja, Fiona wollte sich liebend gerne mit Odo verabreden, doch sie schlug ihm den Samstagabend vor. Außerdem brachte sie einen Klub in der Frankfurter Innenstadt ins Gespräch. »Dann möchte ich dich fragen, wollen wir vorher noch eine Kleinigkeit essen? Ich wollte dir noch über das Ergebnis des Persönlichkeitstests berichten und deine Meinung dazu hören. Ist das okay für dich?«, erkundigte sich Odo. Fiona antwortete umgehend und schlug ein bestimmtes Lokal in der Frankfurter Innenstadt unweit des Klubs vor. Odo sagte zu und versprach, einen Tisch für zwei zu reservieren.

Als sich Fiona und Odo in dem kleinen Lokal gegenübersaßen, berichtete Odo zunächst von seiner Dokumentation über Armut im Rentenalter. Er hatte auch die anstehenden Beiträge über Minijobber und Subunternehmer erwähnt. »Das ist doch ein schöner Erfolg für dich, Odo. Und das Lob, das du bekommen hast, zeigt doch, dass du deine Sache richtig gut machst. Wie mir scheint, bist du der geborene Redakteur!« Ein charmantes Lächeln erschien auf Fionas Gesicht. Jetzt strahlte sogar Odo. »Der Test, den ich über Persönlichkeitsstärken gemacht habe, bestätigt das sogar. Stell dir vor: Meine TOP 3 der Charakterstärken sind: 1. Neugier, 2. Kreativität, 3. Urteilsvermögen.«

Begleitet von einem anerkennenden Nicken urteilte Fiona: »Dann bist du der richtige Mann an der richtigen Stelle.« – »Ja, aber ich möchte mich auch weiterentwickeln. Ich bin nach wie vor dabei, mich auf diversen Plattformen nach einem Vollzeitjob umzusehen.«

»Hat dir der Test auch Hinweise auf Schwachstellen gegeben? Dinge, die dir vielleicht nicht so sehr liegen?« – »Meine Schwachpunkte fand ich auf den Plätzen 21 – 23: 21. Hoffnung, 22. Humor, 23. Selbstregulation. Das mit der Hoffnung ist jetzt, nach meinem Erfolg und dem Lob von höchster Stelle, etwas in den Hintergrund getreten. Ich sehe meine Arbeit jetzt wieder positiver, wenn ich Missstände und soziale Ungerechtigkeiten aufdecken darf. Dass ich meine Gefühle und mein Verhalten manchmal schlecht unter Kontrolle habe, daran knabbere ich etwas. Das über mich selbst zu lesen, hat mich etwas irritiert.«

»Aber daran kannst du arbeiten, Odo. Mache dir bewusst, dass du dir deine Wirklichkeit selbst erschaffst, durch deine Gedanken, deine Gefühle, deine Worte und deine Handlungen. Schon durch deine Gedanken erzeugst du Gefühle, die deine Einstellung zu kleinen und großen Dingen deines Lebens mitbestimmen. Nur ein kleines Beispiel: Wenn du deine Arbeit für die Zeitung nicht als Last, sondern als Chance, als Herausforderung siehst, schaffst du positive Gefühle in dir. Wenn du dir sagst: Das will ich anpacken, das schaffe ich, dann ist der erste Schritt zum Erfolg schon getan. Und die einzelnen Arbeitsschritte werden dir leichter von der Hand gehen, wenn du motiviert bist.«

»Wie blickst denn du auf dein Leben, Fiona?«, fragte Odo. Er war neugierig geworden. Fiona lächelte. Sie hob ihren Kopf und sagte selbstbewusst: »Weißt du, Odo, alles kommt darauf an, wie du dich selbst, deine Mitmenschen und das Leben selbst siehst. Du bist der wichtigste Mensch in deinem Leben! Wenn du dich annimmst, deine Fähigkeiten und Stärken als ein Geschenk des Lebens an dich selbst siehst, groß von dir denkst, wirst du vieles schaffen und erreichen, an das du heute noch nicht denkst. Alles, was wir für ein glückliches und erfülltes Leben brauchen, ist bereits in uns angelegt. Selbstachtung, Selbstwertschätzung und Selbstliebe sind die Eingangspforte zu einem Leben in Fülle.« Fiona sah Odo mit großen Augen an. Etwas Herausforderndes lag an ihrem Blick.

»Und was bedeutet das für deine Einstellung zu deiner Arbeit, zu deinem Beruf?« – »Ich sage zu mir: Ich will aus dem Leben m e i n Leben machen, ihm eine persönliche Note geben, einen ganz besonderen Sinn. Ich will nicht arbeiten, um zu leben, ich will leben, um etwas zu gestalten. Oder etwas zu schaffen, sichtbar zu machen, was in mir an wundervollen Gaben und Talenten angelegt ist. Mein Leben soll reichlich Zeugnis meiner Schöpferkraft und Liebe werden.« – »Und das gelingt dir in deinem Leben? In deiner Arbeit bei einem Geldinstitut, bei der Arbeit mit Zahlen, der Orientierung auf Rendite und Gewinnmaximierung?« – »Auch hier ist meine Fantasie gefordert, und durch meine Zusammenarbeit im Team habe ich reichlich Möglichkeiten, meine positiven Gedanken und meine Liebe zu den Menschen einzubringen.«

Der Kellner brachte das Essen. Bevor Fiona das Besteck in die Hand nahm, lächelte sie Odo an. »Der Schlüssel zu einem glücklichen und erfüllten Leben liegt ganz bei dir. Sieh deine Stärken und Fähigkeiten, deine Gesundheit und jeden neuen Tag als ein großes Geschenk des Lebens an dich selbst an. Lebe bewusst und sei kreativ. Du selbst bist der Schöpfer deines Lebensglücks!«

»Da habe ich noch viel Stoff zum Nachdenken«, fand Odo.

Nach dem intensiven Gespräch entstand eine Pause. Das Gespräch war erstorben. Beide wollten sich stärken und wandten sich aus diesem Grund den Pizzen zu, die der Kellner vor ihnen hingestellt hatte.

Doch nach dem letzten Bissen wollte Odo auch seine Neugierde stillen. »Woher hast du denn deine ungewöhnlichen Ideen über das Leben, insbesondere, wie wir zu einem glücklichen, reichen und erfüllten Leben finden können? Hast du einen Personal Trainer oder einen Coach?« Fiona musste lachen. »Du liegst mit deiner Frage gar nicht so falsch. Aber ich habe nicht tausende von Euros für ein Seminar in Persönlichkeitsentwicklung ausgegeben, obwohl der Psychologe Robert Betz, der mittlerweile mein persönlicher Mentor geworden ist, solche Kurse und Seminare anbietet. Er bietet sogar kostenlose Onlineseminare im Internet an, z.B. auf YouTube. Meinen persönlichen Weg zu einem neuen Denken fand ich über sein Erstlingswerk, über das Buch von Robert Betz *Willkommen im Reich der Fülle. Wie du Erfolg, Wohlstand und Lebensglück erschaffst.* Das Taschenbuch ist im Verlag Heyne erschienen. Ich habe das Buch mehrmals gelesen. Immer nur ein Kapitel. Dann habe ich über die *Grundlegende Gedanken*, die stichwortartige knappe Zusammenfassung des Kapitels, lange nachgedacht und sie in Beziehung zu meinem alltäglichen Leben gesetzt. Willst du es einmal lesen? Ich leihe es dir gerne!«

Ja, Odo wollte dieses Buch unbedingt lesen.

Auf dem Weg zum Klub dachte Odo: »Fiona ist wirklich eine bemerkenswerte Frau!«

44

Erzieherin Monika war perplex, als Lisa an ihre Zimmertüre klopfte, die Türe einen Spalt breit öffnete, den Kopf in ihr Zimmer steckte und sie mit der Frage überraschte: »Monika, ich bereite mir heute Rühreier zum Frühstück zu. Willst du bei mir mitessen? Dann schlage ich zwei weitere Eier auf?« – »Das ist aber ein Service! Ja, gerne. Willst du nicht lieber warten? Wenn wir zusammen groß frühstücken, laufe ich schnell los und hole Semmeln. Die stifte ich dann!« – »Würdest du das echt tun? Dann gerne. Ich warte mit dem Zubereiten der Rühreier so lange, bist du wieder da bist.«

Als beide beim erweiterten Frühstück saßen, erkundigte sich Monika: »Triffst du dich heute nicht mit Luis zum Mittagessen? Und warum hast du ihn nicht eingeladen, mit uns zu frühstücken?« Lisa legte das Messer neben die halbierte Semmel auf den Frühstücksteller. Lisa seufzte hörbar, dann sprudelte es aus ihr hervor: »Seit Luis beim Lohi auf Teilzeit gegangen ist und sich einer Steuerkanzlei assoziiert hat, arbeitet er auch samstags. Dann geht er am Samstagvormittag in die Steuerkanzlei, und meist treffen wir uns erst am Nachmittag. Die freien Samstage gehören seither der Vergangenheit an. Ich finde das jammerschade, gerade auch weil wir getrennt wohnen.« Frustriert schlug Lisa die Augen nieder. Mit gedämpfter Stimme brachte sie hervor: »Das ist noch nicht alles! Wenn wir uns am Dienstagabend auf eine Pizza im *Da Marco* verabreden, kommt es vor, dass er sich jetzt früher von mir verabschiedet, als er das bisher tat. Ich vermute, dass er sich noch die Steuerunterlagen eines Mandanten vornimmt, sobald er bei sich zu Hause ist.« – »Aber die Woche hat doch noch mehr Abende?«, löcherte Monika. Lisa verzog das Gesicht. Sie biss auf die Lippen, dann stieß sie klagend hervor: »Da zieht er sein eigenes Programm durch. Zwei Mal wöchentlich, am Montagabend und am Donnerstagabend geht er zu seiner Volleyballgruppe ins Training. Und am Mittwochabend macht er außerdem einen Italienischkurs bei einer Sprachenschule. Mit denen geht er im Anschluss an die Doppelstunde Italienisch noch zum Italiener! Ich wette, da bleibt er dann bis zuletzt sitzen!« Lisas Stimme klang verbittert.

Monika trank einen Schluck, dann beugte sie sich zu Lisa vor und fragte leise: »Ich habe immer gedacht, ihr seid ein großartiges Paar, das viel freie Zeit am Wochenende gemeinsam verbringt und das zusammenhält wie Pech und Schwefel. Als Luis dich das letzte Mal hier in der Wohnung abgeholt hat, hatte er nur Augen für dich und sah dich immerzu verliebt an, verteilte Streicheleinheiten und Küsse. Was ist den bei euch passiert?«

»Ach weißt du, wir suchen doch schon seit einem Jahr eine Vierzimmerwohnung. Aber deren gibt es gar nicht so viele freie, und frage nicht, wie hoch die Mietzinsen sind! Jetzt kam er auf die Idee mit der Eigentumswohnung, und seit er zur Hälfte freiberuflich arbeitet, flieht er in die Arbeit. Den einzigen Abend in der Woche, den wir für uns haben, den Dienstagabend, den verkürzt er jetzt aus beruflichen Gründen. Und den Samstag opfert er jetzt für seine Mandanten. Ich bin stinksauer auf Luis!« – »Das kann ich verstehen«, hauchte Monika. Sie bemerkte, wie die Augen ihrer Freundin sich mit Tränen füllten. Lisa stand auf und suchte nach einem Taschentuch.

Als sie wieder bei Monika am Tisch saß, fragte diese: »Hast du denn Luis klargemacht, dass du mit eurem Leben als Paar so nicht klarkommst, dass du unter der gegenwärtigen Situation leidest?« – »Ich habe ihm wohl gesagt, dass ich enttäuscht darüber bin, dass er so wenig Zeit für mich hat. Er besänftigt mich dann immer mit den Worten: *Ich tue das doch alles nur für uns. Du wünschst dir doch auch eine schöne Eigentumswohnung!* Aber jetzt sind wir jung, haben noch keine Kinder und können was unternehmen! Ich werde ihm in aller Deutlichkeit sagen, dass ich mich verletzt fühle, wenn er mich so oft allein lässt. Ich fühle mich vernachlässigt, ja zurückgestoßen von ihm!«

Für eine Weile schwiegen beide und sannen vor sich hin. »Wie stehst denn du zu Luis' Vorhaben mit der Eigentumswohnung? Immerhin braucht ihr noch eine Weile, bis ihr euren persönlichen Grundstock, ich meine den Eigenanteil an Kapital zum Kauf der Eigentumswohnung beisammenhabt.« – »Ja, das stimmt. Als Luis das Thema zum ersten Mal angeschnitten hat, meinte er selbst, das sei ein Griff nach den Sternen, eine Eigentumswohnung zu kaufen. Er hat gelacht, als er mir gestand, dass seine bisherigen Ersparnisse nur für die Notarkosten, die Eintragung im Grundbuch und zur Bezahlung der Grunderwerbssteuer reichten. Ich sehe schon, da haben wir noch ein gutes Stück Weg vor uns!« – »Du bist ja auch noch jung, und vielleicht geben dir deine Eltern noch etwas zu?«

Lisa lächelte. »Ja, das ist eine Möglichkeit. Mein Vater hat sogar mal eine Andeutung gemacht, dass er einen Teil seines Vermögens vorzeitig an mich und meine Schwester übertragen möchte. Aber davon habe ich Luis noch nichts gesagt. Vorerst versuche ich selbst etwas auf die hohe Kante zu legen, damit ich unser Vorhaben unterstützen kann.«

»Wo triffst du heute Luis?« – »Wir wollen uns an der Trambahnhaltestelle Hauptbahnhof Nord treffen. Danach fahren wir bis zum Steubenplatz, wo wir in den Biergarten im Hirschgarten gehen wollen. Wir machen dort Brotzeit, die ich nachher noch herrichten werde, etwas Wurstsalat und Frischkäseaufstrich. Wir kaufen uns nur die Getränke dort, denn wir haben ja ein Ziel vor Augen, auf das wir sparen! Die Brezen hole ich dann auf dem Weg zur U-Bahn bei Super.«

Jetzt lächelte Lisa wieder. Sie war mit ihrer Situation wieder im Reinen und freute sich auf den Spaziergang mit Luis in den Hirschgarten und die gemeinsame Brotzeit unter schattigen Bäumen.

45

Amelie kam mit Niklas' Rucksäckchen aus der Küche ins Wohnzimmer. »Deine Brotzeit habe ich eingepackt. Und heute findest du im Rucksäckchen zusätzlich eine zweite Trinkflasche. Vielleicht hast du auf eurem Ausflug mehr Durst als im Kindergarten. Und ich gebe dir zwei Schokoriegel als Dessert mit.« Amelie nannte den Namen einer bei Kindern sehr beliebten Süßigkeit. »Ui, danke Mama!« – »Iss aber erst deine Brote, Niklas!«, gab Amelie ihrem Sohn mit auf den Kindergartenausflug. »Papa bringt dich heute wieder zum Kindergarten. Und ich werde dich am Nachmittag abholen!« Amelie sah zu ihrem Mann hinüber, der gerade in WhatsApp aktiv war. Vanessa hatte ihm gestern spätabends noch geschrieben, zu einer Zeit, als Jonas bei Amelie im Bett lag. »Möchtest du heute nach der Lehrerkonferenz zu mir kommen? Ich könnte für uns einen Salat machen?« – »Das ist doch Musik!«, dachte Jonas. »Gerne! Bis gleich«, postete er.

Beschwingt verstaute er sein Handy in der Tasche, trug das Geschirr in die Küche, stellte es in die Spülmaschine und zog seine Schuhe an. Zu Amelie gewandt: »Bei mir wird es heute spät. Ich fürchte, es wird halb sieben!« – »Dann machen wir es wie besprochen. Wegen der Notenkonferenzen und der Abschlusssitzungen werde ich heute Niklas holen.« Und zu Niklas gewandt: »Viel Spaß auf dem Ausflug.« Sie beugte sich zu ihrem Sohn hinunter und gab ihm einen Kuss auf die rechte Wange.« – »Tschüss!« Schon waren Jonas und Niklas im Treppenhaus.

Jonas war angenehm überrascht von Vanessas Einladung zu sich nach Hause. Er war noch nie in Vanessas Wohnung gewesen. Eine freudige Erregung hatte ihn erfasst. Hatte diese Einladung etwas zu bedeuten?

Auf dem Weg in den Kindergarten fragte Jonas seinen Sohn: »Spielst du heute wieder mit Patrizia?« – »Ja, und mit Kelvin und mit Benjamin.« Aus diesem Bescheid konnte Jonas nicht herauslesen, ob sich zwischen Niklas und Patrizia eine engere Beziehung anbahnte. »Eigentlich sollte ich nicht nach Patrizia fragen«, dachte Jonas und erschrak selbst über seine Frage. »Am Ende fragt mein Sohn mich nach Vanessa, mit der er mich beim Eisessen in der Gelateria erwischt hat.« Patrizia hatte er auf der Geburtstagsparty seines Sohnes kennengelernt.

Nachdem Jonas seinen Sohn in den Kindergarten gebracht hatte, schlenderte Jonas gutgelaunt zur Tiefgaragenausfahrt von Vanessas Wohnblock. Er musste nicht lange warten, bis die junge Kollegin mit dem blonden Pferdeschwanz und den blauen Augen ihn aus ihrem japanischen Kleinwagen zulächelte. »Hallo Vanessa. Alles klar bei Dir?« – »Ja, aber es wird ein langer Tag in der Schule!« – »Und da lädst du mich noch zum Essen ein?« – »Na ja, ein kleines Dankeschön von mir war schon lange fällig. Die letzten beiden Male in der Pizzeria hast du mich freigehalten. Der Salat ist schnell fertig. Und danach machen wir es uns schön!«

An den einzelnen Klassenkonferenzen nahmen die Fachlehrer teil, die in der jeweiligen Klasse unterrichtet hatten. Die Sitzung stand unter der Leitung eines Mitglieds des Direktorats, die Teilnehmer besprachen die Klassensituation, erörterten Problemfälle und hielten Gründe für das Versagen jener Schüler fest, die das Klassenziel nicht erreichten und deshalb die Jahrgangsstufe wiederholen mussten. Zu prüfen war auch, ob der Gesamtkonferenz gegebenfalls der Vorschlag gemacht werden sollte, darüber zu entscheiden, ob eine Versetzung auf Probe (»Vorrücken auf Probe«) in Frage kam. Lehnte die Gesamtkonferenz das Vorrücken auf Probe ab, musste der Schüler die Jahrgangsstufe wiederholen.

Der Ablauf der Klassenkonferenz und die besprochenen Inhalte wurden protokolliert. Da jeder Gymnasiallehrer mehrere Klassen unterrichtete, musste er an vielen, über den Nachmittag verteilten Konferenzen teilnehmen. Vanessa hatte die Pläne studiert und mit Erleichterung festgestellt, dass sie zeitgleich mit Jonas, wenn alles nach Plan verlief, um 15.45 Uhr die letzte Klassenkonferenz hinter sich lassen würde. »Ich werde kurz vor vier im Auto auf dich warten!«, hatte Vanessa bekanntgegeben. Und Jonas freute sich auf die Einladung in Vanessas Wohnung. Nach gut neun Monaten, in denen sie sich nähergekommen waren, eine private Einladung an Jonas auszusprechen, erschien Vanessa dem Stand ihrer persönlichen Vertrautheit angemessen.

Die Fahrgemeinschaft an vier Tagen der Woche hatte Vanessa und Jonas nähergebracht, vertraut gemacht. Ein Mann und eine junge Frau hatten aus praktischen Erwägungen eine Fahrgemeinschaft gegründet. Ohne sich dessen bewusst zu sein, hatten ihre Herzen zueinandergefunden.

Nach den Sitzungen wartete Vanessa vor ihrem Kleinwagen. Angesichts des heißen Julitages war sie noch nicht eingestiegen, sondern schlenderte versonnen auf und ab. Jonas ließ nicht lange auf sich warten und steuerte mit großen Schritten auf sie zu. Als beide im Auto saßen, meinte Jonas: »Jetzt sind wir den Sommerferien wieder ein kleines Stückchen nähergekommen!« – »Freust du dich schon auf eure Reise nach Ägypten?« – »Ja, sehr. So eine große Reise konnten wir während der letzten Jahre nicht unternehmen. Niklas war dazu noch zu klein. Da war nur Strand und Schwimmen angesagt. Aber jetzt machen wir ja erst die Kreuzfahrt auf dem Nil. Und zum Abspannen danach noch eine Woche am Roten Meer, in Hurghada. Und du fliegst nach Teneriffa?« – »Genau. Mit meiner Schwester und deren Mann.«

»Endstation!«, verkündete Vanessa gut gelaunt, nachdem der Wagen auf dem Tiefgaragenstellplatz seine endgültige Position eingenommen hatte.

Vanessa zeigte Jonas ihre geräumige Zweieinhalbzimmerwohnung. »Schön hast du es hier!«, lobte Jonas. »Ja, doch falls ich endgültig im Regierungsbezirk Schwaben bleibe, überlege ich, ob ich mir dort eine Wohnung suche.« – »Das fände ich aber jammerschade, wenn wir keine Fahrgemeinschaft mehr hätten.« Vanessa öffnete die Türe zum Balkon. »Setz dich doch raus, solange ich in der Küche zu tun habe. Möchtest du etwas trinken? Vielleicht ein Glas Weißwein?« – »Lieber wäre mir jetzt ein Glas Wasser. Zum Essen ein Glas Wein, da sage ich nicht nein!«, präzisierte Jonas.

Als Vanessa nach einer halben Stunde auf den Balkon trat, hatte sie sich zuvor umgezogen. Sie trug einen seidenen Morgenmantel, der ihre schlanke Figur betonte. Das war eine andere Vanessa als die junge Frau, die in Sneakers, Jeans und einer Jacke dienstags und donnerstags am Straßenrand darauf wartete, in sein Auto zu steigen. Ihre Haare trug sie jetzt offen. »Komm, das Essen ist angerichtet«, sagte sie mit einem Lächeln unter der Balkontüre stehend. Jonas' Augen blieben auf Vanessas Gesicht gerichtet. Vanessas Gesicht hatte weichere Züge angenommen, und ihre Lippen leuchteten verführerisch in Rubinrot.

Die nächste Stunde verging wie im Flug, ein Wort gab das andere, und oft mussten beide lachen. Eine heitere, entspannte Atmosphäre hatte beide erfasst und mehr als einmal versanken Jonnas' Augen in denen von Vanessa. Als Jonas auf sein Handy blickte, stellte er überrascht fest, dass schon halb sieben Uhr war. »Ich muss mich leider auf den Weg nach Hause machen, ich danke dir Vanessa, für das leckere Essen und den feinen Weißwein.« – »Hoffentlich bald wieder!«, betonte Vanessa und sah Jonas mit herausfordernden Augen von unten an.« Ein warmes Gefühl ergriff Jonas. »Ja, gerne. Ich habe es genossen, bei Dir zu Hause zu sein. Ist doch was ganz anderes als im fahrenden Auto. Es war sehr schön!«

Beinahe hätte er Vanessa ein Kompliment gemacht, das auf ihre körperlichen Reize abzielte: »Du bist eine fesche, attraktive Frau!« Als Jonas den Gehweg erreichte, dachte er für sich: »Wie schade, dass ich Vanessa nicht zu mir nach Hause einladen kann! Die Vanessa ist wirklich eine Bombe von Frau.« In Gedanken stellte er sich vor, sie in die Arme zu nehmen und den Verheißungen der roten Lippen Folge zu leisten und Vanessa zu küssen.

Auf dem Weg nach Hause zu seiner Frau Amelie war Jonas noch nicht klar, was für ein Spagat der Gefühle ihm bevorstand.

Eine halbe Stunde später als versprochen erreichte Jonas die eheliche Wohnung. »Ich bin wieder da!«, rief er frohgemut in den Flur. »Hallo Papa«, vernahm er aus dem Kinderzimmer. Von seiner Frau keine Spur. »Wo steckt bloß Amelie?«, arbeitete es in ihm. Er betrat das Wohnzimmer und erblickte hinter der breiten Glasfront die Umrisse seiner Frau. Amelie saß auf dem Balkon, ein Glas Rotwein in der Hand. »Dass du auch einmal zu uns findest!«, fand Amelie in vorwurfsvollem Ton. »Warum dauern eure Klassenkonferenzen jetzt immer so lange? Die Schlusskonferenz ist doch erst nächste Woche!« Amelie war aufgestanden. Etwas versöhnlicher tönte ihre Ankündigung: »Dann schiebe ich jetzt die Baguettes in den Ofen.« Sie bot ihrem Mann die Lippen, und beide küssten sich. »Du riechst nach Alkohol!?« Ein verwirrter Blick flog auf Jonas' Gesicht. Joans gab vor, dass die Fachschaft Mathematik noch einen Umtrunk zur Verabschiedung eines Kollegen veranstaltet hätte. »Um wen geht es denn? Kenne ich den Kollegen?« – »Nein, den kennst du nicht. Der Kollege geht nicht nur weg, er hatte auch einen guten Grund, Sekt zu spendieren. Er ist Vater geworden!« Wieder hatte Jonas gelogen.

Hinter dem erfundenen Babysekt aus Anlass des Familienzuwachses stand ein unerfüllter Wunsch Jonas'. Der wünschte sich unbedingt ein Geschwisterchen für Niklas. Doch bis jetzt war er mit seinem Herzenswunsch bei Amelie nur auf Granit gestoßen.

46

Odo hatte sich mit hoher Motivation und Entschlossenheit in das neue Schwerpunktthema der Rubrik »Gesellschaft und Soziales« eingearbeitet. Unter dem Arbeitstitel »Prekäre Beschäftigungsverhältnisse« hatte er heute Mittwoch schon den ersten Beitrag über Minijobber fertiggestellt und an den Chefredakteur weitergeleitet. Weitere Beiträge über Teilzeitarbeit von Rentnern und die Arbeitsbedingungen in Subunternehmen standen noch auf der Agenda.

Bevor er seinen Arbeitsplatz verließ, besuchte er im Netz noch einige Plattformen mit Stellenausschreibungen. Die folgende Annonce fand sein besonderes Interesse:

»Pressereferent*in Unser Pressereferat ist Mittler zwischen Medien und der Bundesbank und damit erste Adresse für nationale und internationale Journalist*innen. Die Pressereferent*innen beraten die Vorstandsmitglieder, Zentralbereiche und Hauptverwaltungen in allen Angelegenheiten der Presse- und Medienkommunikation.«

»Das wäre doch was? Ich probiere es mal.«

Er überlegte, wie er in seinem Bewerbungsschreiben seine besonderen Fertigkeiten und Talente darstellen sollte und welche Begründung er ins Treffen führen wollte, weswegen er, der studierte Politologe Odo Maier, Journalist und Redakteur einer der größten Zeitungen Deutschlands, sich für die Stelle eines Pressereferenten besonders qualifizieren würde.

Er klappte sein privates Notebook auf und brachte sich in Stellung.

Sein Bewerbungsschreiben hatte viel mehr Zeit beansprucht als geplant, denn er hatte lange an den geeigneten Formulierungen gefeilt. Auf die Wahl der richtigen Worte hatte er besonderen Wert gelegt. Als die Bewerbung weggeschickt war und er das Notebook zuklappte, zeigte die Uhr 19:28.

»Mal sehen, wo Afra gerade steckt!«, dachte er aus einer Laune heraus. Afra war schon zu Hause, aber ihre Worte verrieten Freude und ein starkes Interesse an einem Wiedersehen. »Wollen wir uns morgen Abend treffen?« Odo sagte zu und sie einigten sich auf einen Treffpunkt in einer Bar in Alt-Sachsenhausen, Frankfurts Partymeile.

»Vielleicht ganz gut, dass wir kein Tanzlokal ausgewählt haben. Dann können wir auch etwas plauschen. Und ich kann von mir berichten, von dem Persönlichkeitstest, den ich gemacht habe, dem Lob von unserem Chefredakteur und von den Gedanken, die mir Fiona mit auf den Weg gegeben hat.

Auch diesmal fand Odo Afra bereits an der Bar sitzend vor, als er das Lokal betreten hatte. Afra streckte schon im Sitzen ihre Arme aus, zog Odo an sich und küsste ihn stürmisch. Als sich ihre Lippen voneinander gelöst hatten, blieb ein inniger Blick Afras auf Odos Gesicht haften. Das war Odo entgangen, denn er hatte sich dem Mann hinter dem Tresen zugewandt und ein Bier in Auftrag gegeben. Nach der konzentrierten Arbeit in der trockenen Luft der Redaktionsräume hatte er Durst.

Als der Barkeeper das Getränk mit der Schaumkrone vor ihn hingestellt hatte, hob Odo das Glas und stieß mit Afra an. »Auf dich, Odo!«, hörte er aus einem süß lächelnden Mund. »Ich habe mich auf dich gefreut, Odo, weißt du das?« Nein, das konnte Odo nicht wissen. Zu präsent war noch einer der letzten Abende, in deren Verlauf Afra mit den kecken Worten: »Tschüss, Flori und ich ziehen noch weiter«, ihn an der Theke allein zurückgelassen hatte. Etwas ungläubig hatte Odo Afras Worte aufgenommen, darum fragte er neugierig: »Triffst du dich noch mit Flori?« – »I wo, das ist vorbei. Er zieht jetzt mit einer anderen rum. Wenn du Lust hast, können wir nachher noch ins *Cindy*.«

Beschwingt durch seine letzten Erfolge in der Redaktion ging Odo auf Afras Vorschlag gerne ein. »Unbedingt, das machen wir.« – »Dann trinken wir aus und ziehen weiter!«, bestimmte Afra selbstbewusst. Das brachte allerdings Odo auf den Plan. »Ein Bier möchte ich hier noch trinken. Und ich möchte dir auch noch von einem psychologischen Test berichten, den ich gemacht habe.« Odo hob sein leeres Glas und zeigte es dem Barkeeper. Mit einem Nicken bekräftigte er, dass er noch ein zweites Bier bestellen wollte. Danach erzählte er von den Ergebnissen seines Persönlichkeitstests über die Charakterstärken. Mit wachem Interesse hörte Afra mit großen Augen Odo zu. Wie Fiona fand sie, dass Odo über Charakterstärken verfügte, die mit den Anforderungen an einen Redakteur bestens übereinstimmten. »Gab es auch Ergebnisse, die dich nachdenklich gestimmt haben? Hast du Defizite entdeckt, an denen du arbeiten müsstest?« Das waren genau die Fragen, die Fiona Odo schon gestellt hatte. Das überraschte Odo so sehr, dass er wissen wollte: »Hat dir Fiona von meinem Persönlichkeitstest erzählt?« Auf Afras Stirne zeichneten sich vorübergehend zwei Falten ab. Doch Afra fasste sich rasch wieder. »Wo denkst du hin? Du kennst doch Fiona. Sie ist ein so feinfühliger, zurückhaltender Mensch. Nie würde sie anderen preisgeben, was du ihr anvertraust.«

Odo war in ein Fettnäpfchen getreten. Das hätte er wissen müssen. Schnell schob er nach: »Natürlich, die Frage war deplatziert. Und ich denke, du bist ebenso diskret, was Geheimnisse oder persönliche Mitteilungen anderer betrifft.« – »Na klar, keine Frage.« – »Gib doch einfach *www.charakterstaerken.org* ein, und schon gelangst du zu dem Test.« – »Ich werde den Test heute Abend oder morgen gleich machen. Und ich wollte dich fragen, darf ich dir den Test zeigen? Vielleicht vergleichen wir auch unsere beiden Ergebnisse?« – »Warum nicht? Du weißt aber schon, dass das kein Partnerschaftstest ist?« Als Odo das gesagt hatte, tippte er mit seinem Zeigefinger auf Afras Nasenspitze. Afra belohnte seine Geste mit einem verzaubernden Lächeln. »Es gibt ja noch andere Möglichkeiten, herauszufinden, ob wir zueinander passen!«, fand Afra leise mit nachdenklicher Stimme.

Als sie das *Cindy* betraten, sahen beide Simone auf der Tanzfläche. Simone tanzte mit geschlossenen Augen und schien völlig der Musik verfallen zu sein. Als Simone die Tanzfläche verließ, begrüßten sie Odos Vermieterin und erkundigten sich, ob sie ihr Gesellschaft leisten dürften. Simone nickte und wies in Richtung eines Tisches an der Wand. So kam es, dass Odo während der nächsten Stunde abwechselnd mit Simone und dann wieder mit Afra tanzte. Auch diesmal wollte Afra nicht anwachsen und schlug Odo vor, aufzubrechen und zu ihr nach Hause zu kommen. Das versetzte Odo in Hochstimmung. Er verabschiedete sich darum von seiner Mitbewohnerin aus der WG mit den Worten: »Bis morgen.«

Auf dem Weg zur U-Bahn wurde Odo bewusst, dass heute Mittwoch und nicht Freitagabend war. Nach einer Orgie der Lust in Afras Bett würde er sich wieder anziehen müssen und sich danach durch das Dunkel der Nacht zur U-Bahn durchschlagen müssen. Da der Anschlussbus zu seiner Wohnung so spät nicht mehr fuhr, würde er für die letzte Etappe auf dem Weg in die WG ein Taxi nehmen müssen. Afras Angebot versprach eine Stunde der Wollust in ihren Armen. Doch auf den Rausch der Sinne folgte eine beträchtliche Geldausgabe, wenn er nicht einen Nachtmarsch von fünfzig Minuten durch verschlafene Wohnsilos auf sich nehmen wollte. Odo schob diesen Gedanken beiseite und hakte sich vergnügt bei Afra unter.

47

Mit großen Schritten durchmaß Amelie den Bahnhof Rosenheimer Platz. Heute hatte sie ihre Wohnung in Freiham etwas früher als sonst und in bester Laune verlassen. Nicht aus Freude auf die Routine der täglichen Arbeit in der Filiale ihrer Bank am Rosenheimer Platz, sondern in der Vorfreude auf das gemeinsame Mittagessen mit ihrer Freundin Sophia, mit der sie die Banklehre absolviert hatte. Sophia arbeitete in der Hauptgeschäftsstelle ihrer Bank im Tal, unweit des Münchner Marienplatzes. Und es gab noch einen Grund, warum sie heute ihre Schritte so beschwingt in Richtung ihres Arbeitsplatzes lenkte. Um vierzehn Uhr hatte sie einen Termin in der Personalabteilung in der Zentrale.

Die gehobene Stimmung, mit der Amelie ihre Freundin vor der Betriebskantine in die Arme schloss, war Sophia gleich aufgefallen. »Ich habe einen Termin in der Personalabteilung. Vielleicht funktioniert es ja diesmal mit dem Wechsel in die Zentrale!« – »Ich drücke dir ganz fest die Daumen, dass du diesmal zum Zug kommst«, versicherte ihre Freundin. Sophias Bericht von ihrem letzten Treffen mit Amanda und Kleinkind Nico hörte sie nur mit einem halben Ohr zu. In Gedanken war sie bereits bei dem für sie zuständigen Personaler.

Herr Schulz hatte Amelie schon im Flur begrüßt und sie zu sich in sein Büro gebeten. »Nehmen Sie Platz, Frau Maier! Wie oft waren Sie jetzt in den letzten zwei Jahren schon bei mir wegen Ihres Stellenwechsels? Vier Mal, oder waren es fünf Mal?« Herr Schulz zog die Augenbrauen hoch und sah Amelie mit gespannter Aufmerksamkeit in die Augen. Eine Pause entstand, und jetzt nahmen die Gesichtszüge von Herrn Schulz einen würdigen, fast feierlichen Ausdruck an. Ein wohlwollendes Lächeln spielte auf den Lippen von Herrn Schulz, und dann vernahm Amelie die Worte: »Ich glaube, ich habe etwas für Sie. Wir hatten einen überraschenden Abgang in der Abteilung *Anlageberatung für vermögende Privatkunden*. Die Kollegin dort wechselt zu unserer Fondsgesellschaft.«

Amelie blieb der Atem stecken. Sie glaubte, ihre Herztöne hören zu können. Beinahe wäre sie aufgesprungen und hätte Herrn Schulz umarmt. »Sie können zum 1. Oktober hier in der Zentrale in der Abteilung *Anlageberatung für vermögende Privatkunden* anfangen. Mitte September müssten Sie allerdings für zwei Wochen an einem Seminar zu Portfoliomanagement und zum Vermögensaufbau teilnehmen. Aber wie ich das in Erinnerung habe, dürfte das zu Ihren beruflichen Interessen passen. Das Thema Vermögensaufbau war doch eines Ihrer Lieblingsfächer während der Ausbildung.« Amelie war überrascht. Offensichtlich hatte Herr Schulz sich auf dieses Gespräch gut vorbereitet und sich ihre Personalunterlagen angesehen. Sie betonte eilfertig: »Oh ja; und ich bin sehr gerne bereit, mich in das neue Aufgabengebiet und die besonderen Herausforderungen der Geldanlage in Aktien und ETFs tiefer einzuarbeiten. Einiges habe ich ja bereits während meiner Lehrzeit darüber gelernt.« Herr Schulz verfiel in ein kurzes Lachen. »Bei der Geldanlage am Kapitalmarkt müssen Sie sich täglich auf dem Laufenden halten. Sie werden im Bereich Anlageberatung auch mal nach 17 Uhr hinter Ihrem

Notebook sitzen müssen.« Herr Schulz machte eine Pause, um seinen Worten das erforderliche Gewicht zu verleihen. »Wären Sie dazu bereit, Frau Maier? Auch wenn Überstunden auf Sie zukommen? « – »Ja, unbedingt«, schoss es aus Amelies Mund.

»Einen Haken hat die Sache allerdings, Frau Maier, das wird Ihnen hoffentlich klar sein: Den neuen Job gibt es nur als Vollzeitstelle. Wir brauchen Sie hier täglich! Ihren Teilzeitarbeitsvertrag müssen Sie aufgeben. Wir schließen einen neuern Arbeitsvertrag mit Ihnen.« Amelie schluckte. »Na ja, mein Sohn kommt nächstes Jahr in die Schule«, erwiderte sie nachdenklich. Herr Schulz schob nach: »Na also, das passt doch!« Nach einer Pause vernahm Amelie die Botschaft: »Und mit einer Höherstufung dürfen Sie nach der Probezeit auch rechnen! Das wird auch in Ihrem neuen Arbeitsvertrag stehen!«

Ein unendliches Glücksgefühl erfasste Amelie. Endlich wieder zurück in die Zentrale! Wieder mit Sophia zum Essen in die Kantine gehen. Und ab dem nächsten Jahr sogar zu dritt mit Amanda, wie in alten Zeiten!

»Frau Maier, überdenken Sie mein Angebot. Schlafen Sie ruhig darüber. Doch geben Sie mir bis Donnerstagnachmittag Bescheid. Ich gehe davon aus, dass Sie Ihren neuen Arbeitsvertrag spätestens Ende nächster Woche unterschreiben können.« – »Ja, gerne. Das passt auch bei mir, denn Anfang August fliegen wir in Urlaub.« – »Sharm el-Sheikh?«, erkundigte sich Herr Schulz.« – »Nein, wir absolvieren erst eine Nilkreuzfahrt, und dann gönnen wir uns noch eine Woche Baden in Hurghada!« – »Aha! Im Tauchparadies«, bekundete Herr Schulz mit Kennermine.

»Dann verbleiben wir so?«, sagte Herr Schulz, bevor er

aufstand und damit das Ende des Vorstellungsgesprächs markierte.

Nach der Verabschiedung von Herrn Schulz, draußen im Flur, warf Amelie in Siegeslaune beide Arme in die Höhe. »Geschafft! Ziel erreicht!« Noch immer konnte sie es nicht glauben. Sie kramte in ihrer Handtasche und griff nach dem Handy. Doch als sie die Handynummer ihres Mannes sah, entschied sie, die gute Nachricht Jonas persönlich, zu Hause in der Wohnung, zu überbringen. »Ich könnte auf dem Heimweg noch eine Flasche Sekt kaufen. Und dann stoßen wir auf meine Beförderung an.«

Auf dem Gehweg vor der Zentrale dachte Amelie: »Sophia und Amanda werde ich abends in der S-Bahn eine WhatsApp senden.«

Als Amelie die eheliche Wohnung in Freiham erreichte, ging sie zuerst in die Küche und stellte die Tasche mit den Einkäufen auf die Küchenplatte. Danach machte sie sich auf den Weg ins Wohnzimmer. Sie fand Jonas auf dem Balkon sitzend. Jonas studierte auf seinem PC gerade Tagesausflüge ab Hurghada. Amelie trat zu Jonas und küsste ihn auf den Kopf. Danach ließ sie sich auf dem Balkonstuhl gegenüber ihrem Mann nieder. »Du strahlst so«, bemerke Jonas, »hast du gute Nachrichten?« – »Und wie! Ich war wieder einmal bei Herrn Schulz. Und diesmal hat er mir ein Angebot gemacht!« – »Du kannst wieder zurück in die Zentrale?« – »Nicht nur das! Stell dir vor: Ich kann in die Abteilung *Anlageberatung für vermögende Privatkunden* wechseln.« Jonas Mund öffnete sich, bevor er anerkennend hervorbrachte: »Gratuliere! Das ist doch mehr, als du erwartete hast!« – »Ja, auch gehaltlich mache ich einen Schritt nach oben. Aber das hat natürlich seinen Preis:

Mein Teilzeitvertrag wird zum 30.09. auslaufen. Ich muss einen neuen Arbeitsvertrag mit Vollzeit unterschreiben.«

Es entstand eine kleine Pause. Mit so einem beruflichen Sprung bei seiner Frau nach oben hatte Jonas nicht gerechnet. Doch er freute sich aufrichtig für seine Frau. Das war ein großer Schritt nach oben, den seine Frau in ihrer Karriere zum 1. Oktober machen konnte. »Gratuliere! Ganz herzlichen Glückwunsch.« Jonas war aufgestanden, und Amelie folgte seinem Beispiel. Er zog seine Frau an sich, küsste sie und meinte: »Das müssen wir feiern!« – »Ich habe eine Flasche Sekt gekauft. Die trinken wir heute noch! Ich gehe jetzt in die Küche, stelle sie in den Kühlschrank und mache eine Käseplatte für uns. Bist du einverstanden, dass wir hier draußen essen?« Jonas nickte. »Ich decke schon mal auf.«

Jonas freute sich von Herzen für seine Frau. »Hoffentlich ist ihre schlechte Laune abends jetzt ein für allemal vorbei. So einen Sprung nach oben werde ich wahrscheinlich nie machen können.«

Jonas wusste, dass der berufliche Aufstieg an einem staatlichen Gymnasium in Bayern nur in Trippelschritten möglich war. Zum Beispiel konnte man es über den Posten eines Stufenbetreuers nach Jahren zum Mitarbeiter im Direktorat bringen. Das zog neue Aufgabenfelder und Verantwortlichkeiten nach sich, bei einer teilweisen Entlastung von Unterrichtsverpflichtungen.

An die höhere Beanspruchung aus der anspruchsvolleren Tätigkeit und die berufliche Mehrarbeit, die vor Amelie lag, dachte Jonas gar nicht. Er rechnete damit, dass Amelie durch die Versetzung in die Zentrale und durch den intensivierten Kontakt zu ihren Freundinnen ihre ursprüngliche

Fröhlichkeit und Gelassenheit wiedererlangen würde. Dass seine Frau im Herbst abends gut gelaunt von ihrer Arbeit nach Hause kommen würde. So, wie es vor ihrer Hochzeit gewesen war.

»Das sind doch wirklich gute Aussichten«, fand Jonas in der ersten Euphorie, mit der Amelie auch ihn angesteckt hatte.

48

Die letzte Woche vor den bayerischen Sommerferien war angebrochen. Heute Montag brachte Jonas seinen Sohn Niklas zum Kindergarten. »Freust du dich schon auf die Ferien mit Mama und Papa?«, fragte Jonas seinen Sohn. »Ja, aber mit Benjamin und Kelvin zu spielen ist auch schön!« – »Weißt du, wohin Benjamin in die Ferien fährt?« Niklas schüttelte den Kopf. »Und was ist mit Kelvin?« – »Das weiß ich auch nicht«, gab Niklas von sich. »Aber heute Nachmittag holt mich die Mama ab. Sie hat mir versprochen, danach mit mir Eis essen zu gehen!« – »Oh«, entfiel es Jonas. »Amelies Beförderung bewirkt wahre Wunder!«, dachte er. Dass die sparsame und zielstrebige Amelie mit ihrem Sohn in die Gelateria auf ein Eis ging, das war ein Novum.

Auf dem Weg vom Kindergarten nach Hause hatte Amelie ihren Sohn gelegentlich noch in den Supermarkt zum Einkaufen mitgenommen. Aber dass Amelie ihrem Sohn bei Super je ein Eis gekauft hätte, davon hatte Jonas nie etwas gehört. Amelies Sparsamkeit im Umgang mit Geld grenzte gelegentlich an Geiz. Amelie hatte ein eigenes Verhältnis zum Geld. Ihr Motto lautete: »Geld ist etwas Kostbares. Am besten man bewahrt es für sich auf.« Die Verabredungen mit ihren Freundinnen legte sie stets auf die Mittagspause. Sie traf ihre Freundinnen in der Kantine ihrer Bank zu einem preisgünstigen, da subventionierten Mittagessen.

Jonas wurde bewusst, wie sehr Kinder in der Gegenwart

lebten. Und nicht wie viele Lehrkräfte nach Ferienende, am ersten Schultag, in Gedanken wieder die nächsten Ferien herbeisehnten. Jonas kannte auch Kolleginnen und Kollegen, die nach dem 9. September die Schuljahre rückwärts zählten, bis zum nächsten Sabbatjahr. Und wie viele Lehrkräfte stöhnten über ihren Beruf und sehnten die Pensionierung herbei … Wie oft hatte er bei der Begrüßung nach den großen Ferien den Satz vernommen: »Jetzt sind es nur noch 9 Jahre …« oder »Die zwölf Jahre muss ich noch aushalten. Zum Glück gehe ich jetzt auf Teilzeit und habe einen freien Tag in der Woche für mich!«

Ja, diese Kolleginnen und Kollegen sprachen von der Pensionierung wie von dem Eintritt in das lange herbeigesehnte Paradies. Jonas war diese Haltung fremd. Er unterrichtete gerne Mathe und Physik. Dennoch freute er sich auf die Nilkreuzfahrt durch Oberägypten und die vielen Sehenswürdigkeiten: die Tempelanlage von Karnak bei Luxor, das Tal der Könige, Philae, Kitchener Island und Abu Simbel. Er war gespannt auf diese stummen Zeugen der Antike.

Während der letzten Minuten des Weges gingen Vater und Sohn schweigend, Hand in Hand nebeneinanderher. Jonas versuchte sich auszumalen, was Amelies Beförderung und die Erfüllung ihres langen ersehnten Wunsches, wieder in der Zentrale zu arbeiten, noch für angenehme Folgen nach sich ziehen würde. »Sicher wird sie morgens motivierter in die Arbeit fahren. Und hoffentlich abends ausgeglichener nach Hause kommen.« Weiter kam er nicht, denn Niklas hatte sich von seiner Hand losgerissen und rannte los zum Eingang des Kindergartens. Die Verabschiedung war flüchtig. Jonas schaffte es noch, seinem Sohn mit auf den Weg zu geben: »Nachmittags holt dich die Mama ab!«

Als er Vanessa begrüßt hatte, platzte es aus Jonas heraus: »Stell dir vor, Vanessa! Meine Frau wechselt zum 1. Oktober in die Zentrale. Und ein finanzielles Plus macht das für Amelie doppelt reizvoll. Sie übernimmt eine frei werdende Stelle in der Abteilung *Anlageberatung für vermögende Privatkunden*. Sie muss allerdings im September noch an einem zweiwöchigen Seminar zu Portfoliomanagement und Vermögensaufbau teilnehmen.« – »Das ist doch ein riesiger Schritt nach vorne! Gratuliere! Und endlich geht ihr Herzenswunsch in Erfüllung: wieder in der Zentrale arbeiten zu können. Habt ihr das auch ordentlich gefeiert?« – »Ja, wir haben mit Sekt darauf angestoßen.« – »Ich dachte eher an ein Essen mit mehreren Gängen in einem gediegenen Restaurant!«, fand Vanessa.

»Du hast recht, das ist ein guter Grund, Amelie wieder einmal zum Essen auszuführen. Doch nun zu uns: wollen wir zwei am letzten Schultag noch einmal zum Italiener gehen? Du bist selbstverständlich eingeladen.«

Vanessa blinzelte zu Jonas und meine: »Ist das nicht zu viel, erst mit deiner Familie zum Essen zu gehen, und dann am letzten Schultag noch mich zum Essen auszuführen?« – »Was sich gehört, das muss sein!«, fand Jonas selbstbewusst. »Du bist beim Italiener eh bescheiden. Du bestellst ein Nudelgericht oder Pizza, obwohl die italienische Küche auch anspruchsvolle Gerichte kennt.«

»Aber dann kommst du zum Kaffeetrinken noch zu mir!«, beschied Vanessa.

49

Schon das zweite Mal in dieser Woche kam Aaron gegen Mittag von einer Aussegnungshalle zurück. Heute hatte er die kirchliche Begräbnisfeier für eine 96 Jahre alte Frau gehalten. Das war im Neuen Südfriedhof am Rande Perlachs gewesen. Die Aussegnungshalle liegt erhöht inmitten einer parkähnlichen Anlage und der Platz vor ihr bietet bei schönem Wetter in Richtung Norden einen wunderbaren Ausblick auf die Kulisse Münchens mit dem Dom und der Theatinerkirche. Die liebevoll in die Landschaft eingebettete Anlage mit einem künstlichen See ist als einziger Münchner Friedhof hügelig. Der Neue Südfriedhof an der Hochäckerstraße, unweit der bekannten Pizzeria *LE SETTE COLLINE*, die gerne auch Trauergesellschaften für das anschließende Leichenmahl empfing, bot sich auch für Spaziergänge an und wurde von den Münchnern sehr geschätzt. Aaron selbst leitete gerne die kirchliche Begräbnisfeier im Neuen Südfriedhof. Das hatte auch handfeste, praktische Gründe. Zum einen bot die Anlage ausreichend Parkplätze. Und noch einen Grund gab es, der ihn immer wieder gerne in die Aussegnungshalle am Rande Perlachs gehen ließ. Sein Elternhaus war in diesem Stadtviertel, und öfters benutzte Aaron die Gelegenheit, um nach der liturgischen Begräbnisfeier seinen Eltern eine Stippvisite zu machen. Das hatte er auch heute vor. Er freute sich schon auf den doppelten schwarzen Kaffee, den seine Mutter Nicole ihm zubereiten würde.

Auf dem Weg zurück zu seinem Auto kam Aaron ins

Grübeln. »Sieht man von den Erstkommunionkindern und der recht kleinen Schar der Firmlinge in meinem Pfarrverband ab, habe ich kaum mit jungen Menschen zu tun. Um die Jugendgruppe kümmern sich der Diakon und die Pastoralreferentin, und die paar Messdiener, die ihren Altardienst mit Begeisterung verrichten, fallen kaum ins Gewicht. Vielleicht sollte ich ins Ministrantenlager mitfahren oder wenigstens eine Nacht und den darauffolgenden Tag mit ihnen verbringen? Eine Wanderung mitmachen, das wäre auch gut für meine Gesundheit.« Die Zahl der Taufen hatte drastisch nachgelassen, und auch hier übernahm der Diakon liebend gerne diesen Dienst: das vorbereitende Taufgespräch und die Spendung der Taufe. Heute nach dem Kaffeetrinken bei seinen Eltern wurde er nach 15 Uhr beim Seniorennachmittag erwartet. Händeschütteln, Smalltalk. »Wie schön, Herr Pfarrer, dass Sie bei uns vorbeischauen!« Ein Pflichttermin, als Pfarrer musste er einfach kurz Präsenz zeigen. Daran führte kein Weg vorbei. Er wurde richtiggehend genötigt, sich hinzusetzen, Kaffee zu trinken und zwei Stück Kuchen zu essen. Das war keine Seelsorge, kein dringender Notfall, der ein konzentriertes Zuhören und bestärkende, Mut machende Worte verlangte. Aber ein Zeitfresser, während die unerledigte Schreibtischarbeit liegen blieb. Aaron hatte ein feines Gespür für die Bedürfnisse gestresster Zeitgenossen. Aus diesem Grund hatte er eine »SeelsorgeApp« ins Leben gerufen, in der jeder, der ein Problem hatte, auch in der U-Bahn, mit ihm per WhatsApp Kontakt aufnehmen konnte.

Als Seelsorger wollte er sich konzentriert, in Stille und in aller Ruhe in die Probleme seiner Chatpartner eindenken und wohlüberlegt antworten. Gelegentlich bot er auch ein persönliches Gespräch an, wo ihm dies nötig schien. Aaron war gerne bereit, sich persönlich die Nöte und Sorgen der Menschen anzuhören oder sie zu lesen. Egal ob katholisch oder nicht. Er wollte für alle da sein, die ihr Herz ausschütten wollten. Er nahm ein wachsendes Bedürfnis nach Verständnis und Aufmerksamkeit in einer zusehends anonymisierten und von Termindruck geprägten Arbeits- und Lebenswelt wahr. Er war auf Paare gestoßen, die miteinander mehr über WhatsApp kommunizierten als durch das persönliche Gespräch, durch gemeinsame Zwiesprache und durch interessiertes, aktives Zuhören sowie wohlwollendes Verständnis und ermutigende Zusprache. In den Chats nahm er viel Mutlosigkeit und Verzweiflung, Hoffnungslosigkeit und Depression wahr.

Aaron hatte Theologie studiert, um das Evangelium, die Frohe Botschaft vom Handeln Gottes in Jesus Christus, den Menschen nahezubringen. In den Mails, die ihn Tag für Tag erreichten, offenbarten ihm verzweifelte, gestresste und suchende Zeitgenossen ihre Unzufriedenheit, ihre Leere. Er verspürte täglich ihre tiefe Sehnsucht nach positiven Gefühlen, nach menschlicher Verbundenheit, sinnhaftem Tun und dem Bedürfnis, durch ihr Tun etwas zum Positiven verändern zu können. Bei der Beantwortung der Mails fühlte sich Aaron gelegentlich wie ein Psychotherapeut.

Doch anders als ein guter Psychotherapeut nach mehreren Sitzungen dies tun konnte, war es Aaron nicht vergönnt, die Wirkung seiner Anstöße mitverfolgen zu können. Oft gab es nur ein einziges Gespräch oder eine einzige Mail, in der er sich die Nöte seines Gegenübers anhören oder lesen konnte. Er freute sich dennoch jedes Mal, wenn er vernahm: »Danke, Aaron.«

Während seines Studiums hatte er sich den Kernaussagen des christlichen Glaubens durch das Studium der biblischen Texte, sogar in den Ursprachen Hebräisch und Bibelgriechisch, angenähert. Er hatte gelernt, verständlich die Botschaft der Bibel in die Sprache des 21. Jahrhunderts zu übertragen und dem modernen Menschen zu vermitteln. Als Pfarrer wollte er die Heilsbotschaft Gottes den Menschen nahebringen. Durch den Glauben an Gott ihr Leben in ein neues Licht eintauchen, ihnen einen neuen Blick auf sich selbst, ihre Mitmenschen und ihr ganzes Leben ermöglichen, sofern sie sich im Glauben öffneten. Aber er nahm so viel menschliche Defizite, Störungen und Fehlhaltungen wahr, dass er merkte, dass diese Menschen erst zu einem positiven Blick auf sich selbst finden mussten. Diese Menschen lebten ohne Glauben an Gott. Schlimmer wog jedoch, dass sie nicht einmal an sich selbst glaubten. Diese Form persönlichen Unglaubens und mangelnden Vertrauens in sich selbst machte sie seelisch krank, hinterließ kleine und größere Wracks. »Hier fehlt nicht nur die Botschaft von Jesus Christus, viel schlimmer noch, hier fehlt der Glaube an sich selbst. An die vielen Gaben und Begabungen, Fähigkeiten und Talente, die in ihnen stecken, die es zu entdecken, in Freude und Dankbarkeit anzunehmen und zu entfalten gilt. Es fehlt das Ja zu sich selbst. Hier bin ich nicht mehr Pfarrer, hier bin ich Therapeut«, stellte Aaron fest.

Eben noch war er am Grab der 96 Jahre alten Frau gestanden, hatte den Sarg mit Weihwasser besprengt und die Worte aus dem Johannesevangelium gesprochen: »Christus spricht: Ich bin das Licht der Welt. Wer mir nachfolgt, wird nicht in der Finsternis umhergehen, sondern wird das Licht des Lebens haben.« (Johannes 8,12)

Doch wie viele, denen er täglich begegnete, glaubten noch an Jesus Christus, das Licht der Welt? Den Sohn Gottes? Und vertrauten ihr Leben der Führung Gottes an? Als katholischer Theologe kam sich Aaron gelegentlich wie ein Exot, wie ein Botschafter von einem fernen Planeten vor.

Aaron hatte nicht nur einen tiefen, unerschütterlichen Glauben an Gottes Liebe und Führung, sondern er war auch eine gefestigte Persönlichkeit. Er ruhte in sich selbst und liebte sich selbst, seine Mitmenschen und das Leben, das sich vor ihm auftat. Er wusste: Selbstachtung, Selbstannahme und Selbstliebe sind der Schlüssel zu einem erfüllten Leben. Dankbar nahm er jeden Tag als Geschenk an und versuchte mit Schöpferkraft und Liebe etwas Besonderes daraus zu machen. Und das gelang ihm erstaunlich gut. Denn er war stets bereit, sich auf jeden Menschen, der von ihm etwas wollte, geduldig einzulassen. Zuzuhören, sich Zeit für ihn zu nehmen, das war seine Devise als Seelsorger. Während der letzten Jahre hatte er gelernt, alles sehr bewusst zu tun und auch auf Kleinigkeiten zu achten, im Alltäglichen das Besondere zu entdecken. Seine Predigten waren kurz und einprägsam. Doch als Seelsorger hatte er vor allem eine Gabe, die zu seinem Beruf als Pfarrer passte: er hatte stets ein offenes Ohr. Und nahm sich für die Rat Suchenden Zeit.

Aaron erreichte seinen Kleinwagen, griff nach dem Sender, öffnete die Türe und stieg ein. In Gedanken war er schon bei seinen Eltern.

50

Der achte August war gekommen. Familie Maier saß in Terminal 1 des Münchener Flughafens und wartete auf das Boarding für den Flug nach Luxor. Während Amelie mit Niklas zur Toilette gegangen waren, lehnte sich Jonas entspannt in den Sitz zurück und ließ die letzte Woche vor seinem geistigen Auge Revue passieren. Amelie hatte den neuen Arbeitsvertrag unterschrieben und war in Hochform. Durch ihre gute Laune und ihre unbeschwerte, zu Späßen aufgelegte Art war sie kaum wiederzuerkennen. Das Schuljahr war am Freitag der letzten Woche zu Ende gegangen. Jonas hatte Wort gehalten und eine gut gelaunte Vanessa kurz vor zwölf Uhr ein letztes Mal vor den Ferien zum Essen eingeladen.

»Schön, dass die Sitzung so schnell zu Ende war und wir schon so früh zum Essen fahren können«, flötete Vanessa beim Einsteigen in ihren Kleinwagen temperamentvoll. Als beide ihre Gurte angelegt hatten, wandte sie ihr Gesicht Jonas zu und blickte herausfordernd in seine Augen: »Dann haben wir bei mir nachher noch reichlich Zeit für uns!«

Die Bedeutung dieses Blicks wurde Jonas erst klar, als Vanessa nach dem Anstoßen mit einem Glas Sekt näher an Jonas herangetreten war und ihm ihren Mund zum Kuss darbot. Die freudige Begrüßung ihrer Zungen war die Ouvertüre für ein Feuerwerk, dem sich beide daraufhin in Vanessas Bett hingaben. Ihre Körper verschmolzen und Jonas hörte, wie Vanessa die Worte in Jonas Ohr hauchte: »Jonas, ich liebe dich.«

Nach dem Liebesakt in ihrer Wohnung am letzten Schultag hatte Jonas Vanessa nicht mehr gesehen. Seit Ferienbeginn ruhte die Fahrgemeinschaft, und Niklas ging nicht mehr in den Kindergarten. Er brauchte deshalb keinen Begleiter mehr, und Jonas fand keinen Vorwand, warum er sich in Richtung von Vanessas Wohnung kurz verabschieden konnte. Aber die gegenseitige Ganzhingabe, besiegelt durch die Einswerdung ihrer Körper, hatte sich in Jonas' Herz tief eingebrannt. Vanessa hatte einen festen Platz in Jonas Herz gefunden. Vanessa war in ihm, wenn er morgens wach wurde. In Gedanken an Vanessa schlief er abends ein.

Sie konnten sich nicht treffen, doch sie teilten ihre Gedanken und Gefühle per WhatsApp. Obwohl räumlich getrennt voneinander, kamen sie sich in ihren Chats nahe, tauschten Erlebnisse und kleine Begebenheiten aus ihrer unterrichtsfreien Zeit aus und gestanden sich ihre Gefühle. Zwei Herzen hatten sich gefunden und fühlten sich wie durch ein unsichtbares Band miteinander verbunden.

Jonas griff nach seinem Smartphone und öffnete den Chatroom. Er wollte Vanessa schreiben, doch da waren auch schon wieder Amelie und Niklas. Amelie setzte sich vergnügt zu ihm und lächelte ihn an. »Ich habe Niklas noch eine Cola gekauft!«, berichtete seine Frau. Jonas steckte sein Handy in die Hosentasche und meldete sich kurz ab. »Ich gehe dann auch noch auf das Häuschen!«, behauptete er. Als er außer Sichtweite war, setzte er sich und begann zu schreiben: »Allerliebste Vanessa! Du ahnst nicht, wie sehr du mir fehlst. Wie viel würde ich geben, wenn ich mit dir in den Urlaub fliegen könnte. Mit dir allein! Ich küsse dich. Jonas«

Als er von der Toilette kam, war der Flug mit der blauen

Boeing 737 nach Luxor bereits aufgerufen. Auch das Boarding hatte bereits begonnen. Nachdem sie ihre Plätze in der Maschine bezogen hatten, fragte Niklas: »Papa, kann ich heute Nachmittag auf dem Kreuzfahrtschiff noch schwimmen?« – »Sobald wir unsere Kabinen bezogen haben, gerne. Ich werde dich begleiten.« – »Ui, wie schön!« – »Schwimmen wir dann auch morgen?« – »Ja, aber vorher schauen wir noch ein paar Tempel an!«

Diesmal vernahm Jonas keinen Freudenschrei. »Hoffentlich hält Niklas bei den Besichtigungstouren gut durch! Grad kindgerecht ist die Rundreise durch Oberägypten ja nicht. Aber das Schwimmen in Hurghada wird Niklas dafür sicher entschädigen«, überlegte Jonas. Eine stattliche Reise in die Vergangenheit lag vor ihnen. Über weite Strecken zu Fuß, so wie die für morgen angesetzte Besichtigung der antiken Tempelanlage in Karnak bei Luxor.

51

Diese positive Antwort auf eine seiner vielen Bewerbungen, die Odo im Anschluss an das intensive Gespräch mit Fiona losgeschickt hatte, kam völlig überraschend. Auf seine Bewerbung als Pressereferent bei der Bundesbank hatte er die Einladung zu einem persönlichen Vorstellungsgespräch bekommen. Damit hatte er nicht im Entferntesten gerechnet. Er antwortete prompt und ohne lange zu überlegen und nahm den angebotenen Termin zu einem persönlichen Gespräch an.

Leider war der Termin des heiß ersehnten Vorstellungsgesprächs erst am Mittwoch der kommenden Woche. Eine ganze Woche lang musste Odo noch ausharren, bis er Klarheit erhielte. Odo beantragte für diesen Termin Freistellung und schickte umgehend eine WhatsApp an Fiona. Zu Simones Freundin hatte er in den letzten Monaten einen intensiven persönlichen Kontakt aufgebaut. Fiona war mittlerweile nicht nur seine Freundin geworden, sondern auch seine Mentorin. Darum verabredeten sie sich immer in einem Lokal auf einen kleinen Imbiss, bevor sie im Anschluss daran in einen Klub zum Tanzen gingen. Dem Abend bei Discomusik im Klub ging stets ein persönlicher Austausch, meist etwa zwei Stunden lang, voraus. Odo hatte bemerkt, wie sehr ihm die ernsten, tiefgreifenden Gespräche mit Fiona guttaten. Wer Fiona nur oberflächlich kannte, wie dies bei den Teammitgliedern an ihrer Arbeitsstelle bei dem großen Geldinstitut der Fall war, vermutete nicht so viel Ernst und Tiefgang, wie dies spürbar wurde, wenn Fiona im persönlichen Gespräch ihre ganze Aufmerksamkeit ihrem Gesprächspartner schenkte. Über viele Lebensfragen hatte Fiona intensiv nachgedacht. Die eine oder andere Maxime hatte sie Odo nahegebracht. Besonders in Erinnerung geblieben war ihre Aufforderung: »Odo, du bist der wichtigste Mensch in deinem Leben! Lebe bewusst, höre auf die Stimme deines Herzens. Durch deine Gedanken und Gefühle, durch dein Reden und dein Tun schaffst du dir deine eigene, persönliche Lebenswelt! Für den Zustand deines Lebens bist du selbst verantwortlich. Entdecke deine Gaben und Talente, die in dir angelegt sind und bringe sie zur Entfaltung! Vor allem, Odo, überlege dir: Was ist mir in meinem Leben wichtig? Und: Welche Werte, Haltungen und Einstellungen sollen in meiner Art zu leben, sichtbar werden?«

Auf Fionas Mail hin verabredeten sich Fiona und Odo für den kommenden Samstag.

»Mensch Odo, das ist fantastisch!«, platzte es aus Fiona hervor, nachdem er sie am Samstagnachmittag am Gerechtigkeitsbrunnen auf dem Römerberg in die Arme genommen hatte. Fiona freute sich so intensiv mit Odo über diesen Erfolg, als wäre es ihr eigener. »Hast du eine Vorstellung, was dir bei deinem Bewerbungsschreiben zu dieser Einladung zum Vorstellungsgespräch geholfen hat?« – »Nein, aber das werden sie mir sicher im Vorstellungsgespräch verraten. Warum sie gerade auf mich gekommen sind!« Gut gelaunt lachte Odo.

»Auf jeden Fall drücke ich dir ganz fest die Daumen, dass du die Stelle bekommst. Aber du hast sicher noch andere Bewerbungen laufen?« Odo nickte. »Ja, und es sind ganz interessante dabei. Eine habe ich an das Bildungswerk einer Partei gesandt, die auch Seminare in politischer Bildung anbietet. Das Interessante daran wäre auch die Schulung junger Nachwuchspolitiker dieser Partei. Und die Begleitung von Abgeordneten dieser Partei im Bundestag und in den Landtagen. Der Reiz einer Beschäftigung bei einer politischen Partei ist, dass ich stärker aus dem schöpfen kann, was ich während des Studiums der politischen Wissenschaften gelernt habe.« Odo nannte den Namen der Stiftung. »Oh«, entfuhr es Fiona. »Mein Job bei der Bundesbank bestünde vor allem darin, der erste Ansprechpartner für die Vertreter der Medien zu sein, also für Journalisten und Redakteure, auch vom Fernsehen. Ich muss dann Kontakte zu den Spezialisten in den einzelnen Abteilungen herstellen. Das setzt eine genaue Kenntnis der einzelnen Fachbereiche und Abteilungen voraus. Das stelle ich mir am Anfang etwas knackig vor. Falls ich die Stelle bei der Bundesbank bekomme, werde ich mich als erstes in den Organisationsplan der Bundesbank vertiefen.«

Sie hatten ihr Lokal erreicht. Als sie die Getränke bestellt hatten, lächelte Fiona Odo an und fragte mit großen Augen: »Und wofür brennt dein Herz?« Das war typisch Fiona. Immer wieder betonte Fiona, wie wichtig es sei, der Stimme des Herzens zu folgen. Odo war inzwischen klar geworden, dass mit »Herz« nicht eine persönliche Vorliebe gemeint war, sondern das, worauf Odo sein Leben ausrichten wollte. Eine Tätigkeit, der er sich mit Hingabe und Leidenschaft verschreiben wollte. »Früher sagte man dazu *Berufung*«, hatte Fiona erklärt. Da musste Odo an seinen Bruder Aaron denken, der Priester geworden war. Auf Fionas Frage, wofür sein Herz bei der Wahl der neuen Stelle schlagen würde, antwortete er salomonisch: »Beides hat seinen Reiz. Hauptsache, es ist eine ganze Stelle.«

Aber auch Steuerberater Luis hatte seine Berufung gefunden. Er wollte Menschen bei der Steuererklärung zur Seite stehen, damit sie diese unangenehme Plicht mit seiner Unterstützung erfüllen konnten. Und mit seiner Mitwirkung alle Erleichterungen des Steuerrechts ausschöpfen konnten. Aufwendungen im Zusammenhang mit ihrer Berufstätigkeit oder besondere Belastungen, die der Staat bei der Berechnung der Steuerschuld steuermindernd berücksichtigte, geltend machen konnten. Jedes Mal, wenn ein Mandant eine Erstattung vom Finanzamt bekam oder eine geringer als erwartete Zahlung leisten musste, freute er sich von Herzen mit den Menschen, denen er eine lästige Pflicht abgenommen hatte und die nun mit Geld vom Finanzamt rechnen konnten oder weniger Steuern zahlen mussten.

52

Schon war der zweite Tagesausflug vorbei. Nach der Besichtigung der Tempelanlage von Karnak waren die Teilnehmer der Kreuzfahrt am Tag darauf schon kurz nach fünf Uhr früh durch einen Matrosen des Kreuzfahrtschiffs geweckt worden, der mit einer Glocke die Gänge längs der Kabinen entgegenging. Dies geschah auch nachmittags gegen halb vier, verbunden mit dem Ruf: »It's teatime!« Das war die Einladung zum Kaffeetrinken auf Deck mit Kuchen und Gebäck. Wegen der hohen Temperaturen war das Frühstück an diesem zweiten Ausflugstag schon ein Viertel vor sechs Uhr früh, und der Bus setzte sich pünktlich um halb sieben in Bewegung.

Als der Busfahrer die Touristen im Tal der Könige entließ, zeigte das Thermometer im Schatten bereits 39 Grad. Auf der Fahrt war Jonas aufgefallen, dass Amelie wortlos neben ihm saß. Sie lehnte ihren Kopf ans Fenster und schloss die Augen. Jetzt erst bemerkte Jonas, wie blass seine Frau war. »Geht es dir nicht gut?«, fragte er besorgt und streichelte mit seiner Hand über Amelies Wange. »Ich habe Bauchschmerzen.« – »Das tut mir sehr leid. Hast du etwas in der Reiseapotheke?« – »Nein, nur Schmerztabletten und etwas gegen Temperatur!« – »Ich werde mit dem Reiseleiter reden, vielleicht hat er etwas dabei.«

Doch weit kam Amelie nicht. Als sie ausgestiegen war, suchte sie hinter einem Steinhaufen Deckung und übergab sich. Das Frühstück war damit draußen. Als Amelie

zurückgekommen war, bot Jonas ihr den Arm und führte
sie zu den Stufen, die in die Grabkammer führten.

Amelie blieb blass und während sie stehen blieben, lehnte
sie sich immer wieder an Jonas und schmiegte ihren Kopf
an seine Schulter. Jeder bemerkte, dass es ihr schlecht ging.
»Arme Mama«, hauchte Niklas mit einem ernsten Gesicht.
Auch anderen Teilnehmern der Reisegruppe war Amelies
Zustand aufgefallen. »Das Gleiche ist meiner Schwester
auch passiert auf ihrer Nilkreuzfahrt«, wusste eine ältere
Dame zu berichten. »Am besten gehen Sie beim nächsten
Landgang in die Apotheke und lassen sich beraten. Morgen
dürften wir ja Edfu erreichen. Dort gibt es mit Sicherheit
eine Apotheke.«

Vom Reiseleiter hatte Jonas eine halbe Karte mit einem
passenden Medikament bekommen. Umgehend hatte Amelie mit der Therapie begonnen und eine Tablette mit etwas
Mineralwasser zu sich genommen. Die Reiseleitung verteilte jeden Tag vor der Abfahrt im Bus Halbliterflaschen
mit natürlichem Mineralwasser. Tatsächlich beruhigte sich
Amelies Magen nach einer Stunde. Aber nach wie vor fühlte
sie sich schwach. »Ich werde mich nach der Rückkehr auf
dem Schiff in der Kabine hinlegen«, beschloss Amelie. Und
zu Niklas gewandt: »Du wirst heute mit Papa auf dem
Schiff zum Pool gehen müssen.« Jonas bedauerte Amelies
Zustand. »Ich finde es gut, dass du dich schonst. Ich werde
dir etwas Gebäck und den Kaffee vom Deck ans Bett bringen.« – »Bloß nichts zum Essen«, wehrte Amelie ab. »Aber
du könntest fragen, ob sie Fencheltee haben. Wenn nicht,
hilft vielleicht auch Kamillentee.« – »Das mache ich gerne
für dich. Schade nur, dass du den Nachmittag nicht mit
uns verbringen kannst, Amelie.« Trotz des Ernsts der Lage

freute sich Niklas im Stillen darauf, den Nachmittag mit seinem Sohn zu verbringen. Über Vater-Sohn-Programme freute sich stets auch sein Sohn. Im Urlaub war Jonas immer sehr großzügig. Während der Sommerurlaube am Mittelmeer hatte er seinem Sohn am Nachmittag gerne ein großes Eis spendiert. Und danach noch eine Cola.

Zurück auf dem Kreuzfahrtschiff, begleitete Jonas seine Frau in die Kabine, holte ihr einen Tee und betreute sie mit aufmunternden Worten. Als sie sich hingelegt hatte, setzte er sich neben sie auf das Bett, nahm ihre Hand und sagte: »Dann wünsche ich dir eine baldige Besserung. Schlaf ein wenig und werde wieder gesund!« Er tastete ihre Stirn ab und stellte fest: »Fieber hast du aber keines. Das scheint mir nur eine Magen-Darm-Sache zu sein.« Danach holte er seinen Sohn zum Mittagessen ab.

Als Jonas zurück in die Schiffskabine kam, fand er seine Frau schlafend. Ganz leise wechselte er die Garderobe, zog die Badehose an und machte sich für den Pool fertig, steckte das Handy in den Beutel und holte seinen Sohn in der Nachbarkabine ab.

Kurze Zeit später setzte sich das Kreuzfahrtschiff stromaufwärts in Bewegung. Nachdem er eine Weile mit seinem Sohn im Pool Ball gespielt hatte, stellte sich Jonas an die Wand des Pools und sah verträumt in die vorbeiziehende Landschaft. Sanfte, sandfarbige Hügel zeichneten sich hinter dem Ufer ab, das von einem schmalen Streifen in Grün mit vereinzelten Bäumen, unter ihnen auch Palmen, gesäumt wurde. Er träumte versonnen vor sich hin, bis seine Gedanken zu Vanessa fanden. »Wie mag es Vanessa gehen? Ich werde ihr eine WhatsApp senden und sie fragen.« Das gab Jonas den Anstoß, das Becken zu verlassen und zu seinem Tisch zurückzukehren, mit Blick auf seinen Sohn Niklas, der im Pool vergnügt plantschte.

Er schaltete sein Handy ein, stand auf und machte ein paar weitere Fotos. Die besten vier übernahm er für seinen Chat und schrieb: »Hallo Vanessa! Anbei ein paar Eindrücke aus dem Tal der Könige und von unserem Kreuzfahrtschiff. Ich bin in Gedanken ganz bei dir. Schade, dass du nicht mit dabei bist! Ich küsse dich! Jonas.« Nur ein Haken war zu sehen. Vanessas Handy war aus. »Schade!«, dachte er. Denn Jonas war gespannt auf Vanessas Reaktion. Er überlegte, ob Vanessa in freien, unbeschwerten Momenten auch sein Bild vor sich sah. Ob sie auch seine Gegenwart so intensiv herbeisehnte, so wie er die ihre? Er wusste, bis zu einem Wiedersehen würde es fast vier Wochen dauern. Vanessa war zu ihren Eltern gefahren. Und danach wollte sie bei ihrer Schwester und deren Familie für eine Woche im Urlaub auf Teneriffa zustoßen. Sie würde am Tag ihrer Rückkehr aus Ägypten nach Teneriffa abfliegen. Das verlängerte die Wartefrist auf das Wiedersehen und machte Jonas traurig. Während des Schuljahrs hatte er Vanessas Gesellschaft nie so lange entbehren müssen. Ja, vier Wochen von einem geliebten Menschen getrennt zu sein, war grausam. Beinahe hätte er sich gewünscht, mit dem Tag seiner Rückkehr nach München würde auch sein Urlaub zu Ende gehen. Und in der Woche darauf könnte er wieder die Fahrgemeinschaft mit Vanessa aufnehmen. Vanessa in seine Arme nehmen, und vielleicht bald noch mehr …

Jonas hatte Durst und dachte über ein kühles Helles nach. »Das wäre jetzt was«, überlegte er. Er stand auf und besuchte seinen Sohn am Pool. Nach wie vor bewegte sein Sohn die Arme durch das Wasser und schlug Wellen um sich herum. »Niklas, möchtest du eine Cola trinken?« Das ließ sich Niklas nicht zwei Mal sagen. Er steuerte auf die Stufen am Beckenrand zu, wo ihn Jonas empfing und mit väterlichen Gefühlen abtrocknete. Danach legte er ihm das Handtuch zum Schutz vor der Sonne über Schulter und Rücken. Niklas kam seiner Frage zuvor: »Darf ich auch ein Eis haben?« – »Na klar, natürlich.«

Als er auf leisen Sohlen zu Amelie in die Kabine zurückkehrte, stellte er fest, dass seine Frau immer noch schlief. Er zog sich um und setzte sich danach auf den Sessel. Er nahm sein Handy zur Hand und begab sich in den Chatraum. Noch immer nur ein Haken. Das verswirrte Jonas. Während der Schulwochen ließ Vanessa ihr Handy nachmittags stets an. Erst zur Schlafenszeit schaltete sie ihr Handy aus. Und gerade jetzt, am Anfang dieser jungen Liebe brannte sein Herz nach einem Echo von Vanessa. Es ging ihm nicht nur um ein Lebenszeichen von Vanessa, sondern auch um ein Echo, was Vanessa zu seinem Bericht über den dritten Tag der Kreuzfahrt sagen würde. Für Jonas waren Vanessas Worte auch ein Gradmesser ihrer Gefühle. Jonas wollte sich vergewissern, dass Vanessa seine Gefühle erwiderte, seine Liebesschwüre bekräftigte. Er fieberte ihrem »Ja, ich dich auch, sehr!«, entgegen.

Amelie öffnete ihre Augen, streckte ihre Arme von sich und begann, sich im Bett zu räkeln. »Bist du schon lange zurück bei mir?«, fragte sie leise. »Vielleicht eine Viertelsunde. Wie fühlst du dich?« – »Viel besser. Mehr kann ich erst sagen, wenn ich aufgestanden bin.«

Amelie schob ihre Beine vom Bett und setzte sich auf die Bettkante. Sie ging ins Bad und duschte. Als sie zurückkam, verkündete sie frohgemut: »Kein Vergleich zu heute

Vormittag. Ich gehe auch mit zum Essen. Ich habe zwar keinen großen Appetit, aber auf einen frischen Salat freue ich mich. Was steht denn morgen auf dem Programm?« – » Morgen gehen wir in Edfu an Land und machen eine Führung zum Tempel, der dem falkenköpfigen Gott Horus gewidmet ist. Ich habe gelesen, dass es der wohl besterhaltene Tempel Ägyptens ist und dass dieser aus der Ptolemäer-Zeit stammt. Klingt hochinteressant! Und sobald wir zurück von der Besichtigung sind, werde ich in Edfu in die Apotheke gehen und dir ein Medikament kaufen gehen.«

Nach dem Abendessen saßen sie lange an Deck und blickten auf die Häuserkette von Edfu. Das Schiff hatte während des Abendessens in Edfu angelegt. Die kurze Dämmerung war schon lange vorbei. Über ihnen wölbte sich der nächtliche Sternenhimmel. Doch Jonas hatte nicht die Muße, den Sternenhimmel zu betrachten. Er war in Gedanken bei Vanessa und begab sich im Zehnminutentakt in den Chatroom. Das fiel auch Amelie auf. »Was schaust du denn dauernd in dein Handy?« Jonas log tapfer, wurde aber zusehends nervöser. Er war sich nicht sicher, ob Amelie an seine Auskunft glaubte. Endlich, kurz vor zehn Uhr nachts, die zwei blauen Haken. Es war wie eine Befreiung, als er las: »… schreibt.« Und dann die erlösenden Worte: »Lieber Jonas, schön habt ihr es in Ägypten. Ist sehr beeindruckend! Ich beneide dich um diese Reise. Das würde ich mir auch gerne mal anschauen. War mit den Eltern am Nachmittag auf dem Gäubodenfest. War großartig. Ich habe im Festzelt viele alte Bekannte und Freundinnen getroffen. Super Stimmung.« – »Stimmt! Vanessa kommt aus Niederbayern. Und ihre Eltern wohnen in einem Vorort von Straubing.

»Ich denke an dich! Freue mich auf ein Wiedersehen im September. Liebe Grüße Vanessa.«

Immer wieder las Jonas Vanessas Mail. Sprühend vor Liebe war ihre Botschaft nicht gerade. »Freue mich auf ein Wiedersehen im September.« Jonas schluckte. Er hatte mehr erwartet. Und überlegte, wie er mehr aus Vanessa herauskitzeln konnte, hinsichtlich **ihrer** Gefühle zu ihm. Doch direkt im Chat die Frage aller Fragen zu stellen, erschien ihm zu plump. Ratlos und etwas frustriert steckte er das Handy in die Hosentasche. Versonnen träumte er vor sich hin. Was, wenn Vanessa einen lieben alten Freund in Straubing traf und sich mit diesem verabredete? Und Feuer fing? Zu neu, zu frisch waren ihre beiderseitigen Gefühle, als dass Jonas sich Vanessas Zuneigung sicher fühlte. Was, wenn Vanessa aus dem Hochgefühl der anbrechenden Ferien heraus sich ihm geschenkt hatte? Ohne damit ihre innere Zuneigung zu ihm zum Ausdruck zu bringen? Ohne den Willen zu haben, Jonas zu einem Teil ihres Lebens zu machen, ohne die Absicht, eine feste, dauerhafte Beziehung einzugehen? Die weit über eine reine Zweck-, sprich Fahrgemeinschaft und über ein freundschaftliches Verhältnis hinausging?

Amelie riss ihn aus seinen Überlegungen, was Vanessa gerade in ihrer niederbayerischen Heimat erlebte, heraus. »Ich glaube, ich gehe wieder in die Kabine und lege mich hin.« – »Dann wünsche ich dir eine gute Nacht. Ich werde bald nachkommen.« Kaum war Amelie im Inneren des Kreuzfahrtschiffs verschwunden, erhob sich Jonas und machte sich auf den Weg zur Bar. Er setzte sich an die Theke, griff nach seinem Handy und begab sich in den Chatroom. Keine neue Mail von Vanessa. Kein Hinweis, wie Vanessa ihre gegenseitige Ganzhingabe bewertete. Ob aus der geschlechtlichen Vereinigung etwas entstanden war, das sie miteinander fester verbinden würde.

Jonas' Brüten wurde durch die Frage des Barkeepers nach seinen Wünschen unterbrochen. Jonas bestellte ein Bier. Und später noch eines. Danach empfand er reichlich Bettschwere und machte sich auf den Weg in seine Kabine.

53

Lisa war in Hochstimmung. Ein wolkenloser Himmel erhob sich über der Kulisse des Nachbarhauses, als sie am Samstagmorgen um halb neun Uhr den Rollladen ihres Schlafzimmers hochzog. Danach öffnete sie das Fenster und stellte fest, dass es draußen schon sommerlich warm war. Sie freute sich, denn das Wochenende mit Luis lag vor ihr. Sicher war Luis bereits in der Steuerkanzlei und bearbeitete die Steuerunterlagen seiner privaten Mandanten. Meist empfing er im Verlauf des Vormittags drei Mandanten. Den ersten um zehn Uhr, den nächsten um elf Uhr und den letzten eine Stunde später.

Luis war ein Mensch, dessen Tagesablauf einer festen Struktur folgte. Er lebte gerne nach festen Regeln und hatte zahlreiche Gewohnheiten in seinen Tagesplan eingefügt, an denen er ohne langes Nachdenken eisern festhielt. Nur ungern gab er seine Routine auf, verstieß nur widerwillig und aus schwerwiegendem Grund gegen seinen ritualisierten Tagesablauf. Auf den letzten Termin an diesem sonnigen Samstag folgte eine Kaffeepause, während der er sich einen Hahnenkamm gönnte, den er in einem Backshop auf dem Weg vom benachbarten U-Bahnhof in die Steuerkanzlei gekauft hatte.

Gegen halb zwei Uhr würde er eine Steuererklärung in Angriff nehmen. Ging alles glatt, konnte er kurz nach drei Uhr nachmittags die Kanzlei verlassen und in das Wochenende gehen.

Ganz früher hatte er die Nächte von Freitag auf Samstag

und jene von Samstag auf Sonntag bei Lisa verbracht. Jetzt begannen die gemeinsamen Nächte am Samstagabend, und er blieb zum Ausgleich die Nacht zum Montag auch bei Lisa. Das hatte für ihn den Vorteil, dass er Freitagnacht, oft sogar nach der mit Lisa in einer Bar verbrachten Zeit, sich noch mit den Akten seiner Mandanten beschäftigen konnte.

Luis war ein harter, zielstrebiger Arbeiter, der sich nur schwer von einer einmal begonnenen Arbeit lösen konnte. Es sei denn, der Fall war zu Ende bearbeitet. Konnte er einen Fall ad acta legen, entstand eine Zäsur. Nach einem abgeschlossenen Antrag erschien ihm eine Pause legitim. Jetzt erst war er bereit und motiviert, mit Lisa Zeit zu verbringen.

Angesichts des schönen und sonnigen Wetters wollten sich Luis und Lisa auf dem Marienplatz treffen. Lisa wollte rechtzeitig vorher einen Platz in einem der Straßenkaffees einnehmen und Luis dann per WhatsApp ihren Standort mitteilen.

Es war zehn vor drei. Luis fuhr sein Notebook herunter und griff nach dem Handy. Im Chatraum las er Lisas Mitteilung: »Ich fahre jetzt los. Ich sitze gegen halb vier Uhr Platz am Marienplatz. In Liebe – Lisa«, las er. »Das passt doch! Hoffentlich findet Lisa einen Platz!« Beide wussten, dass das schöne Sommerwetter, das anbrechende Wochenende und die Flut fremder Touristen die Suche nach einem freien Platz zu einem ehrgeizigen Unternehmen machte. Doch Lisa hatte Glück. Ihr war ein älterer Herr aufgefallen, der dem Kellner eine Banknote zusteckte. Das Ehepaar war im Begriff, aufzubrechen. Zielstrebig beschleunigte Lisa ihre Schritte, trat an den Tisch und fragte höflich: »Sie setzen Ihren Rundgang weiter fort?« Der ältere Herr lachte. »Wir gehen erst mal ins Hotel. Dort ruhen wir noch eine Stunde oder zwei. Dann ziehen wir uns um. Wir haben nämlich Karten für das Nationaltheater! Sie können unseren Platz hier übernehmen!« Er stand auf und lächelte Lisa wohlwollend zu. »Dann wünsche ich Ihnen noch einen schönen Aufenthalt in München. Und genießen Sie den Abend in der Oper!«, wünschte Lisa.

Kurze Zeit später konnte Lisa ihren Mann in die Arme nehmen. »Jetzt habe ich Zeit für uns!«, versicherte Luis und strahlte Lisa an. Ein zufriedenes Lächeln umspielte seinen Mund. »Wir können am Sonntag auch schön essen gehen. Was hältst du vom Kaisergewölbe?« – »Oh!«, entfiel es Lisa. »Gleich so nobel. Hast du einen Grund zum Feiern?« Nachdem er dem Kellner seinen Wunsch mitgeteilt hatte, lüftete Luis sein Geheimnis. »Gleich vier Mandanten haben gestern und heute meine Kostennoten bezahlt. Ich habe ordentlich Geld auf meinem Girokonto!«

Irgendwie kam Lisa ihr Mann verändert vor. Luis ging gerne mit ihr zum Essen, und es war keine Frage, dass er im Lokal stets die Rechnung bezahlte. Doch eine Einladung unter dem Jahr, ohne erkennbaren äußeren Anlass, das kam für sie überraschend. »Es gibt noch einen Grund, der mich freut. Einer meiner Mandanten ist Geschäftsführer bei einem Immobilienunternehmen. Er wusste von mir, dass wir uns eine Eigentumswohnung kaufen wollen. Sein Unternehmen hat ein Neubauprojekt in der Planung. Fertigstellung ist Ende nächsten Jahres. Er hat mir die Eckdaten, den Lageplan und Bilder von der geplanten Siedlung gemailt. Das Schöne daran: er will uns sogar preislich entgegenkommen. Wir sollten uns die Sache heute Abend oder morgen mal genauer anschauen. Verkaufsstart ist

Mitte September.« Lisa war schon ganz gespannt. »Und wo sollen die neuen Eigentumswohnungen entstehen?« – »In Buchenau Süd. Eine S-Bahnstation westlich von Fürstenfeldbruck!« – »Das ist aber weit draußen?« – »Wünschst du dir nicht auch eine Wohnung im Grünen, mit guter Luft, mit Kinderspielplätzen, in der Nähe zu Wäldern und Seen. Wir könnten in unmittelbarer Nähe zum Fünfseenland wohnen!«

Ein reges Gespräch begann, in dessen Verlauf Lisa viele Fragen stellte. Sie schluckte etwas, als sie feststellen musste, dass sie bis zu ihrem Arbeitsplatz, dem Städtischen Kindergarten, eine Stunde Fahrzeit in Kauf nehmen musste. »Na ja, Lisa, du weißt doch, auch in Buchenau und in Fürstenfeldbruck sind Erzieherinnen Mangelware. Vielleicht bietet dir die große Kreisstadt Fürstenfeldbruck eine Stelle an. Dann hätte nur ich das Problem mit dem Pendeln.« Lisa strahlte Luis an. »Und wir wären endlich zusammen!« Endlich würde sie den Tag mit ihrem geliebten Luis beginnen können, jede Nacht seine Nähe spüren, zusammen mit ihm frühstücken. Gemeinsam viel Zeit mit dem Mann ihres Herzens verbringen. Auch Luis hing seinen Plänen für eine gemeinsame Zukunft nach.

Er lehnte sich zurück. Im Stillen dachte er: »Ja, endlich eine gemeinsame Wohnung! Ich hätte Lisa um mich, auch wenn ich abends und am Wochenende Steuerakten bearbeiten muss. Aber ich brauche unbedingt ein eigenes Arbeitszimmer. Wir kaufen uns eine 4-Zimmerwohnung, oder noch besser, eine 4 ½-Zimmerwohnung.«

Nach einem langen Gespräch fasste Lisa Mut. »Weißt du was, das Essen hier am Marienplatz verschieben wir. Ich schlage vor, wir fahren morgen mal nach Buchenau und schauen uns die Umgebung an. Zuvor könnten wir in Olching in der Hauptstraße bei dem netten Inder zu Mittag essen. Ist bestimmt nicht so teuer wie hier in der Stadt. Was hältst du davon?«

Luis schlug mit Begeisterung ein. Er war hocherfreut, dass sein Gedanke bei Lisa auf fruchtbaren Boden gefallen war. Er freute sich auf das Essen beim Inder in Olching, die schöne Fahrt mit dem Überlandbus ab der Haltestelle »Olching, Auf der Insel« nach Fürstenfeldbruck, von wo sie eine Station mit der S 4 in Richtung Geltendorf fahren wollten. Auf die anschließende Erkundungstour in Buchenau waren beide sehr gespannt, denn weder Luis noch Lisa waren je in Buchenau gewesen.

54

Es war Samstagabend, und wieder waren Odo und Fiona zum gegenseitigen Austausch miteinander verabredet. Schon das vierte Mal trafen sie sich beim Gerechtigkeitsbrunnen auf dem Römerberg, und allmählich war daraus eine feste Einrichtung geworden. Jeden zweiten Samstag im Monat schlenderten sie über den Römer und steuerten gemächlich, ins Gespräch vertieft, ihr Stammlokal an. Auf dem Weg dorthin meinte Fiona: »Ich habe einen Vorschlag zu machen, Odo. Wenn du einverstanden bist, können wir uns das nächste Mal in dem Café in der Nähe der Untermainbrücke treffen. Wir könnten danach durch den großen Park bummeln, das Frankfurter Nizza. Das ist ein Park mit Palmen, Bananen-, Zitronenbäumen, Oliven, Feigenbäumen und anderen exotischen Pflanzen. Was hältst du davon?« Odo sagte gerne zu. »Ja klar. Ich finde, wir halten uns mehr als genug drinnen, in geschlossenen Räumen, auf. So ein Spaziergang durch einen Park ist doch etwas Wundervolles!«

Kaum hatten sie ihre Plätze im Lokal eingenommen, löcherte Fiona: »Nun sag schon Odo, wie lief denn dein Vorstellungsgespräch?« Ein verschmitztes Lächeln erschien auf Odos Gesicht. »Das Ergebnis kenne ich noch nicht, doch ich kann dir verraten, wieso sie auf mich gekommen sind. Ich meine, wieso sie mich zum Vorstellungsgespräch eingeladen haben. Der erste Grund ist der, dass ich nicht nur Politologe bin, sondern von meiner Arbeit her im Bereich Journalistik arbeite. Die Welt der Redaktionen, das

Sammeln von Informationen von der Durchforschung von Archiven über das Interview bis zum Verfassen druckreifer Dokumentationen ist mir bestens vertraut. Wenn ich die Stelle antreten kann, werde ich der erste Ansprechpartner für die Vertreter der Medien sein, also für Journalisten und Redakteure, auch vom Fernsehen. Und das sind ja meine Kollegen. Ich weiß, wie die ticken, und ich bin gerne bereit, für sie Informationen aufzubereiten und bereitzustellen, ihre speziellen Fragen zu beantworten. Ich brenne auch darauf, mich in die einzelnen Arbeitsgebiete der Bundesbank einzuarbeiten, damit ich kompetent, schlagfertig und präzise auf die Fragen der Medienvertreter eingehen kann.« Fiona hatte aufmerksam, mit großen Augen zugehört. Anerkennend fand sie: »Wenn du dich in deinem Vorstellungsgespräch so überzeugend dargestellt hast, dürftest du gute Chancen haben, diesen Posten zu bekommen.«

Odo schmunzelte. »Stell dir vor, die wollten es wirklich ganz genau wissen. Sie haben auch gezielt nach meinen Dokumentationen, die in der Rubrik *Gesellschaft und Soziales* erschienen sind, gefragt. Sogar die Nummer der Ausgabe und das Erscheinungsdatum meiner Beiträge sollte ich angeben!« – »Dann kannst du damit rechnen, dass sie die einzelnen Beiträge einer kritischen Prüfung unterziehen.« – »Welches Gefühl hattest du denn nach deinem Interview?« – »Die gezielten Fragen haben mir zumindest gezeigt, dass ich in der engeren Wahl bin. Sie schienen Interesse an mir zu haben.« – »Jetzt bist du sicher gespannt wie ein Filzbogen, ob du genommen wirst. Bis wann darfst du denn mit einem Bescheid rechnen?« – »Bis Mittwoch, so lange muss ich die Spannung noch aushalten.« – »Dann drück ich dir weiterhin ganz fest beide Daumen!«, schloss Fiona.

Odo lehnte sich entspannt zurück und lächelte selig vor sich hin. Wenn er den Zuschlag für diese Stelle bekäme, wäre er auf einen Schlag finanziell deutlich bessergestellt. Endlich eine volle Stelle, und noch dazu von seinen Bezügen her mehr als das Doppelte dessen, das er aktuell verdiente. Als Beschäftigter in der Zentrale würde ihm zusätzlich zum Grundgehalt eine Bankzulage zustehen. Er käme sogar in den Genuss eines Jobtickets. Genau darauf zielte Fionas Frage, als sie vorsichtig das Thema Vergütung anschlug: »Die neue Stelle ist auch in finanzieller Hinsicht für dich attraktiv?« Odo nickte und erklärte ihr die finanzielle Seite der neuen Stelle. »Wenn ich sie bekomme«, ergänzte er leise. Sein Gesichtsausdruck wurde wieder ernst. Er erwähnte die zweite Bewerbung, mit der er große Hoffnungen verband. »Die Stelle bei der politischen Stiftung entspricht natürlich stärker meinen Interessen. Ich könnte in einem Metier arbeiten, das mir vertraut ist, aus dem Vollen schöpfen, Menschen aus dem Bereich der Politik begleiten. Mich an der Schulung junger Nachwuchspolitiker dieser Partei beteiligen.« – »Aber als Geschäftsführer des Bereichs politische Bildung und Nachwuchsförderung würdest du viele planende und organisatorische Aufgaben wahrnehmen müssen, Seminare und Veranstaltungen organisieren, Referenten einladen, begrüßen und zu den Vorträgen begleiten. Da du selbst kein Referent für politische Bildung bist, wirst du nur wenig von deinem an der Uni Gelernten weitervermitteln.« – »Ja, das stimmt. Aber vielleicht wird dort einmal eine Stelle als Referent frei, und dann bin ich es, der die Vorträge hält.«

Fiona hatte dem Kellner gewinkt und zückte ihre EC-
Karte. »Heute bist du mein Gast!«

55

Als Jonas gegen sieben Uhr morgens wach wurde, drehte er sich zur Mitte des Bettes um und stellte fest, dass das Bett neben ihm leer war. Wo war Amelie? War sie zum Pool gegangen? Genoss sie die Morgensonne an Deck? Doch da hörte er die Spülung des Klos. Amelie erschien blass und mit wirrem, zerzaustem Haar. »Wie geht es dir, Amelie?«, erkundigte sich Jonas unsicher. Amelie setzte sich zu Jonas auf die Bettkante und seufzte: »Schlecht geht es mir. Ich musste zwei Mal nachts raus. Beim ersten Mal musste ich mich übergeben. Dann habe ich zwei Flaschen Mineralwasser getrunken. Und jetzt geht es ab wie Wasser. Ich glaube, ich habe eine Magen-Darmgrippe.« Wie zur Beruhigung streichelte Amelie Jonas über die rechte Wange. »Ich glaube, ich kann den heutigen Ausflug nicht mitmachen. Ich bleibe lieber auf dem Schiff zurück. Was steht denn auf dem Programm?« – »Ich glaube Philae.« Jonas holte das ausgedruckte Programm der Kreuzfahrt und las vor: »Besichtigung des Assuan Staudamms. Danach Philae. Die Tempelanlagen stehen heute auf der Insel Agilkia. Durch den Bau des Assuan-Stausees wurden sie in den Jahren 1977 bis 1980 am ursprünglichen Standort, der heute überfluteten Insel Philae abgebaut und etwa 600 Meter nordwestlich auf dem höheren Gelände von Agilkia neu errichtet. Die Hauptattraktion der Tempelanlagen ist der Tempel der Göttin Isis. Er steht am Westufer etwa in der Mitte der Insel. In seiner Nachbarschaft befinden sich weitere kleinere Bauwerke, wie der Kiosk des

Nektanebos I.« Jonas senkte den Kopf und schwieg. Nach einer Weile fragte er mit sorgenvollem Gesicht: »Wie fühlst du dich denn jetzt gerade?« – »Besser. Aber ich fühle mich zu schwach, in der Hitze eine Besichtigungstour mitzumachen. Geh du mit Niklas. Mache viele Fotos, die kannst du mir abends dann zeigen und von eurem Ausflug berichten.« Jetzt lächelte Amelie sogar. »Gute Besserung! Ich geh dann mal unter die Dusche. Es ist Zeit, sich für das Frühstück herzurichten.«

Nach dem Frühstück gab Jonas vor, vom Schiffsdeck aus noch die Umgebung aufnehmen zu wollen. Er trennte sich von Amelie und Niklas und stieg die Treppe zum Schiffsdeck empor. Kaum hatte er die Türe zum Deck hinter sich gelassen, steuerte er den erst besten Stuhl an und öffnete den Chatroom. Enttäuscht stellte er fest, dass Vanessa ihm keine neue Mail gesandt hatte. Er beschloss, erst ein kurzes Video vom Schiffsdeck aus zu machen und dies dann mit einer sehr persönlichen Note an Vanessa zu senden und ihr seine Gefühle zu gestehen. »Vanessa, du fehlst mir sehr! Wie blöd, dass du just an dem Tag, an dem wir aus Ägypten zurückkommen, in das Flugzeug nach Teneriffa steigst und mir davonfliegst! Ich brenne vor Sehnsucht nach dir! Ich küsse dich – in Liebe Jonas.« Als er die Mail abgeschickt hatte, überlegte er, wie lange Vanessa noch in Niederbayern bleiben wollte. Vielleicht geht sie nochmals auf das Gäubodenfest? Und tanzt mit alten Freunden? Rasch schob Jonas diesen Gedanken beiseite, denn er verspürte aufkeimende Eifersucht. Jetzt erst merkte er, dass er Vanessa doch noch nicht so gut kannte. Zählte Vanessa zu den Menschen, die ab der zweiten Septemberhälfte bis zum Tag der Deutschen Einheit in Trance gerieten, da Wiesnzeit war? Das wusste Jonas nicht, denn das Thema Oktoberfest hatten sie in ihren langen Gesprächen noch nicht berührt. Er wusste, dass im Kollegium sich immer einige fanden, die gemeinsam von Augsburg auf die Festwiese fuhren. Aber das war für Jonas als Münchner nicht aktuell, denn er ging stets mit Amelie auf die Theresienwiese. Und meist in Begleitung von seinem Bruder Luis und dessen Frau Lisa. »Soll ich Vanessa fragen, ob sie uns begleiten möchte?« Jonas hegte Zweifel. »Am Ende fällt auf, dass ich starke Gefühle für Vanessa habe. Und das würde einen Verdacht auf uns lenken. Lieber besuche ich Vanessa in ihrer Wohnung. Dort sind wir allein unter uns.« Er machte noch ein paar Fotos vom Kreuzfahrtschiff.

Beim Warten auf den Reisebus, der sie abholen sollte, ging er noch einmal in den Chatroom. Er las noch einmal seine Mail, die er Vanessa gesandt hatte. Mit einem Mal fand er den Satz: »Wie blöd, dass du just an dem Tag, an dem wir aus Ägypten zurückkommen, in das Flugzeug nach Teneriffa steigst und mir davonfliegst!«, unpassend. »Das klingt wie ein Vorwurf an Vanessa, dass sie zu ihrer Schwester nach Teneriffa in Urlaub fliegt«, urteilte er. Doch Jonas konnte seine Botschaft nicht mehr zurückziehen und für beide löschen. Er sah zwei blaue Haken am unteren Rand. Vanessa hatte seine Mail bereits gelesen. »Mist!«, brummte Jonas. »Hoffentlich fasst Vanessa meine Worte nicht als Kritik auf.«

»Wo haben Sie denn Ihre Frau gelassen?« fragte eine ältere Dame, die im Reisebus hinter Jonas und Niklas Platz genommen hatte. Jonas meldete den Krankenstand seiner Frau. »Das ist mir vor fünf Jahren in Ägypten auch schon passiert. Seither esse ich keinen Salat mehr und Gemüse nur, wenn es vom Grill kommt. Ihre Frau hat doch hoffentlich keinen Salat gegessen?« – »Doch, den isst sie lieber als Fleisch und Reis. Wegen ihrer schlanken Linie!« – »Oh je! Sagen sie ihr, sie soll bei den Gerichten nur Gekochtes, Gegrilltes oder Gebratenes zu sich nehmen. Und auf gar keinen Fall in Ägypten vom Salatbüffet nehmen.« – »Das wird ihr schwerfallen. Aber ich werde es ihr ausrichten.«

Während der Fahrt zum Assuan Staudamm hörte Jonas einen ihm bekannten Klingelton. Voll freudiger Erwartung zückte er sein Handy. Tatsächlich, eine Mail von Vanessa: »Danke für das Video. Schön habt ihr es in Ägypten! – Bin wieder zurück in München. Gibt einiges noch vorzubereiten vor der Abreise. Ja, ich denke auch an Dich. Vielleicht sehen wir uns, noch bevor die Schule wieder anfängt?«

Den letzten Satz nahm Jonas mit Erleichterung auf. Wie um sich Gewissheit über Vanessas Zuneigung zu ihm zu verschaffen, las er Vanessas Mail drei Mal, jenes Zeichen, das er sich so sehr herbeigesehnt hatte. Beruhigt hielt er für sich fest, dass Vanessa in Gedanken zu ihm fand. Sie fragte sogar nach einem persönlichen Treffen. Ein warmes Gefühl ergriff Jonas. Jonas folgte dem Schwall seiner warmen Gefühle und antwortete gleich: »Hallo Vanessa, ja, unbedingt! Melde Dich, wenn Du wieder in München bist. Ich werde zu dir kommen!«

Niklas hatte den Platz am Fenster und verfolgte neugierig das ägyptische Leben am Rand der Straße. Als der Bus vor einer Ampel länger stehen blieb, drehte er seinen Kopf und beobachtete seinen Vater beim Chatten. »Wem schreibst du denn?«, erkundigte sich sein Sohn. Jonas blieb die Antwort schuldig und lenkte mit der Bemerkung ab: »Heute machen wir ordentlich Fotos und schicken diese der Mama. Auch ein Selfie von uns machen wir, damit die Mama sieht, dass uns der Ausflug gefällt.«

Schneller als gedacht gingen die Nilkreuzfahrt und der anschließende Badeurlaub in Hurghada zu Ende. Jonas hatte in Assuan in der Apotheke für Amelie Medikamente gekauft. Amelie hatte umgehend die empfohlenen Heilmittel eingenommen und beim Mittag- und Abendessen einen Bogen um das Salatbüffet gemacht. Dieser Empfehlung einer Kennerin Ägyptens hatten sich auch Jonas und Niklas angeschlossen. Und nach der Wiederherstellung der vollen Gesundheit kehrten auch Amelies Lebensgeister wieder zurück, und bald suchten ihre Lippen abends im Bett den Mund Jonas' und ihre Arme zogen ihn an sich. Immer und immer wieder gaben sie sich dem Liebesspiel hin. Ihr gemeinsamer Urlaub zählte touristische und auch sexuelle Höhepunkte, die sie beide voll auskosteten.

56

Das hatte Odo nicht erwartet. Schon am Dienstagvormittag entdeckte er in seinem Postfach eine neue E-Mail von der Deutschen Bundesbank. »Sehr geehrter Herr Maier, in der Anlage finden Sie ein Schreiben bezüglich Ihrer Tätigkeit bei der Deutschen Bundesbank. Zur Vertragsunterzeichnung machen Sie bitte mit unserer Personalabteilung einen Termin aus. Freundliche Grüße«

Odo beeilte sich, die PDF-Datei zu öffnen. Tatsächlich, neben einem Formblatt mit dem persönliche Daten zur Kranken- und zur Rentenversicherung sowie die erforderlichen Angaben zu seiner Adresse, Handynummer-E-Mail und Bankverbindung abgefragt wurden, fand er den Wortlaut des Arbeitsvertrages. Als er den Wortlaut in aller Ruhe studiert hatte, ergriff ihn ein unbeschreibliches Glücksgefühl. Endlich eine volle Stelle! Und obendrein bewegte sich seine Eingruppierung in einer anderen Liga als das bis jetzt der Fall gewesen war. »Das muss ich gleich Fiona mitteilen. Und am Samstag werde ich sie als Dankeschön für ihre Beratung und die guten Wünsche zum Essen einladen! Und auch meine Eltern will ich gleich mit dieser guten Nachricht überraschen!«

Fiona beglückwünschte ihn zu seiner neuen Stelle, bedankte sich für die Einladung und sagte zu. Es dauerte nicht lange, und erneut leuchtete es bei »Chats« rot auf seinem Handy. Es war seine Mutter: »Herzlichen Glückwunsch, lieber Odo. Wir freuen uns mit dir! Du kannst stolz auf dich sein! Papa ist ganz aus dem Häuschen wegen deines Erfolgs. Er ist mächtig stolz auf dich!« – »Aha, jetzt weiß auch mein Vater, dass ich etwas kann!«

Auf dem Weg in die Kaffeeküche kam er ins Grübeln. Das Hochgefühl, in das ihn sein Erfolg versetzt hatte, kühlte sich schlagartig ab. »Hat denn mein Vater meine Arbeit als Journalist und Redakteur so wenig geschätzt, dass er erst jetzt, bei meinem Stellenwechsel zur Deutschen Bundesbank sieht, was ich leiste? Wozu ich fähig bin? Zählt meine Arbeit bei einer zentralen Institution der Bundesrepublik, bei der Bank der Banken, die die Geschäftsbanken mit Geld versorgt, die Geldpolitik mitgestaltet und die Aufsicht über das Finanz- und Währungssystem und die Geschäftsbanken wahrnimmt, so unendlich viel mehr? Immerhin habe ich mit meinen Dokumentationen eine breite Öffentlichkeit mit einem hohen Gut versorgt, der Wahrheit! Mit meinen Beiträgen habe ich den Lesern die Augen für die Realität ihres Lebens öffnen wollen, sie zum Nachdenken bringen wollen.«

Als Odo sich mit seiner Kaffeetasse wieder an seinen Arbeitsplatz gesetzt hatte, ergriff ihn ein Anflug von Melancholie. »So spannende Reportagen werde ich jetzt keine mehr für ein breites Publikum schreiben können.« Er trank einen Schluck Kaffee. »Na ja, neugierig bin ich schon sehr auf das, was mich nach dem Stellenwechsel erwartet. Ich denke, seit langem wird mein Leben wieder richtig spannend.«

Er beugte sich über sein Notebook und vertiefte sich in die Endredaktion eines Beitrags über Migration und Strukturwandel in der Bevölkerungszusammensetzung Frankfurts. Er ging ins Archiv, las Statistiken, stellte

Textstellen bereit, und begann mit der Arbeit am Text. Odo hatte beschlossen, an seinem Arbeitsplatz noch nichts von seinem bevorstehenden Abschied zu sagen. Ihm war bewusst, dass ein Arbeitsplatz bei der Deutschen Bundesbank noch dazu als Vollzeitstelle mit ansprechender Vergütung und etlichen Zusatzleistungen bei einigen Kolleginnen und Kollegen Neidgefühle hervorrufen würde.

Odo blieb bescheiden. »Die neue Stelle ist nicht mein Verdienst. Ich habe einfach Glück gehabt und freue mich darüber. Ich habe die wunderbare Chance, mit der Unterstützung meines zukünftigen Chefs und der neuen Kolleginnen und Kollegen eine neue Seite in meinem Leben aufzuschlagen. Aber meine Freude werde ich mit meinen Mitbewohnerinnen in der Wohnung teilen. Ich werde sie zu einem Glas Sekt, Orangensaft und ein paar Häppchen einladen.« Bei den Häppchen dachte Odo an Grissini Sticks und garnierte Käsewürfel. Und Odo hatte Glück. Samstagvormittag hatten auch Simone und Elisabeth Zeit. »Ihr seid alle herzlich eingeladen. Am besten, ihr frühstückt am Samstag nur mit schwarzem Kaffee. Es gibt auch etwas zum Essen!«

Während er in seinem Zimmer sitzend eine Einkaufsliste erstellte, ertönte der bekannte Klingelton. Eine Mail von Afra! »Oh!«, durchzuckte es Odo. »Fühlt sich Afra vernachlässigt, weil ich in der letzten Zeit nur noch mit Fiona ausgegangen bin?« Doch Afra schlug kein Treffen in einer Bar vor. Simones Freundin gratulierte ihm zu seiner neuen Stelle. »Die Nachricht von meinem Stellenwechsel macht die Runde!«, stellte Odo selbstbewusst fest. Ja, Afra gratulierte ihm überschwänglich und freute sich mit Odo und für Odo. Ein wenig überraschte ihn diese sehr persönliche

Anteilnahme Afras an seinem Erfolg. Er hatte immer wieder gerne einen Abend mit Afra in der Disco verbracht, hatte sie auch nach Hause begleitet. Doch so intensiv wie Fiona hatte sich Afra nie für Odos Berufsalltag oder für seine Erwartungen an das Leben interessiert. Die Gespräche zwischen Odo und Fiona hatten deutlich mehr Tiefgang als sein Austausch mit Afra. Dennoch freute sich Odo über Afras Glückwünsche. Ganz am Ende der Mail fand er die Frage: »Sehen wir uns wieder einmal?« War die Frage nach dem Wiedersehen der wahre Grund Afras, die Nachricht über seine Beförderung nur der Anlass, sich bei ihm zu melden? Odo ließ die Frage unbeantwortet, doch spontan entschied Odo, auch Afra, Fionas Freundin, zu seinem Umtrunk einzuladen. Doch zuvor wollte er noch mit Simone seine Absicht besprechen. Er klopfte an ihre Tür, und auf ein schwaches »Ja?« betrat er Simones Wohnzimmer. »Afra hat mir eben zu meiner neuen Stelle gratuliert. Wem hast du denn noch von meinem Stellenwechsel erzählt? Hast du es in allen deinen Chatgruppen gepostet?«, fragte Odo provokant. »Aber nein, Odo, Afra hat mich angerufen, und da ist es mir halt so rausgerutscht! Bist du mir deswegen böse? Sonst hat das niemand von mir erfahren. Aber Afra hat mich gefragt, warum du nicht mehr ins *Cindy* kommst?«

Der Grund für sein Fernbleiben lag in der Person Fionas. Sie hatten einen Klub in der Nähe des Römers entdeckt, der ihnen beiden bestens gefiel. Und der war fußläufig zu erreichen von der Bar, in der sie sich lange austauschten, bevor sie in den Klub aufbrachen und sich den heißen Rhythmen des Discosounds überließen. Odo sah keine Veranlassung, Simone einen Grund für seine Abwesenheit vom *Cindy* zu liefern. Stattdessen fragte er Simone: »Wann geht ihr denn wieder ins *Cindy?*« – »Afra wollte am Freitag wieder ins *Cindy*, aber ich bin da noch in der Luft. Wenn du sie treffen willst, am Freitag ist sie dort! Ich glaube, sie würde sich darüber freuen, dich wieder einmal zu sehen!« Odo nahm dazu keine Stellung, dachte aber für sich: »Das passt super! Wenn ich am Freitag ins Cindy gehe, dann habe ich Afra allein für mich.« Jetzt erst rückte er mit seiner Frage heraus. Simone stimmte zu. »Na klar, finde ich prima. Ich freue mich auch, wenn Afra zu unserer Party kommt. Wir können hier bei mir eindecken.« Simone machte mit der Hand eine Bewegung in Richtung Wohnzimmertisch. Lächelnd sicherte Simone Odo zu: »Ich helfe dir dabei!«

57

Spät am Abend nach ihrer Rückkehr aus Teneriffa, die Koffer waren schon ausgepackt und wieder auf ihrem angestammten Platz im Keller, setzte sich Vanessa auf den Balkon und meldete sich bei Jonas zurück. »Hallo Jonas, ich bin wieder im Lande. Teneriffa ist reich an Bergen, und das Hotel war schöner, als es der Prospekt erwarten ließ. Bei so einem langen Flug wäre es eine Überlegung wert, zehn Tag zu buchen und nicht bloß eine Woche. Anbei noch ein paar Eindrücke. Liebe Grüße Vanessa.« Das war Originalton Vanessa. Ein kurzer Bericht über Umstände, Begebenheiten und Fakten. Erlebtes, aber keine Mitteilung ihrer Gefühle. Jonas antwortete unverzüglich. »Liebe Vanessa, schön, dass du wieder da bist! Können wir uns sehen? Amelie arbeitet wieder, und ich bringe Niklas am Vormittag in den Kindergarten. Wann passt es dir?« Jonas hatte aufgehört, seine Gefühle in den Chats zur Sprache zu bringen. Diesmal, so kurz vor dem lang ersehnten Wiedersehen, konnte er jedoch nicht anders, als mit den Worten zu schließen: »Du hast mir so gefehlt! Ich küsse dich! Jonas.«

»Wie gut, dass noch Schulferien sind und der Kindergarten bereits wieder geöffnet ist!«, sinnierte Jonas. Und etwas verschmitzt durchzuckte es Jonas: »Und wie gut, dass Amelie nicht Lehrerin ist, sondern bei der Bank wieder arbeiten muss! So können Vanessa und ich noch etwas unternehmen!«

Letztes Jahr hatte Jonas nach der Rückkehr aus dem

gemeinsamen Familienurlaub viel gemeinsame Zeit mit seinem Sohn verbracht. Wenigstens in der Woche, in der der Kindergarten noch geschlossen war. Er hatte mit seinem Sohn den Zoo besucht, war mit ihm mehrmals im Schwimmbad gewesen. An einem Regentag hatte er sogar für seinen Sohn Spaghetti Carbonara gekocht, nachdem sie vorher zu zweit einkaufen gewesen waren. Diesmal hatte Niklas seinem Vater keine gemeinsamen Projekte vorgeschlagen, denn der geöffnete Kindergarten verhieß Niklas das lang ersehnte Wiedersehen mit seinen Kindergartenfreunden Benjamin und Kelvin. Allerdings wusste Niklas ganz genau, wie er sich im Sommer noch etwas zusätzliche Zeit mit seinem Papa freischaufeln konnte. Mit großen Augen bat er bei der Verabschiedung vor dem Kindergarten: »Papa, gehen wir am Nachmittag noch auf ein Eis?« Jonas sagte gerne zu, und am Montag setzten sie sich in jene Gelateria, die Jonas schon mit Vanessa besucht hatte. Am Dienstag jedoch, es war ein sehr heißer Sommertag, versuchte er Niklas umzustimmen: »Hör zu; Niklas. Wir können auch in den Biergarten am Ende der Straße gehen. Die haben auch Eis auf der Speisekarte. Okay?« Der tiefere Grund für den Gang in den Biergarten war das Helle, das sich Jonas dort bestellte. Und davon auch noch ein zweites.

In der Vorfreude auf die geschenkte Freizeit mit Vanessa beschloss Jonas, seine Geliebte zu Beginn der letzten Schulferienwoche in ein griechisches Lokal in der Nachbarschaft einzuladen. Vanessa hatte mit Begeisterung zugesagt, und beide hatten ihr Wiedersehen bei Tsatsiki und Grillspieß gefeiert. Zuvor hatte ihn Vanessa mit einem heißen Zungenkuss und einer festen, innigen Umarmung in ihrer Wohnung empfangen. Als Vanessa sich kurz auf die Toilette zurückgezogen hatte, hatte Jonas die Türe zum Schlafzimmer aufgestoßen und einen Blick auf das Bett, den Ort ihrer ersten körperlichen Vereinigung, geworfen. Eine warme Erinnerung stieg in ihm auf, und Jonas war ins Träumen verfallen. Es war Vanessa, die ihn mit der schlichten Frage: »Kommst du?«, zurück in die Gegenwart holte.

Abends, als er einen Blick in seinen Geldbeutel warf, stellte Jonas fest, dass der erste Tag des Nachurlaubs deutliche Spuren hinterlassen hatte. Er war zwei Mal im Wirtshaus eingekehrt, einmal mit Vanessa und dann mit seinem Sohn. Der Nachurlaub versprach, ein teures Vergnügen zu werden. »Vielleich kann ich mal bei Vanessa essen?«, hoffte er angesichts seiner angespannten finanziellen Lage.

Jeden Tag mit Vanessa essen gehen und am Nachhauseweg vom Kindergarten mit Niklas auf ein Eis – das sprengte die Grenzen seines monatlichen Taschengelds. Selbst wenn er im Biergarten nur ein Bier bestellte, angesichts der übrigen Zusatzkosten würde das nur eine geringe Ersparnis darstellen. »Dass mein Nachurlaub mal so teuer wird, das hätte ich nicht gedacht.« Er kam nicht darum herum, von seinem Girokonto nochmals ein paar Hunderter als Zusatztaschengeld abzuheben. Doppelt so hoch, wie sein monatliches Taschengeld. Das überzählige Geld auf seinem persönlichen Girokonto war eigentlich als Rücklage für turnusmäßige Ausgaben gedacht. Zum Beispiel, um einen Ölwechsel in der Autowerkstatt oder eine Reparatur an seinem in die Jahre gekommenen Auto zu bezahlen. Und als finanziellen Puffer für die steigende Heizkostenabrechnung. Oder als Rücklage zum Ausgleich der Nebenkostenabrechnung, die die Hausverwaltung im Frühjahr versandte. Und genau von diesen Rücklagen für turnusmäßige Auslagen bezahlte er nun die Pizzen beim Italiener, das Nachmittagseis für seinen Sohn und die zwei Helle im Biergarten. Jonas atmete tief durch und hielt fest: »Es hilft nichts. Ich muss morgen, nachdem ich Niklas zum Kindergarten gebracht hebe, erst mal zum Geldautomaten gehen und Geld ziehen.«

Das andere Problem, dem er sich gegenübersah, war die Frage nach der Wahrheit. Genauer gesagt: nach den Auskünften, die er Amelie zu seiner jeweiligen Tagesplanung geben wollte. Den Alibis, hinter denen sich die heimlichen Treffen mit Vanessa verbergen ließen. Für heute hatte er ihr gesagt, er wäre vormittags beim Einkaufen gewesen und hätte sich mittags ein halbes Grillhendl geleistet. Das war eine glatte Lüge, denn dass er in Vanessas Gesellschaft beim Griechen eingekehrt war, das verschwieg er. Für morgen hatte er noch keine Pläne. Aber auch dazu musste er eine passende Story erfinden, soviel war ihm klar. Er griff nach seinem Handy und ging in den Chatroom. »Guten Abend Vanessa, was treibst du so? Und was machst du morgen?« Erleichtert stellte er fest, dass Vanessa morgen Vormittag einen Termin beim Frisör hatte. Und danach wollte sie Wäsche waschen. Vanessa hatte also ein Programm. Das Thema »Essen gehen« war also vom Tisch. Für morgen wenigstens. Und der Wetterbericht hatte für morgen Vormittag Regen angesagt. »Dann fallen auch die Programmpunkte Gelateria oder Biergarten weg«, dachte er sichtlich erleichtert.

Als ihn Amelie beim Frühstück fragte, ob er ein paar Einkäufe für den Haushalt übernehmen könne, sagte er bereitwillig zu. Kein Programm mit Vanessa stand dem Einkaufen entgegen. Vanessa war anderweitig beschäftigt und rechnete heute nicht mit seiner Gesellschaft. Nach einem

wohlwollenden Lächeln fand er die Worte: »Ja, gerne.«
Jonas holte sich einen kleinen Zettel und einen Kugel-
schreiber. Amelie diktierte, und er schlüpfte in die Rolle des
Sekretärs. Am unteren Ende des Zettels notierte er: »Eis.«
Er wollte Niklas dafür gewinnen, sein Eis zu Hause auf dem
Balkon zu essen. Im Schatten der Markise schmeckte auch
das Nachmittagsbier, fast so gut wie unter den ausladenden
Ästen der Bäume im Biergarten. Und diese Lösung schonte
sein angespanntes Budget. »Möchtest du abends mal ein
Glas Wein mit mir trinken?«, fragte er seine Frau. »Das
ist eine tolle Idee. Wenn du Lust hast, können wir auch
draußen auf dem Balkon zu Abend essen. Abends soll das
Wetter wieder besser werden. Bring noch ein frisches Baguette und etwas Weichkäse mit. Ich könnte einen Tomaten-
salat für uns machen.« – »Und für mich kaufe ich noch ein
paar Bier. Möchtest du vielleicht abends noch ein Glas Sekt
trinken?« Amelie war überrascht über die plötzliche Großzügigkeit ihres Mannes. »Danke nein, ich bleibe lieber beim
Wein. Bring halt eine Literflasche deutschen Weines mit!«
Als Amelie sich von Jonas verabschiedete, fragte sie: »Was
hast du denn sonst noch für Pläne für heute?« – »Am Vormittag werde ich den Einkauf erledigen. Was ich danach
mache, das weiß ich noch nicht!« Das war die Wahrheit.
Heute also ein Tag ohne Vanessa? Jonas überlegte, ob er
am frühen Nachmittag eine Stippvisite bei Vanessa machen
sollte. Vorbeikommen und überraschend klingeln. Aber im
Zeitalter von WhatsApp fand er es unpassend, einfach an
der Türe zu klingeln und unangemeldet vorbeizuschauen.
So wie das sein Bruder Aaron bei Daniel und Nicole tat,
etwa wenn er von der Aussegnungshalle kam und nach
Hause fuhr. Aber das war etwas anderes. Schließlich waren

Daniel und Nicole seine Eltern, und welcher Vater, welche
Mutter freute sich nicht, wenn ein Kind überraschend zu
Besuch kam? Er wollte Vanessa deshalb zuvor fragen, ob
ihr ein kurzer Besuch gelegen käme. »Doch erst nach dem
Einkaufen. Es wirkt spontaner, wenn ich erwähne, dass
ich Niklas vom Kindergarten abhole und auf dem Weg
zum Kindergarten gerne auf einen Sprung vorbeikommen
möchte.«

Gegen ein Uhr mittags kam Jonas zurück von Super.
Nachdem er die Einkäufe im Kühlschrank verstaut hatte,
setzte er sich auf das Sofa und schrieb Vanessa eine Mail.
»Hallo Vanessa, wie geht es dir? Bist du mit deinen Er-
ledigungen fertig? Ich hole nach halb vier meinen Sohn
vom Kindergarten ab. Bist du jetzt zu Hause? Liebe Grüße
Jonas.«

Vanessa antwortete umgehend. »Bin auf dem Marienplatz und trinke einen Cappuccino. Wäsche habe ich ge-
waschen und beim Frisör war ich auch. Und ich war sogar
shoppen! Nachher gehe ich noch in den Bookshop hier um
die Ecke. Liebe Grüße Vanessa.« Ernüchtert legte Jonas sein
Handy auf den Couchtisch. »Heute kann ich Vanessa nicht
mehr treffen. Vielleicht kann ich morgen mit Vanessa ein
Programm machen. »Biergarten!«, durchzuckte es Jonas.
Der Regen hatte aufgehört, und schon zeigte sich wieder
ein blauer Himmel am Horizont. Der Wetterbericht hatte
spätsommerlich hohe Temperaturen angekündigt. »Dann
könnte ich die Getränke und die Brezen übernehmen. Und
Vanessa fragen, ob sie den Frischkäseaufstrich, zwei Teller und die Bestecke mitbringt? Das belastet mein Budget
nicht so stark!« Blieben noch die Fragen A wie Alibi und
O wie Ort des heimlichen Treffens. »Ich werde Vanessa den

Biergarten in der Nähe des Wiener Platzes vorschlagen. Und als Alibi werde ich Amelie vorgeben, meinen Kollegen Max in Haidhausen zu besuchen.«

Biergarten in der Nähe des Wiener Platzes vorschlagen. Und als Alibi werde ich Amelie vorgeben, meinen Kollegen Max in Haidhausen zu besuchen.«

58

Nicole und Daniel Maier saßen beim Frühstück. Es war Nicole, die das Gespräch eröffnete. »Am nächsten Samstag beginnt das Oktoberfest. Wollen wir unter der Woche mal über die Festwiese gehen?« – »Auf jeden Fall. Unbedingt!« Für Daniel war dies eine Selbstverständlichkeit. Da beide schon im Rentenalter waren, konnten sie den Andrang an den Wochenenden umgehen und im Verlauf der Arbeitswoche mittags zur Theresienwiese fahren. »Ich habe noch eine Überraschung für dich. Odo schreibt, er will auch zum Oktoberfest kommen. Am Mittwoch der ersten Oktoberfestwoche!« – »Weißt du denn, wie lange er bleibt?« – »Auf jeden Fall bis Montag oder Dienstag. Er muss durch den Stellenwechsel zum Oktober noch seinen Resturlaub einbringen.« – »Dann könnte er ja mit uns kommen? Das fände ich schön!« Beide hatten das Frühstück beendet. Nicole war bereits aufgestanden und trug ihr Frühstücksgeschirr zur Spülmaschine. Als sie an den Frühstückstisch zurückkehrte, blieb sie vor ihrem Mann stehen und schlug vor: »Weißt du was, wir könnten doch Luis und Lisa am Samstagmittag zum Essen einladen. Wenn sie Lust haben, können sie danach noch in Richtung Festwiese losziehen.« – »Und was ist mit unseren anderen Söhnen? Mit Aaron und Odo? Falls das Wetter mitmacht, hole ich den Grill aus dem Keller und wir könnten im Garten grillen. Du brauchst dann bloß einen gemischten Salat als Beilage zu machen, und ich hole Baguette und Semmeln!« – »Das fände ich großartig!«

Seit Odo seinen Stellenwechsel zur Deutschen Bundesbank angekündigt hatte, war er im väterlichen Ansehen um mehrere Stufen gestiegen. Vor vielen Jahren, als Odo sich bei dem Medienunternehmen als Journalist beworben hatte, waren Daniel Maier zum Beruf des Journalisten wenig schmeichelhafte Worte über die Lippen gekommen wie »Schreiberling« oder »Schmierfink«. Erst durch Odos Erläuterungen zu seiner Arbeit und nach der Lektüre einiger Dokumentationen aus der Feder seines Sohnes hatte er sich mit dem Beruf seines jüngsten Sohnes ausgesöhnt. Doch durch den bevorstehenden Stellenwechsel hatte sich das Urteil seines Vaters grundlegend gewandelt. »Das ist endlich mal was Rechtes, etwas Solides. Dort ist Odo gut aufgehoben, mit allen Vorteilen der Beschäftigung im Öffentlichen Dienst, wie zusätzlicher betrieblicher Altersvorsorge, der Sicherheit des Arbeitsplatzes und den Aufstiegschancen. Ich habe über die Homepage der Deutschen Bundesbank sogar herausgefunden, dass eine Übernahme in das Beamtenverhältnis möglich ist. Hat er dir das noch nicht gesagt?« – »Nein, aber weißt du denn, ob das auch für den Pressereferenten gilt?« – »Ich werde ihm auf jeden Fall sagen, dass er sich darüber baldigst kundig machen soll.« Nicole seufzte. »Daniel, nun lass Odo dort doch erst einmal anfangen, sich einarbeiten, mit seiner Arbeit zurechtkommen. Er wird schon wissen, was für ihn richtig und wichtig ist.« Daniel nickte anerkennend. »Die Stelle als Pressereferent bei der Deutschen Bundesbank macht wenigstens was her. Odo kann sich glücklich schätzen, dass er diese Stelle bekommt. Auch mit dem Verdienst macht er einen Sprung nach oben. Das ist ein wichtiger Schritt nach vorne in seinem Leben.« – »Odo ist vor allem froh und dankbar darüber, dass er jetzt eine volle Stelle hat. Das gibt ihm mehr finanzielle Sicherheit. Auch im Hinblick auf Ehe und Familie.« – »Hat er denn eine Frau? Weißt du da etwas, das ich nicht weiß?«

Nein, Nicole wusste nichts von einer Lebenspartnerin ihres Jüngsten. Odo brannte zu sehr für seinen Beruf und konzentrierte sich intensiv auf seine Recherchen, die er für seine Dokumentationen auf sich nehmen musste. Wie oft googelte er auch abends, zu Hause, vertiefende Informationen, Forschungsergebnisse und Statements der Wirtschaftsweisen. Engagierte sich auch in seiner Freizeit für seinen Beruf. Bei der Vorstellung eines größeren Bauvorhabens hatte er es sich zur Aufgabe gemacht, am Wochenende mit dem Rad den Baugrund und die Umgebung zu erkunden. Odo nahm seinen kritischen Beruf ernst und war ein konzentrierter Arbeiter. Als Ausgleich ging er nach einer langen Arbeitswoche am Freitagabend ins *Cindy,* und der Samstagnachmittag war für Fiona reserviert. Ohne dass ihm das bewusst war, war er zu einer wichtigen Säule in der Sparte »Gesellschaft und Soziales« in der Redaktion geworden. Mit unermüdlichem Eifer vertiefte er sich in Statistiken und Erhebungen, wertete seine Erkenntnisse aus und formulierte seine Texte sachlich und pointiert. Gelegentlich beendete er seine Berichte mit provokanten Fragen. Wie die eine Schlussfolgerung zur Altersarmut wegen geringer Rentenbezüge: »Bereitet die Bundesregierung mit ihrer halbherzigen Rentenreform den Boden zu noch mehr Altersarmut?« Das hatte ihm schon anerkennende Worte seines Ressortleiters eingebracht: »Ich sehe schon, du wirst zum Spezialisten in Sachen Prekariat.«

Tatsächlich waren Ressortleiter und Chefredakteur

betroffen, als sie von seinem geplanten Weggang erfuhren. Jetzt plötzlich, im Nachhinein, schienen sich Türen zu öffnen, die bislang verschlossen waren: ein neuer Vertrag auf Vollzeitbasis, eine Erhöhung seiner Bezüge. »Mensch, hättest du doch etwas gesagt, sicher hätte die Personalabteilung dir einen neuen Vertrag ausgefertigt.« Das war leichthin in den Raum gestellt, doch in der Personalabteilung war Odo mit seinem Anliegen wiederholt auf Granit gestoßen. Daraufhin hatte er einen größeren Teil seiner arbeitsfreien Zeit in das Schreiben von Bewerbungen investiert. Das war zeitaufwendig und hatte in der Tat viele Stunden Arbeit gekostet.

Umso glücklicher war Odo über den Erfolg seiner Bewerbung bei der Deutschen Bundesbank. Schon mehrere Tage war er deshalb von dem Hochgefühl einer nie gekannten Glückseligkeit erfüllt. Er war froh und dankbar, endlich eine volle Stelle und damit mehr Geld zu haben. Er war neugierig auf seinen neuen Arbeitsplatz und fühlte sich auch persönlich aufgewertet. Als Pressereferent war er der erste Ansprechpartner der Deutschen Bundesbank für die Medienvertreter.

59

Die letzte Woche der bayerischen Schulferien war angebrochen. Die ersten Septembertage waren noch spätsommerlich heiß, doch wer sich nach der Arbeit mit Freunden und Freundinnen im Biergarten verabredete, tat gut daran, eine Jacke mitzunehmen. Jonas hatte beim Frühstück Amelie vorgegeben, mal früh in Richtung Viktualienmarkt aufzubrechen. »Ich möchte mal das Marktgeschehen beobachten, noch bevor die Touristenschwärme die urtümliche Atmosphäre verdrängen.« – »Ach ja, wenn du schon am Markt bist, könntest du mal in der Fischhalle fünf frische Matjesfilets kaufen? Und dann schau dich mal um, ob es noch eingelegte Gurken vom Fass gibt. Die kannst du an einigen Gemüseständen lose kaufen. Ich glaube, einer der Gemüsestände in der Nähe des Liesl Karlstadt-Brunnens hat so ein Fass mit eingelegten Gewürzgurken. Bring mir doch fünf Stück davon mit, nein lieber acht saure Gurken! Ich hole dir eine Plastikschale mit Deckel in der Küche, da kann sie der Händler hineinlegen. So entsteht wenigstens kein zusätzlicher Plastikmüll. Ich habe zurzeit so große Lust auf Saures!«

Jonas zog einen Flunsch, als Amelie ihm den Rücken zuwandte und nach der Plastikschale griff. Er hatte keineswegs vorgehabt, so lange unterwegs zu sein. Und schon gar nicht hatte er in die Stadt, auf den Viktualienmarkt, fahren wollen. Und viel kostbare Zeit auf den öffentlichen Verkehrsmitteln verbringen wollen. Er hatte sich nämlich für 10 Uhr mit Vanessa in ihrer Wohnung verabredet. Sie wollten erst gemütlich ein Glas Sekt trinken und danach gemeinsam zum nächsten Lebensmittelhändler bummeln, um ein paar Häppchen für eine gemeinsame Brotzeit zu besorgen, die sie auf dem Balkon von Vanessas Wohnung bei einem gemütlichen Plausch genießen wollten. Ihr gemeinsamer Plan war, zu zweit, ganz ungestört die letzten Sommertage zu genießen, zu plauschen, die Zeit und die Lust miteinander zu teilen, das Glück der jungen Liebe voll auszukosten … Für die letzte Woche hatte Jonas vorgeschlagen, montags und mittwochs einkaufen zu gehen und mit ein paar Leckereien bei Vanessa mittags gemeinsam zu essen. »Am Montag übernehme ich den Einkauf«, hatte Jonas verkündet, in der Hoffnung, dass Vanessa am Mittwoch im Geschäft ihre EC-Karte zücken würde.

Für heute Montag bekam ihr wohldurchdachter Plan einen Riss. »Mit der Fahrt zum Marienplatz und dem anschließenden Marsch auf den Viktualienmarkt, den beiden Einkäufen in der Fischhalle und beim Gemüsehändler bin ich erst gegen zwölf Uhr bei Vanessa. So ein Mist!« Jonas biss sich auf die Lippen. »Ich hätte mir ein besseres Alibi ausdenken müssen. Nach einem schönen Buch stöbern, oder etwas in Mode zu machen …«

Auf dem Weg zur Bushaltestelle kam Jonas die rettende Idee. Per WhatsApp teilte er Vanessa sein späteres Kommen mit und bot an, in der Fischhalle einen Krabbencocktail für ihr gemeinsames Mittagessen zu besorgen. »Super Idee, Jonas. Bringst du noch ein französisches Baguette mit? In Liebe, Vanessa.«

Als er kurz nach zwölf Uhr bei Vanessa einrastete, erwähnte er die eingelegten Gurken, die Amelie bestellt hatte. »Sie isst zurzeit gerne Saures.« – »Ist deine Frau vielleicht schwanger?« Für einen kurzen Moment beflügelte diese Frage Jonas' Fantasie. Das ablehnende Verhalten Amelies gegenüber einem weiteren Kind, ihr schroffes Nein, das sie zu diesem Thema von sich gab, verscheuchte diese Vorstellung rasch aus Jonas' Kopf. »Das kann nicht sein. Amelie nimmt die Pille. Sie will kein zweites Kind.«

60

Nicole hatte alle vier Söhne für Samstagmittag zum Barbecue eingeladen und alle hatten zugesagt. Odo war schon am Mittwoch spätabends aus Frankfurt angereist und hatte sein ehemaliges Kinder- und Jugendzimmer wieder bezogen. Am Donnerstag war er mit ein paar ehemaligen Kommilitonen auf das Oktoberfest gegangen. Und am Freitag war er nach Schwabing, in die *Moonshine Bar* zum Tanzen losgezogen. Heute Samstag freute er sich auf das Wiedersehen mit seinen Brüdern. Die hatten längst von ihrer Mutter die Nachricht von seinem bevorstehenden Stellenwechsel erfahren. Odo selbst hatte dies ihnen noch nicht mitgeteilt und innerhalb seines Freundes- und Bekanntenkreises in Frankfurt hatte er nur Fiona und seine Mitbewohnerinnen Simone und Elisabeth ins Vertrauen gezogen. Aus diesem Anlass hatte er beide mal an einem Samstagmittag auf ein Glas Sekt und ein paar Käsestangen eingeladen.

Luis und Lisa, die schon um elf Uhr Luis' ehemaliges Elternhaus betraten, beglückwünschten Odo vergnügt. »Mensch Odo, wer hätte das gedacht, dass du mal bei der Deutschen Bundesbank einsteigst!« Das hörte sich an, als wäre Odo ein Großinvestor, der sich finanziell in großem Stil an der Bank der Banken in Millionenhöhe beteiligen würde. Bescheiden lachte Odo. »Ich werde für sie arbeiten, ja, und ich bin gespannt auf meinen neuen Job. Du ahnst ja gar nicht, wie viele Bewerbungen ich seit Anfang des Jahres losgeschickt habe. Umso glücklicher bin ich über die Zusage auf meine Bewerbung. Und dankbar dafür, dass die Mühe mit den Bewerbungen endlich von Erfolg gekrönt wurde. Was tut sich denn bei euch beiden?«, fragte Odo und sah dabei Lisa an. »Wir haben schon einen Notartermin!« – »Oho, braucht ihr zum Heiraten einen Notar?«, frotzelte gutgelaunt Aaron, der eben dazugestoßen war. Er umarmte Lisa und betonte: »Aber kirchlich werdet ihr doch vor mir den Bund fürs Leben schließen?« Lisa nickte, und Luis präzisierte: »Wir haben endlich eine schöne Wohnung in Buchenau gefunden. Dort ist zwar noch eine große Baustelle, aber im nächsten Frühjahr können wir einziehen. Beim Notar wird der Kaufvertrag beurkundet und die Eintragung in das Grundbuch beantragt.« Alle beglückwünschten Luis und Lisa zum Kauf ihrer Eigentumswohnung.

Als letzte kamen Jonas, Amelie und Niklas. Niklas hatte wenig Augen und Ohren für die Erwachsenen und war gleich zur Schaukel gerannt, die zwischen dem Apfelbaum und dem Gemüsebeet errichtet worden war. »Opa! Stößt du mich an?«, schrie Niklas. Doch es war Aaron, der sich aus der Gruppe löste und zur Schaukel ging. »Schau Niklas, der Opa hat am Grill zu tun. Ich werde dir Schwung geben!«

Nach dem Essen setzte sich Amelie zu Lisa. Nach einem kurzen Bericht über die Nilkreuzfahrt und den anschließenden Badeurlaub in Hurghada neigte sich Amelie zu Lisa hinüber und fragte leise: »Wie schafft ihr das mit der Finanzierung?« Amelie wusste recht gut Bescheid über die finanziellen Verhältnisse der Eltern ihres Mannes. Jonas hatte Amelie recht detailliert über den Austausch der Heizungsanlage und der Reparatur am Hausdach bei seinem Elternhaus ins Bild gesetzt. Amelie selbst hatte während ihrer Ausbildung bei der Bank auch eine Zeitlang in der Kreditabteilung gearbeitet und war einer Mitarbeiterin zugeteilt worden, die die Vergabe von Hypothekenkrediten bearbeitete. Das war eine zurückhaltende, bedächtig wirkende Frau gewesen mit dem Namen Lea Gerling, die sich für ihre Lehrlinge immer viel Zeit nahm und geduldig alle Fragen beantwortete. Gerne auch zwei Mal, wenn etwas nicht auf Anhieb klar wurde. Weder durch Temperament noch durch eine laute Stimme fiel Lea auf. Es war ihr langes, schwarzes Haar und ihre blauen Augen, die aus einem schmalen, sehr gepflegt wirkenden Gesicht unter langen Wimpern den Gesprächspartner ansahen. »Eine Erscheinung von Frau«, hatte einst Jonas geurteilt, als er sie zufällig vor dem Eingang der Bank traf und kennenlernte, als er Amelie von der Arbeit abgeholt hatte. Ja, Lea Gerling war eine außerordentlich attraktive Frau.

Lisa erwähnte, dass sie mit einem größeren Zuschuss von ihren Eltern rechnen konnte. »Mit Geld von Luis' Eltern können wir leider nicht rechnen. Ich selbst habe etwas angespart, aber mein Beitrag zu unserer Eigentumswohnung ist bescheiden. Das restliche Eigenkapital versucht Luis beizusteuern.« Lisa machte eine Pause und senkte ihren Blick. Amelie fiel auf, dass Lisa mit einem Mal betrübt wirkte. »Freust du dich nicht auf eure Wohnung, die gerade gebaut wird? Eine neue Wohnung, mit einer Einbauküche nach deinen Wünschen, das stelle ich mir traumhaft vor!« Fast schien es, als ob Amelie ins Schwärmen käme. »Ja, doch, ich freue mich auf unsere neue Wohnung. Endlich können wir zusammenziehen! Aber diese Eigentumswohnung ist nicht nur sehr teuer, sie hat auch einen hohen Preis. Luis übernimmt so viele Mandanten, dass für mich noch weniger Zeit übrigbleibt, seit wir den vorläufigen Kaufvertrag unterschrieben haben.« Wieder senkte Lisa ihren Blick. »Ach weißt du, Amelie, ich liebe Luis sehr, und ich bin davon überzeugt, er ist der richtige Mann, mit dem ich durch das Leben gehen möchte. Aber seit wir wie die Weltmeister auf unsere Eigentumswohnung sparen, hat er weniger Zeit für mich. Er nimmt jede Menge Mandanten an, und schiebt Überstunden wie noch nie! Sogar am Dienstagabend, wenn wir uns im *Da Marco* in der Leopoldstraße zum Essen treffen, bricht er früher auf, und nach dem letzten Kuss, bevor wir uns trennen, höre ich aus seinem Mund die Worte: Dann schaffe ich heute noch eine Steuererklärung und mache sie online fertig! Stell dir das vor, früher hat er mir eine gute Nacht und süße Träume gewünscht, wenn wir auseinandergingen, und jetzt verabschiedet er sich mit dem Hinweis auf die Steuererklärung, die er noch bearbeiten will! Mir kommt es vor, als würde sich bei ihm alles nur noch um die Beschaffung der nötigen Geldmittel für die Eigentumswohnung drehen! Sogar den Italienischkurs am Mittwochabend wollte er ab den Sommerferien aufgeben, aber das habe ich ihm ausgeredet. Zehn Lektionen Italienisch sind doch zu wenig, um sich in Italien in verschiedenen Situationen verständigen zu können! Da soll er ruhig weitermachen. Ich hoffe so sehr, dass seine Arbeitssucht nur eine vorübergehende Sache ist.« Amelie griff nach Lisas Hand und fand tröstende Worte: »Wenn Luis nur wegen der zusätzlichen Beträge, die er in eure Wohnung stecken will, jetzt Überstunden leistet, dann wird das sicher besser, sobald die letzte Rate bezahlt ist und die komplette Kaufsumme überwiesen ist. Es sei denn, dein Mann ist süchtig nach Arbeit und findet keine andere Tätigkeit mehr, die sein Herz erfreut, zum Beispiel mit dir einen Spaziergang zu machen, oder einfach nur bei dir auf dem Balkon zu sitzen und mit dir zu quatschen. Und vergiss nicht: sobald ihr in der neuen Wohnung endlich zusammen seid, wird sich euer Tagesablauf grundlegend verändern. Wenn er dann nach dem Abendessen noch für eine Stunde oder zwei hinter seinem Notebook sitzt: immerhin ist der bei dir, in eurer Wohnung!« Lisa schluckte. »Dein Wort in Gottes Ohren!« Amelie beugte sich vor und flüsterte: »Du bist doch eine hübsche Frau. Wenn er um neun Uhr nachts noch immer hinter Steuerakten sitzt, spiele deine Reize aus, verführe ihn! Zieh Reizwäsche an, nimm ihn bei der Hand und ziehe ihn zu dir ins Bett! Es gibt doch noch viel Schöneres als für die Mandanten zu arbeiten.«

»Wie ist das denn bei euch, möchtet ihr auch etwas Eigenes kaufen? Ein Häuschen in der Holledau, oder eine Eigentumswohnung?« – »Auf diese Idee ist Jonas noch nicht gekommen. Das wäre bei uns eh schwierig. Wegen der unterschiedlichen Lage unserer Arbeitsplätze. Jonas in Augsburg, und ich hier am Marienplatz. Nachdem ich endlich den Sprung zurück in die Zentrale in der Stadtmitte, noch dazu verbunden mit einer Beförderung, geschafft habe, sehe ich meine Zukunft auch dort. Einen längeren Arbeitsweg kann ich mir beim besten Willen nicht vorstellen. Und bei Versetzungsanträgen bei Gymnasiallehrern ist das so eine Sache. Jonas hat mir mehrmals berichtet, wie lange Kollegen auf die gewünschte Versetzung gewartet haben. Ich glaube nicht, dass Jonas Probleme damit hat, jeden Tag nach Augsburg zu pendeln. Blöd ist das in einer Weise schon, ein so langer Weg in die Arbeit. Darum ist Jonas auch froh darüber, dass er eine Fahrgemeinschaft mit einer Kollegin bilden konnte. Er ist heilfroh, dass er durch diese Fahrgemeinschaft Benzinkosten sparen kann.«

Während der letzten Sätze, die Amelie gesprochen hatte, war Jonas hinter seine Frau getreten und hatte das Gespräch stumm mitverfolgt. Zärtlich hatte er seine Hände auf Amelies Schultern gelegt. Da drehte sich Amelie zu ihm um, schaute zu Jonas auf und bestätigte ihre Aussage zur Fahrgemeinschaft. »Gell, Jonas, du bist doch auch froh, dass du bei Vanessa mitfahren kannst und dadurch Geld sparen kannst?« Jonas musste ein Grinsen unterdrücken, was ihm nur mit Mühe gelang. Dann nickte er mit ernster Miene. »Na klar. Ich bin Vanessa auch sehr dankbar dafür, dass sie mich zwei Mal in der Woche mitnimmt.«

Jonas war dankbar dafür, dass er die Fahrgemeinschaft mit Vanessa angestoßen hatte. Sehr dankbar und glücklich darüber, vor allem wenn er an die Folgen dieser Fahrgemeinschaft dachte. Die tiefe Liebe zu Vanessa, die nicht unbeantwortet blieb! Von ihren geheimen Treffen hatte seine Frau keine blasse Ahnung. All die Alibis, die er während der beiden letzten Ferienwochen erfunden hatte, waren glaubhaft gewesen und Amelie hatte keinen Grund gehabt, Verdacht zu schöpfen. Die Fahrgemeinschaft mit der jungen Kollegin hatte er unter dem Gesichtspunkt der Kostenersparnis gerechtfertigt. Als ein Gebot der reinen Vernunft, um Geld zu sparen und den Kohlendioxidausstoß zu senken. Als eine reine Zweckgemeinschaft. Jonas hatte sogar schauspielerisches Talent entwickelt und seiner Frau vorgegaukelt, er wäre die Umwege, die er wegen der Fahrgemeinschaft mit Vanessa machen musste, leid. »Ich muss ja noch den Umweg über Vanessa machen. Sie will partout bei mir mitfahren!« Im Stillen sehnte sich Jonas nach jeder freien Minute, die er mit Vanessa verbringen konnte. Ob auf dem Weg zur Arbeit, in der Pizzeria oder in Vanessas Bett.

Den privaten Kontakt zu seiner großen Liebe Vanessa hatte er bislang vor seiner Frau geheim halten können. Die bisher verwendeten Alibis hatten Bestand gehabt. Auch darüber war Jonas froh und glücklich. Er träumte davon, dieses Doppelleben auch weiterhin in vollen Zügen auskosten zu können.

61

Amelie saß in der S-Bahn auf dem Weg von der Arbeit nach Hause. Wieder keine Anzeichen ihrer Monatsblutung. Die monatliche Regel war schon seit gut drei Wochen ausgeblieben, und Amelie wurde nervös. Ihre Periode setzte immer sehr regelmäßig ein. Das letzte Ausbleiben der Regel vor über fünf Jahren hatte die Geburt Niklas' angekündigt. Damals hatte sie sich sehr auf ihr erstes Kind gefreut. Aber eine Schwangerschaft jetzt, während der Einarbeitung an der neuen Stelle, noch dazu im Zusammenhang mit einer Beförderung? Und dann der Mutterschutz nach Ablauf ihrer Probezeit? Was würde ihr Personaler dazu sagen?« Jede Menge Gedankenblitze durchzuckten ihren Kopf. »Wie ist das überhaupt möglich? Ich habe die Pille regelmäßig eingenommen, ich habe die Einnahme bestimmt nicht vergessen! Das ist doch ein Ding der Unmöglichkeit!« Amelie beschloss, in Pasing den Nachhausweg zu unterbrechen und in der Apotheke einen Schwangerschaftstest zu kaufen.

Innerlich zutiefst beunruhigt und nervös legte sie das letzte Stück ihres Nachhauseweges zurück. »Na ja, dann geht Jonas' sehnlichster Wunsch doch noch in Erfüllung!« Doch schnell keimte wieder ein Fünkchen Hoffnung auf, ihre Befürchtung wäre unbegründet und das Ausbleiben der Regel hätte andere Ursachen. Amelie fasste sich wieder und begrüßte ihren Mann zu Hause in gewohnt zärtlicher Weise.

Nach der abendlichen Brotzeit schloss sich Amelie in der

Toilette ein und unterzog sich dem Schwangerschaftstest. Das Ergebnis war positiv! Amelie war schwanger!

»So ein Mist! Jetzt, wo Niklas größer wird und in kleinen Schritten selbstständiger wird, wieder schlaflose Nächte, Windeln wechseln und füttern. Das alles wieder von vorne!«

Wie von einer unsichtbaren Hand herniedergedrückt, ließ sich Amelie auf die Klobrille fallen. Sie stützte ihren Kopf auf beide Hände und sinnierte vor sich hin. Sie versuchte, die vielen Gedankenblitze zu sortieren und wieder einen klaren Kopf zu bekommen. »Ich werde umgehend einen Termin bei meiner Frauenärztin ausmachen. Vielleicht irrt der Test? Auf jeden Fall werde ich keiner Menschenseele vorher etwas sagen.«

Den Termin bekam Amelie unter Angabe des Grundes ohne Wartezeiten. Am Donnerstagnachmittag, um 17 Uhr. Da würde es auch Jonas nichts ausmachen, wenn sie erst gegen halb acht Uhr nach Hause käme, denn am Donnerstagnachmittag war an seinem Gymnasium eine Gesamtkonferenz der Lehrkräfte angesagt. Jonas wäre also nicht lange ohne ihre Gesellschaft. Niklas würde nach halb vier zu Patrizia nach Hause gehen, das hatte Jonas mit der Leiterin des Kindergartens bereits geklärt. Patrizias Mama würde die beiden abholen und Niklas würde von Jonas bei Patrizia und ihrer Mama abgeholt, sobald er von der Lehrerkonferenz nach Hause kam.

62

Die Lehrerkonferenz war bereits kurz nach drei zu Ende. Jonas war aufgestanden und suchte mit den Augen Vanessa. Als sich ihre Blicke trafen, machte er mit dem Kopf eine Bewegung in Richtung Lehrerzimmertüre. Vanessa nickte, packte ihre Utensilien in die Tasche und verließ ihren Platz.

Als Vanessa den Anlasser betätigt hatte, drehte sie ihren Kopf zu Jonas und sah ihn fragend an. »Deine Frau hat einen Arzttermin. Wann ist der?« – »Um 17 Uhr. Ich werde Niklas bei einer Nachbarin abholen, sobald du mich abgesetzt hast.«- »Das ist aber schade. Sonst hättest du noch zu mir kommen können.« Auch Jonas bedauerte, dass er wegen Vaterpflichten nicht mehr zu Vanessa in die Wohnung gehen konnte. Und sich Vanessa hingeben konnte.

Seit dem Beginn des neuen Schuljahrs hatte Jonas Vanessa nicht mehr zum Italiener oder zum Griechen zum Essen eingeladen. Sie hatten die Rollen getauscht. Jetzt war es Vanessa, die ihn zu sich bat. Ihn an sich zog, ihre Beine breit machte und sein Glied empfing. Ein kurzes, heftiges Spiel der Liebe. Doch daraus wurde heute nichts. »Vielleicht funktioniert es nach unserer Fachsitzung Mathe. Ich werde sie Amelie gegenüber eine Stunde später ansetzen. Auf diese Weise schaffe ich einen Puffer. Zeit für unsere Liebe.«

Doch, der Schwangerschaftstest hatte zuverlässig funktioniert und den tatsächlichen Befund wiedergegeben. »Ja,

Frau Maier, Sie sind schwanger«, hatte die Gynäkologin mit einem Nicken ihres Kopfes bestätigt und mit großen Augen Amelies Reaktion abgewartet. »Wie kann das sein, wo ich doch die Pille nehme?«, schrie Amelie. »Das Antikonzeptivum, das ich Ihnen verschreibe, ist außerordentlich zuverlässig. Auch die Dosierung der Inhaltsstoffe ist hoch und gewährleistet einen sicheren Schutz vor einer Schwangerschaft. Sagen Sie, Aussetzer gab es keine?«, erkundigte sich die Ärztin. »Ich meine damit, ob Sie die Einnahme der Pille einmal oder gar mehrere Male vergessen haben?« – »Nein, nie. Ich bin befördert worden und trete zum 1. Oktober eine neue Stelle in der Zentrale an. Ein Baby zu diesem Zeitpunkt ist das letzte, was ich brauchen kann. Wie konnte das nur passieren?« – »Hatten Sie in den letzte Wochen Darmbeschwerden, Übelkeit, Erbrechen?«

Da fiel Amelie die Darmgrippe ein, die sie auf dem Kreuzfahrtschiff in Ägypten gehabt hatte, und sie gestand, dass sie sich aus diesem Anlass wiederholt hatte übergeben müssen. »Wenn Sie nach der Einnahme der Pille diese von sich geben, bevor sie vom Körper vollständig resorbiert wurde, reduziert sich die Wirkkraft des Antikonzeptivums. Oder sie entfällt ganz, wenn Sie sich kurz nach der Einnahme übergeben müssen.« Tatsächlich hatte sie sich auf dem Kreuzfahrtschiff wiederholt Jonas hingegeben. Und am Morgen kurze Zeit nach der Einnahme der Pille sich übergeben müssen.

Amelie hatte den Kopf gesenkt. »Ich bin so verzweifelt. Ich weiß wirklich nicht, wie das mit dem Beruf und der neuen Stelle jetzt werden wird!« – »Aber Sie sind doch eine sehr geschätzte Mitarbeiterin, auf die Ihre Bank baut. Sonst hätten Sie Ihnen die neue Stelle nicht angeboten. Und wie Sie wissen, ist der Mutterschutz in Deutschland sehr gut und es gibt verschiedene Möglichkeiten der Freistellung für Ihr zweites Kind, denken Sie nur an die erweiterten Regelungen der Elternzeit. Und da Ihr Arbeitgeber Vertrauen in Sie setzt – das beweist ja Ihre Beförderung – werden Sie gemeinsam mit Ihrem Mann und in Abstimmung mit Ihrem Arbeitgeber eine für Sie tragbare Lösung finden. Weiß ihr Mann schon, dass Sie möglicherweise schwanger sind?« – »Nein.« – »Haben Sie eine Vorstellung, wie Ihr Mann diese Nachricht aufnehmen wird?« Amelie hob ihren Kopf. Ein Lächeln stahl sich auf ihr Gesicht. »Der wird einen Luftsprung vor Freude machen.«

»Na sehen Sie, sicher werden Sie auch von dieser Seite Unterstützung bekommen.« Die Ärztin war aufgestanden. »Ich möchte Sie in einem Monat wiedersehen. Machen Sie mit meiner Mitarbeiterin einen Termin aus.«

Jonas warf seine Hände in die Luft, als er davon hörte, ein zweites Mal Vater zu werden. Er zog seine Frau an sich, suchte ihre Lippen und ließ sie lange nicht mehr los. »Endlich! Du machst mich ganz glücklich. Weißt du schon, ob es ein Bub oder ein Mädchen wird?« Nein. Das Ultraschallbild gab darüber noch keine Auskunft. Erst nach der vierzehnten Schwangerschaftswoche würde Amelies Frauenärztin ihr dazu etwas sagen können.

»Wenn wir wissen, ob es ein Mädchen oder ein Bub wird, können wir damit anfangen, Strampelanzüge zu kaufen. Und ich werde in die Spielzeugabteilung gehen und ein paar schöne Stofftiere für unser Kind kaufen«, verkündete Jonas ganz euphorisch. Die Vaterfreude überspielte Jonas' Überlegungen, wann er sich Vanessa wieder hingeben könnte.

Als Niklas eingeschlafen war, griff Jonas nach Amelies
Hand und zog sie ins Schlafzimmer.

63

aron hatte sich zu Odo gesetzt. »Ich habe dir noch gar nicht richtig gratuliert zu deiner Beförderung, Odo!« – »Nun ja, zunächst ist es nur ein Jobwechsel. Von einer Beförderung würde ich reden, wenn ich zum Abteilungsleiter oder zum Chefredakteur aufsteigen würde.« – »Was hat dich denn bewogen, eine neue Stelle zu suchen? Ich hatte immer das Gefühl, dass dir deine Arbeit im Bereich Gesellschaft und Soziales liegt. Dass du voll in deiner Arbeit aufgegangen bist, stimmt doch? Öfters habe ich Berichte und Dokumentationen aus deiner Feder gelesen, Bruderherz! Und immer wieder hatte ich das Gefühl, das Herz meines Bruders brennt für soziale Gerechtigkeit, die Unterstützung der Armen und sozial Schwachen.« Odo nickte. »Ich habe soziale Ungerechtigkeiten beim Namen genannt, Missstände aufgedeckt und Schwachstellen der Sozialpolitik der Bundesregierung kritisiert. Ich habe aufgezeigt, dass die Altersversorgung allein durch die Rentenversicherung Bund weite Teile der Bevölkerung in die Altersarmut befördert und dass die Parteien, egal welcher Couleur, auf diese gewaltigen Probleme keine vernünftigen Lösungsansätze haben. Und nichts dazulernen, indem sie zum Beispiel die Modelle der Altersvorsorge und der Zukunftssicherung der kommenden Generationen in Norwegen, Schweden oder der Schweiz mal studieren. Die leben doch völlig in den Tag hinein, diese Politiker! An die Zukunft denken heißt doch für die allermeisten von ihnen an die nächste Wahl denken! Im Übrigen bin ich öfters mit meinen bösen Bemerkungen sogar vom Abteilungsleiter oder dem Chefredakteur zurückgepfiffen worden. Mit meiner Arbeit als Redakteur bin ich immer wieder an Grenzen gestoßen.

Die Fakten sind bei der Rente wie folgt: Jeder vierte Rentner erhält eine Altersrente von weniger als 1000 Euro netto im Monat. Bei den Frauen lag der Anteil sogar bei über einem Drittel, wie das Statistische Bundesamt berechnet hat. Stand Ende 2023.

Neben geringen Rentenbezügen, die im direkten Zusammenhang mit der persönlichen Erwerbsbiografie des Rentners oder der Rentnerin stehen, spiegelt die finanzielle Situation der Menschen im Ruhestand auch eine strukturelle Ungerechtigkeit wider. Es geht um die Frage, ob der Arbeitgeber eine betriebliche Altersversorgung für seine Angestellten aufbaut. So erhielt ein Drittel der Männer ab 65 Jahren 2019 eine Betriebsrente, bei den Frauen bezog nur ein Viertel dieser Altersgruppe eine Betriebsrente. Warum macht der Staat die betriebliche Altersvorsorge nicht zur Pflicht für alle Unternehmen? So wie es in der Schweiz ist?«, ereiferte sich Odo.

Etwas versöhnlicher griff Odo seinen Gedankenfaden wieder auf. »Vergiss nicht, die sozialen Chancen eines jeden Einzelnen hängen stark mit dem Elternhaus zusammen und damit auch von der Bildung, die sich der Heranwachsende zu eigen machen kann. Und natürlich von der Unterstützung durch die Eltern, gewiss auch durch persönlichen Ehrgeiz und Fleiß. Die eigentliche Ungerechtigkeit in unserer Gesellschaft besteht nicht nur in unterschiedlich hohen Einkommen und Vermögen, sondern schon in der Ausgangslage. Das soziale Milieu, in das ein Kind hineingeboren wird, entscheidet fundamental über die Möglichkeit gesellschaftlichen, beruflichen und sozialen Aufstiegs und Fortkommens. Hast du nie darüber nachgedacht, Aaron, dass das, was wir geworden sind, zu 90 % durch unsere Gene auf der einen und durch das Biotop, in dem wir aufgewachsen sind, bestimmt wird? Der soziale, gesellschaftliche und bildungsmäßige Status unserer Eltern hat darüber mitbestimmt, was aus uns geworden ist. Hätte ich als Kind eines Asylbewerbers studieren können? Ja, es gibt Ausnahmen. Aber der Blick in unsere Familie zeigt doch deutlich, dass das, was wir geworden sind, auf dem Hintergrund unseres Elternhauses möglich geworden ist.«

»Und was freut dich am meisten an der neuen Stelle?«, erkundigte sich Aaron. »Es ist der Reiz des Neuen. Ja, ich habe auch an meine berufliche Biografie gedacht. An meine Vita. Es schadet dem Fortkommen nie, wenn man die Gelegenheit hat, verschiedene Gaben und Talente, die die Natur mir mitgegeben hat, zu entfalten. In meiner Arbeit wird das sichtbar und wirkt, was in mir angelegt ist. Khalil Gibran hat gesagt: *Arbeit ist sichtbar gemachte Liebe.*« Als Odo das gesagt hatte, machte er eine Pause. Er sann kurz über seinen letzten Gedanken nach und plötzlich wähnte er Fionas Stimme zu hören. Ja, diesen Blick auf seine Arbeit verdankte er Fiona. Er hatte nicht nur an die Aufgaben gedacht, die auf ihn warteten, sondern auch daran, dass er die Chance bekam, in der neuen Stelle zu zeigen, was er konnte, seine Fähigkeiten unter Beweis zu stellen, seine Talente zu entfalten. Den Stellenwechsel sah Odo als persönliche Herausforderung an.

»Das zweite, was mich von Herzen freut, ist, dass ich endlich eine volle Stelle habe. Das höhere Gehalt verschafft mir persönlich auch etwas mehr persönlichen Spielraum. Ich habe doch mit dem Teilzeitjob in finanziellen Dingen ziemlich rechnen müssen.«

Beide schwiegen einen Moment. »Sag mal, Aaron, wie glücklich bist du eigentlich in deinem Beruf als Pfarrer?« Aaron lächelte in sich hinein.

»Auf deine Frage gibt es mehrere Antworten. Ich habe mit hoher Motivation und großem Interesse katholische Theologie studiert. Theologie ist eine faszinierende Sache. Mich hat vor allem die wissenschaftliche Beschäftigung mit der Auslegung des biblischen Textes fasziniert. Ich habe immer wieder gestaunt, wie viel Verantwortung die Übersetzer des beinahe 2000 Jahre alten griechischen Text des Neuen Testaments haben. Viel Sachkenntnis ist erforderlich, um bei der Übertragung des griechischen Urtextes ins Deutsche der Absicht des Verfassers, zum Beispiel des Evangelisten Markus, gerecht zu werden. Ich will dir ein Beispiel dafür geben. Im ersten Kapitel des Markusevangeliums, in Vers 15, findest du den griechischen Satz:

»καὶ λέγων ὅτι πεπλήρωται ὁ καιρὸς καὶ ἤγγικεν ἡ βασιλεία τοῦ θεοῦ· μετανοεῖτε καὶ πιστεύετε ἐν τῷ εὐαγγελίῳ.«

Das »μετανοεῖτε« wird allgemein als »kehret um« übersetzt. Vom Wortstamm μετάνοια (metanoia) her kann damit Reue, aber ganz allgemein eine Sinnesänderung gemeint sein, es bedeutet dann seine Meinung über sich selbst zu ändern. Der Absatz Markus 1,15 kann auch so übersetzt werden: »Die Zeit ist erfüllt (oder der rechte Zeitpunkt ist jetzt da) und das Reich Gottes ist nahegekommen. Ändert euren Blick auf euch selbst und glaubt an das Evangelium.« Aaron machte eine Pause. »Gelegentlich wird die Schlussfolgerung auch so übersetzt: *Tut Buße und glaubt an das*

Evangelium!, so in der Lutherbibel von 1912 und auch in der überarbeiteten Ausgabe von 2017. Meines Wissens ist das mit dem Buße tun jedoch eine Überinterpretation. Es reicht, seine Einstellung zu ändern. Daran hatte der Evangelist Markus gedacht, als er sein Evangelium zwischen 80 und 90 nach Christi Geburt schrieb.«

Aaron machte eine Pause. Er lächelte wieder. »Um es kurz zu sagen: Priester und Seelsorger bin ich mit Leib und Seele. Ich habe im Priestersein meine Berufung gefunden. Aber Pfarrer zu sein in einem so großen Pfarrverband in der Erzdiözese München und Freising, noch dazu mit all den Auflagen der Pfarramtsverwaltung, das ist etwas ganz anderes. Da gibt es sehr unerfreuliche Tätigkeiten, die mir auferlegt sind. Und beim Kontakt mit den Mitarbeitern in der Verwaltung der Erzdiözese, dem Erzbischöflichen Ordinariat, gibt es große Unterschiede. Stets freundlich, kompetent und hilfsbereit sind die Mitarbeiter in der Abteilung Kirchenrecht. Dort werden meine Anträge auch zügig bearbeitet. Dort rufe ich auch immer wieder gerne an, wenn es eine Unklarheit im Sakramentenrecht gibt.«

»Da hast du sicher auch deprimierende Momente in deinem Beruf, die dich nachdenklich stimmen?« – »Ja, die gibt es reichlich. Letzte Woche hatte ich eine Beerdigung, da waren nur ich und zwei Ministranten am Grab. Stell dir das mal vor: gar keine Verwandten, keine Angehörigen, Nachbarn oder Freunde! Wie traurig muss es sein, so einsam und allein zu sterben. Das fand ich richtig deprimierend. Wie froh war ich, dass ich danach noch zu meinen Eltern auf eine Tasse Kaffee fahren konnte.«

»Aber du hast in deinem Beruf doch auch Tätigkeiten, die du mit Herzblut verrichtest?«, wollte Odo wissen. »Ich

freue mich über jeden Menschen, der zu mir kommt und
mir sein Herz ausschüttet, egal wie groß seine Probleme
sind. Auch wenn wir meist nicht über den Glauben, sondern
über psychische Probleme wie Erschöpfung oder Depression
reden. Glaubensfragen spielen in den meisten Gesprächen
keine Rolle. Fast immer geht es um die Frage nach Sinn
oder um die Lösung von Konflikten. Da reicht ein Gespräch
in der Regel nicht aus, und oft fühle ich mich bei diesen
Gesprächen weniger als Pfarrer, denn als Psychotherapeut.
Wie zum Beispiel bei Beziehungs- und Eheproblemen. Bei
Geldnöten muss ich in der Regel den Gang zu einer Be-
ratungsstelle der Caritas nahelegen. Denn wir haben kaum
Geld, das wir den Leuten so in die Hand drücken können,
wenn sie in finanziellen Nöten sind. Unsere Kollekten sind
zweckgebunden, für die gibt es den Kirchenkollektenjahres-
plan, und ich darf keine eigenen Sammlungen ohne Ge-
nehmigung des Erzbischöflichen Ordinariats durchführen.
Aber vergiss nicht, die Caritas ist eine soziale Einrichtung
der Katholischen Kirche, die für christliche Barmherzigkeit steht. Aber wir haben in unserer Pfarrei eine kostenlose Essensausgabe an sozial schwach gestellte Personen.«
Aaron hatte beschwichtigend die Hand erhoben, da er einen
politisch motivierten Einspruch seines Bruders befürchtete.
»Ich weiß ja, das, was wir als Kirche leisten können, sind
nur Tropfen auf den heißen Stein. Für strukturelle Ver-
änderung im Sozialgefüge ist die Regierung zuständig. Mehr
soziale Gerechtigkeit und bessere Bildungschancen sollten d
i e Herzensanliegen eines jeden Politikers sein. Der Schwer-
punkt seines Engagements muss die soziale Gerechtigkeit
sein, und nicht die Wiederaufrüstung der Bundeswehr oder
Waffenlieferungen an eine Kriegspartei.

Das andere, was ich nach wie vor liebend gerne tue, ist das Predigen am Sonntag und in der Vorabendmesse. Ich nehme mir immer auch reichlich Zeit für die Vorbereitung. Wenn ich die Textstelle aus dem Neuen Testament, die Perikope, in einfachen Worten mit dem Alltag meiner Zuhörer und Zuhörerinnen in Verbindung bringen kann. Aber auch wenn ich nach der gründlichen Vorbereitung einer Predigt das Gefühl habe, den Zuhörern einen Impuls für ihr Leben oder zumindest für die kommende Woche mit auf den Weg geben zu können, kommt oft Ernüchterung auf, wenn ich im Wortgottesdienst hinter dem Mikrofon stehe und in die dünn besetzten Bankreihen blicke. Wenn mich ein fast leerer Kirchenraum angähnt, das frustriert mich sehr.«

64

Gut gelaunt hatte Jonas seinen Sohn Niklas zum Kindergarten begleitet. Seit ihm Amelie mitgeteilt hatte, dass er zum zweiten Mal Vater wurde, schwebte er im siebten Himmel und ging wie auf Wolken. Endlich ging sein Wunsch in Erfüllung: Er und Amelie hätten eine richtige Familie, und Niklas bekam ein Geschwisterchen. Am letzten Samstag hatte ihm allerdings Amelie in einem längeren Gespräch bedeutet, dass sie nach der Geburt stärker seine Unterstützung im Haushalt erwartete. »Und nicht nur in punkto Einkaufen und Müll runtertragen. Ich werde dir auch zeigen, wie du dem Baby die Windeln wechselst. Und kochen werde ich unter diesen Umständen auch nicht mehr abends.«

Jonas hatte zugestimmt. Ja, er wollte Amelie gerne helfen. Er freute sich aber auch auf die schönen Seiten des Vaterseins. Zum Beispiel stellte er sich vor, wie schön es wäre, wieder mit dem Buggy sein Kind an der frischen Luft spazieren zu fahren. Den Geburtstermin hatte die Ärztin für die zweite Maihälfte errechnet. Die ersten Ausfahrten fielen in die nahende Sommerzeit.

Jonas wartete an der Tiefgaragenausfahrt auf Vanessa. Heute musste Jonas länger auf seine Geliebte warten. Das war ungewöhnlich, denn Vanessa erschien sonst pünktlich in der Ausfahrt der Tiefgarage. Endlich erschien Vanessas Kleinwagen in der Tiefgaragenauffahrt. Vanessa fuhr noch ein paar Meter vor, dann kam ihr Wagen zum Stillstand. »Morgen!«, murmelte Vanessa mit ernstem Gesicht, diesmal ohne ihren Mund Jonas zum Kuss darzubieten. Schweigend fuhr sie los.

»Oha! Hat Vanessa schlechte Laune?«, überlegte Jonas. Obwohl Montag war, ergab sich kein Gesprächsthema. Als sie die Autobahn Stuttgart erreicht hatten, fand Vanessa die Worte: »Wenn wir auf dem Parkplatz angekommen sind, muss ich mit dir reden.«

»Jonas, ich bin schwanger!« Diesmal blieb die freudige Erregung aus. Jonas erstarrte. Wie vor Schreck fand er keine Worte. Um den Ernst der Lage deutlich zu machen, sah ihn Vanessa mit ernstem Gesicht an: »Schwanger von dir. Es gibt keinen anderen Mann. In meinem Bauch steckt dein Kind.« Vanessa schlug mit beiden Händen auf das Lenkrad. »Wir haben ja über Verhütung gesprochen. Ich habe dir erklärt, dass ich Hormonpräparate nicht vertrage. Deshalb habe ich ein Intrauterinpessar eingesetzt. Und dich habe ich gebeten, ein Kondom zu benützen. Irgendetwas hat nicht so funktioniert, wie wir das erwartet haben. Ist dir was aufgefallen?«

Ja, Jonas war aufgefallen, dass ihm einmal das Kondom beim Herausziehen abgerutscht war. Er hatte es mit der Hand aus Vanessas Scheide gezogen. Sollte er das zugeben? Immerhin war der Samenerguss in das Kondom erfolgt. Und Vanessa hatte ein Pessar in ihrer Scheide. Er gestand, dass er einmal das Kondom aus ihrer Scheide hatte ziehen müssen. »Das hättest du mir aber sagen müssen, du Depp!« Vor Wut verfiel Vanessa ins Bayrische. Jetzt drehte sich Vanessa zu Jonas um und trommelte voller Zorn auf seine Schulter. Das tat zwar nicht weh, aber diese Reaktion seiner Geliebten machte Jonas erschrocken und verschlug ihm für eine ganze Weile die Sprache. »Hättest du mir dein

Missgeschick gestanden, hätte ich die Möglichkeit gehabt, mir beim Arzt die Pille danach geben zu lassen. Jetzt steht mir als Ausweg aus dieser misslichen Lage nur noch die Abtreibung zur Verfügung.«

Jonas erschrak erneut, aber diesmal fand er seine Sprache wieder. »Dein Kind abtreiben, würdest du das echt tun?« – »Darüber habe ich lange nachgedacht. Aber vergiss nicht, es ist nicht *mein* Kind, es ist *unser* Kind!« Vanessa sah ihn mit feuchten Augen an. Tränen liefen über ihre Wangen. »Es war so schön mit dir, und jetzt *das*!« Verlegen wandte Jonas seinen Kopf von Vanessas Gesicht ab und starrte durch die Windschutzscheibe ins Leere. Er fühlte sich unbehaglich und spürte seine Verlegenheit, seine Ratlosigkeit physisch. Diese starken Gefühle der Ohnmacht und der Ratlosigkeit lähmten ihn. Dennoch rang er sich zu dem Bekenntnis durch: »Ich will dir helfen, Vanessa!« – »Wie denn, mit ein paar hundert Euro, die du mir zusteckst? Und ich bleibe mit dem Baby allein zurück?«

Von ferne hörten sie den Schulgong. »Wir müssen«, stellte Jonas fest und öffnete die Türe des Wagens.

Mit gesenkten Köpfen näherten sie sich schweigend dem Schulgebäude. Das Gespräch war erstorben. Jonas hatte Vanessas unerwartete Mitteilung, dass sie ein Kind von ihm in sich trug, nach dem ersten Schock betäubt und sprachlos gemacht. Auf eine zweifache Vaterschaft war er nicht vorbereitet.

»Und Vanessa, will sie überhaupt dieses Kind?«

Auf den letzten Metern zum Unterrichtsraum fiel Jonas ein: »Vanessa deutet an, dass sie das Kind zur Welt bringen möchte. Waren nicht ihre letzten Worte: *Ich bleibe mit dem Baby allein zurück?«*

65

Freust du dich schon auf das Gymnasium?«, fragte Jonas seinen Sohn, als er mit ihm in die Poolbar ihres Urlaubshotels in Rethymno auf Kreta ging. »Na ja, ich freue mich, dass ich auf das Gymnasium gehen darf. Aber ich verliere meine Freunde Benjamin und Kelvin. Benjamin geht auf ein anderes Gymnasium, und der Kelvin hat es nicht geschafft. Aber immerhin kommt auch Patrizia auf die neue Schule.« – »Und wenn du Glück hast, kommt sie auch in die gleiche Klasse wie du.«

Jonas, Amelie und Niklas hatten sich diesmal für Kreta entschieden. Rethymno war die drittgrößte Stadt der Insel Kreta und besaß eine sehenswerte Altstadt mit einem venezianischen Hafen. Von Rethymno aus waren auch viele Sehenswürdigkeiten der Insel gut zu erreichen.

Jonas' Traum, dass Niklas ein Geschwisterchen bekäme, war im November vor sechs Jahren durch einen schweren Autounfall Amelies zerstört worden. Amelie musste aus dem schwer beschädigten Auto ins Krankenhaus gebracht werden. In der Folge dieses Unfalls kam es zu einer Fehlgeburt. Der schwere Unfall, der anschließende Krankenhausaufenthalt Amelies und ihre Fehlgeburt hatten nicht nur Jonas' Traum von dem lang ersehnten Familienzuwachs zerstört. Sie hatten tiefe Spuren in dem bis dahin so unbeschwert dahinlebenden Jonas hinterlassen. Er war nachdenklicher geworden, ernster, und gab den Wunsch nach einem weiteren Kind in seiner eigenen Familie auf. Der Krankenhausaufenthalt seiner Frau hatte ihn fürsorglicher, rücksichtsvoller Amelie gegenüber gemacht. Ein tiefes Gefühl der Dankbarkeit für seine Familie war in ihm gewachsen. Er war dankbar für seine Frau Amelie, die durch ihre neue Aufgabe als Anlageberaterin für vermögende Privatkunden in ihrem Beruf aufzublühen begann. Die jetzt, durch die Arbeit in der Zentrale, wieder mit ihren Freundinnen Amanda und Sophia zum Mittagessen gehen konnte. All dies trug dazu bei, dass Amelie den Schmerz über den Verlust ihres heranwachsenden Kindes in ihrem Bauch leichter verarbeiten konnte. Die neue berufliche Situation trug viel zu ihrer wiedergefundenen Ausgeglichenheit bei. So lebensfroh und zupackend in den Dingen des Lebens, sogar in ihrem Haushalt, kannte Jonas seine Frau gar nicht. Und schließlich war Jonas stolz darauf, dass sein Sohn den Übertritt auf das Gymnasium geschafft hatte. Er hatte sich vorgenommen, sich mehr Zeit für seinen Sohn zu nehmen und am Wochenende mit ihm zu spielen.

Und unendlich dankbar war Jonas auch für Linus. Es war eine innige, sehr tiefe und geheime Dankbarkeit, die er Amelie gegenüber nie zeigte. Nie zeigen konnte. Der kleine Wirbelwind mit den blonden Locken und den blauen Augen seiner Mutter Vanessa war das ganz besondere, heimliche Glück Jonas'. Etwa zu dem Zeitpunkt, da auch Amelies Kind hätte zur Welt kommen müssen, gebar Vanessa in ihrer Heimatstadt Straubing einen gesunden Jungen mit 56 cm Größe. Fast schon ein Schwergewicht für die zierliche Vanessa.

Für Vanessa war eine Abtreibung nicht in Frage gekommen. Sie wollte ihr Kind zur Welt bringen und großziehen. Ihr war von Anfang an klar gewesen, dass eine schwere Belastung auf sie zukam, die Hauptlast der Erziehung ohne Partner an ihrer Seite zu tragen. Jonas war der Vater des kleinen Linus, jedoch weder Ehemann noch Lebenspartner der Mutter. Er hatte schon im Oktober Vanessa großzügige finanzielle Hilfe versprochen. Als Gymnasiallehrer verdiente er gut und auch Amelie, seine Frau, die seit dem Wechsel in die Zentrale wieder in Vollzeit arbeitete, stand finanziell jetzt deutlich besser da. Noch dazu, wo der Stellenplan des Bankhauses für diese Verwendung in der Abteilung *Anlageberatung für vermögende Privatkunden* eine Höhergruppierung mit sich gebracht hatte. Doch Jonas wollte für seinen Sohn und für Vanessa einen angemessenen Beitrag von seinem eigenen Gehalt leisten. Um seinen Beitrag für das Familienbudget nicht zu sehr zu schmälern, hatte Jonas angefangen, Nachhilfestunden in Mathematik zu geben. Die gesamten Nettoeinnahmen aus seiner Nebentätigkeit flossen in seinen finanziellen Beitrag, den er Vanessa regelmäßig überwies.

Vanessa war sehr dankbar für diese großzügige Unterstützung. Im Gegenzug hatte Jonas mit Vanessa vereinbart, seine Vaterschaft und die moralischen und finanziellen Verpflichtungen für sein uneheliches Kind geheim zu halten. Niemand, außer ihre Eltern und ein künftiger Mann sollten je davon erfahren, wer der Vater des kleinen Linus war. Linus selbst wusste, dass ein früherer Freund seiner Mutter sein leiblicher Vater war, nannte aber Ludwig »Papa.« Jonas hatte Vanessa ausdrücklich verboten, seiner Frau diesen Tatbestand bekanntzugeben.

Vanessa war von Anfang an klar gewesen, dass sie ihre eigene Familie um Unterstützung bitten musste.

Nach dem Ende des Mutterschutzes Mitte Juli ließ sie ihr Kind unter der Woche bei ihrer Oma in Straubing. Es traf sich gut, dass zweieinhalb Wochen nach dem Ende ihres Mutterschutzes die bayerischen Schulferien begannen. Außerdem hatte Vanessa über ihren Schulleiter die Versetzung an ein Gymnasium in Straubing oder der näheren Nachbarschaft ihrer Heimatstadt beantragt.

Die Fahrgemeinschaft mit Vanessa hatte noch drei Jahre Bestand gehabt. Die Gespräche zwischen Vanessa und Jonas kreisten jetzt verstärkt um ihr gemeinsames Kind. Ja, zusehends wurde es zum hauptsächlichen Gesprächsstoff während der Fahrt. Doch Jonas litt darunter, dass er sein Kind über Monate hinweg nicht in den Arm nehmen konnte. Wollte er seine Vaterschaft gegenüber seiner eigenen Familie weiterhin geheim halten, gab es auch keine Möglichkeit, mal über ein verlängertes Wochenende nach Straubing zu fahren, um Zeit mit Linus verbringen zu können. Dieses Getrenntsein von seinem Sohn bedrückte Jonas. Er litt unter dieser Situation sehr und versank oft in ein dumpfes Brüten, das auch seiner Frau auffiel. »Was ist mit dir, Jonas? Was beschäftigt dich denn? Was grübelst du die ganze Zeit?«

Jonas konnte diese Fragen nicht beantworten, wollte er nicht sein Geheimnis preisgeben und damit Amelie unendlich verletzen.

Das persönliche Verhältnis zwischen Jonas und Vanessa behielt ihre Intensität und ihre Liebe fand weiterhin ihren körperlichen Ausdruck in Vanessas Bett. Bis Vanessa Jonas offenbarte, dass sie sich in Ludwig, einen langjährigen

Bekannten in Straubing, verliebt hatte. Nachdem sie endlich die Zusage ihrer Versetzung nach Straubing erhalten hatte, offenbarte sie Jonas, dass sie und Ludwig an eine gemeinsame Zukunft dachten und zum neuen Schuljahr zusammenziehen wollten.

Vanessa zog sich aus ihrer intimen Beziehung mit Jonas zurück. Sie umarmten sich zwar gelegentlich, Zungenküsse und Liebesspiele in Vanessas Bett gab es jedoch keine mehr.

Das war ein harter Schlag für Jonas. Eine wahre Erschütterung für ihn. Nach seinem Sohn verlor Jonas jetzt den drittwichtigsten Menschen in seinem Leben. Vanessa war ein fester Teil seines Lebens gewesen. Eine wunderschöne Zeitspanne seines Lebens hatte ein Ende gefunden.

Am Anfang hatten sie den Kontakt durch den regelmäßigen Austausch von Mails auf WhatsApp beibehalten. Doch die Zeitabstände zwischen den einzelnen Nachrichten wurden größer und zusehends zufälliger, unregelmäßiger.

Jonas hatte in Vanessa einen Menschen verloren, den er heiß und innig geliebt hatte. Mit Vanessa hatte er liebend gerne die Zeit verbracht, sie nach ihrem Urteil gefragt, gemeinsam über Dinge gesprochen, die beide beschäftigten. Für Jonas gab es keinen Zweifel: wäre er ledig gewesen, hätte die Geschichte ein anderes Ende genommen. Er hätte Vanessa gefragt, ob sie seine Frau werden wolle. Ein Leben mit Vanessa konnte er sich gut vorstellen.

66

Odo und Fiona saßen beim erweiterten Frühstück, eine Art Brunch zu zweit. Das war eine feste Einrichtung geworden, und beide liebten die entspannte Atmosphäre, sich an einer reichlich gedeckten Frühstückstafel gütlich zu tun und sich auf das gemeinsame Programm des Samstags oder des Sonntags vorzubereiten. Der Brunch um zwölf Uhr mittags war auch dem Umstand geschuldet, dass sie nach einer kurzen Nacht von Freitag auf Samstag lange liegen blieben und dass Fiona keine große Köchin war. Das hatte dazu geführt, dass Odo sich seit dem Bezug der gemeinsamen Wohnung gelegentlich als Hobbykoch betätigte. Heute hatte er sogar Rühreier mit Speck gebraten und damit Fiona überrascht.

Mittags unter der Woche konnten nun beide, auch Odo, seit er bei der Deutschen Bundesbank arbeitete, im Bistro ihres Arbeitgebers essen gehen. Am Sonntag ging das Paar gerne in eine Bar oder ein gediegenes Speiserestaurant zum Essen. Da beide bestens verdienten, stellte das kein Problem dar.

Beide waren seit vier Jahren ein Paar. Sie hatten eine große Schnittmenge an gemeinsamen Interessen und Freizeitaktivitäten und ergänzten sich auch durch die unterschiedlichen Aufgabenstellungen bei zwei großen Institutionen in der Welt des Geldes. Fiona arbeitete mittlerweile bei der Fondstochter des größten Geldhauses Deutschlands und Odo war Pressereferent bei der Bank der Banken, bei der Finanzaufsicht der Bundesrepublik Deutschland, der

Deutschen Bundesbank. Beide hatten hauptberuflich mit Finanzen zu tun und bewegten sich in der Welt des Geldes, wenn auch unter ganz unterschiedlichen Blickwinkeln und einer je eigenen Herangehensweise.

Als Pressereferent war Odo Mittler zwischen den Medien und der Bundesbank und damit der erste Ansprechpartner für nationale und internationale Journalisten und Journalistinnen. Als Kontaktperson nach außen war er auch öfters im Zusammenhang mit Interviews und Stellungnahmen bei Pressekonferenzen präsent und gelegentlich sah man sein Gesicht auch im Fernsehen. Auf diese Weise stieß er öfters auch auf ehemalige Kolleginnen und Kollegen seines früheren Arbeitgebers aus dem Ressort »Markt und Finanzen«. In diesem Bereich hatte Odo seine ersten Erfahrungen gesammelt und Beiträge formuliert. Er hatte sich in diesem Tätigkeitsfeld nie richtig wohl gefühlt und war auch nicht lange damit befasst gewesen. Das lag daran, dass ihm als Politologe die Grundkenntnisse für den Bereich Wirtschaft, Unternehmen und Börse fehlten. Um aus dem Vollen schöpfen zu können, hätte er ein erfolgreich abgeschlossenes Studium der Volkswirtschaft oder der Betriebswirtschaftslehre hinter sich haben müssen.

Traf er jetzt zufällig mit ehemaligen Kollegen zusammen, sprachen ihn einige wie einen alten Kumpel an und schlugen ihm ein abendliches Feierabendbier vor. Andere grüßten ihn, mieden jedoch weitere persönliche Nähe. Nicht selten hörte Odo aus ihren Bemerkungen Neid heraus, etwa aus der Bemerkung: »Du hast es ja geschafft!«, oder »Du hast ja jetzt ausgesorgt!«

Odo hatte keinesfalls diesen Blick auf seine Arbeit. Gewiss, er war froh, jetzt eine Vollzeitstelle zu haben. Er sah seine Arbeit als Herausforderung und Chance, seine Talente und Fähigkeiten einzusetzen. In dieser Haltung beriet er intern Kollegen in anderen Hauptabteilungen und sogar Vorstandsmitglieder, wenn es um Fragen der Kommunikation nach außen ging. Blieben offene Fragen zurück, war er gerne bereit, die gewünschten Informationen schnellstmöglich zu beschaffen und seinen Gesprächspartnern zur Verfügung zu stellen.

Vor einem guten Jahr hatten Fiona und Odo eine gemeinsame Wohnung in einem Vorort von Frankfurt bezogen. Mit einem weinenden und einem lachenden Auge hatte er sein Zimmer in der gemeinsamen Wohnung aufgegeben und sich von Simone und Elisabeth verabschiedet. Simone als Flugbegleiterin hatte er meist nur im Kommen und Gehen getroffen oder im Flur der Wohnung gehört. Allerdings verlor er Simone nicht aus den Augen. Fiona und Simone kannten sich seit dem Gymnasium und waren miteinander befreundet. Früher hatten sie sich gelegentlich zu einem gemeinsamen Abend in einem Klub verabredet. So geschah es, dass sie sich gelegentlich zum Tanzen in einem Klub wiedersahen.

Zu Elisabeth jedoch hatte er einen persönlichen Kontakt aufgebaut und schließlich auch einen guten Draht zu ihr entwickelt. Das Verhältnis der beiden war persönlicher, vertraulicher. Sie hatten öfters abends Brotzeit gemacht und manche Flasche Rotwein zusammen leer getrunken. Elisabeth liebte ein Glas Rotwein abends über alles, am liebsten in Begleitung mit einem französischen Weichkäse und einem frischen Baguette. Ja, und sie hatte Freude an Odos Gesellschaft. Oft hatte Odo sie nach ihren Projekten gefragt und Elisabeth hatte ihn als Kunsthistorikerin in ihren Berichten mit in die Welt der Malerei vergangener Jahrhunderte mitgenommen. Elisabeth schwärmte von den Leistungen großer Meister, die sie bewunderte. Blumige Beschreibungen sprudelten aus ihr heraus, und oft zog sie Vergleiche mit anderen Malern, die das gleiche Sujet in Ölfarbe verewigt hatten, betonte kenntnisreich Feinheiten und Eigenheiten des Künstlers und seiner Epoche. Odo verblieb in seiner Welt, in der er gesellschaftliche Missstände aufs Korn nahm und die er durch seine kritischen Bemerkungen bessern wollte. Elisabeth tauchte ein in die Welt der Maler. Sie analysierte Bildkompositionen, Stilelemente, Kontraste und das Spiel der Farben, die je nach Epoche und Stilrichtung eigene Konturen und eine je eigene Intensität annahmen. Sie war im Fach Malerei sehr bewandert und hatte Odo erklärt, wie der Impressionist Claude Monet 1872 in dem weltbekannten Gemälde »Soleil levant« mit einer besonderen Malweise mit kleinen, kurzen Pinselstrichen das ständige Wechselspiel des Lichts und das Flimmern der Luft anschaulich gemacht hatte. Das stimmungsvolle Bild zeigt die aufgehende Sonne im Hafen von Le Havre.

Anders als bei Simone hatte der letzte Handschlag mit Elisabeth in der Wohnung, aus der Odo auszog, etwas Endgültiges. Ohne dass sich die beiden dessen bewusst waren. »Melde dich wieder einmal bei mir!«, hatte ihm zwar Elisabeth mit auf den Weg gegeben. Doch seit seinem Auszug aus der Wohngemeinschaft hatte er nie wieder mit Elisabeth Kontakt aufgenommen. Die Zeit der langen Gespräche zwischen Odo und Elisabeth über die Malerei vergangener Jahrhunderte war vorbei.

Äußerlich passten Fiona und Odo zueinander. Sie bewegten sich beruflich jetzt beide in der Welt des Geldes und tauschten sich auch über ihre beruflichen Aufgabenstellungen aus. Odo hatte es sich nicht nehmen lassen, Fachbücher zum Thema Geld, Währungen und Wirtschaft zu studieren und hatte damit einen geschärften Blick auf die Problemfelder gewonnen, über die die Medienvertreter Auskünfte erbaten. Und die zu den Aufgabenfeldern der Mitarbeiter der Bundesbank gehörten.

Aber Odo war durch Fiona erneut mit der bildenden Kunst, vor allem ihrem Lieblingsgegenstand, der Malerei, und auch mit der Oper in Berührung gekommen. Als Politologe und als ehemaliger Journalist schärfte Odo Fionas Blick auf den Strukturwandel in der Gesellschaft und die gesellschaftlichen Missstände. Immer wieder versuchte er seiner Frau klarzumachen, wie das gegenwärtige Schulsystem die bestehenden sozialen Ungleichheiten zementierte. »Soziale Ungerechtigkeit entsteht durch die Geburt in einer bestimmten sozialen Klasse und wird durch die durchlaufene Bildung weiter verfestigt.« Angehörige der unteren sozialen Schichten und Kinder von Migranten hätten weniger Bildungschancen und damit schwerer Zugang zu beruflichem Aufstieg und gesellschaftlicher Teilhabe.

67

Lisa lehnte sich an den Türrahmen von Luis' Arbeitszimmer. »Setzt du dich nachher noch zu mir auf den Balkon, wenn du fertig bist?«, fragte sie leise. Ihre Stimme klang flehend. »Wir wollten doch draußen noch ein Glas Wein trinken«, stellte Lisa resigniert fest. »Ja ja, ich komm schon!«, Luis hatte sich auf seinem Bürostuhl umgedreht und schlug mit seinen Händen auf die Knie. Er nickte beschwichtigend. »Gib mir noch eine halbe Stunde. Dann bin ich bei dir!«

Solche Zusagen hatte Lisa schon Dutzende Male gehört. Aber was ist eine halbe Stunde Zeit für die Steuererklärung eines selbständigen Kleinunternehmers, eines Elektrikers mit drei Angestellten? Oder eines Millionärs mit drei Mehrfamilienhäusern? Wenn Luis nicht schon alle Belege durchgesehen und geordnet hatte, war eine halbe Stunde Arbeit für die Bearbeitung der Steuererklärung eines Mandanten ein Nichts. Luis hätte ehrlicherweise sagen müssen: »In zwei Stunden klappe ich mein Notebook zu und dann komme ich zu dir auf den Balkon.« Lisa senkte den Blick, biss sich auf die Lippen und schob fordernd nach: »Du wolltest mit mir doch noch über unseren Urlaub reden!« Lisa wandte sich um, durchschritt den Flur und das spärlich möblierte Wohnzimmer und nahm auf dem Campingstuhl auf dem Balkon Platz. »Wenn wir mal wieder Geld für Anschaffungen zur Verfügung haben, wünsche ich mir elegante Balkonstühle. Und einen neuen Tisch. Den alten Balkontisch hatte sie von ihren Eltern mitgenommen. Er war bereits in die Jahre gekommen und hatte am Fuß bereits ein paar Rostflecken. Neulich hatte ihr Mann bei der abendlichen Brotzeit nachdenklich angemerkt: »Hoffentlich kommt unser Auto nächstes Jahr noch durch den TÜV.« Außer einem Notgroschen in der Größenordnung von zwei Nettomonatsgehältern gab es keine Rücklagen auf dem Tagesgeldkonto mehr. Alle Ersparnisse waren in den Kauf der Eigentumswohnung geflossen.

Lisa träumte davon, mit ihrem Mann für zwei Wochen nach Teneriffa zu fliegen. Und sie hatte vor, alle Sehenswürdigkeiten zu besichtigen: Puerto de la Cruz, La Orotova, die Masca Schlucht, Santa Cruz de Tenerife und viele malerische Plätze in den historischen Städten. Und sie wollte sogar im Anaga-Gebirge wandern und den Teide Nationalpark besuchen. Lisa wollte mal raus, Neues sehen, Naturschönheiten bestaunen, wandern. Und abends noch eine Runde im hoteleigenen Pool schwimmen. Von all diesen tollen Projekten hatte sie Luis bereits vorgeschwärmt. Dieser hatte geduldig zugehört und gelegentlich auch Interesse gemimt. Einige Besichtigungstouren und Expeditionen reizten ihn zwar, doch er setzte mehr auf die passive Seite des Urlaubs: in der Sonne liegen, schwimmen und dem bunten Treiben der Kinder von der Poolbar aus hinter einem kühlen Bier zusehen. Die Auffahrt auf den Teide mit der Seilbahn und die Fahrt durch den angrenzenden Nationalpark, doch, die wollte er gerne mit Lisa machen. Aber an der Besichtigung von historischen Stätten lag ihm nicht viel.

Lisa hatte hohe Erwartungen an ihren bevorstehenden Urlaub. Sie hatte seit dem Einzug in ihre Eigentumswohnung in Buchenau und dem Antritt ihrer neuen Stelle im Kindergarten von Buchenau nicht mehr die Abwechslungen und die Anreize, die ihr der Heimweg von ihrem städtischen Kindergarten in München in ihre kleine Wohnung geboten hatte, die sie mit Monika geteilt hatte. Sie war traurig, nach der Arbeit im Kindergarten nicht mehr shoppen gehen zu können. Sie vermisste auch die regelmäßigen Restaurantbesuche, zu der sie Luis während ihrer Zeit in München eingeladen hatte. Sie empfand Buchenau als eine langweilige Schlafstadt.

Dass sie nicht mehr so häufig zum Essen ausgingen, hatte auch finanzielle Gründe. Die Hypothekarzinsen und die monatlichen Tilgungsraten hatten ihren finanziellen Spielraum erheblich eingeschränkt. Luis war auch in Gelddingen sehr exakt, und hielt sich gerne an die engen Grenzen seines Monatsbudgets. Nicht selten dachte Lisa mit Wehmut an ihre Münchener Zeit zurück. Trotz der getrennten Wohnungen, die sie damals hatten, behielt sie die erste Zeit ihrer Berufstätigkeit in München, die Nächte, die sie in Luis' kleiner Wohnung mit ihm verbracht hatte, in einer warmen Erinnerung. Auch zu den vielen schönen Abenden im *Da Marco*, zu den langen Gesprächen über ihre Zukunft, insbesondere die Wohnungssuche, kehrten ihre Gedanken oft zurück.

Ja, sie hatten sich einen Traum erfüllt. Die eigene, frisch erbaute Eigentumswohnung. Und mit dem Auszug aus den getrennten Wohnungen ging ein weiterer, lange herbeigesehnter Wunsch in Erfüllung: endlich ein gemeinsames Zuhause zu haben. Gemeinsam aufstehen, die freie Zeit zusammen verbringen, Seite an Seite durch das Wochenende gehen.

Der Traum ging in Erfüllung und wurde Realität, wurde Alltag. Das Hochgefühl der ersten drei Wochen war verflogen. An die neuen Lebensumstände hatten sie sich gewöhnt, die Wahrnehmung war nicht mehr neu, erzeugte keine besonderen Gefühle mehr. Eine andere Realität blieb: das knappe Monatsbudget, die steten Einwände Luis', wenn für etwas jenseits der alltäglichen Besorgungen Geld benötigt wurde. Wie gerne hätte Lisa Blumen auf dem Balkon angepflanzt, hätte Pflanzbecken und Blumenschalen im Gartencenter ausgesucht, und sich als Gärtnerin betätigt. Doch wie oft hatte sie von Luis den Satz gehört: »Erst die Wohnung, dann die Dekoration!« Immerhin war Luis damit einverstanden gewesen, in einen alten Blumenkasten, den Lisa von ihrer Mutter abgestaubt hatte, drei Setzlinge Tomaten zu pflanzen.

Lisa saß auf dem in die Jahre gekommenen Campingstuhl auf dem Balkon und sah versonnen in die untergehende Sonne. »Ich hoffe, ich kann Luis davon überzeugen, dass wir zwei Wochen auf Teneriffa verbringen können. Zwei Wochen haben wir uns doch verdient! Schließlich ist es unser einziger Urlaub in diesem Jahr!«, hielt sie für sich fest. »Auch Luis braucht mal Urlaub. Ich weiß gar nicht, wie viele Stunden er in der Woche arbeitet? 48, 50 oder gar mehr? Wie viele neue Mandanten will er denn noch annehmen? Auf jeden Fall halte ich eine Woche Teneriffa für zu kurz. Da werde ich diesmal nicht nachgeben!«

Mit einem leichten Anflug von Trotz hielt Lisa diesen Gedanken fest. »Ja, wir haben uns den Kauf dieser wunderbaren Eigentumswohnung in den Kopf gesetzt. Und seit Jahren bringen wir Opfer, damit wir unsere Raten aufbringen können. Wann waren wir das letzte Mal beim Italiener zum Essen? Vor fünf Monaten, an meinem Geburtstag. Und jetzt knausert Luis am Urlaub und will nur

eine Woche mit mir nach Teneriffa? Ich möchte mich auch
mal verwöhnen lassen, zum Büffet gehen können, anstatt
am Kochherd zu stehen! Zwei Wochen ohne putzen, waschen, einkaufen und kochen.« Lisa schloss die Augen und
träumte vor sich hin.

Da stand auch schon Luis unter der Balkontüre. »Wollen wir uns zu unserem Urlaubsmeeting eine Flasche Wein
gönnen?« – »Das sind ja ganz versöhnliche Töne«, dachte
Lisa. »Oh ja gerne!« – »Dann gehe ich schnell in den Keller.
Ich bringe eine Flasche Weißwein mit.«

68

Diesmal hatten sich Fiona und Odo für einen anderen Klub entschieden. Nicht ins *Cindy* wollten sie gehen, sondern in den Klub, den Afra Odo vor vielen Jahren mal am Stadtrand Frankfurts gezeigt hatte. Odo war ganz erstaunt, dass Fiona den *Klub 69* nicht kannte. Die unternehmungslustige Fiona war gerne bereit, etwas Neues zu entdecken. Dass sie heute Freitag, am Ende einer arbeitsintensiven Woche noch in das Frankfurter Nachtleben eintauchen wollten und nicht wie sonst üblich am Samstag, hatte seinen Grund darin, dass beide am Samstagabend zu einer Vernissage eingeladen waren.

Beide hatten sich nach der Arbeit in der Nähe des Main Towers zu einem kleinen Imbiss getroffen. Odo war aufgefallen, dass Fiona heute nicht so lebhaft war wie sonst auch. Sie hatte kurz über die wichtigsten Ereignisse des Tages berichtet und das Meeting vom Vormittag erwähnt. Aber ihr Bericht fiel kürzer aus als sonst. Im Vergleich zu sonst wirkte Fiona fast einsilbig. »Ist etwas mit dir, Fiona?«, wollte Odo wissen und küsste sie auf ihre Wange. »Ich bin einfach nur müde. Ja, wir hatten im Meeting eine Auseinandersetzung. Es ging um die Aufnahme zweier Unternehmen in einen ESG-Fonds. Da gingen die Meinungen auseinander. Da wir uns nicht einigen konnten, haben wir die Entscheidung über die Aufnahme vertagt.« Odo berichtete zum Ausgleich etwas ausführlicher von einem Pressetermin, den er federführend vorbereitet hatte. Mit einem Lächeln beendete er seine Ausführungen. »Diesmal gab es auch einige tiefgründige Fragen. Es kam mir so vor, als wäre der Fragesteller selbst Finanzfachmann oder vielleicht ein ehemaliger Mitarbeiter von uns. Du weißt ja, die Journalisten stellen manchmal etwas einfältige, primitive Fragen.«

Da erwachte Fiona zu neuem Leben. »So wie du früher auch, als du noch Journalist warst?« Da mussten beide lachen. »Zum Glück habe ich heute die Veranstaltung nur moderiert und die Fragen entgegengenommen. Und jenes Vorstandsmitglied, das sich angesprochen und kompetent fühlte, hat geantwortet.«

Als sie im *Klub 69* ankamen, gähnte sie ein fast leerer Raum an. Der DJ war noch nicht gekommen, doch die Lichtorgel sandte schon ihre Lichtblitze aus und der Discofox belebte den Raum. Sie setzten sich an die Bar und bestellten ihre Getränke. Etwa nach zehn Minuten legte eine junge Frau ihren Arm auf Odos Schulter und er vernahm eine bekannte Stimme, die seinen Namen nannte. Odo drehte sich um und erkannte Afra hinter sich, die ihn mit einem breiten Grinsen anlächelte. »Dass du den Weg hierher gefunden hast … wie freue ich mich! Wir haben uns ja ewig lang nicht gesehen.« Afra öffnete ihre Arme und zog Odo an sich. Odo ließ sich vom Barhocker gleiten und stellte sich neben Afra. Danach konterte er: »Und dass du so früh in den *Klub 69* gehst!« Auch Fiona wurde wärmstens von Afra begrüßt. Die beiden Frauen kannten sich von früheren Abenden im Klub vom Sehen. Odo benützte trotzdem die Gelegenheit, die beiden näher vorzustellen. »Afra arbeitet bei der Stadtverwaltung. Sie geht am Freitag meist in das *Cindy*. Und Fiona ist meine Frau. Sie arbeitet bei der Fondsgesellschaft einer Geschäftsbank.« Odo nannte auch den Namen der Fondsgesellschaft, worauf Afra ein gedehntes »Oh!« entfiel.

Für Odo blieb unklar, ob Afras Antwort ein Ausdruck der Überraschung darüber markierte, dass er Fiona geheiratet hatte, oder ob sie das »Oh!« aus Bewunderung für Fionas Arbeitgeber, einen renommierten Vermögensverwalter im deutschen Finanzmarkt, ausgestoßen hatte.

»Suchen wir uns einen Tisch aus!«, schlug Odo vor. »Dann können wir etwas plauschen.«

Odo hatte Afra aus den Augen verloren, seit sich die gemeinsamen Treffen mit Fiona am Samstagnachmittag zu einer innigen, bald auch intimen Beziehung entwickelt hatten. Und mit Fiona war er jeweils nur samstagabends ausgegangen. Stets zu zweit, jedoch in einen Klub in der Frankfurter Innenstadt. Darum hatten sich ihre Wege nicht mehr gekreuzt.

Odo tanzte abwechselnd mit den beiden Frauen. Dabei fielen ihm nicht nur die kräftigen Umarmungen Afras auf, sondern auch ihre verliebten Blicke. »Es war immer so schön mit dir!«, beschwor ihn Afra. »Ich würde dich gerne wiedersehen. Nicht im Klub. Und ohne Fiona!« Odo fühlte sich geschmeichelt. Er mochte Afra von Herzen gerne. Aber er hatte sich für Fiona entschieden. Die regelmäßigen Treffen am Samstagnachmittag waren seiner Initiative zu verdanken, und recht bald hatte Fiona ihm gestanden, dass ihr dieser Programmpunkt der Wochenendgestaltung besonders gefiel. Nach dem dritten langen Samstagsgespräch entwichen Fiona die Worte: »Nächsten Samstagnachmittag wieder?« Ja, Fiona hatte sehr bald ein persönliches Interesse an Odo und an den Gesprächen mit ihm entwickelt. Und ihr Wunsch fiel bei Odo auf fruchtbaren Boden. So wurden sie in wenigen Monaten ein Paar.

»Wohnst du immer noch in deiner alten Wohnung? Und

allein?«, vergewisserte sich Odo. Ja, Afra lebte noch immer allein und ohne Mann in der gleichen Wohnung, die Odo bekannt war. »Möchtest du mal zu mir kommen?« Ein warmes Gefühl ergriff Odo. Ja, in Afras Wohnung hatten sie schöne Stunden verbracht. Afra hatte ein nie gekanntes Temperament entwickelt. Odo nickte unsicher, wich einer klaren Antwort jedoch aus. Afra gab sich damit nicht zufrieden. »Schick mir einfach eine WhatsApp. Die Nummer meines Smartphones ist immer noch die gleiche.« Als die Musik aussetzte, spürte er Afras Lippen auf seinem Mund. »Denk an mich!«, hauchte sie ihm ins Ohr.

Als Odo am Abend im Bett lag, überließ er sich den Erinnerungen an die Unternehmungen mit Afra. Diese stammten aus der Zeit, da er im Teilzeitauftrag als Journalist gearbeitet hatte. Eine arbeitsintensive und bewegte Epoche seines Lebens. »Eine großartige Zeit!«, urteilte er. Und wieder wurden Umarmungen Afras in ihm lebendig, und er tauchte in die vielen wundervollen Momente ein, die er mit Afra erlebt hatte. Und dann meinte er Afras flehentliche Worte zu vernehmen: »Denk an mich!« Mit dieser Aufforderung in seinen Ohren schlief Odo ein.

69

Das neue Schuljahr ging schon in die dritte Woche. Gut gelaunt war Jonas in sein Auto gestiegen. Vor gut sechs Jahren war er dienstags und donnerstags auch immer ganz beschwingt von der Wohnung in die Tiefgarage gegangen, um sich auf den Weg zu dem Wohnblock zu machen, in dem Vanessa wohnte. An diesen beiden Wochentagen hatte er seine heimliche Geliebte Vanessa abgeholt, die an der Tiefgaragenausfahrt auf ihn wartete. An anderen Tagen der Woche war er Vanessas Fahrgast. Doch diese Zeit war vorbei. Vanessa hatte sich nach der Geburt ihres gemeinsamen Sohnes Linus in ihre Heimat Niederbayern versetzen lassen.

Diese Trennung hatte Jonas nie verwunden. Denn die persönlichen Gespräche während der gemeinsamen Fahrten unter dem Schuljahr hatten nicht nur ein inneres Band zwischen Jonas und Vanessa geknüpft, sondern aus dieser Beziehung war auch eine innige Liebe entstanden, ein Verhältnis, aus dem Kind Linus hervorgegangen war.

Der nächste Schlag in den Nacken war, als Vanessa ihm eröffnete, dass sie nun mit Ludwig zusammen war und das Verhältnis zu Jonas lockerte. Vanessa zog sich zurück, es gab keinen geschlechtlichen Verkehr mehr. »Wir müssen unsere Beziehung auf eine andere Basis stellen«, hatte Vanessa bei dem klärenden Gespräch mit gesenktem Kopf gehaucht. Als sie Jonas wieder ansah, hatte Jonas Tränen in Vanessas Augen bemerkt. Sie hatten über Jonas' finanzielle Unterstützung für Linus gesprochen und über sein

Besuchsrecht. Auf die Geschichte einer großen Liebe folgte die Trennung. Jeder ging nun seinen eigenen Weg. Für Jonas begann wieder der Alltag. Ohne Fahrgemeinschaft und Schäferstündchen.

An diese neue Realität hatte Jonas sich sehr schwer gewöhnt. Der zerbrochene Traum ließ ihn innerlich zerschlagen zurück. Das war auch Amelie nicht verborgen geblieben. Sie zog – ohne die volle Wahrheit zu kennen – die richtigen Schlüsse. »Gell, die Vanessa fehlt dir sehr?«, hatte sie mitfühlend Jonas gefragt.

Die Zeiten, in denen Jonas die eheliche Wohnung jeden früh mit einer inneren Vorfreude auf das Wiedersehen mit Vanessa verlassen hatte, waren schon Jahre vorbei. Diese Freude, die nächste knappe Stunde mit Vanessa allein im Auto auf dem Weg zum Unterricht verbringen zu können, überstrahlte selbst gemischte Gefühle, wenn ihm das Unterrichten in einer disziplinschwierigen oder lernunwilligen Klasse bevorstand.

Heute hatte seine Vorfreude mit dem bevorstehenden Wiedersehen mit Vanessa zu tun. Am Wochenende wollte Vanessa mit Linus nach München kommen und am letzten Oktoberfestwochenende Jonas treffen. Bei dieser Gelegenheit wollte Jonas der Mutter seines Kindes ein Kuvert mit einem vierstelligen Betrag mitgeben. Sein Beitrag als Vater des kleinen Linus. Da er ein Alibi brauchte, hatte er Amelie gesagt, er würde mit einigen Studienkollegen auf die Theresienwiese gehen. Amelie hatte ihn mit großen Augen angesehen, dann hatte sie gefragt: »Und just zum Oktoberfest lebt eure Freundschaft wieder auf?« Jonas war bis dato nur mit seiner eigenen Familie oder mit seinen Brüdern auf das Oktoberfest gegangen. Und jetzt tauchten plötzlich alte Münchener Kommilitonen auf, die Jonas nie erwähnt hatte? Ahnte Amelie, dass da etwas faul war an seinem Vorwand?

Es war ungewöhnlich, dass Jonas am Wochenende ein eigenes Programm ohne Amelie machte. Diese sonderbare Konstellation verursachte ihm ein schlechtes Gewissen. Nicht, dass er sich heimlich mit Vanessa und seinem Sohn treffen würde. An die heimlichen Treffen mit Vanessa hatte er sich schnell gewöhnt. Ganz am Anfang, vielleicht anlässlich der ersten drei oder vier Treffen hatte er noch gemischte Gefühle, wenn er verspätet vom Liebesakt mit Vanessa kommend in seiner eigenen Wohnung eintraf. Aber bald waren die heimlichen Schäferstündchen und die damit verbundenen Umwege so selbstverständlich geworden wie das abendliche Zähneputzen. Routine hatte sich eingestellt. Als Vanessa ihre Wohnung aufgegeben hatte und zurück nach Niederbayern gezogen war, hatte er das nun frei gewordene Zeitfenster damit ausgefüllt, dass er sich nach dem Unterricht in die Bibliothek zurückzog und dort Schulaufgaben und Exen korrigierte. Auf diese Weise konnte er den bisherigen Tagesrhythmus beibehalten. Zum Glück fiel Amelie nicht auf, dass er jetzt zu Hause viel weniger korrigierte als früher.

Um Amelie an diesem Samstag nicht allein zurückzulassen, hatte er scheinheilig gefragt: »Möchtest du nicht wieder einmal etwas mit Amanda oder Sophia unternehmen? Ihr könntet euch doch in der Stadt treffen? Zum Beispiel über den Viktualienmarkt bummeln und dort auf eine Kleinigkeit einkehren?« Wider Erwarten gefiel Amelie diese Idee. Tatsächlich fand sie auch bei Sophia ein offenes Ohr für diesen Vorschlag. Amanda wollte später auch zustoßen.

In einer gedämpften Vorfreude verließ Jonas seine Wohnung am Samstag des letzten Oktoberfestwochenendes kurz nach zehn Uhr. Mit Wehmut kam er auf dem Weg zur Bushaltestelle an dem Wohnblock vorbei, in welchem Vanessa gewohnt hatte. Ja, die Wunde, die die zerbrochene Liebe hinterlassen hatte, begann erneut zu schmerzen. Er ersparte sich, seine Trauer über den Verlust seiner Geliebten durch einen Blick nach oben, zu ihrer ehemaligen Wohnung zu verstärken und senkte seinen Blick. Er drehte sich kurz um und stellte mit Erleichterung fest, dass der Bus, der ihn zur S-Bahn bringen würde, schon in Sichtweite war. Er beschleunigte seine Schritte und steuerte zielstrebig die Haltestelle an.

Am Hauptbahnhof suchte er den Bahnsteig, der die Fahrgäste aus Regensburg und Landshut nach München brachte. Für einen Samstag war der Zug heute ungewöhnlich voll. Der Bahnsteig wurde überschwemmt von einer großen Schar gut gelaunter und festlich gekleideter Menschen jeden Alters. An den Dirndln und den Lederhosen war unschwer zu erkennen, mit welcher Absicht die meisten Fahrgäste in den Zug nach München gestiegen waren. Fast alle strebten der Theresienwiese zu. Da erkannte er Vanessa und den kleinen Linus mit den blonden Locken. »Da seid ihr ja, endlich!« Jonas versuchte Vanessa in seine Arme zu nehmen, was nicht so recht gelang, denn Linus schmiegte sich ängstlich an seine Mutter und drückte ihre Hand fester als zuvor. Jonas ging in die Hocke und begrüßte seinen Sohn, indem er seine kleine Hand übernahm. Stumm blickten ihn zwei blaue Augen an. »Hallo Linus! Ich bin dein Papa.« Fragend sah der kleine Linus zu seiner Mutter hoch. »Sag deinem Papa schön *Hallo*, wie ich es dir beigebracht habe!«, sekundierte Vanessa und streichelt mit ihrer freien Hand über Linus' Kopf. »Hallo Papa«, hörte Jonas.

Jonas richtete sich wieder auf. Vanessa zog die Wimpern hoch und sah mit einem fragenden Blick in Jonas Gesicht. Sie seufzte. »Ihr seht euch viel zu selten.« Jonas stimmte dieser Feststellung durch ein Nicken zu, überspielte jedoch die Situation, indem er seinen Sohn fragte: »Was hast du denn während der Fahrt in der Eisenbahn gesehen?« Jetzt blickte Linus zu Jonas auf. »Kühe. Und die Mama hat mir auch Pferde gezeigt!«

Während sie sich in den Strom der Festbesucher einordneten, der sich zäh in Richtung U-Bahn bewegte, ermunterte Jonas Vanessa, über ihre berufliche Situation zu berichten. »Linus ist ja jetzt in der ersten Klasse, und ich bin ja so froh, dass er mit zwei Nachbarskindern, die auch in seiner Klasse sind, in die Schule gehen kann. Und sie kommen auch immer zusammen zurück. Das funktioniert sehr gut. Und das mit meiner Teilzeit habe ich dir schon geschrieben.«

Sie erreichten die Rolltreppe. Vanessa hielt Linus fest an der Hand, und Jonas fand Platz hinter Vanessa. Das Gespräch erstarb für eine Weile. Sie wurden von nachrückenden Wiesnbesuchern ohne großes eigenes Zutun in den U-Bahnzug Richtung Theresienwiese geschoben und waren froh, als die Türen geschlossen wurden, denn der Bahnsteig war schwarz vor Menschen.

Als sie die Schaustellerstraße erreicht hatten, löste sich der Pulk auf und der Besucherstrom zerfiel in lockere Gruppen. Jetzt konnte Jonas den Gesprächsfaden wieder aufgreifen. »Du unterrichtest also nur vierzehn Stunden pro Woche?« – »Ja, und den Donnerstag habe ich frei. Den

Vormittag halte ich mir gerne für Korrekturen frei. Der Nachmittag gehört dann ganz mir. Manchmal fahre ich ins Zentrum. Freitags holt der Opa den Linus mittags von der Schule ab. Ich selbst fahre nach der Schule direkt zum Einkaufen. Zwei Mal im Monat hole ich Ludwig von der Arbeit ab, und dann machen wir den Wochenendeinkauf zu zweit. Ludwig macht das gerne mit mir zusammen, er hat Spaß am Einkaufen. Unter der Woche bringt er die täglichen Dinge für den Haushalt und die abendliche Brotzeit mit nach Hause. Wenn ich keinen Nachmittagsunterricht habe, kann ich mir die Zeit einteilen. Manchmal lasse ich eine Trommel Wäsche laufen, und nebenbei korrigiere ich Hefte oder bereite Schulaufgaben vor. Seit ich bei Ludwig wohne, mache ich normalerweise abends nichts mehr für die Schule.« – »Dann hast du ja die ganze Woche gut durchstrukturiert«, fand Jonas anerkennend. Luis war stehen geblieben und zeigte auf einen Verkaufsstand mit Souvenirs, Lebkuchenherzen und Luftballons. »Möchtest du ein Lebkuchenherz?«, fragte Jonas. »Nein, ich möchte einen Luftballon!« – »Hör zu, Linus, dein Papa kauft dir nachher einen Luftballon. Den nimmst du dann mit zu dir nach Hause. Aber vorher fahren wir noch mit der Geisterbahn. Oder lieber Autoscooter?« – »Oh ja, Autoscooter!« das kannte Linus schon vom Gäubodenfest in Straubing. Dort war er im August mehrmals an der Seite von Ludwig im Autoscooter gefahren und hatte viel Spaß dabei gehabt. Und auch die Fahrt mit dem Karussell hatte ihm Ludwig mehrmals spendiert.

Jonas war am Stand mit den Lebkuchenherzen festgewachsen und las die mit Zuckerguss gefertigten Widmungen. Er wollte für seine Frau Amelie ein Herz kaufen und ihr nach Hause bringen. Sie wusste ja, dass er auf der Festwiese war. Allerdings nicht mit wem. Er studierte die Aufschriften »In Liebe«, das schien ihm zu wenig. »Gruß von der Wiesn«, das erschien ihm zu unpersönlich. »Für immer Dein«, das traf es schon besser. »Das passt«, murmelte er, nahm das Lebkuchenherz vom Haken und zeigte es dem Verkäufer, der den Preis nannte. Als er um eine Papiertüte bat, fragte der Mann irritiert: »Wollen Sie das nicht ihrer hübschen Frau gleich umhängen?« – »Ist für meine Frau zu Hause!« – »Verstehe!«, meinte der Verkäufer und grinste verschmitzt. »Aber ihr Gschmusi freut sich doch auch über ein Herz! Wollen Sie ihr nicht auch ein Herz schenken?« Sein Grinsen war noch breiter geworden.

Vor sieben Jahren hätte Jonas tatsächlich zwei Lebkuchenherzen kaufen können. Mit der Aufschrift: »Dein ist mein Herz.« Eines für seine Ehefrau Amelie. Und eines für seine Geliebte Vanessa. Damals hatte er zwei Frauen. Und jeder von beiden hatte er sein Herz geschenkt …

Gedankenverloren wandte sich Jonas um. Vanessa war dicht neben ihm gestanden. Dass der Verkäufer Vanessa für seine Frau hielt, war nicht abwegig. So gut kannten sie sich, und mehr als einmal war es, als ob Vanessa seine Gedanken lesen konnte. Und er ihre Wünsche erraten konnte. Sie hatten ihre Geistesverwandtschaft entdeckt, waren ein Paar geworden. Und ihre Herzen hatten zueinander gefunden. All das hatte mit einer Fahrgemeinschaft begonnen …

Da zog Linus an Jonas' Hand. »Fahren wir jetzt Autoscooter?« – »Ja Linus. Und nachher gehen wir in ein Festzelt und der Papa bestellt dir Würstel und kauft dir eine Breze!«

70

Amelie, Amanda und Sophia hatten sich am Liesl Karlstadt-Brunnen auf dem Viktualienmarkt verabredet. Ein spätsommerlicher Tag wie aus dem Bilderbuch. »Wart ihr schon auf der Wiesn?«, fragte Sophia, nachdem sie Amelie begrüßt hatte. »Ja. Wir sind bei den Brüdern meines Mannes mitgegangen. Das ist immer echt lustig. Das machen wir jedes Jahr so.« – »Hallo ihr zwei! Was Lustiges macht ihr da jedes Jahr?«, fragte Amanda, die an die beiden Freundinnen herangetreten war.

Sophia setzte Amanda ins Bild. »Amelie geht immer mit den Brüdern ihres Mannes auf das Oktoberfest.« Amelie ergänzte: »Und heute ist mein Mann mit ehemaligen Kommilitonen auf die Wiesn gegangen.« – »Und was ist mit uns? So jung sind wir nicht mehr beisammen! Was haltet ihr davon: Wir leisten uns hier auf dem Markt einen Hugo oder einen Sprizz und nachher fahren wir mit Bus 62 zur Poccistraße. Von dort sind es nur ein paar Schritte bis zur Festwiese.« Mit fragendem Blick sah Sophia erst Amelie, dann Amanda an. Sophias Vorschlag fand sofortigen Beifall.

Gut gelaunt erreichten sie nach einer kurzen Fahrt mit Bus 62 Richtung Rotkreuzplatz den südlichen Eingang der Festwiese. Zur Linken erblickten sie die 18 Meter hohe Kolossalstatue der Bavaria von Ludwig Schwanthaler, die imposant am Ende einer breiten Treppe auf einem hohen Sockel vor der im Hintergrund sich abzeichnenden Ruhmeshalle thronte. Doch die besondere Aufmerksamkeit der drei galt dem Riesenrad, das rechts in die Höhe ragte. Gemütlich bogen sie nach rechts in Richtung der Schaustellerstraße ab. Schon hörten sie die Schreie der Fahrgäste des Fünfer-Loopings, wenn die Züge mit den Wagenkompositionen mit bis zu 100 km/h in die Tiefe rauschten. Sophia puffte Amelie an: »Na was ist, leisten wir uns eine Fahrt mit der Achterbahn?«

Amelie war sonst eher ängstlich. Und Großzügigkeit bei Geldausgaben entsprach auch nicht ihrer Wesensart. Aber die beiden Sprizz, die sie auf dem Viktualienmarkt getrunken hatte, die heitere und angeregte Unterhaltung mit ihren Freundinnen in einer ganz anderen Atmosphäre als die in der Kantine ihrer Bank, ihre Vorfreude auf das gemeinsame Programm hatte sie in eine euphorische Stimmung versetzt. »Ja«, hörte sie sich sagen, »das möchte ich auch mal erleben!«, dachte sie. Und in Gedanken schweifte sie zu ihrem Mann Jonas. »Wer weiß, was der mit seinen Kumpels so treibt! Die hauen doch sicher ordentlich auf die Pauke. Wie gut, dass heute Samstag ist.«

»Wow!«, machte Amanda, als sie nach dem fünffachen Looping wieder festen Boden unter den Füßen spürte. Amelie wirkte leicht benommen, wankte kurz und hakte sich daraufhin bei Sophia unter. »Jetzt aber zu Hendl und Bier!«, gab Sophia vor. Zielstrebig suchten sie den Eingang des Festzelts auf. Kaum hatten sie ihre Plätze bezogen, trat die Kellnerin mit vollen Maßkrügen an sie heran. Diesmal war es die Kapelle, die den nächsten Programmpunkt vorgab: »Ein Prosit, ein Prosit, der Gemütlichkeit!« Amanda, Amelie und Sophia hoben ihre Krüge und stießen an. Auch die Wünsche an die Küche wurden sie bald los, doch es dauerte sehr lange, bis das Bestellte vor ihnen stand. Amelie hatte sich Würstl bestellt, Amanda und Sophia hatten sich für das Wiesnhendl entschieden. Als die Kapelle eine Pause einlegte, vergewisserte sich Sophia. Ihr Lächeln erreichte erst Amanda, dann Amelie: »Na wie gefällt euch der Mädelsausflug auf die Wiesn?« – »Da hast du mit deinem Vorschlag ins Schwarze getroffen, Sophia!« Anerkennend hob Amanda ihren Maßkrug mit dem Bier und stieß erst mit Sophia, dann mit Amelie an. »Das sollten wir zu einer festen Einrichtung machen!«

Amelie war in Hochstimmung. Sie hatte nicht erwartet, dass das Treffen mit ihren beiden Freundinnen sie in eine solche Hochstimmung versetzen würde. Sie winkte der Kellnerin und kaufte sich noch ein Bier. »In welchem Zelt mag Jonas mit seinen Kommilitonen jetzt stecken?«, sinnierte sie.

Jetzt ergriff wieder Sophia die Initiative: »Also, Mädels, Samstag der zweiten Oktoberfestwoche! Das halten wir fest!« Sie zückte ihr Smartphone, öffnete ihren Kalender und tippte ein: »Amelie und Amanda. Wiesn.« Daraufhin verabschiedete sich Sophia und suchte die Toiletten auf. Als sie zurückkam, eröffnete sie Amelie: »Ich glaube, ich habe deinen Mann gesehen.« Sophia drehte sich um und wies mit ihrem Arm die Richtung. »Du kannst ihn nicht verfehlen. Wenn du zur Toilette gehst, er sitzt in der dritten Reihe und schaut Richtung Gang. Kurz nachdem du die Musikkapelle hinter dir hast.« – »Na dann sehe ich ihn ja nachher. Und lerne seine Kommilitonen kennen.« – »Du wirst ihn aber nicht zu uns herkommen lassen? Schließlich sind wir heute auf dem Mädelsausflug!«, statuierte Sophia. »Nein, auf keinen Fall! Sicher unterhält er sich gerne mal mit seinen Kommilitonen, die er schon so lange nicht gesehen hat! Jeder hat doch in den vielen Jahren seit dem Studium viel erlebt, von dem er sicher gerne berichtet.« Sophia dachte: »In einer Männerrunde saß Jonas eigentlich nicht. Dort, wo er saß, habe ich nur lauter Paare gesehen.«

Als Amelie den Gang entlang in Richtung Toilette ging, traute sie ihren Augen nicht. Ihr Herz zog sich zusammen, und sie musste sich an der Brüstung der Box festhalten. Inmitten einer Gruppe von Paaren saß Jonas, an seiner Seit ein blonder Bub, und direkt gegenüber von Jonas eine Frau, mit der er sich angeregt unterhielt. Amelie stockte der Atem. Wer war diese Frau? Eine Wiesnbekanntschaft? Ihr Herz zog sich zusammen. Unsicher tastete sie sich langsam der Brüstung entlang, trat in einen der Quergänge, um diese Frau besser in Augenschein nehmen zu können. Ihr Atem stockte. Jonas hatte sich mit Vanessa auf der Wiesn verabredet! »Mistkerl!«, schrie Amelie. Ihr Schrei wurde von der allgemeinen Heiterkeit des Festzelts verschluckt. Amelie blieb mit ihrem Schmerz allein. Wie gelähmt war sie stehen geblieben. Sie fixierte die Frau gegenüber ihrem Mann noch einmal. Es blieb kein Zweifel. Ihr Mann war zusammen mit Vanessa auf das größte Volksfest der Welt gegangen. Schlagartig wurde ihr klar, warum Jonas so daran gelegen hatte, dass sie sich mit ihren Freundinnen von der Bank verabredete. Die sie gestern schon in der Arbeit gesehen hatte, und mit denen sie am Montag zusammen in der Kantine zu Mittag essen würde. Was hatten die groß an Neuigkeiten auszutauschen? Jonas konnte nicht mit ihr auf das Oktoberfest gehen, da er andere Pläne hatte. Ein heimliches Wiedersehen mit Vanessa!

In einer Mischung aus Wut über diese Heimlichkeit ihres Mannes und Enttäuschung über seine Lüge nahm Amelie den Weg zur Toilette wieder auf. Mit einem Mal war ihr auch der Alkohol in den Kopf gestiegen und sie nahm ihre wankenden, unsicheren Schritte wahr. Jonas hatte ihr mit seiner Verlogenheit und seinem heimlichen Treffen mit einer anderen Frau einen Schlag unter der Gürtellinie versetzt.

Auf dem Rückweg von der Toilette schlichen sich quälende Gedanken in ihr Bewusstsein. Sie hatte geglaubt, dass mit dem Ende der Fahrgemeinschaft das Thema Vanessa vom Tisch wäre. Für Amelie war Vanessa zunächst nur eine Kollegin ihres Mannes gewesen, mit der Jonas eine Fahrgemeinschaft unterhielt. Eine finanziell motivierte Zweckgemeinschaft, der Amelie unter diesem Gesichtspunkt ohne Bedenken zugestimmt hatte. Aber als Jonas abends öfters von seinen Gesprächen mit Vanessa berichtete und private Inhalte aus Vanessas Leben wiedergab, schon zu Beginn dieser Fahrgemeinschaft, sah sie die gemeinsamen Fahrten bald mit Argwohn. Am Anfang war Jonas noch ehrlich gewesen, hatte das gemeinsame Essen mit Vanessa vor einer Lehrerkonferenz zuzugeben. Doch je stärker die persönliche Vertrautheit und schließlich die Zuneigung füreinander wurde, desto weniger passte Ehrlichkeit zu der neuen Situation als Paar. »Ist da am Ende mehr zwischen den beiden?« Mit diesem quälenden Gedanken und einem völlig verstörten, zornigen Blick setzte sie sich wieder zu ihren Freundinnen. »Ich habe mich doch nicht getäuscht?«, wollte Sophia wissen. »Dein Mann sitzt nur ein paar Bänke weiter im gleichen Zelt mit uns?« – »Im gleichen Zelt ja, aber mit einer anderen Frau. Und da sind keine ehemaligen Mitstudenten, sondern er hat sich mit einer früheren Kollegin verabredet. Das Miststück! Behauptet, Kommilitonen zu treffen, und in Wirklichkeit hat er eine Verabredung mit einer anderen Frau!« – »Was hat es denn mit dieser

Frau auf sich? Du kennst sie doch auch?«, fragte Amanda vorsichtig. Sophia nahm kein Blatt vor den Mund, als sie bohrte: »Hat dein Mann etwas mit dieser Frau?« Darauf hatte Amelie keine Antwort parat. Doch die Frage wirkte wie ein Stich in ihr Herz. Schlimmste Ahnungen brachen sich Bahn. Waren Jonas und Vanessa ein Paar? Eine Welt brach für Amelie zusammen. Tränen flossen über ihre Wangen. Amanda griff nach ihrer Handtasche und reichte Amelie ein Papiertaschentuch.

»Was mach ich jetzt bloß?« – »Hast du denn Anhaltspunkte, dass zwischen den beiden was ist?«, fragte Sophia und streichelte Amelie über ihren Arm. Doch dieses Streicheln vermochte Amelie nicht zu beruhigen und passte so gar nicht zu Sophias forschendem Blick und ihren bohrenden Fragen, denn sie zerrissen das eheliche Band gegenseitigen Vertrauens und das Gefühl, mit einer anderen Frau hintergangen, betrogen zu werden wurden zur Quelle des Misstrauens und von Vorwürfen.

Nein, auf Anhieb fielen Amelie keine Anhaltspunkte dafür ein, dass da zwischen Jonas und Amelie mehr als ein kollegialer Kontakt und eine Fahrgemeinschaft bestanden hatte. Vanessas Kleinwagen war ein geschützter Raum gewesen, Amelie hatte nie Jonas mit Vanessa in einer verfänglichen Situation gesehen. Die Alibis, die Jonas vorgeschoben hatte, waren gut durchdacht und glaubhaft, die Chats zwischen den beiden kannte Amelie nicht und was die zwei in Vanessas Schlafzimmer trieben, war in geschützter Intimität vollzogen worden. Indizien für ein Verhältnis der beiden hatten bis vor einer Stunde nicht vorgelegen.

Durch Jonas' Lüge und durch sein heimliches Treffen mit einer ehemaligen Kollegin war Amelies Vertrauen in ihren Mann erschüttert. Sophias Frage, ob Jonas etwas mit Vanessa hätte, hatte in Amelie Misstrauen gesät. In einer Mischung aus Wut, Kränkung und Misstrauen saß Amelie mit rotem Kopf da und wusste nicht, was sie als nächstes tun sollte. Aufstehen, zu den beiden gehen und Jonas bloßstellen, ihn zur Rede stellen und ihrem Mann die Leviten lesen? Ihre Rechte als Ehefrau geltend machen? Machte es Sinn, Jonas öffentlich für sein Verhalten zur Rechenschaft zu ziehen? Für sein Tun musste Jonas allein geradestehen. Hatte er vielleicht Vanessa nur zufällig auf der Wiesn getroffen? Daran konnte Amelie nach seiner Lüge mit dem Treffen der Kommilitonen nicht glauben. Das gesäte Misstrauen begann zu keimen, und Amelie war nicht bereit, irgendwelchen Erklärungsversuchen ihres Mannes auch nur einen kleinen Funken Vertrauen zu schenken. Wie gelähmt stierte Amelie vor sich hin. Stumm griff sie nach dem Maßkrug und trank ihn leer.

Sophias Vorschlag, aufzubrechen und noch in ein Weinzelt zu gehen, schloss sich Amelie gerne an. Vor dem Zelt hakte sich Sophia bei Amelie ein. »Trinken wir noch einen«, schlug Sophia vor. »Und wenn du willst, kannst du heute Nacht bei mir schlafen.«

71

Gut gelaunt begleitete Aaron ein Brautpaar zum Ausgang des Pfarrhauses. Eben hatten alle nach einem Scherz noch auf dem Flur des Pfarrhauses herzhaft gelacht. Das Brautpaar wollte im kommenden Jahr in der Kapelle einer kleinen Burg in der Toskana heiraten. Aaron hatte ein vorbereitendes Gespräch geführt und festgestellt, dass einer kirchlichen Trauung nichts entgegenstand. Seine Assistentin im Pfarrbüro würde die erforderlichen Dokumente zur Weiterleitung nach Italien vorbereiten. Die beiden hatten sich auf einer Veranstaltermesse für Eventmanagement kennengelernt. Der Bräutigam arbeitete für einen Reiseveranstalter und die Braut in einem Hotel. Aaron hatte sich auf das Gespräch mit den beiden jungen Menschen gefreut. Denn sie standen vor einem entscheidenden Schritt in ihrem Leben, wollten ihre Liebe vor Gott und der Kirche bekennen und den Bund für das Leben schließen. Und dieses einschneidende Ereignis mit ihren Familien und ihren Freundinnen und Freunden gebührend feiern. Die Vorfreude auf das Kommende beflügelte ihre Pläne und weckte ungeahnte Fantasien, die eine starke Motivation schuf und große Kräfte freisetzte.

Zum Einstieg hatte Aaron auch diesmal, wie er es bei solchen Gelegenheiten immer tat, gefragt: »Was bringt euch dazu, in der Kirche zu heiraten?« Er hoffte, aus der Antwort etwas über die wahren Beweggründe für die kirchliche Feier der Trauung zu erfahren. Vielleicht auch aus der Antwort herauszuhören, ob einer oder beide Partner in ihrem Denken vom christlichen Glauben inspiriert waren. Aaron wollte die beiden jungen Leute dort abholen, wo sie in ihrem Leben standen.

Aaron führte diese vorbereitenden Gespräche mit den Brautleuten sehr gerne. Ebenso wie die Taufgespräche mit jungen Eltern. In beiden Fällen verspürte er große Freude und Dankbarkeit. Bei den Brautleuten war es die Freude und die Dankbarkeit dafür, dass sie sich gefunden hatten und sich gegenseitig ihre Liebe schenkten. Und die wunderbare Erfahrung machen durften: Da ist ein Mensch, der mich annimmt, der Ja zu mir sagt, der an meiner Seite steht und mit mir durch das Leben gehen will. Und in der Feier der kirchlichen Trauung wollten sie sich gegenseitig vor Gott das Jawort geben und dadurch den Bund für das Leben schließen.

Bei den Taufgesprächen mit den Eltern verspürte Aaron die Dankbarkeit der Eltern für das neue Leben, das ihnen in der Gestalt eines Kindes geschenkt worden war. Für das Kind erbaten die Eltern in der Taufe den besonderen Segen Gottes. Den wenigsten Eltern war bewusst, dass durch die Taufe ihr Kind nicht nur in die Kirche eingegliedert wurde, sondern dass es durch den Empfang der Taufe auch zeichenhaft zum ewigen Heil angenommen und zu einem Kind Gottes wurde.

Sowohl Gespräche zur Ehevorbereitung und Taufgespräche führte Aaron gerne. Sie lagen ihm näher als Gespräche mit Alten und Sterbenden. Da stieß er oft auf Verbitterung, spürte die Enttäuschung, nicht das eigene Leben gelebt zu haben, zu viel gearbeitet und zu wenig gelebt zu haben. Den Satz »Ich wünschte, ich hätte weniger gearbeitet und mehr Zeit für meine Familie und für

Freundschaften gehabt«, hatte er in der letzten Zeit öfters gehört. Und immer wieder machten ihn gestörte Verhältnisse zu den eigenen Kindern, abgebrochene Kontakte zwischen Eltern und Kindern, nachdenklich.

Nach dem kurzen Gastspiel von Priester K., der den priesterlichen Dienst an den Alten und Kranken eine Weile versehen hatte, wurde Aaron wieder öfters ins Altenheim gerufen. Die Altenheimseelsorge teilten sich zwei Diakone. Doch gelegentlich wurde sein priesterlicher Dienst verlangt, etwa, wenn jemand wünschte, in einem Beichtgespräch sein Leben vor Gott zu stellen und um die sakramentale Lossprechung bat. Doch das kam immer seltener vor. Zur Beichte zu gehen schien nicht in die heutige Zeit zu passen. Nicht Schuldgefühle plagten die Menschen, sondern Zeitdruck, Arbeitsüberlastung, oder das Gefühl, dauernd am Limit zu arbeiten. Nicht wenige sahen keinen Sinn in den täglichen Verrichtungen in ihrer beruflichen Arbeit. Zu Erschöpfungszuständen kamen psychische Krankheitsbilder wie Depressionen, Angststörungen, Zwangsstörungen, posttraumatische Belastungsstörungen und verschiedene Formen von Abhängigkeiten bis hin zu Tablettensucht und Alkoholismus. Bei vielen seelischen Leiden und psychischen Krankheitsbildern war der Fachmann, der Psychotherapeut oder der Psychiater gefragt.

Als empathischer Zuhörer und erfahrener Seelsorger, der mit der Positiven Psychologie vertraut war, suchte er zusammen mit jenen, die ihn um Rat und seelische Unterstützung baten, nach deren persönlichen Stärken. In den Werken des amerikanischen Psychologen Martin Seligman hatte er die fünf Wege zu menschlichem Wohlbefinden kennengelernt: positive Gefühle, Engagement,

Verbundenheit mit anderen Menschen, Sinnhaftigkeit und die Erfahrung, etwas bewirken zu können. Im Gespräch mit seinem Gegenüber versuchte er mögliche Quellen zu mehr Wohlbefinden in deren Leben aufzuspüren. Die Richtung zu weisen, in der solche Erfahrungen möglich wurden. Wo das Leben jedoch durch äußere oder innere Ursachen völlig aus dem Gleichgewicht geraten war, stand jedoch die Wiederherstellung des inneren Gleichgewichts an erster Stelle. Dazu beitragen musste der Psychotherapeut oder der Psychiater. Und nicht der Theologe. Dessen war sich Aaron völlig bewusst. Gegen seelische Leiden halfen keine Bibelzitate und auch keine Gebete. Auch nicht ein priesterlicher Segen. Sondern konzentrierte Arbeit an den eigenen Problemen unter fachkundiger Begleitung durch einen Psychiater oder einen Psychotherapeuten. In deren Verlauf der Kranke wieder zu sich selbst kam. Zu Selbstachtung, Selbstwertschätzung und Selbstliebe fand und in Dankbarkeit und Wertschätzung alle kleinen und großen Geschenke, die das Leben für ihn bereithielt, annehmen lernte. Und einen neuen Blick auf sich selbst, die Mitmenschen und das Leben gewann.

Jeder Mensch kann zu einem Segen werden, wenn er die von Gott geschenkten Gaben und Talente durch seine Schöpferkraft und Liebe zur Entfaltung bringt. Wenn er Gott, sein eigenes Leben und die Mitmenschen liebt. Anfängt, der Stimme seines Herzens zu folgen.

Aaron war immer wieder erstaunt, ja erschrocken, wie viele nach außen hin tüchtige und erfolgreiche Menschen dennoch mit ihrer beruflichen und privaten Lebensform unzufrieden waren, in eine Sinnkrise gerieten. Sie sahen ihre tägliche Arbeit im Beruf als ein notwendiges Übel an,

als einen einzigen großen Stressfaktor oder als eine Pflicht-
übung mit dem einzigen Ziel, Geld zu verdienen und begannen den Montag mit dem sehnsuchtsvollen Blick auf
das nächste arbeitsfreie Wochenende oder auf die heiß
herbeigesehnten Ferien. Ihr eigentliches Leben suchten sie
in der Freizeit. Und damit trennten sie Arbeit und Leben
und verloren den persönlichen Bezug zu dem, was ihnen
die tägliche Arbeit an Aufgaben zuwies. Aaron dachte an
die steigende Zahl von Sabbaticals und die vielen, die mit
dem Gedanken an eine Frühpensionierung oder einen vor-
gezogenen Renteneintritt Tag für Tag frustriert in die Arbeit
fuhren. »Dann kann ich endlich mal etwas für mich tun«,
lautete oft die Begründung für einen Antrag auf eine Auszeit vom Beruf.

Auch junge Menschen, die nach Studium und Ausbildung ihre erste Stelle antraten, entwarfen nicht mehr nur
in groben Zügen im Kopf ihre berufliche Karriere, sondern
planten Auszeiten von der Arbeit fest ein. Zum Beispiel
für eine Weltreise oder einen Langzeitaufenthalt im Ausland. Das war Teil des Lebensentwurfs, ebenso sehr wie
die Festlegung eines endgültigen Rückzugs aus der Arbeitswelt. »Dem eigentlichen Ziel ihres Lebens«, fand Aaron
mit einem Kopfschütteln. Während solcher Sabbaticals
zerstreuten sie sich und ihre Zeit, fanden aber weder eine
neue Lebensperspektive noch eine neue berufliche Herausforderung, die ihren Herzenswünschen entsprach. Blieb bei
der Rückkehr an den gleichen Arbeitsplatz die Einstellung
zum bisherigen Beruf die gleiche wie zu Beginn der Auszeit,
begann sich am ersten Tag nach der Auszeit das Hamster-
rad erneut zu drehen, das sie durch das Sabbatical verlassen
hatten. Ohne eine neue Sicht auf die Arbeit und den Beruf

blieb meist als Ausweg nur der sehnsuchtsvolle Traum von der nächsten Auszeit. Den Mut, der Stimme ihres Herzens zu folgen und eine neue Tätigkeit zu suchen oder gar einen neuen Beruf zu wählen, hatten die wenigsten.

Aaron hatte eine andere Sicht auf die tägliche Arbeit. »Wird nicht jeder Mitarbeiter durch seinen persönlichen Dienst, durch seine Leistung Teil eines größeren Ganzen? Gehen seine Mühe und sein Fleiß nicht ein in das Produkt, das sein Arbeitgeber bereitstellt, anderen anbietet? Verbindet die Arbeit nicht auch Menschen zu einem Team, schenkt Kontakte und ist auf ein großes gemeinsames Ziel hingerichtet? Bin ich als Mitarbeiter nicht sehr viel mehr wert als die monatliche Gehaltsüberweisung?«, sinnierte Aaron.

Der lange herbeigesehnte Ruhestand garantierte weder persönliches Wohlbefinden noch ein erfülltes Leben. Nicht mehr im Beruf arbeiten zu müssen, schuf keinen Lebenssinn. Die frei gewordene Lebenszeit schrie förmlich nach sinnvoller Beschäftigung. Das hatte Aaron aus Hunderten von Gesprächen sehr deutlich herausgehört.

Mehr zufällig hatte er während einer Bahnfahrt eine Endsechzigern kennengelernt, die ihm ihr Herz ausschüttete. Eine sehr erfolgreiche Managerin, eine weit gereiste und ehrgeizige Frau, stellte nach dem Tod ihres Mannes fest, dass sie ihr ganzes Leben dem Beruf und ihrer Karriere geopfert hatte. Verbittert hatte sie zu Aaron gesagt: »Herr Pfarrer, der größte Fehler meines Lebens war es, dass ich mir nicht erlaubt habe, glücklich zu sein. Ich war so sehr auf meine Karriere und den beruflichen Erfolg fixiert, dass für andere Dinge des Lebens so gut wie keine Zeit blieb. Kein Treffen mit einer Freundin, kein Plausch bei Pizza und einem Glas Wein. Wie gern bin ich mit meinen Eltern als

Schülerin und noch als Studentin mit in die Oper gegangen. Doch so etwas wie Oper und Konzert gab es neben meinem Beruf gar nicht mehr. Nicht einmal Zeit für das Fitnessstudio hatte ich. Stattdessen bin ich auch am Samstagvormittag noch über der Arbeit gesessen. Und Urlaube haben mein Mann und ich nie länger als eine Woche gemacht. Ich hatte Angst, im Job etwas zu verpassen! Manchmal habe ich das Gefühl, dass ich als Mensch mit eigenen Bedürfnissen und Träumen in meinem eigenen Leben nur am Rande vorkam. Aus lauter Ehrgeiz habe ich alles andere dem Job geopfert. Vor allem um der Karriere willen. Ich hatte nur ein Ziel: ich wollte Vorstandsmitglied werden! Können Sie sich vorstellen, wie das ist, im Beruf eine 70-Stundenwoche zu haben? Und das jahrelang? Ich hatte oft nicht richtig Zeit, das Leben zu genießen, mich zurückzulehnen, mir einen Traum zu erfüllen. Als ich dann aus dem Arbeitsleben ausschied, konnte ich mit meinem Mann noch ein paar schöne Reiseziele aufsuchen. Aber nach einem Jahr starb mein Mann. Ich bin seine reiche Erbin, und sitze völlig allein und ohne Freunde auf einem beachtlichen Vermögen. Wenn ich in meiner Villa am Starnberger See morgens durch das Treppenhaus hinunter in die Küche gehe, gähnen mich alle diese großen und leeren Räume an. Und ich stelle mir die Frage: was machst du heute? Wozu das alles, für mich so ganz allein? Auch ein großer Garten mit Swimmingpool macht nicht glücklich, wenn ich nach meinen Runden allein auf der Liege einziehe. Ich habe es sträflich versäumt, mir ein Netz von Freundschaften zu knüpfen. Und Familie gibt es bei uns nur an den Feiertagen, denn meine Kinder und Enkel wohnen hunderte von Kilometern weit weg von mir. Einsamkeit ist ein Gift, das mich richtiggehend lähmt!«

Aaron sah seine Arbeit als Seelsorger und Priester in einem anderen Licht. Er war der gläubigen Überzeugung, dass jeder Mensch einmalig und etwas Großartiges ist. Dass jeder Mensch ein wunderbares Geschöpf Gottes ist, ausgestattet mit besonderen Gaben und Talenten. »Darum ist es wichtig, zu entdecken, was wir für besondere Fähigkeiten besitzen, die in uns schlummern. Aus denen wir etwas machen können. Und dass jeder den Schlüssel zu einem glücklichen Leben findet, wenn er sich fragt: Was bringt mein Herz zum Singen? Was erfüllt mich mit tiefer Freude? Wo kann ich meine besonderen Gaben und Fähigkeiten einbringen? Glücklich kannst du werden, wenn du dich ganz an etwas verlierst. Oder ganz in einer Tätigkeit aufgehst und alles um dich herum vergisst. Bei der Arbeit sagt man dazu Flow.«

72

Odo hatte seine Frau Fiona am Sonntagnachmittag zum Flughafen begleitet. Sie war nach London zu einem Workshop mit den Kolleginnen und Kollegen in der dortigen Niederlassung ihrer Fondsgesellschaft geflogen. Außerdem wollte sie an einigen Präsentationen zum britischen Aktienmarkt teilnehmen. Bis Donnerstagabend war Odo Strohwitwer. Mittlerweile war das Alleinsein in ihrer geräumigen Wohnung in einem Frankfurter Vorort etwas Ungewöhnliches, etwas Fremdes geworden. Fiona und er pflegten ein inniges und intensives Zusammenleben mit einem regen Austausch von Gedanken und Gefühlen. Ja, seit seinem Einzug in die gemeinsame Wohnung hatte sein Leben einen festen Rahmen bekommen. Und durch seine Arbeit bei der Deutschen Bundesbank und durch die gemeinsamen Unternehmungen mit Fiona auch ein anderes Format. Denn Fiona war an Kunst interessiert und ging auch gerne in die Oper.

Dennoch hatte jeder der beiden seine eigenen Freunde und Freizeitinteressen. Mittlerweile hatte Odo auch eine Mitgliedschaft in einem Fitnessstudio. Die festen Dienstzeiten bei seinem jetzigen Arbeitgeber erleichterten regelmäßige Freizeitaktivitäten neben dem Beruf. Das war während seiner Zeit als Journalist bei einem Printmedium nicht so gewesen.

Doch an den bevorstehenden Abend ohne Fiona hatte er nicht gedacht. Er hatte mit Fiona am Flughafen noch einen Kaffee getrunken und ein Stück Gebäck gegessen.

Hunger hatte er keinen, und so wollte er abends nichts mehr essen. Allein auf ein Bier gehen? So richtig Leben war um diese frühe Stunde in keiner der Bars, die er aus seiner Zeit als Journalist kannte. Da fiel ihm Afra ein, und plötzlich war es Odo, als flüsterte sie ihm ins Ohr: »Denk an mich!« Schon zückte er sein Smartphone und begab sich in den Chatroom. »Hallo Afra? Wie ist es bei Dir? Wo bist du gerade?« Afra antwortete prompt. »Bin noch bei meiner Mutter. Habe abends Zeit. Wollen wir uns sehen?« Ein warmes Gefühl ergriff Odo. Er setzte auf ein Schlüsselwort: »*Cindy*?« – »Klar. Wann passt es dir?« Schon stand die Verabredung für einen gemeinsamen Abend im Klub. Afra war eine unternehmungslustige, quirlige Frau. Sie war raschlebig und ließ keine Langeweile zu. Sie folgte gerne spontanen Einfällen und war für einen Ortswechsel leicht zu haben oder schlug selbst den Umzug in einen anderen Klub vor. Sie hatte ein anderes Naturell als Fiona. Nachdenkliche, tiefgründige Gespräche waren nicht ihr Ding, denn sie hatte im Gegensatz zu Fiona kein Sitzfleisch und war immer offen auf Neues, bereit für den nächsten Kick. Mit Afra stand Odo ein abwechslungsreicher Abend bevor.

Im *Cindy* traf Odo auf eine zielstrebige und unternehmungslustige Frau. Afra winkte, rief »Hallo!« und presste ihm kurz ihre Lippen auf seinen Mund. Danach griff sie nach seiner Hand und zog ihn an die Bar. Das ließ Odo gerne mit sich machen. Kaum hatten sie die Drinks bestellt, machte Afra mit dem Kopf eine Bewegung in Richtung der Tanzfläche und schob ab. Odo folgte und beide überließen sich den rasanten Rhythmen des Discofox. Als der DJ eine Pause einlegte, kehrten sie an die Bar zurück. Odo erkundigte sich nach Afras Arbeit bei der Stadtverwaltung

Frankfurt, und als Afra mit ein paar nichtssagenden Bemerkungen das Thema beendete, erwähnte Odo den Grund für seine WhatsApp. »Ach so, deine Frau ist in London und jetzt brauchst du weibliche Gesellschaft!« Afra puffte Odo mit einem starken Schlag. Beinahe hätte er »Aua!« gerufen. Aber ihm war klar geworden, dass der Hinweis auf die Dienstreise seiner Frau mehrdeutig war. Halb entschuldigend schob er nach: »Du weißt ja Afra, ich habe kein Problem mit dem Alleinsein. Mir fiel nur heute Nachmittag in der S-Bahn ein, dass ich dich schon länger nicht mehr gesehen habe. Und dass es mit Dir immer schön war.« Zur Besänftigung streichelte Odo Afras Wange, die diese Geste mit einem verführerischen Blick von unten beantwortete. Sein Kompliment war auf fruchtbaren Boden gefallen. Mit einem verschmitzten Lächeln hauchte Afra in Odos Ohr: »Der Abend ist noch jung! Lass dich überraschen.« – »Na ja, da morgen Montag ist, möchte ich nicht bis Mitternacht hierbleiben.« – »Wer hat denn so was vor! Noch einmal Parkett, und dann kommst du zu mir. Das kennst du ja!«

Ja, Odo kannte den Weg zu Afras Wohnung. Wie oft hatte er die Nacht vom Freitag auf den Samstag in den Armen von Afra verbracht. Doch das war noch vor der aufkeimenden Freundschaft mit Fiona gewesen.

Odo kämpfte nur kurz gegen seine Bedenken an. Eine warme Erinnerung an einige leidenschaftliche Nächte mit Afra hatte ihn ergriffen. Die Gier nach Afras Körper und die Aussicht auf eine leidenschaftliche Nacht verdrängten seine Bedenken. Bald schon verließen die quirlige Afra und ein angeregter Odo den Klub. Als Afra sich bei Odo unterhakte und scherzend mit Odo in Richtung ihrer Wohnung loszog, fühlte er sich mit einem Mal um Jahre jünger. Er fühlte sich zurückversetzt in die Zeit, da er noch Journalist und Redakteur gewesen war. Eine bewegte Zeit mit vielen langen Nächten.

73

Als Sophia und Amelie Arm in Arm das Festzelt einer weltbekannten Münchener Brauerei verließen, trat Amanda an ihre Seite und verabschiedete sich. »Seid mir nicht böse, aber mir reicht es für heute. Ich möchte lieber nach Hause gehen!« – »Aber du hast ja nur ein Bier im Festzelt getrunken? Bleib doch noch bei uns!«, flehte Amelie. »Mir reicht der Alkohol für heute. Und wir hatten doch einen vergnüglichen und lustigen Nachmittag, bis du deinen Mann mit einer anderen Frau entdeckt hast.« Der letzte Satz hatte sich wie ein Vorwurf angehört. Amelie senkte verlegen den Kopf. »Entschuldigt, dass ich euch die Stimmung verdorben habe. Aber Jonas hintergeht mich mit Vanessa! Da verstehe ich keinen Spaß!« Sophia zog Amelie näher an sich. »Einen Schoppen trinken wir zwei noch, dann machen wir uns auch auf den Weg. Also Tschüss Amanda, bis Montag!«

So kam es denn auch. Sophia hatte mit Amelie noch das weitere Vorgehen besprochen. Gemeinsam hatten sie beim letzten Schoppen Wein überlegt, wie Amelie ihren Mann mit der Situation im Festzelt konfrontieren wollte. Sophia hatte ihr vorgeschlagen, zunächst Jonas ihre bodenlose Enttäuschung darüber mitzuteilen, dass er sie wegen der Beziehung zu einer anderen Frau hintergangen hatte. Und sie deshalb angelogen hatte. »Dein Mann hat dich heute hintergangen. Sag ihm, dass du die ganze Wahrheit über sein Verhältnis zu Vanessa hören willst!«

Als Amelie diesen Vorschlag hörte, fiel ihr die langjährige

Fahrgemeinschaft ein, die die beiden, Vanessa und ihren Mann, einander nahegebracht hatte. Diese Fahrgemeinschaft hatte den zeitlichen und räumlichen Rahmen gebildet, in dem sie sich während des Schuljahres persönlich ausgetauscht hatten. Und offensichtlich nähergekommen waren. Das fiel ihr jetzt wie Schuppen von den Augen. »Ich Rindvieh!«, entsetzte sie sich. »Die sind ja jahrelang miteinander gefahren!« – »Hast du denn je einen Verdacht gehegt, dass da mehr ist als eine bloße Fahrgemeinschaft?« – »Nein. Überhaupt nicht. Und als Vanessa sich nach Niederbayern versetzen ließ, dachte ich, es ist wieder so wie es vor dem Beginn dieser Fahrgemeinschaft war. Er hat Vanessa nie mehr erwähnt. Doch, einmal erwähnte er, dass Vanessa einen Mann aus Straubing geheiratet hat. Als er mir das sagte, kam es mir so vor, als wäre das Kapitel Vanessa abgeschlossen. Erledigt und vorbei!«

74

Nein, für Jonas war das Kapitel Vanessa nicht abgeschlossen. Ganz und gar nicht. Gewiss hatte er sich gesagt: »Vanessa hat jetzt in Straubing den Mann gefunden, mit dem sie ihr Leben teilen will. Den hat sie auch geheiratet. Mit dem sie ein Haus für ihre gemeinsame Zukunft gekauft hat. Sie hat unsere Beziehung aufgelöst. Eine wunderschöne Episode meines Lebens ist zu Ende.« Aber diese Tatsachen anzuerkennen war ein schmerzhafter Prozess gewesen. Und da war noch Linus, sein Sohn. Noch schmerzlicher als das Aus in der Beziehung zu Vanessa war die Trennung von seinem Sohn. Dass er ihn so selten sehen konnte, war eine Quelle von Frust, eine tiefe, quälende Enttäuschung, die ihn oft heimsuchte. Aber darüber konnte er mit seiner Frau nicht reden. Er wollte sie nicht verletzen. Vor allem wollte er nach wie vor den Schein des treuen Ehemannes wahren. Sein Fehlverhalten wollte und konnte Jonas nicht eingestehen. Was mit Vanessa gewesen war, war schön und fühlte sich für Jonas auch richtig an. Daran hielt er ohne Gewissensbisse zu haben fest. Diese schöne Epoche seines Lebens sollte ihm seine Frau nicht mit moralischen Vorwürfen zerstören.

Das Verhältnis zu Vanessa hatte er bis heute, bis zum gemeinsamen Gang mit ihr und seinem Sohn auf das Oktoberfest, geheim halten können. Falsche Alibis, Lügen und die äußeren Umstände hatten dazu beigetragen, dass sein Liebesverhältnis zu einer anderen Frau unentdeckt geblieben war. Dann hatte Vanessa sich nach Niederbayern versetzen lassen und hatte sich in Straubing in einen anderen Mann verliebt. »Ich habe meine große Liebe gefunden und wir planen eine gemeinsame Zukunft.« Diese Mail läutete das Ende ihrer Liaison ein. Vanessa beendete das Verhältnis und ihre sehr persönlichen WhatsApps gehörten jetzt der Vergangenheit an. An ihre Stelle war ein nüchterner Austausch getreten, der sich um Linus, nicht jedoch mehr um ihre Beziehung drehte. Der Austausch von Gefühlen gehörte mit einem Mal der Vergangenheit an. Die Mitteilungen wurden sachlicher, zweckrationaler Natur. Praktische Fragen wurden geklärt und einer Lösung zugeführt, zum Beispiel, was Jonas seinem Sohn zu Weihnachten schenken könnte. Und mit der Post verschicken musste, Linus, seinem eigen Fleisch und Blut. Es war bitter, sich Mitte Dezember auf dem Postamt in eine lange Schlange einzureihen und dem Angestellten der Post das Paket mit dem Weihnachtsgeschenk für Linus zum Versand nach Straubing zu übergeben.

Als Amelie Jonas von ihrer Beobachtung im Festzelt berichtete und ihn wutentbrannt einen Hinterfotz nannte und ihm vorwarf, sie schamlos und hinterrücks mit Vanessa zu betrügen, fühlte er sich ertappt. Das Herz fiel ihm in die Hose. Seine Frau entpuppte sich als wutentbrannte Furie und das verschlug ihm zunächst die Sprache. Um sich etwas Luft zu verschaffen, fragte er ungläubig: »Du warst mit deinen Freundinnen im Festzelt? Ihr hattet doch andere Pläne. Viktualienmarkt?« – »Lenk nicht ab, Jonas. Geht das schon lange so, dass du dich mit Vanessa triffst? Hast du was mit ihr?« – »Da ist nichts mehr, das schwöre ich dir!« Als er das gesagt hatte, merkte er, dass er in eine Falle getappt war. Er hatte sich verplappert! Amelie war aufgesprungen: »Habe ich es mir doch gedacht! Du hattest was mit Vanessa.« – »Ja, eine Fahrgemeinschaft, und das weißt du auch. Und zwei oder drei Mal habe ich sie auf eine Pizza eingeladen! Mehr war da nicht!«, log Jonas und warf die Hände in die Luft. Beinahe hätte er sich erneut verschnappt mit der Bemerkung: »Vanessa hat mit mir Schluss gemacht«, denn er stand noch unter alkoholischer Betäubung. Gerade noch kratzte er die Kurve und schob die Schuld auf Vanessa: »Jetzt hat mir Vanessa geschrieben, sie würde nach dem Gäubodenfest auch gerne mal wieder auf die Wiesn gehen. Diesen Wunsch konnte ich Vanessa nicht abschlagen und wir haben uns verabredet.« – »Und wieso sagst du mir das nicht? Ich wäre doch mit dir und mit Vanessa auf das Oktoberfest gegangen, zu dritt!« – »Zu viert«, dachte Jonas, aber diesen Gedanken sprach er nicht aus. »Du hast dich sehr verdächtig gemacht, Jonas. Die Lüge mit den Studienkollegen und deine heimlichen Treffen mit Vanessa nehme ich dir sehr übel. Du hast mich verletzt, und du weißt, dass du gemein zu mir warst. Vor allem kann ich nicht glauben, dass du und Vanessa nur Kollegen wart. Dass zwischen euch nichts gelaufen ist. Dein Verhalten deutet in eine ganz andere Richtung. Ich kann dir nicht mehr trauen. Und deshalb schläfst du heute Nacht auf dem Sofa!«

Nach diesen Worten drehte sich Amelie um und verschwand in Richtung Schlafzimmer. Nach wenigen Minuten erschien sie wieder und warf Bettdecke und Kopfkissen kommentarlos auf das Sofa. Der Gute-Nachtwunsch entfiel. Jonas blieb wie ein ertappter Sünder auf dem Sessel sitzend zurück. »Mist!«, dachte er und kratzte sich am Kopf. Er konnte es nicht recht glauben, aber es traf zu. Seine persönliche Verbindung zu Vanessa war aufgeflogen. Der Umstand, dass Vanessa die Beziehung beendet hatte und sich von ihm zurückgezogen hatte, machte die Sache nicht besser. Mit seiner zutreffenden Aussage, dass zwischen ihm und Vanessa nichts mehr lief, hatte er sich verraten. Zurecht hatte Amelie seinen Worten entnommen, dass er vorher eine Liaison, ein Verhältnis mit Vanessa gehabt hatte.

Nach dem wunderbaren Nachmittag, den er mit seinem Sohn und Vanessa auf der Festwiese verbracht hatte, war die Erinnerung an dieses schöne Erlebnis mit einem Schlag wie ausgelöscht. Er war der Untreue überführt. Ja, er hatte die eheliche Treue gebrochen. Schwerer wog, dass er Amelies Vertrauen zerstört hatte. Hatte sie eine Vorahnung gehabt? Anzeichen dafür hatte er keine, und sein Sohn hatte das Eisessen mit Vanessa in der Gelateria nie erwähnt. Das wäre ja nur die Spitze des Eisbergs gewesen. Ins Gewicht fiel die sexuelle Vereinigung mit Vanessa und deren Folgen. Und sein zweites Kind – aus einem Liebesverhältnis mit einer Kollegin.

Als sein Sohn Niklas in den Kindergarten gekommen war, hatte sich Jonas noch ein Geschwisterchen gewünscht. Als seine Frau Amelie wider Erwarten auf der Kreuzfahrt in Ägypten schwanger geworden war, schien sein Traum in Erfüllung zu gehen. »Endlich werden wir eine richtige Familie! Du machst mich zum glücklichsten Menschen der Welt«, hatte er getönt, als Amelie ihn mit der Nachricht, dass sie wieder schwanger war, überrascht hatte. »Ich liebe dich!« Er hatte Amelie stürmisch an sich gerissen und sie leidenschaftlich geküsst. Das lebhafte Spiel ihrer Zungen weckte sein sexuelles Begehren. Als Niklas eingeschlafen war, hatte er Amelie ins Schlafzimmer gezogen. Es folgte eine leidenschaftliche Vereinigung ihrer Körper.

Das hatte ihn damals allerdings nicht von seinem Vorsatz abgebracht, zu Beginn der nächsten Woche nach der Fachsitzung in Mathematik Vanessa zu besuchen und sie sich zu nehmen. Er hatte eine schwangere Frau zu Hause und suchte Sex mit seiner Geliebten, nicht ohne ihr wie ein Frischverliebter seine Gefühle zu gestehen: »Wie schön, dass es dich gibt! Ich liebe dich so sehr, weißt du das? Du bist so wundervoll! Ich liebe dich unendlich!«

Ja, Jonas hatte in Vanessa eine Vertraute, eine Seelenverwandte gefunden, mit der er sich öfters auch über seine Lehrtätigkeit als Mathe- und Physiklehrer austauschte. Vanessa nahm lebhaft Anteil an seinem Leben, interessierte sich für seine Gedanken und Ansichten und war eine empathische Zuhörerin, die seine Gefühlsäußerungen aufgriff und in eigene Worte kleidete. Er hatte sich bei Vanessa zutiefst angenommen und verstanden gefühlt. Anders als seine Frau fragte Vanessa auf dem Weg zum Auto oder nach den ersten Minuten Fahrt: »Was hast du heute in deinen Klassen erlebt? Gab es Amüsantes, Lustiges oder hast du dich ärgern müssen?« Stets hatte er eine persönliche Rückmeldung bekommen, die ihr Interesse an seiner Person bewies und verriet: »Ich verstehe dich, das kann ich mir gut vorstellen!« Und wie oft hatte ihm Vanessa bestätigt: »Jonas, was du mir erzählt hast, das kenne ich auch!«

So ein Feedback war bei Amelie undenkbar. Seine Frau erkundigte sich zwar auch nach den Vorfällen in seinem Schulalltag als Lehrer, aber das geschah mehr höflichkeitshalber, eher beiläufig. So wie beginnender Smalltalk. Aber Amelie war nie in seine Gedanken- und Gefühlswelt eingetaucht, wie das Vanessa gekonnt und während der gemeinsamen Zeit im Auto auch beinahe täglich getan hatte.

So viel Tiefgang im persönlichen Austausch fand er nur bei Vanessa. Amelie war als Angestellte einer Bank, noch dazu als Anlageberaterin für vermögende Kunden, mehr der Mensch für Zahlen und Fakten. Und in privaten Dingen eher praktisch veranlagt. »Etwas hausbacken«, dachte Jonas gelegentlich. Amelie organisierte den Haushalt, gab ihm einmal in der Woche einen Einkaufszettel mit, den er in einem Markt am Stadtrand von Augsburg abarbeitete, fragte ihren Sohn ausgiebig über seinen Schultag aus. Sie erzählte gerne aus dem Lebensalltag ihrer Freundinnen Amanda und Sophia. Ein Lieblingsthema Amelies war die Wochenendgestaltung.

Es gab noch eine Aufgabe, die Amelie an sich gezogen hatte: die Erstellung der jährlichen Steuererklärung. Auf diese Weise behielt die sparsame Amelie alle Einkünfte im Blick, die eigenen und auch die von Jonas. Da sie von der Alimente, die Jonas regelmäßig für seinen Sohn Linus an Vanessa überwies, nichts wusste, konnte er diese auch nicht steuerlich geltend machen. Als »gerechten Ausgleich« dazu verschwieg Jonas die Einnahmen aus seinen Nachhilfestunden, die er in Mathematik zur Unterstützung lernschwacher Schüler regelmäßig erteilte.

Er war an der Schule nicht der einzige Gymnasiallehrer, der sein Budget durch das Erteilen von Nachhilfestunden aufbesserte. Er hatte auch mitbekommen, dass dies stets am Finanzamt vorbei geschah. Wenn Jonas die Nebeneinkünfte aus seinen Nachhilfestunden gegenüber dem Finanzamt deklariert hätte und dies im Lehrerkollegium kommuniziert hätte, wäre er wohl ausgelacht worden. Jedenfalls kannte Jonas eine ganze Reihe von Kollegen, die diese Nebeneinkünfte steuerlich hinterzogen. Er kannte keinen einzigen

Kollegen, keine einzige Kollegin mit Steuerehrlichkeit in Sachen Nachhilfestunden.

75

Lisa hatte sich bei Luis erfolgreich durchsetzen können. Ihr Mann hatte sich breitschlagen lassen, länger als er es sich ursprünglich vorgestellt hatte, nach Teneriffa in den Urlaub zu fliegen. Ursprünglich hatte er an sieben Hotelnächte gedacht. Doch Lisa hatte es geschafft, ihm fünf weitere Tage abzutrotzen. Zwölf Hotelnächte und elf ganze Urlaubstage auf der Insel. »Weil du es bist«, hatte er mit einem Lächeln gestanden und eingelenkt.

Am dritten Abend saßen sie auf der Terrasse der Poolbar und hielten Ausblick auf die kommenden Urlaubstage, genauer gesagt auf Lisas Pläne. »Ich fand es großartig, dass wir die Fahrt in den Teide Nationalpark machen konnten. Jetzt würde ich gerne noch Puerto de la Cruz, La Orotova, die Masca Schlucht und Santa Cruz de Tenerife anschauen.« – »Wir haben noch neun ganze Tage vor uns. Und du willst wirklich jeden zweiten Tag auf Ausflug gehen?«, fragte Luis verwundert und schob nachdenklich den Bügel seiner Lesebrille in den Mund. Fragend blickte er seine Frau an. »Unbedingt. So schnell kommen wir nicht mehr nach Teneriffa! Darum sollten wir uns diese Sehenswürdigkeiten unbedingt anschauen!«, bekräftigte Lisa. »Eigentlich gefällt mir die großzügige Hotelanlage, der Hotelgarten mit den Palmen, unter denen wir liegen, sehr gut. Der Pool ist groß genug und der Ortskern mit seinen Geschäften und Boutiquen ist fußläufig zu erreichen. Und du hast doch mehrmals von den raffinierten kalten Vorspeisen am Büffet geschwärmt! Ich kann mir gut vorstellen, nächstes oder übernächstes Jahr wieder hierherzukommen. Ich wünsche mir etwas mehr Zeit, die ich hier im Hotelgarten genießen möchte. In München habe ich dann wieder reichlich Programm.« Lisa biss sich auf die Lippen. »Du meinst Termine mit Mandanten und Arbeit, die du dann mit nach Hause bringst! Für die Abende und für die Samstage!« Lisa seufzte. Für diesmal überhörte Luis Lisas Kritik an seinem Arbeitseifer. Offensichtlich zeitigten die arbeitsfreie Zeit und die Entspannung durch die Ruhe bereits Wirkung. Luis verzichtete darauf, sich zu verteidigen, Lisa Kontra zu geben. Stattdessen glitt dein Blick über den Pool hinweg in die beginnende Dämmerung. Eine wohltuende Ruhe hatte ihn ergriffen. Für eine Weile überließen sich beide ihren Gedanken.

»Was würdest du dir denn noch ansehen wollen?« Lisa kam auf ihr Thema zurück. Mit einem herausfordernden Blick sah sie in sein Gesicht. »Ich könnte mir einen Ausflug nach Puerto de la Cruz vorstellen. Dort gibt es ein Zollhaus aus dem 17. Jahrhundert sowie die Batería de Santa Bárbara, eine historische Festungsanlage aus dem 18. Jahrhundert zu besichtigen. Das würde mich interessieren. Und vielleicht noch La Orotova. Aber das würde mir reichen. Falls du noch mehr sehen möchtest, warum buchst du nicht eine Inselrundfahrt?« Lisa stimmte zu. Abschließend meinte sie: »Ich bin immer noch auf der Suche nach einer neuen Handtasche. Vielleicht sehen wir etwas in einer der Tiendas hier im Ort. Wollen wir mal schauen gehen?« – »Ja gerne. Und die Handtasche möchte ich dir als Erinnerung an unseren Urlaub schenken!« – »Ui! Hoffentlich finden wir was!« Lisa war aufgestanden und Luis folgte ihrem Beispiel.

Schon mehrmals waren Luis und Lisa nach dem Abendessen der Ladenzeile entlang gebummelt. Doch erst jetzt nahm Luis wahr, wie viele Lederfachgeschäfte es in unmittelbarer Nähe des Hotels gab. »Suche dir nur etwas Schickes aus«, hatte Luis seine Frau ermuntert. Bei der zweiten Boutique entdeckten sie eine elegante Umhängetasche aus Leder von Roberto Cavalli, in die Lisa sich auf Anhieb verliebte. Als sie allerdings das Preisschild entdeckte, wollte sie nach einem anderen Modell Ausschau halten. Doch Luis hatte die Vorliebe seiner Frau bemerkt und wollte wissen, warum sie etwas anderes suchte. »Wenn dir die schwarze Cavalli Tasche gefällt, entscheide dich doch zum Kauf! Ich schenke sie dir!« – »Oh, ein so teures Geschenk unter dem Jahr?« Luis lächelte verschmitzt. »Na ja, nimm sie als vorweggenommenes Namenstagsgeschenk!« – »Danke! Aber bis zu meinem Namenstag am 19. November ist noch eine ganze Weile hin!«, sagte Lisa und errötete vor freudiger Erregung über das noble Geschenk. Luis griff nach der Ledertasche und begab sich zur Kasse. »Was ist bloß mit Luis los?«, sinnierte Lisa, die ihrem Mann nachsah. »Sonst ist Luis doch gar nicht so großzügig? Also scheint der Urlaub auch ihm gutzutun! Ich werde ihn auf der Hotelterrasse noch auf einen Drink einladen.«

Als Luis mit der eben erstandenen Damenhandtasche, die zum Schutz in eine Stofftasche gekleidet war, das Geschäft verlassen hatte, überreichte er mit einer fast feierlichen Geste sein Geschenk Lisa. »Da, meine Liebste! Ich möchte dir damit eine kleine Freude machen. Du hast in der letzten Zeit am Samstag öfters auf mich verzichten müssen wegen der vielen Arbeit.« – »In der letzten Zeit? Du meinst in den letzten Jahren. Und das mit *öfters* war doch fast die Regel«, dachte Lisa, schwieg jedoch angesichts Luis' nobler Geste.

Auf der Hotelterrasse staunte Lisa, dass Luis sich einen

doppelten Kaffee bestellte. Luis trank wenig, ein oder zwei Gläser Rotwein zum Essen, dazu auch stilles Mineralwasser. Gelegentlich hatte er auf der Terrasse nach dem Essen sich einen spanischen Cognac geleistet. »Die Spanier haben wunderbare Brandys, so mild und gar nicht teuer«, hatte er geurteilt.

Als Lisa ihre Müdigkeit zum Anlass nahm und in Richtung Hotelzimmer aufbrach, war Luis ganz froh darüber. Er wollte Lisa noch in das Hotelzimmer begleiten und dort sein dienstliches Notebook und zusätzlich sein Tablet zu holen. »Ich lese noch ein wenig«, versicherte er. »Und was machst du, Lisa?« – »Ich bin so müde, ich mache noch Toilette und gehe dann schlafen.« Das hörte Luis gerne. So hatte er heute Abend noch reichlich Zeit und wollte sich in die Dokumente eines reichen Mandanten vertiefen und mit der Bearbeitung dessen Steuererklärung beginnen. »Das muss Lisa nicht wissen. Sonst höre ich von ihr wieder, dass ich mich von der Arbeit nicht losreißen kann!« Mit dem neuen Mandanten, einem reichen Geschäftsmann mit einem großen privaten Aktiendepot, hatte Luis einen guten Fisch an der Angel. »Da werde ich wohl länger damit beschäftigt sein. Die Kostennote wird entsprechend hoch ausfallen! Und damit ist das Geld für die teure Handtasche auch wieder drin!«, dachte Luis mit einem zufriedenen Lächeln um den Mund.

76

Nachdem Amelie sich in das Schlafzimmer zurückgezogen hatte, war Jonas auf dem Sofa sitzend in ein dumpfes Brüten versunken. Er hatte längere Zeit noch über die neue Situation nachgedacht. Wie gelähmt hatte er seinen von der Erregung heiß gewordenen Kopf in beide Hände genommen. Wie ein Geschlagener sah er sich den Trümmern einer Beziehung gegenüber, die ihm monatelang Wärme, Geborgenheit und Liebe vermittelt hatte. Zu dumm, dass er indirekt zugegeben hatte, dass er eine persönliche Beziehung zu Vanessa aufgebaut hatte. Was ihm unendlich leidtat, war, dass er Amelie hintergangen hatte. Das Gefühl, Amelies Vertrauen missbraucht zu haben, hinter ihrem Rücken sich mit Vanessa zusammen getan zu haben, die vielen Lügen, die ganze Hinterfotzigkeit seines Verhaltens machte sich mit einem Mal in seinem Gewissen breit. Es war die Unehrlichkeit, der Treuebruch, seine Suche von Wärme und Geborgenheit außerhalb seiner Ehe, die ihm schmerzlich bewusst wurden. »Was habe ich Amelie bloß angetan!« Dieses hinterhältige Verhalten, vor allem die Hinwendung zu einer anderen Frau wog für Jonas schwerer als der körperliche, der geschlechtliche Ehebruch.

Wider Erwarten hatte Jonas die Nacht auf dem Sofa gut hinter sich gebracht. Er war zwar mehrmals auf der Toilette gewesen und hatte danach wieder seine Schlafstätte im Wohnzimmer bezogen, aber länger als eine halbe Stunde hatte er nicht gebraucht, um wieder Schlaf zu finden.

Jetzt, nachdem er sich auf die Kante des Sofas gesetzt

hatte, fürchtete er sich, Amelie vor die Augen zu treten. Was würde seine Frau ihn als nächstes fragen? Was für Vorwürfe würde er aus ihrem Mund hören? Vor allem: Wie ging es jetzt weiter? Welche Konsequenzen würde Amelie ziehen? Er wusste von einem Kollegen, der drei Wochen nach einer aufgeflogenen Liaison Post vom Scheidungsanwalt bekommen hatte.

Doch rasch verscheuchte Jonas den letzten Gedanken. Es gab keinen Beweis für seine Untreue. »Doch. Linus!«, durchzuckte es ihn. Doch Linus lebte bei seiner Mutter und bei seinem Stiefvater in Niederbayern, und das war weit weg. Er überwies Vanessa Geld für Linus, und von seinem zweiten Girokonto wusste Amelie nichts. Bis jetzt wusste niemand in seiner Familie und in seinem Freundeskreis von seinem unehelichen Sohn, und dass Vanessa ihn erpressen würde, das traute er ihr nicht zu. Linus war auch kein Hebel, um die Entscheidung für Vanessa herbeizuführen und ihn von seiner Frau Amelie zu trennen. Dazu bestand kein Grund, denn Vanessa hatte sich in Straubing in einen neuen Mann verliebt, sich für ihre neue Liebe entschieden und diesen Mann dann auch geheiratet.

Jonas griff nach seinem Handy. Es war Sonntagmorgen, kurz nach acht Uhr. Er drehte seinen Kopf in Richtung Schlafzimmer. Kein Geräusch war zu hören. Schlief Amelie noch? Nach dem gestrigen Vorfall fürchtete er sich vor dem Wiedersehen. Sonst hatte er sich immer gefreut, wenn er morgens seine Frau begrüßen konnte. Mit einem Schlag war alles anders geworden. Er hatte wegen seinem gestrigen Verhalten und seinem Versprecher Vanessa betreffend ein mulmiges Gefühl. Jonas überlegte hin und her. Was war jetzt angemessen? Zum Bäcker fahren und frische Semmeln oder

Croissants holen? Ein Versöhnungsfrühstück auftischen? Die Schuld eingestehen und Amelie um Verzeihung bitten? Ihr klar machen, dass Vanessa keine Gegenspielerin war, die Angelegenheit schon längst beerdigt war?

Jonas war aufgestanden und machte sich auf den Weg unter die Dusche. Das kalte Wasser hatte eine klärende Wirkung auf seine Gedanken gehabt. »Nach dem, was Amelie gestern gesehen hat und was ihr mit einem Mal klar geworden ist, glaube ich nicht, dass die Sache zwischen uns zwei so schnell abgearbeitet ist. Amelie wird Zeit brauchen, bis sie mir verzeihen kann. Ich werde erst mal einen Spaziergang machen.« Der Blick durch das Fenster bestärkte Jonas. Er zog Schuhe und Jacke an, griff nach Schlüsselbund, Geldbeutel und Handy und schritt auf Zehenspitzen zur Wohnungstüre. So lautlos wie möglich stahl er sich ins Treppenhaus.

Draußen empfing ihn die Morgenfrische eines zögerlich erwachenden Sonntags. Doch der Blick zum Horizont war vielversprechend: ein blauer Himmel ohne ein einziges Wölkchen versprach wie schon gestern spätsommerliche Wärme. Das hob Jonas' Stimme. Er beschloss, mit der S-Bahn Richtung Innenstadt zu fahren und am S-Bahnhof »Hirschgarten« auszusteigen.

Am S-Bahnhof »Hirschgarten« angekommen, stieg er die Treppe empor zur Friedenheimer Brücke, wählte oben angekommen den Weg nach Norden in Richtung Steubenplatz und näherte sich dem Hirschgarten durch die Schloßschmidstraße. Als er sich der traditionsreichen Gaststätte und den Bierschenken näherte, stellte er fest, dass die Schenke und das Restaurant noch geschlossen waren. Da ihm der morgendliche Kaffee und das sonntägliche

Croissant fehlten, verspürte er mittlerweile Hunger und Durst. »Da muss ich wohl bis 11 Uhr Geduld haben«, stellte er fest und setzte sich auf eine der Bänke. »Was mag jetzt wohl Amelie machen?«, überlegte er. »Vielleicht ist sie auch froh, dass sie mich noch eine Weile los ist. Oder hat sie über Nacht Klarheit erlangt, wie es mit uns weitergeht? Was, wenn ich nachmittags wieder zurückkomme? Treffe ich dann auf eine eiskalte Frau, die mir die kalte Schulter zeigt oder eine Furie, die mir wutentbrannt den Marsch bläst?« Resigniert ließ er seinen Kopf fallen. Er war sich seiner Schuld bewusst, es tat ihm zutiefst leid, was er Amelie angetan hatte, als er sich gestern mit Vanessa und seinem Sohn getroffen hatte.

An den Ehebruch und das monatelange Verhältnis, das dank der erfundenen Alibis und der geschickten Tarnung unentdeckt geblieben war, dachte er gar nicht. Schließlich konnte Amelie ihm nichts nachweisen. Und er wollte sein Verhältnis mit Vanessa keinesfalls zugeben. Er wollte nach wie vor abstreiten, dass da mehr gewesen war als eine Fahrgemeinschaft, aus der so eine Art lockerer Freundschaft entstanden war. »Das kann ich ja zugeben. Es stimmt, ich habe mich mit der Vanessa bestens verstanden, sie war mir sympathisch – aber da ist nichts gelaufen!« Diese Lesart seiner Beziehung hatte Jonas in seinem Kopf zurechtgelegt. Dass er in Vanessa nicht nur eine Vertraute, sondern auch die Frau seines Herzens gefunden hatte, das wollte er nicht zugeben.

Jonas seufzte. Er war schon länger mit sich und seiner Situation nicht mehr im Reinen. Der wunderbare Nachmittag mit Vanessa und seinem Sohn Linus auf der Theresienwiese hatte ihm einen Anflug von Wonne und

Glückseligkeit geschenkt. Wie schön war es gewesen, mit Linus Autoscooter zu fahren, und wie hatten seine Augen gestrahlt, als er ihm den großen Luftballon geschenkt hatte. Vatergefühle hatten ihn erfasst, sein Herz für einige Stunden zum Singen gebracht. Doch die Verabschiedung am Bahnsteig, die bevorstehende Trennung hatte sich über diesen von einem Glücksgefühl überstrahlten Tag wie eine dunkle Wolke gelegt. Und abends dann das Gewitter, das von Amelies Zornesausbruch über ihn hereingebrochen war. Wieder stützte er seinen Kopf auf seinen Händen ab.

Das heiß ersehnte zweite Kind hatte ihm Vanessa zur Welt gebracht, einen Halbbruder zu Niklas. Er hatte nur kurz seine Vatergefühle ausleben können, denn Vanessa hatte sich im Hinblick auf die Betreuung ihres Sohnes Linus durch die Oma zurück nach Niederbayern versetzen lassen.

Einen kurzen Moment lang hatte Jonas auf dem Weg zur S-Bahn mit dem Gedanken gespielt, in den Zug nach Plattling einzusteigen, dort in den Regionalzug in Richtung Straubing umzusteigen und den Tag mit seinem Sohn Linus und Vanessa zu verbringen. Doch Straubing war weit weg. Zweieinhalb Stunden mit der Bahn, mit dem Auto vielleicht etwas weniger. Wie schön wäre es gewesen, wenn Vanessa sich für eine Kinderkrippe in der Nähe entschieden hätte und in München geblieben wäre?

Jonas hob seinen Kopf, blickte in die Runde und stellte erfreut fest, dass eben die Beschläge von den Schankstellen entfernt wurden. »Eine Maß und eine Portion Obatzda, das gönne ich mir jetzt!«, beschloss er.

77

Montagmorgen, und Odo saß an seinem Arbeitsplatz in der Zentralstelle der Deutschen Bundesbank. Er war in Eile, denn um 10 Uhr 30 sollte er im Pressesaal eine Gruppe von Studenten mit Mitgliedern des akademischen Lehrkörpers der Goethe-Universität Frankfurt empfangen und einen Vortrag über die Aufgaben und Tätigkeitsfelder der Deutschen Bundesbank halten. Doch zuvor wollte er noch die neuen E-Mails durchsehen. Doch er kam nicht weit. Er fühlte sich nicht nur gestresst, sondern auch müde. Er stand auf, um sich in der Küche einen doppelten Kaffee schwarz zu holen.

Die Sache mit dem Besuch der Studenten und Professoren war ihm nach dem kurzen, aber leidenschaftlichen Intermezzo in Afras Bett eingefallen, und das führte zum baldigen Ende seines Gastspiels: »Afra, ich muss morgen eine Gruppe von Professoren und Studenten empfangen, ein Referat halten und mich ihren Fragen stellen. Das kann ich aber in meinem Casual Look vom Wochenende nicht bringen. Ohne Rasur und frisches Hemd geht das nicht. Sorry Afra, aber ich fahre jetzt lieber doch noch nach Hause.« – »Wirklich? Und du verschmähst meinen Muntermacher morgen früh?«, tönte Afra und sah ihn mit enttäuschten Augen an. »Nein, Afra, ein andermal gerne wieder. Aber ich habe weder meinen Rasierapparat noch ein frisches Hemd dabei!« Odo beugte sich zu Afras Mund und küsste sie. Er zog sich an, bestellte ein Taxi und stand auf. Als er ihr vom

Flur aus noch einen Abschiedsgruß zurief, war Afra schon wieder in das Bettlaken versunken.

Afra war Sachbearbeiterin in der Stadtverwaltung Frankfurt. An ihrem Arbeitsplatz hinter dem PC gab es keine Kleiderordnung, auch keine ungeschriebene. Und wenn die schlank gewachsene Afra Röhrenjeans und einen roten Pullover anzog, war sie mit ihrem mädchenhaft wirkenden Gesicht und ihren langen schwarzen Haaren und den blauen Augen ein Blickfang. Gepaart mit einem breiten Lächeln und einem fragenden Blick von unten wirkte sie herausfordernd, ja geradezu verführerisch, wenn sie es darauf anlegte. Sie war eine Erscheinung. Die umtriebige junge Frau war empfänglich für jede Form von Abwechslung, stets bereit, neue Erfahrungen zu sammeln. An Afras Seite kam selten Langeweile auf. Sie machte für ihre freie Zeit keine festen Pläne, sondern folgte spontanen Einfällen. Wer mit Afra ausging, auf den warteten unbeschwerte Stunden mit offenem Ausgang.

Odo hatte öfters seine Frau Fiona mit Afra verglichen. Beide waren in ihrer Wesensart dem Leben zugewandt, beide liebten das Leben. Neues nahm Fiona als Chance, als Herausforderung an, durchdachte die Situation mit Neugier und Interesse und überlegte, wie sie ihre Fähigkeiten und Talente einbringen könnte. Wog Chancen und Risiken sorgfältig gegeneinander ab. Vor einem *Ja* Fionas stand gründliches Nachdenken. Und hinter ihrem *Ja* stand Fiona mit ihrer ganzen Persönlichkeit.

Sagte Afra *Ja*, folgte sie unbeschwert und impulsiv dem Reiz des Augenblicks. Was Zerstreuung und Lust versprach, zog Afra magisch an. Für neue Unternehmungen war die umtriebige junge Frau mit den blauen Augen und den langen schwarzen Haaren leicht zu gewinnen. Doch oft blieb sie nur so lange dabei, wie sie Spaß daran hatte.

Mit Fiona war er verheiratet, und die langen und nachdenklichen Gespräche mit ihr hatten ihm zu einem neuen Blick auf sich selbst und sein Leben verholfen. Fiona hatte ihn ermutigt, seinen persönlichen Fixstern zu suchen, in dem Talente, Werte und Träume sich treffen. Sich zu fragen: »Gibt es einen Traum, der es verdient, Wirklichkeit zu werden, ein Ziel, auf das hin du leben willst? Entdecke deine Talente, setze sie ein … aber erkenne auch deine Grenzen«, hatte ihn Fiona ermahnt. Und sie hatte ihm deutlich gemacht, Schwierigkeiten und Veränderungen als persönliche Herausforderungen anzunehmen und als Chancen zu sehen, sich mit all seinen Fähigkeiten einzubringen und sich zu bewähren. Fionas Beharrlichkeit und Zielstrebigkeit hatte Odo stets imponiert.

Als Odo mit dem Kaffeetopf in der Hand wieder an seinem Arbeitsplatz Platz nahm, hörte er den bekannten kurzen Klingelton. Afra schrieb: »Willst du mich heute Abend treffen? Wir könnten gemeinsam etwas unternehmen! Afra« Die Müdigkeit fiel von Odo ab, und neue Kräfte erwachten in ihm, als er Afras Botschaft gelesen hatte. Freudig erregt postete er: »18 Uhr, beim Gerechtigkeitsbrunnen auf dem Römerberg. Okay?« Afras Zusage ließ nicht lange auf sich warten.

Freudig gestimmt wandte sich Odo den dienstlichen E-Mails zu. Als er gerade die broschierte Dokumentation seines Arbeitgebers für die Teilnehmer an seiner Präsentation bereitlegte, vernahm er erneut den Klingelton auf seinem Smartphone. Es war Fiona: »Hallo Odo, wie geht es dir? Bist du gestern gut nach Hause gekommen? Sicher bist du früh schlafen gegangen und ich nehme an, du bist deshalb gut ausgeruht. Um 10 Uhr 30 empfängst du die Professoren und die Studenten aus dem Fachbereich Wirtschaftswissenschaften. Zu deiner Präsentation und zur anschließenden Diskussion wünsche ich dir interessierte Zuhörer und ein angeregtes Kolloquium. Ich bin schon gespannt, was du mir am Donnerstag darüber berichten wirst. Ich kann auch über einige Veränderungen in meinem Bereich berichten.

Nochmals viel Erfolg und Freude an deiner bevorstehenden Begegnung. In Liebe Fiona.«

Auf dem Weg in den Vortragssaal, beim Warten auf den Aufzug dachte er: zwei Frauen, doch welch ein Unterschied! Hier die leichtlebige und sorglose Afra auf der Suche nach Zerstreuung, da die mitdenkende, mitfühlende Fiona, die ihm gutes Gelingen wünschte. In ihrem Herzen war Fiona bei ihm, begleitete ihn in ihren Gedanken sogar auf seinem Weg zu seiner bevorstehenden Präsentation. Und er? Bereits scannte Odo in seinen Gedanken die fesche und leichtlebige Afra, die ihm mit einem breiten Lächeln entgegenkam und ihm ihre Lippen zum Kuss bot. Und mit dem lebhaften Spiel ihrer Zunge in Odos Mund die Vergnügungen des anbrechenden Abends andeutete.

Er ahnte es schon. »Ich muss heute Nacht wieder ein Taxi bestellen, das mich von Afras Wohnung nach Hause bringt.«

78

Am Samstagmittag waren Lisa und Luis von Teneriffa nach München zurückgeflogen. Lisa hatte sich bei Luis beim letzten Frühstück im Hotel noch ausdrücklich für die Urlaubstage auf Teneriffa bedankt. »Danke, Luis, dass du doch zwölf Nächte gebucht hast. Du hast dich doch auch gut erholt?« – »Ja, und ich muss sagen, ich könnte mir vorstellen, wieder einmal nach Teneriffa zu fliegen!« Als er das gesagt hatte, war Lisa aufgestanden und hatte ihn geküsst. »Danke, Luis, das möchte ich auch!«, hielt sie mit einem strahlenden Gesicht fest. Luis griff den Ball auf, den ihm Lisa zum Thema Sommerurlaub zugeworfen hatte. »Nur schade, dass Teneriffa so weit draußen im Atlantik liegt. Dieser ewig lange Flug, etwa im Vergleich zum Flug nach Olbia oder nach Heraklion auf Kreta.« Mit einem charmanten Lächeln versuchte Lisa Luis' Einwand zu entkräften. »Aber diese vielseitige und abwechslungsreiche Landschaft hast du so auf Kreta nicht!« Luis machte eine abwägende Bewegung mit seinem Kopf. »Na ja. Da magst du recht haben.«

Beim Warten auf das Boarding schlug Luis vor, am Flughafen München noch kurz im Supermarkt die Zutaten für ein erweitertes Frühstück einzukaufen. »Weißt du, Lisa, wenn du willst, wir könnten doch Brötchen aufbacken und mit Käse und Salami ein großes Frühstück zubereiten. Ich werde dir dabei helfen. Und gegen Abend treffen wir uns beim Italiener.« – »Willst du schon morgen wieder in die Steuerkanzlei? Morgen ist doch Sonntag!« Lisa machte einen Flunsch. Wie gerne hätte sie den letzten Urlaubstag zusammen mit ihrem Mann verbracht! Mit Luis auf dem Balkon sitzen, Kaffee trinken und Urlaubseindrücke Revue passieren lassen … Ein letztes Mal eintauchen in schöne Momente des gemeinsamen Urlaubs auf Teneriffa. Am Montag war wieder Alltag: Die muntere Kinderschar im Kindergarten, gestresste Eltern mit Sonderwünschen. »Wo ich doch so lange weg war, würde ich mir gerne einfach die liegen gebliebene Post durchsehen«, murmelte Luis. »Aber dafür darfst du das Lokal auswählen, in das wir gehen!«, ergänzte er versöhnlich.

»Wieso kann Luis nicht wie andere Menschen den Urlaub gemütlich ausklingen lassen, den letzten Tag zu Hause, nachdem die Koffer ausgepackt und verstaut sind, trödeln, bummeln, auf dem Balkon sitzen oder einen Spaziergang machen? Langsam wieder ankommen, in kleinen Schritten wieder in die Alltagsroutine zurückfinden? Und was macht mein Mann? Der verkürzt sich den wohl verdienten Urlaub, fährt in die leere Kanzlei, um die Post bereits am letzten freien Tag zu bearbeiten! Kann er denn gar nicht von seinen Mandanten lassen?«, überlegte Lisa. »Die sind doch auch noch am Montag da, und welcher Steuerzahler fiebert denn der Post vom Finanzamt entgegen? Um diesen Ablauf zu verkürzen, opfert mein Mann den letzten Urlaubstag mit mir?«

Luis hatte sich rasch auf Teneriffa erholt, hatte lange geschlafen und wirkte schon am Ende der ersten sieben Tage auf Teneriffa gut gelaunt, ausgeglichen und entspannt. Doch schon Montagabend in der zweiten Woche hatte er sich nachmittags auf den Balkon vor der oberen Bar zurückgezogen. Angeblich, um zu lesen. Doch seine

Aufmerksamkeit galt nicht dem Krimi, den er während des Fluges zu lesen begonnen hatte, sondern seinen Mandanten. Tauchte Lisa auf der Terrasse auf, klappte er sein Notebook mit einem Lächeln zu und fragte: »Lisa, na was gibt's?« Er gab sich alle Mühe, seine Aktivitäten als Steuerberater auf Teneriffa vor Lisa zu verbergen. Denn er wusste genau, wie Lisa sein Verhältnis zu seiner Arbeit sah. Luis war froh, wenn Lisa sich nicht zu ihm hinsetzte, sondern bloß erklärte: »Ich hol mir noch mein Taschenbuch im Zimmer.« Weniger willkommen waren ihm Fragen wie: »Schwimmst du noch eine Runde mit mir?«, oder »Darf ich dir Gesellschaft leisten?«

Lisas Gesellschaft oder das gemeinsame Schwimmen im Pool bedeutete eine unwillkommene Unterbrechung der Arbeit an den Steuerakten seiner Mandanten. Und die zogen ihn magisch an.

Mit Beginn der zweiten Urlaubswoche auf Teneriffa hatte die Arbeit Luis wieder.

79

Nach der Feier der Liturgie in der Kapelle des Altenheims zog Aaron einen Zettel aus seinem Geldbeutel. Auf dem Zettel fand er die Namen und die jeweiligen Zimmernummern zweier Damen, beide Bewohnerinnen des Altenheims St. Josef. Zwei betagte Seniorinnen hatten dem Diakon, der den Besuchsdienst in dieser Einrichtung wahrnahm, den Wunsch mitgegeben, den Herrn Pfarrer zu sprechen. Frau Huber, die er zuerst besuchen wollte, kannte er bereits. Als ihr Mann noch gelebt hatte, war sie von ihrer Wohnung aus regelmäßig in die Messe am Sonntagvormittag gekommen. Eine regelmäßige Kirchgängerin, mit der er sich nach dem Gottesdienst öfters noch vor der Kirche unterhalten hatte. Er kannte deshalb in groben Zügen auch die Familienverhältnisse. Sie freute sich überschwänglich über sein Kommen und bot ihm gleich ein Glas Rotwein und Kekse an. Den Wein lehnte Aaron dankend ab. Viel lieber hätte er ein Haferl Kaffee getrunken, denn etwas Anregung war ihm willkommen. Denn nach der Rückkehr in das Arbeitszimmer im Pfarrhaus wollte er die Predigt für den kommenden Sonntag vorbereiten. Nach dem Teller mit den Keksen griff er wiederholt, denn nach der Feier in der Aussegnungshalle hatte er nur ein Sandwich zu Mittag gegessen. Diesmal war ihm der Besuch in seinem Elternhaus vergönnt, denn seine Eltern waren in den Urlaub nach Südtirol gefahren.

Nach einem einleitenden Gespräch über ihren Gesundheitszustand schoss es aus Frau Huber heraus:

»Herr Pfarrer, den Michael kennen Sie doch? Wie macht er sich denn?« Diese unvermittelte Frage brachte Aaron in Verlegenheit. Er kannte einige, die auf den Namen *Michael* hörten, einen Jugendgruppenleiter, ein Mitglied des Pfarrgemeinderats sogar. »Da müssen Sie mir weiterhelfen. Was macht denn Michael?« – »Er ist Ministrant. Der Sohn meiner Tochter. Michael Huber.« Da fiel es Aaron wie Schuppen von den Augen. Richtig. Michael Huber, der Oberministrant, der zusammen mit dem Diakon die Freizeiten und das Sommerlager der Minis, wie sich die Messdiener untereinander nannten, organisierte. Ein hochgewachsener, schlaksiger junger Mann. Dass er das Gymnasium besuchte, das wusste Aaron. »Michael macht nächstes Jahr Abitur, nicht wahr?« – »Genau!« – »Weiß er denn schon, was er studieren möchte?« Frau Huber lachte. »Nein, das weiß Michael noch nicht. Aber erst soll er mal sein Abitur machen!« – »Nun ja, so wie ich Michael kenne, schafft er das mit Bravour!« Frau Huber quittierte dieses Kompliment mit einem seligen Lächeln.

Beim nächstfolgenden Besuchstermin bei Frau Huber war Aaron überrascht, dass sie nicht allein war. Eine junge Frau mit langen blonden Haaren, die hinten zu einem Pferdeschwanz zusammengebunden waren, saß ihr seitlich gegenüber. Sie war aufgestanden und begrüßte Aaron mit einem Lächeln. »Ich bin die Susanne. Meine Oma kennen sie ja schon. Sie hat mir erzählt, wie sehr sie sich auf ihren Besuch freut!« Aaron hatte Susanne mit freundlicher Mine und einem Kopfnicken begrüßt, beugte sich zu Frau Huber vor und reichte ihr die Hand. Frau Huber eröffnete das Gespräch mit einem Kompliment. »Ihren Artikel im Pfarrbrief habe ich gelesen. Den fand ich richtig gut!«

Dieses Lob schmeichelte Aaron. Er freute sich über ein positives Echo auf seinen Beitrag in »Impulse«, einer Reihe im quartalsweise online erscheinenden Pfarrbrief. Eine alte Dame hatte seine Gedanken aufgenommen, darüber nachgedacht. Diese schöne Wahrnehmung hinterließ ein warmes Gefühl in Aaron. Worte des Dankes hörte er öfters, nach einer Taufe oder einer Begräbnisfeier. Er zweifelte nicht am Ernst hinter diesen Worten, doch sie hatten oft etwas Förmliches, Konventionelles an sich und blieben deshalb stets auch ein wenig unpersönlich.

Susanne machte Anstalten, zu gehen. Mit dem Hinweis »Ich mache mich dann auf den Weg nach Hause«, verabschiedete sie sich und wandte sich zur Türe.

Inzwischen hatte Aaron den Platz eingenommen, auf dem Susanne gesessen hatte, als er das Zimmer betreten hatte. »Haben Sie öfters Besuch von Ihren Kindern oder Enkelkindern?«, eröffnete er das Gespräch. »Am häufigsten kommt die Susanne zu mir, die junge Frau, die Sie eben kennengelernt haben. Das hängt auch damit zusammen, dass sie ganz in der Nähe arbeitet. Sie besucht mich dann nach der Frühschicht, auf dem Weg nach Hause.« Aaron hatte konzentriert zugehört. Beim Stichwort »Frühschicht«, blieb er hängen. Seine Neugier war geweckt. »Wo arbeitet Ihre Enkeltochter denn?«, wollte er wissen. »Sie ist Krankenschwester. In dem großen Krankenhaus hier draußen.« – »Und der Beruf mach ihr Freude?«- »Ja, sie ist mit Leib und Seele Krankenschwester. Mein Sohn meint, es wäre besser, wenn sie die Ausbildung zur OP-Schwester machen würde. Dann hätte sie regelmäßigere Dienstzeiten. Aber Susanne sagt, sie liebe den Kontakt zu den Patienten. Sie möchte bei den Patienten sein und nicht Assistentin der operierenden Ärzte werden. Sie möchte die frisch Operierten auf ihrem Weg zur Genesung begleiten. Susanne freut sich, wenn sie nach einer Operation wieder zu Kräften kommen und sie eines Tages wieder nach Hause gehen können.« Aaron nickte. Nachdenklich fasste er die Worte von Frau Huber zusammen: »Dann hat sie ihre Berufung gefunden.« Während der Pause, die seinen Worten folgte, dachte er für sich selbst: »Dann haben Susanne und ich etwas ganz Entscheidendes gemeinsam. Wir beide sind bei der Wahl unseres Berufes der Stimme unseres Herzens gefolgt.«

Aaron erkundigte sich noch nach dem, was Frau Huber auf dem Herzen hatte, was sie in der letzten Zeit beschäftigt hatte. Als Priester und Seelsorger mit Leib und Seele hatte er ein offenes Ohr für die Sorgen und Nöte seiner Gesprächspartnerinnen und Gesprächspartner. Aaron fielen im Gespräch auch kleine Nuancen in den Äußerungen, zum Beispiel ein Zögern oder der Wechsel der Stimmlage auf. Er beobachtete das Spiel der Gesichtszüge und war ein geduldiger Zuhörer, der es verstand, sich in die Lage anderer hineinzuversetzen. Frau Huber lachte, als sie diese Frage hörte. »Nein, Herr Pfarrer, Sorgen habe ich keine. Ich werde hier rundherum versorgt, habe alles, was ich brauche, und solange es Menschen gibt wie Susanne und Sie, erlebe ich dann und wann kleine Höhepunkte.« Frau Huber senkte ihre Augen und machte eine Pause. Sie schien über etwas nachzudenken. Dann fuhr sie fort: »Ich habe ein langes und erfülltes Leben hinter mir. Alle in meiner Familie haben ihren Weg gefunden und haben etwas aus ihrem Leben gemacht. Gelegentlich bin ich halt traurig, dass ich keine Spaziergänge mehr machen kann.« Mit der Hand zeigte sie auf den Rollator. »Damit komme ich nicht weit, aber dennoch freue ich mich, wenn ich bei schönem Wetter in den Garten gehen kann und mich für eine Stunde in die Sonne setzen kann. Das schaffe ich noch ganz allein!« Der letzte Satz klang selbstbewusst, fast mit einem Anflug von Trotz. »Und wenn der Herrgott mich ruft, dann werde ich zu ihm gehen.«

Selten endete ein Besuch im Altenheim in einem so heiteren Gespräch. Innerlich gelöst und gut gelaunt verabschiedete sich Aaron und bekam die Worte mit auf den Weg: »Danke für Ihren Besuch, kommen Sie bald wieder!«

Nachdem Aaron mit dem Aufzug das Erdgeschoß erreicht hatte, lenke er seine Schritte in die Cafeteria. Er wollte sich an der Theke ein Stück Käsekuchen und einen doppelten Kaffee holen. Als er mit dem Tablett in den Händen die Tischreihen durchschritt, kam er an Susanne vorbei, die sich vor dem Weg nach Hause ebenfalls zu einer kleinen Stärkung in die Cafeteria gesetzt hatte. Er nickte Susanne mit einem Lächeln zu, eine Geste, die Susanne mit einem Nicken erwiderte, dann sie kaute gerade an ihrem Salat. Aaron setzte sich mit dem Rücken zur Wand an das andere Ende der Cafeteria, so, dass er den ganzen Raum im Blick hatte. Er hatte gerade das erste Stück des Käsekuchens verzehrt, da bemerkte er, dass Susanne mit dem Tablett auf ihn zukam. »Darf ich Ihnen Gesellschaft leisten?«, fragte sie. Aaron machte eine einladende Geste und unterstrich dies mit den Worten: »Aber gerne. Jederzeit!«, wobei ihm nicht bewusst war, dass er damit im Grunde genommen eine Einladung zu weiteren gemeinsamen Treffen ausgesprochen hatte. Es dauerte nicht lange und Susanne berichtete über den hinter ihr liegenden Kliniktag, die OPs, für die sie die Patienten fertig gemacht hatte, einen Neuzugang und die

Gespräche mit den Ärzten. »Wo Sie so früh mit der Arbeit begonnen haben, sind sie jetzt recht geschafft?«, wollte Aaron wissen. »An das Frühaufstehen habe ich mich gewöhnt, heute jedoch war es recht stressig.« – »Wie verschaffen Sie sich Entspannung und etwas Erholung?« – »Ich führe nachher noch den Hund meiner Nachbarin Gasse. Und als Dank dafür gibt es nachher noch eine oder zwei Tassen Kaffee. Und dazu plauschen wir ordentlich.« Susanne lachte fröhlich. »Ich hätte nie gedacht, dass so ein Hund die Brücke zu einem anderen Menschen werden kann. Was haben Sie heute noch zu erledigen?« – »Ich muss mich noch hinter die Predigt für nächsten Sonntag setzen.« – »Oh!«, entfuhr es Susanne anerkennend. Fast etwas ungläubig sah ihn Susanne mit ihren großen blauen Augen an. »Eine Predigt schreiben? Macht Ihnen das Freude?« – »Das hängt auch von den Lesetexten aus der Bibel ab. Ich schaue mir die vorgeschriebenen Textstellen meist schon am Montag an. Manchmal lese ich den biblischen Text in aller Ruhe auch zwei oder drei Mal. Ich überlege mir dabei: enthält der Text eine Aussage, die mir gefällt, die mich als Christ besonders anspricht? Dann schreibe ich mir diesen Satz auf das Kalenderblatt. Und unter der Woche, wenn ich mal Zeit habe, denke ich über diesen einen Satz weiter nach. Wissen Sie, wenn ich mich am Donnerstag dann in aller Ruhe in mein Arbeitszimmer zurückziehe, eine Kerze anzünde und mich hinter den Laptop setze, dann fließen mir die Gedanken manchmal wie von selbst zu.« Aaron trank den Kaffee aus, dann lehnte er sich entspannt zurück. Zufrieden lächelte er vor sich hin.

Susanne rüstete zum Aufbruch. »Sie verlassen mich schon?«, fragte Aaron leicht enttäuscht. Es hatte ihm gutgetan, über seine Arbeit reden zu können. In Susanne hatte er eine geduldige und interessierte Zuhörerin gefunden. Beide waren aufgestanden und Susanne hielt schon das Tablett in den Händen, als Aaron anmerkte: »Oh, jetzt habe ich nur von mir gesprochen. Ich würde gerne mehr von Ihnen erfahren. Was Ihnen an Ihrem Beruf besonders gefällt. Ihre Oma versicherte mir, dass sie Freude an Ihrem Beruf haben!« – »Oh ja! Gerne! Auf ein Wiedersehen!«

Susanne wandte sich um und machte sich auf den Weg zum Ausgang der Cafeteria. Aaron verfolgte mit seinen Augen die junge Frau und heftete seine Augen auf den langen blonden Pferdeschwanz, der munter hin- und herflog. »Eine reizende junge Frau«, gestand er sich selbst.

80

An diesem sonnigen Oktobertag füllte sich der Hirschgarten erstaunlich rasch mit Gästen. Dies, obwohl noch immer Wiesnzeit war. Ausflügler, die mit dem Rad kamen, unterbrachen ihre Tour und erfrischten sich unter den Bäumen, indem sie sich eine Radler Halbe holten, Anwohner ließen sich nieder und Freundespaare mit Picknickkörben begrüßten sich. Während die Frauen weißblaue Tischdecken auslegten, die Tische deckten und den Körben Schüsseln mit Nudel- und Reissalat sowie Frischkäseaufstrich entnahmen, machten sich die Männer zu den Verkaufsständen und Schenken auf und kehrten mit vollen Maßkrügen und Riesenbrezen zurück. Munteres Leben erfüllte die Bankreihen vor dem Königlich Bayerischen Wirtshaus.

Jonas hatte den ersten Maßkrug in kräftigen Zügen rasch geleert. Das hatte ihm etwas Entspannung verschafft und ihn innerlich beruhigt. Gelassener als er es beim Verlassen des Hauses gewesen war, träumte er vor sich hin und brach hin und wieder ein Stück von seiner Riesenbreze ab. Morgen, am Tag der Deutschen Einheit, endete das diesjährige Oktoberfest. Gestern Samstag hatte er mit seiner früheren Geliebten Vanessa und seinem Sohn Linus einen wundervollen halben Wiesentag verbracht. Der Abschied von seinem Sohn am Regionalexpress nach Neufarn war ihm schwergefallen, und der Empfang, der ihm Amelie in der Wohnung bereitete, nachdem sie ihn bei Vanessa im Festzelt hatte sitzen sehen, hatte ihn hart getroffen und die letzten schönen Erinnerungsstücke an die Stunden mit Linus wie mit einem Hammer zerschmettert. Er hatte sich verplappert und damit selbst die Wahrheit über seine Beziehung zu Vanessa ans Licht gebracht. Sein Lügengebäude war zusammengebrochen. Es gab kein Zurück mehr. Dennoch konnte er nicht ewig hier beim Bier bleiben. »Eines geht noch«, dachte er bei sich und suchte erneut die Schenke auf. »Nachher mache ich mich auf den Weg nach Hause!«, dachte er resigniert. Er stand auf und machte sich mit dem leeren Maßkrug erneut auf den Weg zur Schenke. Er spülte den Maßkrug aus, drehte ihn um und schwenkte ihn danach mehrmals durch die Luft, damit die letzten Wassertropfen zu Boden fielen. Als er mit dem vollen Bierkrug von der Schenke kam und seinem Platz zusteuerte, hörte er eine Stimme seinen Namen rufen. Er wandte sich um und erblickte Hans, einen ehemaligen Kommilitonen vom Mathematischen Institut der Ludwig-Maximilians-Universität München. Etwas verdutzt kamen ihm die Worte über die Lippen: »Hans, du hier?« Gut gelaunt hörte er die Worte: »Das finde ich aber großartig! Grad gestern war ich noch auf der Wiesn, und da habe ich an dich gedacht und fand, ein Wiedersehen mit dir wäre schön!« – »Ja, die Idee hatte ich auch!«, bekannte Jonas. Es war die Wahrheit. »Komm, setz dich zu uns! Das ist meine Frau Doris.« Jonas nickte Doris zu und betonte. »Wir kennen uns vom Mathematischen Institut der Universität.« – »Doch nun erzähl mal, hast du auch eine Frau? Und was treibst du so?« Jonas begann, die Eckdaten seines bisherigen Lebens zu skizzieren. Allerdings ohne seine langjährige Beziehung zu Vanessa und seinen unehelichen Sohn zu erwähnen. Es war ein unvollständiger und darum knapper Bericht. Als ob sie etwas ahnte, fragte Doris ungläubig: »Du hast tatsächlich nur ein Kind?« Jonas beeilte sich, zu versichern, dass er und Amelie nur ein Kind hatten. Der Vollständigkeit halber erwähnte er noch Amelies Fehlgeburt. »Und seither ist das Thema Kinderwunsch für Amelie und mich durch. Doch nun erzählt ihr doch mal!« Jonas war froh, nunmehr in die Rolle des Zuhörers schlüpfen zu können. Nur einmal noch musste er antworten, als Doris ihn fragte: »Wie ist das mit eurem Kollegium? Fühlst du dich dort wohl?« Da antwortete Jonas wahrheitsgemäß, dass es ihm vor sieben Jahren am Gymnasium in Augsburg noch besser gefallen hatte. »Es gibt ja manchmal nette Kollegen, die sich wegversetzen lassen, zum Beispiel zurück in ihre Heimat. Die fehlen mir dann.«

Er senkte seinen Blick und dachte an Vanessa, die nach Straubing gezogen war, dort ihre große Liebe gefunden hatte und geheiratet hatte. Ja, Vanessas Antrag auf Versetzung und der Wegzug nach Niederbayern ein Jahr danach war ein harter Schlag für Jonas gewesen. Ein langes Kapitel seiner Lebensgeschichte war zu Ende gegangen, und das Kapitel mit Linus umfasste nur wenige spärlich beschriebene Seiten.

»Du bleibst doch noch? Ich stifte noch eine Runde!«, schlug Hans vor. Jonas war nicht in der Lage, zu widersprechen. Das Zuhören hatte ihn belebt, und er begann, die Gesellschaft von Hans und Doris zu genießen. Es war halb vier, als er sich von Hans und Doris verabschiedete. Zuvor hatte er auf der Toilette noch einen Blick in seinen Geldbeutel geworfen. Das Geld reichte noch für ein Taxi.

Müde und etwas unsicher wankte er dem Ausgang des Hirschgartens zu. Erleichtert ließ er sich auf die Rückbank des Taxis fallen, murmelte seine Adresse und stierte willenlos vor sich hin.

Vom Alkohol betäubt und bettmüde stieg er in den Aufzug und fuhr zu seiner Wohnung hoch. Nachdem er aufgesperrt hatte, stolperte Jonas in den Flur. Auf der Ablage
fand er einen handgeschriebenen Zettel: »Sind zu meinen
Eltern gefahren.«

Jonas warf die Jacke ins Wohnzimmer und ließ sich halbtot auf sein Bett fallen. Ein tiefer, traumloser Schlaf bemächtigte sich seiner.

81

Eben hatte Aaron die Kerze auf seinem Schreibtisch angezündet. Er sah in der Leseordnung seiner Kirche nach und fand heraus, dass der Lesetext aus dem Johannesevangelium stammte. Aaron schlug das Neue Testament auf und stellte fest, dass Johannes die frohe Botschaft in ein Streitgespräch mit den jüdischen Schriftgelehrten eingebettet hatte. »Ich bin der gute Hirt; ich kenne die Meinen und die Meinen kennen mich, wie mich der Vater kennt und ich den Vater kenne; und ich gebe mein Leben hin für die Schafe. Meine Schafe hören auf meine Stimme; ich kenne sie und sie folgen mir. Ich gebe ihnen ewiges Leben. Sie werden niemals zugrunde gehen und niemand wird sie meiner Hand entreißen. Mein Vater, der sie mir gab, ist größer als alle und niemand kann sie der Hand meines Vaters entreißen.« (Evangelium nach Johannes 10, 14–15.27–29).

In aller Ruhe hatte er das ganze zehnte Kapitel des Johannesevangeliums gelesen. Am besten gefielen ihm die Worte Jesu: »Ich bin gekommen, damit sie das Leben haben und es in Fülle haben.« (Evangelium nach Johannes 10,10). Aaron entschloss sich, diese Textpassage der vorgeschriebenen Perikope als krönenden Abschluss beizufügen. Gleichzeitig wollte er diesen Satz als Ausgangspunkt seiner Gedanken nehmen. Nachdem er mehrmals nachdenklich in den Garten hinausgesehen hatte, fand er den Zielsatz seiner Predigt »Wer die Botschaft Jesu hört und seine Worte gläubig annimmt, der findet zu einem Leben in Fülle.«

Doch wie beginnen? Das Bild des Hirten mit seinen Schafen, für die er die Verantwortung trägt und die ihm folgen, meist unterstützt durch seinen Schäferhund, war seinen Zuhörern nicht vertraut, obwohl es sehr anschaulich war. Dass die Schafe auf die Stimme des Schäfers hören, hörte sich seltsam an. Doch es gab Menschen, die andere um sich scharten, Anhänger suchten oder eine Gefolgschaft hatten: begeisternde Redner, Seminarleiter, Gurus, Sektenführer und Influencer. Oder psychologisch geschulte Coaches, die Kurse oder Wochenendseminare zum Thema: »Mein Weg zum persönlichen Glück« oder »Wie ich zu einem erfüllten Leben gelange« verkauften. Wie oft war Aaron durch die Abteilung »Psychologie und Lebensführung« einer großen Buchhandlung geschlendert und hatte stapelweise Bücher zum Thema des persönlichen Lebensglücks liegen sehen. Autogenes Training, Yoga, die traditionelle indische Heilkunst Ayurveda, »Die Kunst des Nein-Sagens«, fernöstliche Religionen, Zeitmanagement und Zen Meditation – all das versprach ein neues, bewussteres Leben. Balsam für gestresste Zeitgenossen, oder ein Allheilmittel gegen Depressionen und Erschöpfungszustände?

Wie oft war Aaron in zahllosen Gesprächen auf hoch motivierte und fleißige Menschen gestoßen, die alles gaben, bis zum Äußersten ihrer Kräfte gingen, und dabei sich selbst verloren, ihre Zeit, die Verbundenheit mit anderen Menschen, die Erfahrung, etwas bewirken zu können, ihre eigene Mitte, den Sinn ihres Lebens. Wie konnten gestresste Nervenbündel am Ende ihrer Kräfte auf die Stimme Gottes hören? »Läuft da meine Predigt nicht ins Leere?«, hatte er sich wiederholt gefragt und dabei nicht nur an die leeren

Kirchenbänke im Sonntagsgottesdienst gedacht. Sondern daran, dass seine Zuhörer ganz andere Sorgen hatten.

Es ging um das, was der Evangelist Johannes in die Zusage Jesu gekleidet hatte: »Ich bin gekommen, damit sie das Leben haben und es in Fülle haben.«

Viele seiner Gesprächspartnerinnen und Gesprächspartner fühlten sich innerlich leer, ausgebrannt.

Aaron war mit Leib und Seele Seelsorger. Er liebte seinen Beruf, und mit seinen Schattenseiten hatte er sich arrangiert. Doch im Dialog fehlten ihm oft die geeigneten Worte, um anderen einen Ausweg aus ihrer Situation zu weisen.

Aaron kratzte sich hinter seinem Ohr. Den Ausgangspunkt seiner Predigt hatte er, den Text aus dem Evangelium des Johannes. Den Zielsatz hatte er auch formuliert: »Wer die Botschaft Jesu hört und seine Worte annimmt, der findet zu einem Leben in Fülle.« Ernüchtert lehnte er sich zurück.

»Sind meine Hörer in der Lage, auf Jesu Worte zu hören? Schwerer wiegt meine Frage: wie finde ich selbst zu einem Leben in Fülle?«

Er merkte, dass er in seinen Überlegungen stecken blieb und mit der schriftlichen Vorbereitung seiner Predigt nicht weiterkam. Er entschloss sich, einen Spaziergang zu machen. Er blies die Kerze aus und erhob sich.

Als er am Pfarrbüro vorbeikam, sah er ein junges Paar, das Händchen haltend auf der Sitzgelegenheit gegenüber dem Sekretariat saß. Er begrüßte die jungen Leute und fragte nach ihrem Anliegen. »Wir bringen die neuen Taufscheine für unsere kirchliche Trauung, aber die Sekretärin telefoniert gerade«, erklärte die junge Frau und strahlte ihn an.

Als er das Pfarrhaus verlassen hatte, dachte er: »Die

beiden haben sich gefunden, und vor ihnen liegt ein Leben voller Pläne, reich an Hoffnungen und Erwartungen, voll Freude. Ein Leben zu zweit, vielleicht bald zu dritt … Ist das die Fülle, von der der Evangelist Johannes schreibt?« Nachdenklich wählte er den Weg in Richtung Kinderspielplatz, von wo ihn schreiende und lachende Kinderstimmen empfingen. Er hätte sich gerne auf eine der Bänke des Parks in der Nähe des Spielplatzes gesetzt und in Ruhe über die Worte aus dem Johannesevangelium nachgedacht. Doch er fand keine leere Bank und sah sich gezwungen weiterzugehen. Am oberen Ende des Parks stand eine lange Bank, die noch freien Platz bot. Er beschleunigte seinen Schritt und beschloss, sich neben eine Mutter mit einem Kind auf dem Schoß zu setzen. Doch als er bemerkte, dass die junge Mutter dem Kleinkind die Brust gab, entschied sich Aaron, weiterzugehen. Er hielt es für unpassend, sich neben die junge Frau mit der entblößten Brust zu setzen. »Am Ende kennt mich jemand und ich gerate in ein schiefes Licht!«, resümierte Aaron.

Aaron verließ den Park und wählte einen anderen Weg zurück in Richtung Pfarrhaus.

Der Spaziergang hatte ihm etwas Zerstreuung geschenkt und den Kopf frei gemacht. Doch für die Worte aus dem Johannesevangelium hatte er noch immer keine überzeugende Auslegung. Was meinte Johannes mit dem »Leben in Fülle?«

Als Aaron spät abends nach der Sitzung des Pfarrgemeinderates sich auf die Kante seines Bettes setzte und die Socken auszog, fühlte er sich innerlich leer. Bevor er das Licht ausmachte, ließ er seine Augen durch das kahle Schlafzimmer gleiten.

Ein Gefühl der Kälte umfing ihn. Das erste Mal seit langem fühlte sich Aaron nicht allein, sondern einsam.

82

Den Tag der Deutschen Einheit, der gleichzeitig das Ende des Oktoberfests markierte, begann Jonas reichlich verkatert. Nach seiner Heimkehr aus dem Hirschgarten mit dem Taxi hatte er sich noch in seinen Kleidern auf das Bett geworfen, nachdem er Amelies Nachricht gelesen hatte. Mitten in der Nacht, es war wohl gegen zwei Uhr früh gewesen, war er mit einem schweren Kopf und einem ordentlichen Nachbrand aufgewacht. Er war zu sich gekommen und hatte sich grübelnd hinter eine Flasche Rotwein gesetzt, die er in der Hausbar entdeckt hatte. Während er auf dem Sofa sitzend im Wohnzimmer mit neuem Alkohol gegen seine Entzugserscheinungen ankämpfte, kam er allmählich wieder zu sich und sortierte seine Gedanken neu.

Nach dem dritten Glas Rotwein fühlte er sich körperlich wohler, und gleichzeitig wurde ihm die Aussichtslosigkeit seiner Lage klar. Sein heimliches Treffen mit Vanessa und Linus war gründlich in die Hose gegangen. Amelie war hinter die heimliche Liaison mit Vanessa gekommen und durch seinen Versprecher hatte er endgültig seine Maske verloren. Gewiss würde seine Frau daraus schließen, dass er sie mit Vanessa betrogen hatte. Dagegen anzulügen und seine Beziehung zu Vanessa als reine Fahrgemeinschaft abzutun, würde sie ihm nicht abkaufen. »Ich Hornochse«, sagte er laut. »Musste ich mich denn verplappern?« Zum Glück hatte Amelie mit keinem Wort den Jungen erwähnt, seinen Sohn, der im Festzelt neben Vanessa gesessen hatte.

Offenbar war ihr Linus im Festzelt nicht aufgefallen. Dass aus seinem Liebesverhältnis mit Vanessa ein Kind hervorgegangen war, wusste Amelie noch nicht. Der Kelch, Amelie die volle Wahrheit zu offenbaren, blieb ihm also noch erspart.

Er wollte Amelie aufrichtig um Verzeihung bitten und sehnte eine Aussprache mit seiner Frau herbei. Die heimliche Verabredung mit Vanessa und die Lüge mit den Studienkollegen, sein falsches Alibi, taten ihm von Herzen leid. Er hatte seine Frau am Samstag belogen und hintergangen. Dafür wollte er sie um Verzeihung bitten. Zunächst hoffte er deshalb auf die Rückkehr von Amelie und Niklas am heutigen Feiertag. Er griff nach seinem Handy und schrieb: »Hallo Amelie. Alles tut mir unendlich leid. Vergib mir! Wann kommt Ihr wieder? Ich liebe dich und brauche dich – Jonas.«

Er bereute sein Verhalten vom letzten Samstag und wollte sich dafür entschuldigen. Doch er empfand keine Reue für seinen Ehebruch und das anschließende Liebesverhältnis, das länger als ein Jahr bestanden hatte. Die Erinnerung an diese Zeit hatte sich zu tief in ihm eingebrannt. Noch fühlte er sich unfähig, sein Verhalten als schweren Verstoß gegen die eheliche Liebe und Treue zu sehen. Zu sehr schmerzte die Erfahrung, dass er ertappt worden war und durch seine Bemerkung aufgeflogen war. Es war der erlittene Gesichtsverlust, der ihn schmerzte.

83

Am dritten Sonntag im Oktober feierten die Gläubigen in Aarons Pfarrverband Kirchweih. Das Festkomitee arbeitete auf Hochtouren und auch die Jugendgruppen und die Tanzakademie fieberten dem großen Ereignis entgegen. Um das Gefühl der Zusammengehörigkeit der einzelnen Pfarreien im Pfarrverband zu stärken, war in den verschiedenen Gremien schon vor Jahren beschlossen worden, den Festgottesdienst und die anschließenden geselligen Aktivitäten turnusmäßig von Jahr zu Jahr in einer anderen Pfarrei zu veranstalten. Diesmal sollte das Kirchweihfest in jener Pfarrei stattfinden, in dessen Pfarrhaus Aarons Diensträume und in der ersten Etage des Pfarrhauses sein privater Wohnbereich lagen. Dank der Beziehungen eines Mitglieds des Pfarrgemeinderats zu einer Brauerei konnten sie dieses Jahr wieder mit der kostenlosen Bereitstellung der Tische und Sitzbänke für mehrere hundert Personen rechnen. Dass die Brauerei auch die gekühlten Bierfässer und die alkoholfreien Getränke für den Verkauf liefern würde, verstand sich von selbst.

Das Kirchweihfest in Aarons Pfarrverband hatte bei den Einwohnern im Münchner Süden zusehends an Popularität gewonnen. Das war nicht unbedingt dem festlich gestalteten Gottesdienst zuzuschreiben, sondern der munteren Geselligkeit und weiteren Attraktionen. Eine Hüpfburg für Kinder und sogar eine Bude mit Luftgewehren zum Preisschießen und ein Stand mit einer Tombola waren aufgebaut worden. Die Veranstaltung hatte deshalb bei den

Anwohnern den Spitznamen »Katholisches Oktoberfest« bekommen. »Fehlen nur noch die Fahrgeschäfte!«, fanden einige scherzhaft.

Als Aaron nach dem Festgottesdienst in der Sakristei das Messgewand in den Schrank gehängt hatte, trat Oberministrant Michael Huber an ihn heran. »Herr Pfarrer, sie müssen heute unbedingt zu uns an den Tisch kommen. Oma Huber kommt auch. Wir haben einen Rollstuhl organisiert, und meine Mama holt sie mit dem Auto im Altenheim ab. Sie freut sich schon darauf, sie zu sehen.« Was Michael nicht wusste, auch seine älteste Schwester Susanne freute sich darauf, mit Aaron zu plauschen. Susanne, die fröhliche Krankenschwester mit dem langen blonden Pferdeschwanz.

Doch an Susanne dachte Aaron gar nicht, als er vom Portal seiner Kirche langsam auf den Kirchplatz trat. Er wollte erst die Jugendgruppen und die freiwilligen Helfer an den einzelnen Ständen besuchen. Er wollte ihren freiwilligen Einsatz loben, ihnen danken und ein gelungenes Fest wünschen. Dieser Rundgang lag Aaron sehr am Herzen, denn so ergaben sich viele Möglichkeiten, mit einzelnen ein persönliches Wort zu wechseln. Das war mehr als Small Talk, denn da, wo Aaron von bevorstehenden Ereignissen wie von einem Stellenwechsel, einem Krankenhausaufenthalt oder einer bevorstehenden Prüfung wusste, fragte er nach und nahm Anteil an Freude und Leid der Menschen, die er kannte. Und gelegentlich wurde er auch als Seelsorger ins Vertrauen gezogen, lieh sein Ohr und machte in schwierigen Situationen Mut oder bot ein seelsorgliches Gespräch in vertraulicher Atmosphäre an. Mehr noch als Leiter des Pfarrverbands, Sakramentenspender und Vorsteher der Gottesdienste sah er sich als empathischer Zuhörer und

Begleiter schwieriger Prozesse oder Entscheidungen, in denen Menschen steckten, die sich ihm öffneten. Dieser Rundgang dauerte eine ganze Weile, bis Aaron sich ein Plätzchen suchen konnte, wo er sich niederlassen konnte.

»Uhu, Herr Pfarrer, hier sind wir!«, hörte Aaron. Es war die Stimme von Oma Huber, die sich nicht nur Gehör verschaffte, sondern auch durch das Winken mit ihrem rechten Arm auf sich aufmerksam machte. Suchend ließ Aaron seinen Blick über die bereits dicht besetzten Tischreihen gleiten. Seine erfolgreiche Suche beendete er mit einem breiten Lächeln. Neben Oma Huber hatte er Susanne entdeckt. Neues Leben erfüllte Aaron und er suchte beschwingt seinen Weg zu Oma Huber und ihrer Familie. Freundlich begrüßte er alle Mitglieder der Familie und die Oma von Michael und Susanne. »Jetzt lerne ich auch Michaels Eltern mal kennen, und das freut mich!«, bekundete er. »Wohnen Sie auch in dieser Pfarrei? Michaels Mutter bejahte die Frage und nannte einen Straßennamen. »Das ist ja ein gutes Stück weg. Sind Sie mit der U-Bahn gekommen?« – »Nein, wir sind immer froh, wenn wir einen Spaziergang machen können. Wissen Sie, Herr Pfarrer, wenn man wie ich den ganzen Tag am Schreibtisch sitzt, ist mir etwas Bewegung im Freien jederzeit willkommen.« Im Verlauf des Gesprächs erfuhr Aaron, dass Susannes Vater in der Planungs- und Entwicklungsabteilung bei dem großen Industriekonzern in Neuperlach Süd arbeitete.

»Darf ich Ihnen etwas holen, Herr Pfarrer«, bot Susanne an. »Eine Thüringer oder ein Nackensteak vom Grill?« – »Ich suche mir gerne selbst etwas aus, aber wie ich weiß, gibt es noch mehr zur Auswahl. Wollen wir zu zweit Essen holen gehen?« Susanne nickte lächelnd und stand auf. Erst jetzt fiel Aaron auf, dass Susanne ihre langen blonden Haare heute offen trug. »Welch ein Glück, dass ich heute dienstfrei habe. Und dass wir ein so wunderbares Wetter haben!« – »Sagen Sie, Susanne, haben Sie im Krankenhaus auch die Möglichkeit, Dienste zu tauschen, wenn Sie an einem bestimmten Tag etwas vorhaben?« – »Ja, wenn ich eine Kollegin als Tauschpartnerin finde und sie meine Schicht übernimmt. Gleitzeit wie bei meinem Vater gibt es im Krankenhaus nicht. Wie ist das bei Ihnen, Herr Pfarrer?« Da Aaron sich etwas Zeit nahm, um die passende Antwort zu finden, schob Susanne nach. »Ich meine Ihre freien Tage. Immer noch der Montag als freier Tag?« Fragend sah sie zu Aaron hinüber. »Das habe ich lange so gehalten, ja, früher war der Montag mein freier Tag. Aber am Montag frei zu haben hat auch Nachteile. Mittlerweile halte ich mir den Mittwoch als Inseltag frei. Ein freier Mittwoch teilt die Arbeitswoche in zwei Hälften, das ist doch auch schön?« – »Also haben Sie eine Sechstagewoche?«, erkundigte sich Susanne. »Nicht ganz. Neben dem Mittwoch als Tag ohne Termine versuche ich mir den Freitagnachmittag freizuhalten.« Aaron seufzte. »Es sind nicht die vielen Arbeitsstunden, die mich belasten, sondern die vielen Besprechungen und Sitzungen. Eine ganze Latte von Terminen. Oft kommt nichts Greifbares dabei heraus. Und das lange Sitzen ist ermüdend. Beides ist frustrierend. Viel lieber feiere ich Gottesdienste oder mache Besuche im Krankenhaus oder im Altenheim, wenn mein Besuch gewünscht wird. Ich gehe liebend gerne in das Altenheim Ihrer Oma.« – »Also dorthin, wo wir uns kennengelernt haben«, spitzte Susanne. Aaron war stehen geblieben und sah nachdenklich in Susannes blaue Augen. Susanne schien

die nachdenkliche, leicht resignierte Stimmung Aarons zu
spüren.

»Wissen sie was, da Sie so gerne meine Oma besuchen,
wir könnten doch unsere Besuche bei meiner Oma miteinander absprechen und nachher noch eine Tasse Kaffee
in der Cafeteria des Altenheims trinken? Ein gemeinsames
Kaffeetrinken auf unserem Nachhauseweg? Vielleicht leiste
ich mir bei dieser Gelegenheit einen gemischten Salat oder
ein Müsli.« – «Warum nicht?«, fand Aaron leise, zurück-
haltend und etwas unsicher. Er war überrascht, dass eine
junge Frau die Initiative ergriffen hatte und ihm den Vorschlag gemacht hatte, zusammen mit ihm Kaffee zu trinken.

Sie hatten die Theke mit den Salaten erreicht, als Aaron
diesen Satz gesagt hatte. Aaron entschied sich für ein
Nackensteak und wählte als Begleiter einen Nudelsalat.
»Ich kann Ihnen auch den Reissalat empfehlen«, schlug
die Dame hinter der Tischplatte vor. »Er ist nämlich von
mir!« – »Oh, das tut mir aber leid. Doch Frau Meier hat
es so gut mit mir gemeint, sehen Sie, welch große Portion
sie mir aufgelegt hat. Vielleicht komme ich nachher noch
einmal bei Ihnen vorbei.«

Mit einem vergnügten Lächeln um seinen Mund, mit
einem neugierigen Blick in die Runde, gelegentlich wohlwollend nickend grüßend, begab sich Aaron auf den Rückweg zu seinem Platz. Unterwegs wurde Aaron noch mehrmals angesprochen und musste stehen bleiben. Als Pfarrer
hatte er den Festgottesdienst gehalten und in seiner Predigt
ermunternde Worte den Gläubigen mitgegeben. Der offizielle
Teil war geschafft, jetzt war gemütliches Beisammensein angesagt. Doch in seiner Eigenschaft als Pfarrer, Priester und
Seelsorger war er durch seine interessierte, verständnisvolle

Art ein geschätzter und oft auch gesuchter Gesprächspartner. Das war Teil seines Berufs, seine Aufgabe geworden. Er war froh, dass Susanne sich von ihm gelöst hatte und ohne auf ihn zu warten zu ihrem Platz zurückgekehrt war. »Guten Appetit«, wünschte er in die Runde, bevor er sich eine Viertelstunde später schließlich gegenüber Susanne wieder in ihren Familienkreis eingefügt hatte. Eine Weile erstarb das Gespräch, und alle wandten sich ihren Tellern zu.

»Wie ist denn das Betriebsklima bei Ihnen?«, fragte Aaron Susanne, nachdem er die Papierserviette zusammengelegt hatte. »Das ist ganz okay. Mit Schwestern und Pflegern komme ich gut zurecht. Private Freundschaften sind auf der Station bis heute keine entstanden. Und mit einem Arzt würde ich mich nicht einlassen. Andere Schwestern haben da schon genug Lehrgeld gezahlt. Das muss ich nicht haben. Aber sagen Sie, eine Kollegin schwärmte kürzlich von Yoga. Haben Sie eine Vorstellung davon, wie das den täglichen Stress erträglicher machen kann?«

Aaron hatte nur eine vage Vorstellung von Yoga. Aus Gesprächen wusste er, dass Menschen versuchten, durch die täglichen Yoga-Übungen zu einem bewussten, gelassenen Leben im Frieden mit sich, ihren Mitmenschen und der ganzen Welt zu finden. Erfahrungen mit Yogatechniken hatte er keine. Er brachte sein Wissen auf die Formel: »Menschen, die Yoga praktizieren, sind auf der Suche nach ihrer inneren Mitte. Sie lernen, nicht nur zu funktionieren, sondern in bewusster Achtsamkeit auf sich selbst und die Mitmenschen zu leben. Yoga beinhaltet auch ein bestimmtes Verständnis der Welt und ein besonderes Menschenbild. Mehr kann ich Ihnen dazu nicht sagen.« Er machte eine Pause und trank einen Schluck Bier.

Danach griff er Susannes Frage wieder auf. »Ich habe mich allerdings während der Ausbildung mit Selbsthypnose und autogenem Training beschäftigt. Das hat mir nach den Vorlesungen und Seminaren geholfen, zu entspannen und wieder einen klaren Kopf zu bekommen.« – »Das klingt spannend«, urteilte Susanne und sah ihn mit großen Augen an. Aaron lachte: »Die Konzentration auf die Vorgänge in unserem Körper ist ein Weg, zur Ruhe zu kommen. Das ist, richtig praktiziert, entspannend!«, versicherte Aaron. »Ich habe auch ein paar Bücher mit Anleitungen und praktischen Hinweisen in meiner Bibliothek«, ergänzte Aaron. »Oh, würden Sie mir die zeigen?« – »Gerne. Wir können nachher kurz in meine Bibliothek gehen.«

Das Gespräch zwischen Pfarrer Aaron und Susanne vor der Bücherwand dauerte nur kurz. Aaron entnahm mit Kennermine ein Taschenbuch mit einer Einführung in das Autogene Training. »Erwarten Sie sich aber nicht zu viel von diesen autosuggestiven Übungen. Sie verschaffen Ihnen mentale Erleichterung und körperliche Entspannung. Aber die meisten Stressfaktoren in Ihrem Leben bewältigen Sie nur mit einer anderen Einstellung zu sich selbst und zu Ihrem Leben. Darüber können wir gerne ein andermal reden«, sagte er mit einem festen Blick in Susannes Augen. »Aber, Susanne, hätten Sie Lust auf einen Espresso?«

Susanne sagte liebend gerne zu. »Setzten Sie sich ruhig«, sagte Aaron und wies auf das Besprechungszimmer. Er ging in die Küche und bereitete die Espressi zu. Es wurde ein langes Gespräch, und ein reger persönlicher Austausch nahm seinen Lauf. Beide hatten sich angeregt unterhalten und hatten die Zeit vergessen. Und mittlerweile waren sie, dem persönlichen Charakter ihres Austausches entsprechend, zum Du übergegangen. »Eine letzte Frage noch, Aaron, ich habe bemerkt, dass du dich auch in Psychologie ganz gut auskennst, warum bist du Pfarrer und nicht Psychologe geworden?«

Aaron dachte kurz nach, dann sagte er: »Ich möchte den Menschen die Frohe Botschaft von Jesus Christus vermitteln. Damit Gottes Wort auf fruchtbaren Boden fällt, muss der Hörer dieses Wortes bei sich selbst sein. Er muss sich selbst achten, wertschätzen und lieben. Er muss bei sich selbst angekommen sein, frei von Ängsten, Zwängen oder Abhängigkeiten, die ihn daran hindern, sich selbst in Liebe anzunehmen, so wie er ist. Jeder Mensch muss ein dickes, fettes Ja zu sich selbst sagen. So wie Gott es mit jedem Menschen in seiner übergroßen Liebe tut.« Aaron machte eine Pause. »Nur ein Mensch, der im Frieden mit sich selbst, den Mitmenschen und der Welt lebt, kann sein Herz für Gott öffnen und sein Wort annehmen. Diese Entscheidung für Gott nennt die Bibel Glaube. Und das Leben im Vertrauen auf Gott ist so schön, so wunderbar. Und macht mich frei.«

84

Zehn Jahre später

Dann fahren wir also am 21. September zum Geburtstag deines Vaters nach München. Seine Feier, zu der wir eingeladen sind, ist dann am Sonntag, den 22. im Hotel am Tucher Park. Auf den Brunch freue ich mich schon! Wie lange möchtest du denn in München bleiben?«, fragte Fiona und sah Odo mit erwartungsvollen Augen an. »Vielleicht bis Mittwoch oder Donnerstag? Dann können wir zwei noch auf das Oktoberfest gehen. Wäre schön, wenn auch Aaron und Susanne mitkommen könnten!«, urteilte Odo. »Ich muss aber im Büro noch klären, wie lange ich Urlaub nehmen kann.«

Das gemeinsame Kaffeetrinken im Besprechungszimmer des Pfarrhauses beim Kirchweihfest im Oktober vor zehn Jahren zwischen Susanne und Aaron hatte etwas in Bewegung gesetzt, dessen sich beide wochenlang nicht bewusst waren. Ein wechselseitiges Interesse aneinander hatte zunächst dazu geführt, dass Aaron seinem Oberministranten Michael regelmäßig Grüße an seine ältere Schwester Susanne mitgegeben hatte. Völlig unbewusst war Aaron auch häufiger als früher zu Oma Huber ins Altenheim zu Besuch gegangen. Bald hoffte er im Stillen, dort auch ihre Enkelin, die Krankenschwester Susanne Huber zu treffe, denn ihm war seine Leihgabe, das Buch über Autogenes Training wieder eingefallen. »Habe ich Susanne damit helfen können?

Hat sie das autogene Training ausprobiert? Wie ist es ihr mit den dort vorgeschlagenen Übungen ergangen? Hat Susanne die erhoffte Entspannung gefunden?«

Es war schon Advent, als Aaron bei einem Besuch bei Oma Huber wieder auf Susanne traf. Später, nach dem ersten Kuss, hatten sich beide wiederholt gefragt, von wem diesmal die Initiative zum Kaffeetrinken in der Cafeteria des Altenheims ausgegangen war. Keiner konnte diese Frage mit Gewissheit beantworten. Doch es war Susanne gewesen, die Aaron ihre Handynummer mitgegeben hatte. Und damit nahm ein reger Austausch über WhatsApp seinen Anfang. Das gegenseitige Interesse aneinander war geweckt, und bald wünschten sie sich einen guten Start in die neue Woche und fragten gegenseitig nach den Ereignissen des Tages, teilten Sorgen und Probleme miteinander. Aus Interesse für den anderen entstand gegenseitige Anteilnahme. Das Mitdenken und Mitfühlen stiftete Nähe, die Gefühle füreinander weckte. Susanne und Aaron öffneten ihre Herzen.

Seit Februar vor neun Jahren trafen sich Aaron und Susanne einmal wöchentlich, und um die Zeit vor Ostern verlangte das Bedürfnis nach Zweisamkeit und Nähe häufigere Dates. Die Treffen wurden zahlreicher, und der gemeinsame Imbiss in der Cafeteria des Krankenhauses wurde bald zu einem Jour Fixe. Mit der Intensivierung des Kontakts und der wachsenden Liebe verspürte Aaron eine starke seelische Anspannung, die aus dem Widerspruch des Zölibatsversprechens zu Aarons Liebe zu Susanne resultierte. Aaron litt unter dieser Situation. Hatte er vor der Priesterweihe nicht das Zölibatsversprechen abgelegt und sich zu einem ehelosen Leben verpflichtet? Die süßen Stunden in den Armen von Susanne wurden von Aarons Gewissensbissen überschattet. Die gemeinsamen Treffen verliefen im Geheimen und verlangten eine unverfängliche Ortswahl.

Susanne im Pfarrhaus zu empfangen, erwies sich als schwierig. Und zu riskant. Ganz am Anfang hatte Aaron sich gelegentlich mit seiner Geliebten im Sprechzimmer getroffen. Aber als Pfarrer Zärtlichkeiten mit Susanne in seinem katholischen Pfarrhaus auszutauschen, schien Aaron völlig unpassend. Der innere Konflikt wurde zur Belastung für Aaron. Er besprach sich mit Susanne und sagte ihr zu, für sich selbst bis zum Beginn der bayerischen Sommerferien Klarheit zu schaffen.

Aaron wollte die Wärme und Geborgenheit, die ihm Susanne schenkte, nicht mehr missen. Wenn er sich abends in sein Schlafzimmer im Pfarrhaus zurückzog, litt er mehr denn je unter Einsamkeit. Am 1. August bekannte Aaron, dass er sich gegen den Zölibat und für Susanne entschieden hatte. Ende August schrieb er dem Generalvikar und teilte ihm mit, dass er heiraten wolle. Und deshalb um die Entlassung aus dem priesterlichen Dienst der Erzdiözese München und Freising bitte. Daraufhin wurde er zum 15.09. suspendiert.

Dank der Unterstützung eines Pfarrangehörigen fand Aaron zum 1. Januar des folgenden Jahres eine Stelle bei der Münchner Stadtbibliothek. Als Theologe war ihm die Arbeit mit Büchern vertraut und er fand sich recht schnell in seinem Aufgabengebiet zurecht. Die wohlwollende Unterstützung, die er bei Kolleginnen und Kollegen erlebte, ermöglichte eine zügige Einarbeitung. Als besonders wohltuend fand er die geregelten Dienstzeiten.

Eine gewaltige Last von Verwaltungsarbeit und koordinierenden Tätigkeiten, die er als Leiter des Pfarrverbands hatte tragen müssen, war von ihm abgefallen. Dem Erzbischöflichen Ordinariat gegenüber musste er keine Rechenschaft mehr ablegen. Er verdiente etwas weniger, aber die Erfahrung, ein freier Mensch zu sein, machte ihn unbeschwert und glücklich. Die Zeit der einsamen Nächte im leeren Pfarrhaus war vorbei. Mit Susanne an seiner Seite ging er erleichtert einer Zukunft voller gemeinsamer Unternehmungen entgegen. Ein unendliches Glücksgefühl hatte ihn ergriffen.

85

Jonas war frustriert. Ein ergebnisloses Gespräch mit Amelie lag hinter ihm. Er hatte Amelie seinen Plan vorgetragen, eine Auszeit vom Schuldienst zu nehmen. »Weißt du Amelie, das Modell sieht vor, während dreier Jahre auf jeweils ein Viertel der Bezüge zu verzichten. Im vierten Jahr, während des Sabbaticals überweist die Landesbesoldungsstelle die angesparten drei Viertel der Bezüge. Nach dem Sabbatical steigen die Bezüge wieder auf das volle Gehalt.« – »Was willst du denn in diesem Jahr machen?«, hatte Amelie ihn ungläubig gefragt. »Du könntest doch auch eine Auszeit vom Beruf nehmen, und wir leisten uns eine Weltreise«, hatte Jonas seiner Frau Amelie vorgeschlagen.

Amelie war in der Zwischenzeit zur stellvertretenden Abteilungsleiterin im »Bereich vermögende Kunden« aufgestiegen. Sie teilte die Reiselust ihres Mannes Jonas ganz und gar nicht. Und außerdem fürchtete sie, ihre Stellung in der Bank zu verlieren oder sich den erträumten Aufstieg zur Abteilungsleiterin zu verbauen, wenn sie ein Sabbatjahr beantragen würde. Sie liebte ihre Arbeit und fuhr mit hoher Motivation jeden Morgen in die Zentrale ihrer Bank. Innerlich missbilligte sie die Idee ihres Mannes, für ein Jahr die Lehrtätigkeit zu unterbrechen und die freie Zeit für andere Tätigkeiten einzusetzen. Dieses Projekt nannte sie abschätzig »Bummeln und gammeln.«

Noch etwas wurmte Jonas. Sein Sohn Linus hatte im Frühsommer in Straubing die Abiturprüfung abgelegt. Wie gerne wäre er bei der Verleihung des Abiturzeugnisses an seinen Sohn anwesend gewesen! Aber wie sollte er seiner Frau erklären, dass er an der Abiturfeier von Vanessas Sohn teilnehmen wollte? Sie ging davon aus, dass Linus Vanessas Kind aus der Verbindung mit ihrem späteren Mann aus Straubing war. Welchen Grund hätte er ins Treffen führen können, an der Verleihung des Abiturzeugnisses an Vanessas Sohn teilnehmen zu wollen? Das hätte Amelie hellhörig, wenn nicht gar misstrauisch gemacht. Noch immer lag über seinem Sohn Linus der Nebel des Schweigens. Vor seiner Frau hatte er bis zuletzt seine Vaterschaft bei Linus verschwiegen. Dieses Schweigen, diese Verleugnung seiner Vaterschaft hatte einen hohen Preis. Er hatte ein zweites Kind, doch sein Sohn Linus blieb von ihm getrennt. Er war Vater ohne Vater-Sohn-Beziehung.

Mit Wehmut dachte Jonas an die Zeit der Fahrgemeinschaft und des Liebesverhältnisses mit Vanessa zurück. Nie mehr hatte er ein so inniges, vertrautes Verhältnis zu einer anderen Kollegin aufbauen können. Eine Frau zum Daten, zum Lachen, zum Kuscheln. Er war sich der Geborgenheit und Sicherheit, die ihm Amelie in ihrer Ehe schenkte, nicht bewusst. Amelie war eine ehrgeizige, zuverlässige und treue Frau. Die Freundschaft zu Amanda und Sophia hatte sie über die Jahre bewusst gepflegt. Aß mit ihnen zu Mittag und unternahm Mädelsusflüge. Auch für den jährlichen Gang auf die Frühjahrs Dult und das Oktoberfest verabredete sie sich mit ihren Seelenverwandten und Busenfreundinnen.

Solche Freundschaften hatte Jonas nie aufgebaut. Er kannte den belebenden Austausch mit Freunden nicht und wünschte sich stattdessen Abwechslung und Zerstreuung.

Manchmal kam es ihm vor, im Alltagstrott als Gymnasiallehrer und Ehemann unterzugehen. Er wollte ein Jahr lang
mal aus diesen Alltagsverrichtungen aussteigen. Das war
Jonas' Motiv für das Sabbatjahr als Gymnasiallehrer.

86

Erzieherin Lisa hatte sich mit Monika verabredet. Monika war ebenfalls Erzieherin, lebte und arbeitete immer noch in München. Mit ihr hatte sie sich vor dem Einzug mit Luis in die gemeinsam gekaufte Eigentumswohnung in Buchenau ein Apartment geteilt. Nachdem Monika aus ihrer Ehe berichtet hatte, sah sie forschend zu Lisa auf. »Jetzt weißt du, was bei mir alles los ist. Doch nun zu dir! Bist du noch glücklich?« Mit dieser so direkten und gleichzeitig offenen Frage hatte Lisa nicht gerechnet. Sie seufzte. »Was willst du hören, Monika?« Sie machte eine Pause. »In Buchenau begegnen uns natürlich nicht die typischen Großstadtsorgen. Wir haben sehr viel weniger Kinder Alleinerziehender. Und soziale Notfälle haben wir kaum. Viele Kinder bei uns stammen aus gut situierten Elternhäusern. Beruflich und sozial avancierte Väter und Mütter. Ja, die Wohnung gefällt mir immer noch sehr gut, und da, wo wir wohnen, haben wir viel Grün und freie Natur. Großartige Radwege gibt es bei uns im Westen! Ab und an machen Luis und ich auch eine Tour mit dem Rad, vor allem am Sonntag. Wir essen dann in einem der vielen schönen Gaststätten oder Biergärten. Bis ins Fünfseenland kommen wir allerdings nur selten. Luis legt Wert darauf, bald wieder daheim zu sein.«

»Verfolgt Luis denn die Spiele der Bundesliga im Fernsehen? Schaut er sich die Sportschau an?« Lisa lachte bitter. »Das passt doch gar nicht zu Luis. Neben seinem Beruf als Steuerberater hat er keine Hobbys. Private Kontakte, also

Freundschaften, pflegt er nicht. Gut, er fährt gerne Rad. Aber das geschieht nicht aus Liebe zum Radsport, sondern allein um fit zu bleiben.« – »Arbeitet er immer noch so viel?« Lisa schniefte. »Ach Monika, genau das ist mein Problem. »Wir haben eine wunderschöne Wohnung, können uns mittlerweile einiges leisten, aber mir wäre mehr Zeit mit Luis einfach wichtiger als noch mehr Geld.«

Lisa machte eine Pause. Sie senkte den Blick. »Seit neuestem hat er einen weiteren Grund, mich allein zu lassen. Jetzt verbringt er noch mehr Zeit am Notebook, diesmal sogar mit Kopfhörern auf.« – »Hört er Musik oder streamt er Filme?« – »Das wäre ja okay für mich. Musik zu hören als Ausgleich zu seiner Arbeit mit Zahlen, das kann ich mir gut vorstellen. Aber es ist schlimmer: er hat die Börse entdeckt und fängt an, sein Geld in Aktien zu investieren! Und hört sich stundenlang Interviews und Beiträge auf Youtube an. Auch mit seinen Mandanten unterhält er sich am Rande des Übergabetermins über das Börsengeschehen. Das scheint ein Fass ohne Boden zu sein. Er sagt, er muss sich Informationen beschaffen, bevor er an der Börse die einzelnen Titel kauft.« – »Hast du da keine Angst, dass er Fehlentscheidungen trifft? Dass er sein Geld verzockt?« Jetzt huschte ein Lächeln über Lisas Gesicht. »Bis jetzt ist alles gut gegangen. Er betont immer wieder: Wir haben noch viel Luft nach oben! Einmal hat er ins Schwarze getroffen. Nach einem starken Kursanstieg hat er einen Teil der Aktien mit einem stattlichen Gewinn verkauft. Aus dem realisierten Kursgewinn hat er mir eine wunderschöne Goldkette gekauft!« Lisa erwachte zu neuem Leben, und die beiden Frauen fanden neue Gesprächstehemen.

87

Freust du dich schon auf die Feier von Daniels 75?«, fragte Susanne und lächelte Aaron selig an. Beide waren seit sieben Jahren verheiratet und wohnten in einer Dreizimmerwohnung im Münchener Süden. »Seit ich nicht mehr Pfarrer bin, war ich viel öfters bei meinen Eltern. Und sie haben uns ja besonders oft am Sonntag zum Mittagessen eingeladen. So etwas hat mich zunächst sehr überrascht. Meinen Bruder Luis mit seiner Frau Lisa oder Jonas mit Amelie haben sie nur selten eingeladen. Ich weiß gar nicht, worauf das zurückzuführen ist.« – »Wundert dich das, Aaron?«, forschte Susanne mit erhobenen Augenbrauen. Ratlos zuckte Aaron mit den Achseln. »Den Grund wüsste ich gerne!«

Susanne lachte. »Kannst du es dir nicht denken? Ich bin der Grund für die vielen Einladungen. Deine Eltern sind auch nur normale Menschen und als solche neugierig. Sie wollten herausfinden, was das für eine Frau ist, die es geschafft hat, dich von deiner Berufung abzubringen. Wer es geschafft hat, dein Herz zu erobern. In meinem Fall hielten sie eine besonders sorgfältige Prüfung der künftigen Schwiegertochter für angebracht!« Aaron lachte herzhaft auf. »Aber diese Prüfung habe ich selbst durchgeführt. Ich war es, der mit dir das Skrutinium durchgeführt hat. Und ich habe festgestellt, dass die Bewerberin geeignet ist. « Jetzt lachten beide. Aaron neigte sich zu Susanne und küsste sie. »Es waren viele Skrutinien, nicht nur durch Gespräche.«

Aaron griff Susannes Frage wieder auf. »Da wir so oft bei

meinen Eltern sind, freue ich mich jetzt fast mehr auf das Wiedersehen mit meinen Brüdern und deren Familien. Besonders auf Odo und Fiona freue ich mich. Diese Fiona ist wirklich ein feinfühliger und konzentrierter Mensch. Eine Frau mit Tiefgang.« – »Sag mal, Aaron, zu wem von deinen Brüdern hast du eigentlich den besten Draht?« – »Am ähnlichsten ist mir wahrscheinlich Luis, der Steuerberater. Aber jetzt halt dich fest: obwohl wir so konträr sind – es ist Odo. Nein was sage ich, wir sind uns in einem Punkt sehr ähnlich. Wir sind beides sehr unruhige, fragende und suchende Menschen. Bei Odo ist es die Suche nach der Wahrheit, der Gerechtigkeit, bei mir eher die Suche nach Verbundenheit mit anderen Menschen, nach Engagement, Sinn und der Erfahrung, etwas bewirken zu können. Dazu positive Gefühle, schöne Erlebnisse und wunderbare Erfahrungen. All das vermittelt mir ein tiefes Wohlbefinden.

Aaron war aufgestanden und hatte Susanne noch etwas Rotwein in ihr Kelchglas eingegossen. Als er wieder Platz genommen hatte, beugte sich Susanne zum Couchtisch vor und fixierte ihren Mann mit ihren Augen. »Aaron, erinnerst du dich noch an die erste Reaktion deiner Eltern, als du ihnen gesagt hast, dass du deinen Dienst als Priester aufgeben willst und dich für mich entschieden hast?« Aaron nickte bestätigend. »Oh ja, die Szene steht vor meinen Augen wie gestern. Mein Vater war völlig perplex und es schien mir, als würde er mir einen solchen Schritt nicht zutrauen. *Du, Aaron? Du wirktest immer so fest in deiner Entscheidung und überzeugt von deiner Lebensweise als zölibatärer Priester. Ja, und ich dachte, du bist glücklich in deinem Beruf. Nun denn, ich gratuliere dir dazu, dass du eine Frau gefunden hast und dass du mit ihr durch das*

Leben gehen willst. Dann stand er auf und umarmte mich. *Viel Glück mit Susanne. Wann stellst du sie uns vor?«*

Aaron machte eine Pause. »Meine Mutter reagierte viel spontaner. Ganz vom Herzen her. Sie strahlte mich an, nahm mich in die Arme und sagte: *Wie schön, Aaron. Ich gratuliere dir!* Sie bekannte noch am gleichen Abend: *Ich dachte immer, auch du kannst nicht ohne Frau leben!«* Susanne fasste zusammen: »Dann hat dein Vater schon vor deiner Priesterweihe fest an deine bewusste Entscheidung geglaubt. Er beurteilte deine Berufswahl mehr mit dem Kopf, deine Mama aber ahnte Regungen in deinem Herzen, die du damals nicht zugelassen hast.« Aaron milderte Susannes Aussage ab mit den Worten: »Oder die mir damals nicht bewusst waren. Bei der Berufswahl fragen sich die wenigsten Menschen: *Was bringt mein Herz zum Singen, was für Sehnsüchte habe ich für meine Zukunft.* Sondern sie fragen sich: Wo liegen meine Stärken, welcher Beruf passt zu mir, was möchte ich erreichen, wie viel möchte ich einmal verdienen?«

Nach einer Pause ergänzte Aaron: »Weißt du, Susanne, was mir in all den Jahren bei der Münchner Stadtbibliothek aufgefallen ist? Ich habe bemerkt, dass Menschen, die Bücher lesen, im Umgang mit mir viel aufmerksamer, nachdenklicher, aber auch neugieriger waren als andere, die nur Filme streamen. Die ganze Art ist bei Menschen, die Freude an Büchern haben, anders. Ich habe bei ihnen immer das Gefühl, dass sie bei dem, was ich sage, mitdenken, dass sie sich für mich als Menschen interessieren. Fast so, als ob sie an meinem Leben teilhaben möchten.«

88

Nach einer sternenklaren Nacht wölbte sich ein tiefblauer Himmel über München. Die Sonne tauchte alles in ein sanftes Licht und ihre Strahlen verhießen einen spätsommerlich warmen Tag, als sich Daniel und Nicole auf den Weg zum Ort ihrer Feier in einem Hotel am Englischen Garten machten. »Wir sind reichlich früh dran«, stellte Daniel nach einem Blick auf sein Handy fest. »Gehen wir trotzdem schon in die Lounge, wo wir uns verabredet haben.«

Als sie die Lounge betraten, stellten sie zu ihrer Überraschung fest, dass zwei ihrer Söhne schon auf die Ankunft des Jubilars warteten: Aaron, der Älteste mit Susanne, und Odo, der Jüngste mit Fiona. »Sieh mal an, wer schon wieder zusammensteckt! Ich habe es mir doch gedacht«, murmelte Daniel freudig erregt. Natürlich wusste er, dass unter seinen Söhnen sich Aaron und Odo bestens vertrugen und auf einer Wellenlänge lagen. Doch er hatte sich darüber in den letzten Jahren keine großen Gedanken gemacht. Die enge Verbundenheit von Odo und Aaron trat jetzt wieder in sein Bewusstsein.

Diese menschliche Nähe der beiden Brüder wurde durch die wechselseitigen Sympathien, die Susanne und Fiona verbanden, verstärkt. Eben hatte Fiona Aaron und Susanne eingeladen, zum Karneval nach Frankfurt zu kommen. »Aber hoffentlich sehen wir uns schon vorher wieder!«, hatte sie betont und war aufgestanden, als sie Daniel und Nicole beim Betreten der Lounge erblickt hatte. Es folgte eine herzliche Begrüßung mit lang anhaltenden Umarmungen. »Wie war es auf der Wiesn?«, fragte Mutter Nicole in die Runde, als sie sich wieder gesetzt hatten. »Es war wunderbar, doch viel zu berauschend!«, bestätigte Odo. Erst jetzt fiel Nicole der Cognacschwenker auf, der vor Odo stand.

»Warum gibt es nicht auch in Frankfurt ein Oktoberfest?« – »Besser nicht«, fand Fiona. »Sonst wird das zum Dauerzustand und damit alltäglich. Aber ihr solltet uns wirklich wieder einmal in Frankfurt besuchen!« Mit einem auffordernden Blick sah Fiona erst Daniel, dann Nicole an.

Gut gelaunt näherten sich Jonas, Amelie und Niklas. Es gab ein erneutes Hallo.

Als letztes schlossen Luis und Lisa auf. Lisa sprühte vor Temperament und Fröhlichkeit, verteilte Backenküsse und machte Scherze, doch Luis war blass, hatte Augenringe und wirkte fahrig. Nicole nahm ihren Sohn zur Seite. »Was ist denn mit dir los?« – »Ich habe viel Arbeit und schlecht geschlafen«, wiegelte Luis ab.

Beides stimmte. Aber Luis hatte nicht nur viel Arbeit, sondern auch Sorgen, die ihm den Schlaf raubten. Er hatte bei einigen Investments an der Börse Fehlentscheidungen getroffen. Verlustbringer gekauft. Mit Optionsscheinen Geld verloren. Er war gierig geworden. Außerdem hatte er sich selbst nach einigen kleineren Gewinnen überschätzt. Er wollte mehr aus seinen Einsätzen herausholen. Möglichst schnell sein Geld vermehren. Folgte Geheimtipps und setzte auf angebliche Kursraketen. Und verlor Geld, sehr viel Geld. Ein Teil von dem, was er durch seine Arbeit als Steuerberater, durch seine Kostennoten, einspielte, hatte er durch waghalsige Transaktionen an der Börse verloren. Er schämte sich. In seinem Kopf arbeitete es. »Soll ich Odo ins

Vertrauen ziehen, ihn um Rat fragen?« Doch dann müsste
er auch nach außen eingestehen, dass er große Fehler gemacht hatte, gierig gewesen war, Trends hinterhergelaufen
war. Das Bekenntnis eigener Fehler schmerzte fast körperlich.

»Wollen wir?«, fragte Daniel in die Runde und deutete
mit der Hand in Richtung Aufzug.

Als sie im Aufzug die 15. Etage ansteuerten, vernahm
Odo einen bekannten Klingelton. Er verließ als letzter den
Aufzug, und sah im Flur nach. Eine App von Afra. »Wann
sehen wir uns wieder? LG Afra«.

»Mit der Zusage muss ich mir jetzt etwas Zeit lassen«,
dachte Odo.

89

Das Büffet ist ein Traum, vielen Dank für die schöne Einladung!«, bemerkte Susanne zu Daniel. »**Ich** habe zu danken für die herzliche und gleichzeitig launige Rede, die Aaron gehalten hat. Ihr meint es viel zu gut mit mir. Danke auch für das großzügige Geschenk.«

Daniel war aufgestanden und schlug mit dem Löffel an das Glas. »Meine Lieben! Das ist ein großer Tag. Wir feiern meinen 75. Und ihr habt mir diesen schönen Tag geschenkt. 75 Jahre – das hört sich vielleicht wie ein Jubiläum an. Bei einer Firma rücken bei einem solchen Anlass die Anfänge, die Probleme in den verschiedenen Phasen des Bestehens und wirtschaftliche Erfolge in den Blick. Große Firmen dokumentieren anlässlich eines runden Firmenjubiläums ihre Geschichte in einer Broschüre. In meinem Fall würde auf dem Cover dieser Broschüre stehen »75 Jahre Daniel«. Alle lachten.

Daniel lächelte selig in sich hinein. Er fuhr nachdenklich fort. »Eine solche Broschüre in Papierform brauche ich nicht.« Daniel ließ seine Augen langsam über alle Köpfe seiner Familienmitglieder gleiten. Mit fester Stimme fand er die Worte: »Ihr dokumentiert die Geschichte unserer Familie. **Ihr** seid diese lebende und bunte Broschüre, jeder in seiner Eigenart und Einmaligkeit. **Ich bin so stolz auf Euch!** Und ich freue mich über die hübschen und tüchtigen Schwiegertöchter, die ihr mir geschenkt habt! Auf Euer aller Wohl!«

Alle erhoben sich und prosteten sich zu. »Zum Wohl!«